AF279893

VEMO
KRIEG & LIEBE

Riyas A. Hoge

Bibliografische Information der Deutschen Nationalbibliothek: Die Deutsche Nationalbibliothek verzeichnet diese Publikation in der Deutschen Nationalbibliografie; detaillierte bibliografische Daten sind im Internet über dnb.dnb.de abrufbar.

Die automatisierte Analyse des Werkes, um daraus Informationen insbesondere über Muster, Trends und Korrelationen gemäß §44b UrhG („Text und Data Mining") zu gewinnen, ist untersagt.

Lektorat: Vorname Nachname oder Institution
Korrektorat: Vorname Nachname oder Institution
Weitere Mitwirkende: Vorname Nachname oder Institution

Verlag: BoD · Books on Demand GmbH, Überseering 33, 22297 Hamburg, bod@bod.de
Druck: Libri Plureos GmbH, Friedensallee 273, 22763 Hamburg

ISBN: 978-3-7583-6942-1

Mit schönem Gruß von meinem inneren Sadisten Fridolin, der auch dieses Mal sein bestmögliches getan hat, um gehasst zu werden.

Inhaltsverzeichnis

Danksagung

Gewidmet meiner lieben Freundin Heike, die mein kreatives Chaos in geordnete Bahnen lenkt und mir immer mit Rat und Tat zur Seite steht.

Ich danke meiner Familie und Freunden, die geduldig meine kreativen Flashes, Schweigen und gedankliche Abwesenheit ertragen haben.

VORWORT

Ich liebe es, zu schreiben. Und ich liebe meine Geschichten. Das mag arrogant klingen, aber da kann ich nichts für. Ich kann in den Geschichten versinken, fiebere mit den Charakteren mit und verfluche meinen inneren kleinen Sadisten aufs Übelste, wenn ein Kapitel plötzlich endet.

Glaubt ihr nicht? Dann lasst mich euch etwas erzählen:

Ich habe ein tägliches Schreibziel, an das ich mich halte. In der Regel übertreffe ich es, während ich mich an anderen Tagen damit schwertue. An solchen Tagen hilft es mir, Korrektur zu lesen.

Meine optimale Schreibzeit ist entweder früh morgens oder am Abend. Eines Abends war ich wieder am Korrekturlesen und die Zeit rannte nur so dahin.

Als ich schließlich auf die Uhr sah, traf mich der Schreck: Es war bereits halb zwei in der Nacht, und ich musste am folgenden Tag früh aufstehen. Vielleicht lag es an der Müdigkeit, aber mir gingen zwei Dinge durch den Kopf:

1. Mist, ich muss ins Bett, ich muss früh raus.

Und

2. Oh menno, ich will wissen, wie es weitergeht.

Es dauerte einen Moment, bis ich realisierte, dass ich wusste, wie es endet, weil ich es geschrieben habe.

Ich hoffe immer, dass meine Leser sich von meiner Leidenschaft anstecken lassen können. Das sie erkennen, mit welcher Hingabe ich jedes Kapitel verfasse.

Es ist viel Arbeit, aber es ist das, was mich glücklich macht und dazu gedacht ist, meine Leser für ein paar Minuten oder Stunden der Wirklichkeit zu entreißen und in eine andere Welt – meine Welt – zu entführen.

Leider reicht es heute nicht mehr, gut zu schreiben. Man muss auch omnipräsent sein: Die sozialen Medien sind ein wichtiges Tool, wenn man Bekanntheit erlangen möchte.

Und da fängt bei mir das Problem an. Ich weiß weder, was ich posten soll, noch kann ich die notwendige Motivation aufbringen, wahllos zu posten.

Mein Kind brachte mich nun dazu, wieder Hörproben zu posten, ab und an etwas über den Status meiner Arbeit zu posten, auch wenn ich mich lieber in Notizbüchern oder meinen Laptop verkrieche und mich in der Welt die ich schuf zu verlieren, um weitere Geschichten zu erdenken, die den Leser verzaubern, belustigen, ängstigen oder einfach nur der Wirklichkeit entreißen sollen, wie sie es bei mir tun.

Die Arbeit an diesem Buch hat mir aus vielen Gründen Spaß gemacht: Es kamen viele Erinnerungen an meine verstorbene Mutter auf, die wie mein Kind selbst meine Bücher geradezu verschlungen hat.

Erinnerungen an die erste Lesung und meine Nervosität. Meine Panik vor der Veröffentlichung – eine Panik, die im Übrigen bis heute Bestand hat – das erste Erscheinen von Fridolin und nicht zuletzt die Reaktionen auf ihn.

Zu dem ‚Bekannten' gibt es das ein oder andere neue Kapitel. Die neuen Kapitel sollen euch ein besseres Bild von den einzelnen Charakteren geben, euch tiefer in ihren Bann ziehen. Neue Blickwinkel eröffnen.

Fürchtet euch zusammen mit Noir und Armand, fiebert mit Nebel und Alexander oder feuert die Inquisition an. Werdet Teil des Clans oder schließt euch dem Verräter an, was schadet es schon?

In diesem Sinne wünsche ich euch eben so viel Spaß beim Lesen, wie ich am Schreiben hatte.

LG

Riyas

PROLOG

Tränen rannen ungehindert über die feinen Züge und mischten sich mit dem Regen, der bereits seit Stunden fiel. Kurz nachdem er durch die Tore gestürmt war, hatte der Himmel sich aufgetan und der Mann, der sich Nebel rufen ließ, hieß ihn willkommen. So würde niemand die Spuren des Schmerzes erkennen können, der ihn mehr peinigte, als es jede Verletzung, durch irgendeine Waffe es jemals könnte.

Nie hatte er geahnt, dass es solche Pein geben könnte und mehr als je zuvor wünschte er, es gäbe eine Möglichkeit, ihm seines Gefühles zu berauben, Schmerz und Sehnen zu verbannen, auszulöschen. Was sollte man mit diesen dummen Gefühlen? Sie behinderten nur, fügten Schmerzen zu, die einem jedes Denkens beraubten.

Er war der festen Überzeugung, das er hatte gehen müssen, aber diese Überzeugung machte es nicht einfacher. Er wusste, dass wenn er geblieben wäre, er zum Spielzeug des Obersten geworden wäre, dessen Stimme unentwegt in seinem Geist widerhallte. ‚Ich bin mir sicher, dass du mir in Ketten ausnehmend gut gefällst.'

Nebel schüttelte den Kopf, versuchte, erfolglos die Stimme zu bannen, die widernatürlich laut in seiner Erinnerung echote. ‚Und hast du Zweifel daran, dass ich meinen Worten Taten folgen ließe?'.

Der Flüchtling presste die Kiefer zusammen, umfasste die Zügel fester. ‚Und wieder wirkst du, als wolltest du dich vom Turm stürzen.‘

„SCHWEIG! "

Sein Ruf durchbrach die Stille, scheuchte ein paar Hasen auf, und eine Eule dankte dem anderen Jäger die leichte Beute mit einem freudigen Schuhen. Es war das Richtige das Schloss, den Hof und besonders den Obersten zu verlassen. Seine Gefühle für Alexander waren zu schnell, viel zu tief geworden. Vor einer gefühlten Ewigkeit hatte Nebel geglaubt, dass er Sergej liebte, aber im Gegensatz zu Alexander war das nichts. Als wolle man Gold mit Scheiße vergleichen. Wie er in so kurzer Zeit so tiefe Gefühle entwickeln konnte – wobei grade das etwas war, das er doch um jeden Preis zu vermeiden versuchte – war ihm ein Rätsel.

Über den Punkt es zu verleugnen war er längst hinaus, und genau darum hatte er gehen müssen. ‚Wie war das? Grundgütiger?‘. Im Versuch, die Stimme in seinem Geist zum Schweigen zu bringen, presste er die Handballen auf die Ohren und schüttelte den Kopf wieder und wieder.

Alexanders amüsiertes, leises Lachen, quittierte den Versuch im Geist des Flüchtlings.

Schon einmal war er nur ein Zeitvertreib gewesen, zumindest nahm er das an. Dass Sergej die Nähe und Gefühle des Nebels nur ausgenutzt hatte, weil er sich erhofft hatte ihn damit kontrollieren zu können, ahnte er nicht. Und noch einmal wollte er nicht solchen Schmerz oder solchen Verrat erleben wie in Kymor.

Lieber würde er ewig auf sich gestellt durch die Welt ziehen und alleine wandeln als sich dem Humbug, der sich ‚Verliebtheit‘ schimpfte, kampflos zu ergeben.

Alexander hatte es zugegeben. Dass es nur ein Spiel war, das Nebel nur ein Spiel war. ‚Es ist alles nur ein Spiel für dich? Das hier, ich. ~ Ja.'. Das Geständnis hallte nicht zum ersten und wohl nicht zum letzten Mal durch den Geist des jungen Kriegers.

„SCHWEIG DOCH ENDLICH! "

Nebels Schrei durchbrach abermals die Stille. Wenn ihn jemand sähe, oder hörte, müsste man ihn für vollkommen wahnsinnig halten und würde ihn schnellstens wegsperren. ‚Du bist sicher in meinem Haus.'. Er war sicher gewesen. Bis ... Bis sich ihrer beider Blicke das erste Mal getroffen hatten und damit alle Vorsätze des Blonden über den Haufen geworfen wurden und Sicherheit zu einer Illusion wurde. Nur ein Wort, wie es viele gab, ohne eine wirkliche Bedeutung. Ohne Sinn. Bedeutungslos.

Nebel hatte in seiner kurzen Zeit am schwarzen Hof mehr gelernt als in seiner gesamten Ausbildung zuvor. Er hatte Trainingspartner gehabt, die ihn gefordert und manch amüsante Stunde mit ihm verbracht hatten.

Man hatte ihm viel gezeigt und erklärt, die Bibliothek war neben dem Trainingsraum der am meisten besuchte Ort gewesen.

Er hatte sich wohlgefühlt. Und dann hatte er sein Herz verloren. Vielleicht vom ersten Moment an. Etwas an Alexander hatte ihn angezogen. Wieder und wieder. Die kühle Strenge. Der eindringliche Blick, unter dem man zu einem bedeutungslosen Nichts zusammenschrumpfte.

Dieses Silber, das bis auf den Grund einer jeden Seele zu schauen vermochte und ihn ebenso wie seine Stimme verfolgten.

Nebel schüttelte vehement den Kopf, presste die Kiefer so fest zusammen, dass es schmerzte. ‚Es war das Richtige.'. Einem Mantra gleich, wiederholte er diese Worte in seinem Geist und wusste, dass es der Wahrheit entsprach.

Aber das minderte den tiefen Schmerz nicht, der seine Seele quälte.

Sein Herz sehnte sich in die tröstende, sichere Umarmung des Älteren, aber sein Verstand mahnte, wohin dererlei führte. Gäbe es einen Weg, sein Herz für immer zum Schweigen zu bringen, er würde mit Freuden jeden Preis dafür zahlen. Aber weder Hexen, noch Dämonen hatten ihm eine Lösung bieten können.

Er hatte es versucht. Im Reich der drei Schlösser hatte er mit ihnen gesprochen, Bücher gesucht und Fragen gestellt. Vielleicht gäbe es einen Weg, dem Willen des Nebels zu entsprechen, aber man wollte einfach nicht helfen. Auch so war Nebel immer als eigenartig abgestempelt worden.

Wie wäre es, wenn das Letzte, dass ihn möglicherweise von Schlimmeren abhalten könnte, genommen würde.

Also musste er diesen Schmerz ertragen. Musste er vergessen.

Vergessen, wie sich die Lippen des anderen auf den Eigenen angefühlt hatten.

Vergessen wie sehr er jeden Augenblick genossen hatte.

Vergessen wie angenehm ihm sein Duft in die Nase gestiegen war.

Nein!

Nein, er wollte nicht vergessen!

Durfte nicht vergessen! Er wollte all das nicht vergessen, auch wenn es ihm Herz und Seele zerreißen würde. Und er war sich sicher, dass es genau das würde. Aber vielleicht würde die Zeit, die selbstzugefügten Wunden schließen.

Vielleicht könnte er irgendwann zurückkehren? Vielleicht gab es Hoffnung? Hoffnung für einen Ältesten und ein Küken.

Vielleicht …

†

Alexander kämpfte mit sich. Von dem Moment an, als der Junge, auf den Turm gestiegen war, hatte er gewusst, dass jener gehen würde. Und von diesem Moment an begann sein eigener Kampf. Egal, was er täte, er würde verlieren.

Er verstand, warum der Knabe glaubte, dass er gehen müsste. Natürlich war der Jüngere nur ein Zeitvertreib, was sollte er sonst sein? Aber gab es nicht weitaus Schlimmeres, als seinem Vergnügen zu dienen?

Er war großzügig denen gegenüber, die sein Lager teilten.

Auch wenn seine Großzügigkeit wohl nicht ausreichte, um die Gefahren auszugleichen, die seine Gunst bedeutete.

Seine Aufmerksamkeit zog stets Neider an. Unfälle passierten. Manchmal Schwerere, manchmal leichtere.

Es hatte Spaß gemacht. Spaß gemacht, den Blonden aus der Bahn zu werfen. Zu sehen wie der Knabe mit sich haderte und am Ende verlor. Er hatte die Zeit mit seinem Gast genossen. Das einträchtige Schweigen. Stunden auf dem Turm, in denen die Welt ihnen zu Füßen gelegen hatte.

Gern hätte er mehr Zeit gehabt. Gern hätte er ihn aufgehalten. Ihm befohlen, zu bleiben. Ihn daran gehindert, ihn und das Schloss zu verlassen. Er hatte es nicht gekonnt.

Mit ausdrucksloser Miene hatte er dem Knaben nachgeblickt. Zugesehen, wie er das Pferd bestiegen hatte und unter den Blicken der Trainingspartner und des Sohnes seine Heimstatt verlassen hatte, ihn verlassen hatte.

Der Knabe würde wiederkommen. Früher oder später.

Hoffte er.

Er wusste, dass der Jüngere es wollte. Wusste ebenso, dass der Knabe ein wenig gehofft hatte, dass der Oberste ihn aufhielte. Alexander wusste um das Sehnen, das sich in dem jungen Herzen ausgebreitet hatte und sich in die Arme des anderen wünschen ließ.

All das zu wissen hatte es dem Ältesten nicht einfacher gemacht. Er hatte sehr an sich halten müssen, das Sehnen Nebels nicht zu erfüllen – oder gar das Eigene. Seine Nägel hatten tiefe Furchen in den robusten Stein der Brüstung gegraben, während er darum bemüht war, seine Beherrschung aufrecht zu halten.

Die Prämissen galten für ihn ebenso wie für jeden anderen. ~Stärke, Beherrschung, Disziplin. ~ aber hatte nicht die ganze Anwesenheit Nebels, Alexanders Beherrschung gefordert? Wieder und wieder?

Warum sollte dann seine Abreise oder seine Abwesenheit anders sein?

So wie Nebel seine Beherrschung gefordert hatte, hatte der Knabe den Alten unterhalten und sogar manches Mal überrascht. Das freche Lächeln als er sich auf ihn geworfen hatte in der Trainingshalle, die an sein Ohr gewisperten Worte. ‚Niemals gebe ich auf, solange ich nur den Hauch einer Chance wittere.'

Ja, die Worte und Taten des Jüngeren, hatten ihn erheitert, und der Ausruf, als das Schwert scheppernd zu Boden gefallen war ‚Grundgütiger.'. hatte ein leises Lachen von ihm gefordert. Das kam selten vor.

Vielleicht war das der Grund, der Älteste einer ganzen Art, noch immer hier oben war. Stundenlang harrte er bereits allein auf dem Turm, starrte ins Nichts, das den Nebel verschluckt hatte und nicht wieder freigeben würde.

Lange schon war der Knabe dem Blick des Obersten entrissen und langsam begann das Tuscheln. Blicke aus den Fenstern, aus dem Hof, die ihm galten. Fragen was der Älteste dort oben tat.

18

Der Regen hatte sein Haar und seine Kleidung durchnässt. Es kümmerte ihn nicht. Die Beobachter und das Tuscheln ebenso wenig. Aber der junge Krieger, oder besser seine Abwesenheit störte ihn. Wie ein Spielzeug, das man lieb gewonnen hatte und irgendwann verloren gegangen war.

Die Unterhaltung würde ihm fehlen. Das freche Gebaren, das aus Unwissenheit herrührte, würde ihm fehlen. Der junge Krieger hatte keine Ahnung, in wessen Haus er gebracht worden war, hatte keine Ahnung um die Gerüchte oder gar die Wahrheit.

Wann so etwas das letzte Mal vorgekommen war, konnte Alexander nicht einmal mehr sagen. Er war noch jung gewesen. Die Welt noch jung gewesen.

Ein tonloses Seufzen entrann der zeitlosen Kehle, wurde vom Wind davongetragen, das seine Züge flüchtig streifte und den Duft des nahen Waldes mit sich trug.

„Pass auf dich auf und kehre zu mir zurück, Nebel."

Bitte und Befehl zugleich, dass niemand vernehmen würde. Spielzeug oder nicht. Er wollte, dass der Knabe zurückkehrte. Heil und aus eigener Kraft, wäre ihm dabei lieb.

KAPITEL 1

1411

Es heißt, dass viele Wege in die Heilige Stadt führten, doch dem blonden Krieger schien es, dass jeder Weg unweigerlich nach Morta Sant führte. Jenem Reich, von der er sich tunlichst fernzuhalten versuchte.

Jenem Reich, in dem er sein Herz verloren hatte. Jenen Ort, an den es ihn doch unbarmherzig zog.

Es war zehn Jahre her, seit Nebel vor Alexander und dem eigenen Herzen geflohen war und er sein altes Leben wieder aufgenommen hatte.

Er nahm hier und da Aufträge an, die ihm Zerstreuung boten, und reiste, wohin es ihm beliebte, ohne auch nur einmal um das Willkommen zu bitten.

Bislang hatte es ihm noch keinen Ärger eingebracht, aber es war nur eine Frage der Zeit, bis sich ein Oberster in seinem Ego gekränkt fühlte und ihn einfangen ließ statt einen Boten mit der Bitte um Erledigung einer Aufgabe zu entsenden oder seine Anwesenheit einfach ignorierte.

Wenn die Sterne am höchsten standen und Tag und Nacht um die Vorherrschaft rangen, suchte Nebel einen höher gelegenen Ort auf und starrte in die Ferne.

Dann sehnte er sich nach dem Turm und der sicheren Umarmung des Ältesten.

Er genoss den Wind, der seine feuchten Wangen koste und fragte sich, ob der andere seiner gedachte – dann und wann.

Oder ob er das Küken das vom Sohn blutend und halb tot in die Hallen getragen worden war, bereits wieder vergessen hatte.

Nebel beschwor Alexanders Bild vor seinem inneren Auge herauf und widerstand dem Drang, das Trugbild zu berühren, das niemand sonst sah und das Sehnen so schmerzhaft schürte.

„Vergiss mich nicht, Alexander. Bitte vergiss mich nicht."

Ein gewispertes Flehen, das mit dem Wind auf die Reise geschickt wurde und vielleicht, ganz vielleicht das Herz des Vampirältesten erreichte.

Schritte erklangen, zwangen die Aufmerksamkeit des Nebels zurück ins Hier und Jetzt. Er straffte seine Haltung und überprüfte den Sitz des Schales, der seine Züge schützte, ehe er sich umwandt und dem Ankömmling seine Aufmerksamkeit schenkte.

„Nebel, sie kommen."

Marques.

Nebel konnte nicht genau sagen, wie er an jenen geraten war. Oder die anderen, welche ihm folgten. Seinem Weg. Seinem Wort.

Es hatte vor ein paar Jahren begonnen. Nachdem Nebel der Aufträge müde geworden war und Papst Innozenz VII das Prinzip der Inquisition erneut ins Leben gerufen hatte, hatte der junge Krieger beschlossen, die Jäger zu jagen.

Er hatte der Herausforderung einfach nicht widerstehen können, von der er hoffte, dass sie seine Gedanken von dem stetigen Schmerz ablenken könnte – ein Irrglaube, aber doch ein sinnvoller Zeitvertreib.

Die Menschen glaubten, dass nur Hexen von der Kirche gejagt wurden. Böse, schlechte Menschen, die ihnen schaden würden und Tier und Wasser vergifteten oder Kinder aus ihren Krippen stahlen.

Ammenmärchen!

Die Gottesdiener hatten schon sehr lang Kenntnis von einer Welt, die den meisten verborgen bleibt. Wussten um Gestalten wie Vampire, Lykaner und Dämonen.

Sie hatten es sich zur Aufgabe gemacht, diese Kreaturen vom Antlitz der Welt zu tilgen. Mit allen Mitteln, die sie aufbringen konnten.

Woher sie das Wissen nahmen, das sie sehr erfolgreich anwandten, wusste Nebel nicht zu sagen.

Aber sie jagten seinesgleichen viel zu erfolgreich und bereits viel zu lange.

Marques war der Erste, der dem Nebel nachfolgte. Letzterer hatte in einem kleinen Dorfkloster ein Lager der Inquisition ausgemacht und war entschlossen, ihnen den Gar auszumachen – oder selbst zu fallen.

Es war nicht so, dass der Flüchtling seines Lebens müde wäre, aber zeitweise, war ihm alles Recht um die Stimme in seinem Geist zu bannen, den kalten, silbernen Augen, die ihn verfolgten zu entgehen.

Zeitweise fiel ihm jeder Schritt schwer, der ihn vom gemiedenen Land entfernte.

Der junge Krieger hatte Waffen und Pulverfässer vom Hafen gestohlen und keine Ahnung gehabt, welche Macht das Schwarzpulver haben würde.

Er hatte gelernt, auch wenn diese Lektion ihn drei Tage seines Gehörs beraubte.

Die Explosion war enorm gewesen und Nebel hatte beschlossen, dass er diese Methode kein zweites Mal versuchen würde. Als er weiterzog, war Marques da.

„Ich werde Euch eine Weile begleiten."

Mehr hatte er nicht gesagt und Nebel nahm es hin. Nach jedem neuen Kampf, den der Blonde gegen die Inquisitoren focht, folgten mehr nach. Inzwischen waren sie eine Gruppe von dreißig Mann, unterschiedlichster Herkunft und Alters.

Nebel seufzte. SIE kamen.

SIE das bedeutete eine kleine Gruppe von Inquisitoren, die von ihnen in eine Falle gelockt hatten. Nicht zum ersten und gewiss nicht zum letzten Mal, spielten sie dieses Spiel: Sie lockten Inquisitoren in geringer Zahl an einen taktisch gut gelegenen Platz und metzelten sie nieder.

Es war fast schon zu einfach, aber Nebel wäre der Letzte, der sich darüber beschwerte. Je einfacher, umso mehr dieser Teufel könnten sie niederstrecken.

Er wand sich um und schritt die Anhöhe hinab, dicht gefolgt von Marques. Die Gruppe sah abwartend zu beiden auf, machte Platz, als Nebel ihre Reihen durchschritt und sich auf sein Pferd schwang.

„Gehen wir spielen."

Nebels Augen glommen unnatürlich in Erwartung des Spieles, in Erwartung dieser Jagd. Er wusste nicht, warum die anderen ihm folgten, wusste nicht, warum sie seinem Wort gehorchten.

Er war nur ein Küken, das sich – wieder einmal - aufführte, als gehöre ihm allein die Welt.

Die anderen waren allesamt Älter und erfahrener, als es das Küken war. Er hatte nichts von ihnen verlangt, nicht das sie folgten, nicht ihren Gehorsam. Trotzdem hatten jeder für sich beschlossen, mit dem Wappenlosen zu reiten.

Nebel riss das Pferd herum, preschte durch die Dunkelheit und seine Horde mit ihm. ‚Heute Nacht, mein Freund? Ist heute die Nacht, in der wir ein letztes Mal tanzen?'. Noch immer stellte er diese Frage an den dunklen Gevatter, und wieder erklang das amüsierte Lachen in seinem Geist und schenkte ihm die Zuversicht, die er brauchte.

Er zog sein Schwert und blendete alles aus, was stören könnte. Alle Fragen, jedes Sehnen, jeden Schmerz.

Alles, was zählte, war das Hier und Jetzt.

Alles, was zählte, war, auch diese Nacht zu überleben.

Das Kräfteverhältnis war noch sehr ausgeglichen. Solange die Nacht andauerte, hatten sie eine Chance. Die Klingen der Häscher waren aus Adamant geschmiedet und in Rom geweiht worden.

Sie waren eine Gefahr für die dunklen Rassen, und die Häscher wussten es. Wie eine scharfe Klinge durch ein Blatt Pergament schnitt, so fuhren diese Klingen auch durch ihre Leiber.

Mit dem Sonnenaufgang, der die Vampire ihrer Kraft und ihrer Fähigkeiten beraubte, war ihre Chance, gegen die Fanatischen zu bestehen, gleich null.

Nebels Pferd warf den riesigen Kopf unter einem schmerzhaften Wiehern zurück, bäumte sich ein letztes Mal auf, ehe es umfiel und den jungen Reiter halb unter sich begrub. Knurrend befreite Nebel sich und stürmte auf seine Gegner zu.

Metal schlug auf Metal.

Knochen barsten.

Haut platzte unter starken Hieben auf und gab lebenswichtiges Vitae frei.

Nichts sonst zählte.

Für niemanden auf diesem Schlachtfeld.

Als die ersten Strahlen des neuen Tages den Himmel und die Erde kosten und feine Nebelschwaden die Bäume zu umspielen begannen, fiel der letzte Krieger der Inquisition und Nebel hatte Gelegenheit, sich umzusehen.

Zwei kopflose Kadaver brannten, einige hatten sich starke Verletzungen zugezogen – wie er selbst aussah, wollte er nicht wissen – aber sie hatten gesiegt.

‚Du hast gelernt zu kämpfen, Nebel, und du hast gelernt zu siegen.'. Flüchtig kamen ihm Sergejs Worte in den Sinn und er drängte sie beiseite. Sie waren damals nicht als Kompliment gemeint, so viel war auch ihm klar.

Aber ja, stimmte es denn nicht? Nebel kämpfte und wenn sein Können oder sein Glück groß genug waren, siegte er. Er maß seine Krieger mit prüfendem Blick. Unter all dem Dreck und Blut sahen sie sehr selbstzufrieden aus.

Eine Nacht, die sie überlebt hatten. Ein paar Feinde weniger, die ihre Familien oder Liebsten bedrohten.

Ein Tropfen auf dem heißen Stein. Nebel wusste das. Egal wie viele sie töteten, es kamen immer Neue, immer mehr.

Menschen vermehrten sich wie Karnickel. Sie waren zerbrechlich und verendeten an allem möglichen, aber zu viele überlebten und wuchsen zu Marionetten von Gottesdienern heran.

„Durchsucht ihre Habe und verbrennt alles was wir nicht brauchen."

Nebels Befehl schallte über den Kampfplatz und die Krieger folgten. Der Flüchtling bückte sich und tauschte sein Schwert gegen das einen Inquisitors und nahm ebenso eines derer Pferde, ehe er sich wie alle anderen daran machte die Habe zu durchsuchen.

Waffen wurden immer mitgenommen, Pferde, Gold, Schmuck, Lampenöl. Alles war in ihren Händen weit besser aufgehoben als bei der Inquisition. Was sie nicht brauchten, konnten sie eintauschen und verkaufen.

„Nebel? Sieh was ich gefunden habe."

Marques gab dem Jüngeren einen Codex, in einem kunstvoll gefertigten Ledereinband. In der Bibliothek Alexanders hatte er Hunderte gesehen, manche in besserer und andere in schlechterer Machart.

Dieses war noch nicht so alt, wie die meisten die er am schwarzen Hof gelesen hatte, aber man erkannte, dass die Seiten durch viele Hände gegangen waren.

Mit gerunzelter Stirn nahm der Angesprochene den Codex an sich und begann, es durchzublättern. Schon nach wenigen Seiten erbleichte er und vergaß seine übliche Zurückhaltung.

„Heilige Scheiße!"

Marques sah den anderen fragend an, dem eine Fibel mit allerlei Folter- und Befragungsmethoden offenbart wurde.

Nebel musste den Inquisitoren durchaus ein gewisses (wirklich ungesundes) Maß an Kreativität zugestehen.

Was er hier sah, begeisterte ihn über die Maßen.

„Die Männer sollen jagen und ausruhen. Sobald es geht reisen wir weiter."

Auf Marques fragenden Blick reagierte Nebel nicht. Er steckte das Buch unter sein Hemd in den Hosenbund, führte sein Pferd abseits. Er machte es Sidh gleich und nährte sich an einem Tier, bevor er sich zurückzog.

Nebel hatte nicht viel geruht, zu sehr faszinierte ihn das Fundstück. Es fanden sich einfache Dinge in den Schriften, wie die eiserne Jungfrau, Wasserfolter, Teufelsmale und anderer Humbug.

Aber das schienen nicht mehr als beiläufige Randbemerkungen zu sein. Geschichten für die einfache Bevölkerung.

In den seltensten Fällen handelte es sich bei den Befragten tatsächlich um Menschen. Und wenn gab es ohnehin keinen Ausweg mehr.

Selbst wenn sie unschuldig waren, fand sich plötzlich ein Teufelsmal oder zwielichtige Zeugen, ein unwichtiges Leben fand sein Ende und etwaige Reichtümer fielen der Kirche zu.

Nebel schüttelte den Kopf. Er wusste, sie waren krank und gefährlich, aber wie sehr, schien sich ihm erst hier zu offenbaren.

Plötzlich stockte der Blonde. Er musste sich verlesen haben? Sein Sehnen nach jenem Ort musste seinen Sinnen einen Streich spielen.

Befragter:	Noir Vemo
Inquisitor:	Tiberius Klein
Unterstützung:	Tobias Klein
Datum:	2. März 1205
Dauer der Befragung:	Unterbrochen

Kurzbericht:

Beim Gefangenen handelt es sich laut Zeugenaussagen um Noir Vemo. Die Aussage lässt sich weder bestreiten noch bestätigen. Aufgefallen ist er, aufgrund eines Schmuckstückes, das dem Inquisitoren Klein bereits in Tysus aufgefallen ist. Bei dem Vorfall handelt es sich um die Vernichtung eines Rudels Lykaner und Vampire.

Während der Haupttrupp bereits auf dem Rückweg war, kehrte eine kleinere Gruppe zurück, um den Kampfplatz zu säubern, und wurde infolge dessen angegriffen. Siehe Ablage T/4 vorliegend in Harrenthal.

Der Befragte weigert sich zur Kooperation. Trotz wiederholter, vielfältiger Überzeugungsversuche ist kaum mehr als Beschimpfungen aus ihm herauszubekommen. Wie er in den Besitz der Kette kam, ist unklar.

Genaue Aufzeichnungen zur Überzeugungsarbeit siehe Anlage 2.

Der Befragte verweigert die Einnahme bereitgestellter Nahrung. Übergang zur Zwangsernährung.

Unterbrechung der Befragung, zur Absprache in Harrenthal. Inquisitor Klein verbleibt beim Gefangenen zu dessen Bewachung, während Inquisitor Klein jr. die bisherigen Aufzeichnungen nach Harrenthal bringt und sie ins dortige Archiv übertragen soll.

Zwischenergebnis: Unkooperativ!

Immer wieder ruckte der Blick des Nebels zur ersten Zeile. ‚Befragter Noir Vemo … Mein Beobachter Noir Vemo SEIN Sohn.‘. Kopfschüttelnd starrte der junge Krieger auf die Zeilen.

„Wie bist du entkommen? Was ist passiert?"

Wieder und wieder las der Blonde den Text. Der Eintrag war etwa 200 Jahre her und Nebel vermochte es nicht, den charismatischen Mann, seinen Beobachter mit dem Gedanken an einen Gefangenen der Inquisition in Einklang zu bringen.

Er fragte sich, wie der andere entkommen war und welchen Schaden der Aufenthalt bei ihm hinterlassen hatte.

Er hatte in seiner Zeit am schwarzen Hof, keinen Hinweis auf den Wahrheitsgehalt dieser Geschichte vernommen.

Keine Gerüchte, nichts in der Bibliothek des Schlosses. Müsste es nicht irgendwelche Gerüchte geben, wenn es stimmte? Egal wie lang es her sein mochte?

„Harrenthal"

„Was ist in Harrenthal?"

Marques war an den jüngeren Krieger herangetreten und beobachtete schmunzelnd wie jener die Seiten des Buches durchblätterte, immer wieder konzentriert einzelne Abschnitte las und zurückblätterte.

Dass er den Knaben getroffen hatte, war Zufall gewesen. Als er auf der Jagd gewesen war, hatte er den anderen dabei beobachtet, wie er Fässer mit Schwarzpulver stahl.

Mit der Menge hätte man eine halbe Burg in Schutt und Asche legen können, und wie es aussah, wollte er es auf ein kleines Kloster verwenden.

Was sich dort befand, oder besser wer, wusste er ebenso gut, wie jeder andere der hier lebte. ‚Das kann nicht sein Ernst sein?‘. Niemand wäre so dreist. Aber bislang hatte sich der Blonde an keine Regeln gehalten. Er hatte sich nicht beim Obersten seines Clanes vorgestellt, er hatte nicht um das Willkommen gebeten oder die Erlaubnis zur Jagd eingeholt. Natürlich wusste, jeder das der Fremde sich in ihrem Gebiet befand, einzelne Stimmen waren laut geworden, dass man ihn stellen und für seine Dreistigkeit strafen sollte.

Aber nachdem der Oberste einen Blick auf den Eindringling geworfen hatte, hatte er beschlossen, nichts zu tun. Warum? Das konnte auch er nicht sagen.

Es hieß, dass der Fremde scheinbar nie irgendwo vorstellig war oder um das Willkommen bat, und daran hatte sich in der ganzen Zeit, seit sie gemeinsam reisten, nichts geändert. War es da wirklich so schwer, zu glauben, dass er ein Kloster, IHR Kloster dem Erdboden gleichzumachen versuchte?

Bei der Menge wäre es ein Wunder, das Nebel sich nicht selbst in die Luft jagte. Aber die Lautstärke und die Druckwelle der Explosion hatten ihm seines Gehörs beraubt, für volle drei Tage.

Er war neugierig auf den jungen Artgenossen und beschloss, ihm eine Weile zu folgen. Er meldete sich beim Clan ab und folgte dem Jungen.

Er schloss sich den Jagden nach den Inquisitoren an, nahm das Schweigen des Jüngeren hin und beobachtete ihn.

Manchmal machte der Blonde einen unglaublich traurigen Eindruck, starrte in die Ferne, starrte ins Nichts.

Besonders wenn er glaubte, dass niemand ihn sah. Eine Traurigkeit, die spätestens im Kampf von ihm abfiel und beinahe unbändiger Freude Platz machte, erfüllte den jungen Mann.

Wenn Nebel sprach, dann waren es in der Regel Befehle. Selten erläuterte er, was er vor hatte und über sich oder seine Vergangenheit sprach er nie. Einiges hatte Marques selbst herausfinden können: Der Knabe war sehr jung, scheinbar Clanlos, ehrgeizig und stur und was den Kampf anbelangte, nicht untalentiert.

Aber das war auch alles, was er wusste. Nach und nach hatten sich andere angeschlossen und wie bei ihm selbst, hatte Nebel es einfach hingenommen.

„Ein Archiv... "

Nebel unterbrach das Sinnen des anderen, der kurz irritiert blinzelte. Es brauchte einen Moment, bis die gehörten Worte einen Sinn ergaben. Marques seufze, und strich sich ein paar dunkle Strähnen aus dem Gesicht.

„Steht sonst etwas interessantes in dem Buch?"

Nebel nickte, runzelte die Stirn und blätterte zu einer anderen Seite um.

„Ja und Nein. Hier sieh mal."

Das letzte Drittel war vollgeschrieben mit Namen. Namen von Orten. Namen von Personen. Hinter ihnen Symbole, die Nebel nicht zuordnen konnte.

„Woher haben sie ihre Informationen, Marques?"

Marques schüttelte seufzend den Kopf. Man hatte sich auf den Versammlungen diese Fragen gestellt. Man hatte Zeugen befragt. Ohne Ergebnis. Das ließ nur einen Schluss zu:

Ein Verräter aus den eigenen Reihen, aber warum jemand so vorgehen sollte, konnte man sich nicht erklären. Die Informationen der Inquisition waren zu präzise, als das ein anderer Schluss möglich wäre.

Ein Schluss, der sich auch in Nebels Kopf manifestiere, je mehr er gelesen hatte.

Anmerkungen wie:

– Nach Möglichkeit bei Tag angreifen.
– Keinen Blickkontakt!
– Kopf abschlagen, den Rest verbrennen.
– Weihwasser & geweihte Gegenstände verursachen Verletzungen.

Ließen keinen anderen Schluss zu. Nebel seufzte, und ein entschlossener Ausdruck trat auf seine Züge. Noch bevor er sprach, wusste Marques, dass der Jüngere eine Entscheidung getroffen hatte und ahnte, wie sie aussehen würde.

„Ich will die Orte aufsuchen, die Menschen und sehen, was es mit den Symbolen auf sich hat."

Marques nickte. Nebel würde seine Neugier befriedigen müssen, würde dem begonnenen Weg weiter folgen. Er konnte nicht anders. Sie wussten es beide. Doch ob es zum Guten oder Schlechten sein würde, könnte nur die Zeit zeigen.

„Du kannst sie nicht alle töten."

„Ich weiß. Mit der Dämmerung reise ich weiter."

Jedem war klar, dass niemand das vollbringen könnte, aber das bedeutete nicht, dass man der Gefahr nicht entgegentreten konnte. Es bedeutete nicht, dass man die Schar der Feinde nicht ausdünnen könnte.

Wenigstens ein bisschen.

Zumindest hoffte Nebel das. Der Flüchtling würde niemandem befehlen, mit ihm zu reiten. Er überließ ihnen selbst die Entscheidung.

Sie ritten auch ohne Befehl mit ihm.

†

Danyel, ein junger Vampir aus der Reisegruppe des Nebels, kannte das erste Dorf auf der Liste, aus seinem früheren - menschlichen - Leben. Er war dort als Knabe mit seinem Vater gewesen, um den hiesigen Markt zu besuchen.

Nach dem Tod des Vaters war Danyel Marques begegnet, der wohl Grund dafür war, dass der junge Mann ebenfalls bei der Gruppe war.

Die durchgestrichenen Namen auf der Liste, sagten Danyel nichts, aber Nebel nahm sich vor, das herauszufinden was es mit den Orten, den Namen und Symbolen auf sich hatte. Zumindest jenen Namen, die nicht in jenes Reich führten, das er zu meiden versuchte.

Die Alten wussten um die Namen und die Geschichten, die hinter ihrem Tod steckten. Noch immer bereiteten die Erzählungen, den Überlebenden Unbehagen, was dem Nebel und seiner Gruppe aufzeigte, das es kein einfacher Tod gewesen war.

So lernten sie, dass durchgestrichene Namen bedeuteten, dass die Wesen – das es sich dabei nur um Vampire handelte, bezweifelten Nebel und Marques – tot waren.

War ein Ortsname durchgestrichen, war jener Ort mit jedem einzelnen Wesen, das sich dort befand ausgelöscht worden.

Einfach so.

Männer, Frauen, Kinder.

Auffällig daran war, dass bei solchen Ortsnamen stets ein Kardinal als Ausführender stand.

Die Symbole besagten, dass jemand unter Verdacht stand – ein berechtigter Verdacht. Zwei von hundert waren unschuldig. Zurückgebliebene oder Süchtige.

Einige waren ohne Symbol oder Anmerkung, diese gehörten allesamt der verbotenen Art an, aber waren noch nicht aufgegriffen worden.

Welches Schicksal den Vampiren diesen Codex auch immer in die Hände gespielt hatte, musste auf ihrer Seite sein. Anders konnte Nebel sich das Ganze nicht erklären. Er beschloss, dass die letzten beiden Kategorien gewarnt werden müssten.

Soviel Spaß es dem blonden Krieger auch machte, die Jäger zu jagen, so genau wusste er, wie wichtig es wäre, die eigene Art zu warnen. Wichtiger als das Spiel, wenn sie auch nur ein einziges Leben retten könnten - nur eines - würde es dann nicht die ganze Reise sinnvoll machen?

Jeden den sie retten könnten, wäre ein Verlust für die Inquisition. Nebel stellte eine Gruppe von vier Personen ab, die in das Reich reisten, in das es ihn unbarmherzig zog.

Sie sollten dort die Warnungen verbreiten und vom Codex berichten, während Nebel sich mit den anderen auf den Weg machen würde, um die anderen zu warnen.

So es ihr Wille wäre, würden die beiden Gruppen sich zu einem späteren Zeitpunkt wieder vereinen.

„Dieser kleine Bastard!"

Der Verräter schritt in seiner Kammer auf und ab. Ein Menschlein der Inquisition hatte ihn vor einer Weile darauf aufmerksam gemacht, das ihre Krieger gejagt wurden. Er hatte sich auf den Weg gemacht und nachgesehen, was es damit auf sich hatte.

Die Dummheit der Menschen war nichts Neues, und wenn sie sich so leicht ködern ließen, verdienten sie es nicht anders, als niedergemetzelt zu werden, wenn man ihn fragte.

„Wie kann er es wagen? Warum konnte er nicht einfach am schwarzen Hof bleiben, wie ein braves kleines Kind, statt mir Ärger zu bereiten?"

Ein dunkles Grollen begleitete die Worte des Dunklen, während er mit starrem Blick aus dem Fenster sah und den Fensterrahmen mit seinen Klauen malträtierte.

Er hätte dem jungen Krieger mehr Aufmerksamkeit schenken sollen, als Jacob ihm das erste Mal von jenem berichtet hatte, spätestens jedoch als es hieß, der Knabe habe die Aufmerksamkeit Alexanders auf sich gezogen.

Der Verräter hatte einen Fehler gemacht, der seine Pläne erheblich störte. Die Sturheit eines dummen Kindes hatte ihm Hunderte von Kriegern gekostet. Er würde Maßnahmen ergreifen müssen.

„Ich werde diesen kleinen Bastard aus dem Weg räumen. Koste es was es wolle."

Wer hätte ahnen können, dass ein Kind und dessen Furcht vor den eigenen Gefühlen, die Pläne des Verräters oder der Inquisition zu stören vermochten?

Aber für alle Beteiligten war der Krieg kaum mehr als ein Tanz und jede Veränderung bedeutete einen neuen Schritt, auf den man sich einstellen musste. Ein tödlicher Tanz, aber ein Tanz.

Und der Verräter würde genau das tun, was er immer tat: Sich auf eine Veränderung einstellen. Überleben.

Weiter gehen.

Schritt für Schritt, bis er sein Ziel erreicht hatte.

✝

Noir und die ihm Unterstellten empfingen die Boten, die seinem Vater die Liste und die Warnung überbringen sollten, knapp hinter den Landesgrenzen und geleiteten sie zum Hof.

Sidh und Armand musterten die Fremden im Wechsel mit Noir. Niemand außer den beiden vermochte die Neugier zu erkennen, die hinter der versteinert wirkenden Maske brodelte.

Die beiden Vampire tauschten einen amüsierten Blick, doch weder sie noch Noir gaben der Neugier nach, sondern Markus und Thomas.

„Also wie geht es Nebel?"

„Wie seid Ihr an ihn geraten?"

Noir lag Tadel auf den Lippen, aber ihn interessierte ebenso, was der Junge trieb und wie es ihm ergangen war, wie die anderen. Er hätte es niemals für möglich gehalten, aber der junge Krieger fehlte ihm ein wenig.

Und sei es, dass seine Sturheit und der Unwille sich geschlagen zu geben ausgesprochen unterhaltsam war.

„Ich nehme an, gut?"

Michael tauschte einen Blick mit seinen Begleitern, Sebastian, Dennis und Martin, und zuckte mit den Schultern. Es war schwer zu sagen, wie es dem Blonden ging.

Die meiste Zeit blieb er für sich, schwieg oder schien eigenen Gedanken nachzuhängen.

Weder saß er mit den anderen am Feuer, noch ruhte er an ihrer Seite.

Marques war der Einzige, mit dem Nebel Zeit verbrachte und mit dem er sich unterhielt. Zumindest sprach er mehr als zwei Worte mit dem anderen Vampir.

„Wie wir an ihn geraten sind? Zufällig, wie die anderen auch."

Sebastian schüttelte den Kopf. Die Frage nach dem ‚Wie' konnte vermutlich keiner so genau beantworten. Sie waren einander begegnet und hatten sich angeschlossen, und Nebel hatte es hingenommen.

„Zufällig?"

Noir brach sein Schweigen, gab den Versuch auf, unbeteiligt zu wirken, und schenkte Sebastian seine Aufmerksamkeit. Jener tauschte einen kurzen Blick mit den anderen, ehe er seufzend die Schultern hochzog.

„Wir begleiten ihn erst ein paar Wochen. In der Nähe unserer Heimat haben er und die anderen, sich um ein paar Inquisitionskrieger gekümmert. Sie hielten bei uns, um ihre Beute zu tauschen, zu rasten und speisen."

„Die anderen?"

Sebastian nickte und musterte den Silberäugigen, der sich an seine Seite zurückfallen ließ. Es gab Gerüchte. Gerüchte um die silberäugigen Vampire. Die Herrscher ihrer Art.

Hatte Nebel sie genau dorthin geschickt? An den Hof, welchen der Oberste und sein Spross ihren Hauptwohnsitz hatten?

„Ja, die anderen. Wir waren ungefähr dreißig Männer als wir hierher aufgebrochen sind. Es schlossen sich immer Mal wieder Krieger an, oder verließen uns nach Schlachten. Auch auf dieser Reise, werden sich Männer der Gruppe anschließen oder heimkehren."

Thomas und Marius sahen einander an und ebenso Noir und seine Vertrauten. Sie hatten sich oft gefragt, was der Blonde trieb, seit er sie verlassen hatte. Sie hatten angenommen, er hätte sein altes Leben wieder aufgenommen.

Neue Feinde um sich geschart, Aufträge erfüllt, die niemand sonst annehmen wollte. Oder kurz: Er suchte und fand Ärger.

Dass dem Küken nun selbst Männer folgten, damit hatten sie nicht gerechnet. Sie widerstanden dem Drang, sich zu erkundigen, wie sich der Jüngere machte, und geleiteten den Besuch zum Hof und dem Vater.

„Nebel trug uns auf, Euch dies zu geben und Euch damit zu warnen."

Michael händigte dem Ältesten das Pergament aus, das Nebel mühsam aus dem Codex kopiert hatte. Auf jeder Rast hatte man den Blonden schreiben sehen, selten schenkte er irgendwelchen anderen Dingen seine Aufmerksamkeit, wenn es sich vermeiden ließ. Sobald er fertig war, waren sie entsandt worden.

Die Besuchergruppe widerstand dem Drang, sich das Oberhaupt ihrer Art genauer anzusehen und so seinen Zorn ob des fehlenden Respektes auf sich zu ziehen.

Noir, Sidh und Armand hatten Position hinter Alexander bezogen, der die Liste eingehend betrachtete.

Namen.

Orte.

Kein Wort zum Gruß, nur die Mahnung zur Vorsicht.

Alexander verspürte einen feinen Stich.

Nach einem Jahrzehnt das erste Lebenszeichen von dem geflüchteten Gast selbst und dann hätte selbst ein Fremder eine herzlichere Botschaft geschrieben. Er mahnte sich zur Konzentration, schenkte seine Aufmerksamkeit seinen Gästen.

„Woher hat Nebel diese Informationen?"

„Das können wir nicht sagen, Herr."

„Ist das so? Und warum nicht?"

Michael schluckte. Alexanders Worte waren kalt wie Eis hervorgepresst und sein Blick lauernd geworden.

Sebastian beeilte sich, zu antworten.

„Weil wir das nicht wissen, Herr. Nebel suchte Freiwillige um die Liste hierher zu bringen während er und die anderen sich auf den Weg machten, um eine eigene abzuarbeiten. Wenn wir hier nicht mehr gebraucht werden, werden wir zu ihm zurückkehren."

Alexander blickte zu seinem Sohn und hob fragend eine Braue. Das sie nichts Genaueres wussten, schien ihm unwahrscheinlich, aber Noir nickte lediglich knapp zum Zeichen, das auch er keine anderen Informationen hatte.

Das Oberhaupt nickte langsam und reichte Noir die Liste. Sie würden es dem Nebel gleich tun: Die Orte besuchen und die Artgenossen warnen.

„Teile Gruppen ein, Noir. Wir müssen sie warnen. Sidh, sorge dafür, das unsere Gäste sich ausruhen und speisen, lass die Pferde in die Ställe bringen und versorgen."

Die angesprochenen Söhne nickten und beeilten sich, den Befehlen nachzukommen.

Die Gästegruppe zog sich nach einem Mahl zurück, um Fragen nach ihrem Auftraggeber zu entgehen. Es hatte die Runde gemacht, dass Nebel sie geschickt hatte, und neugierige Blicke folgten ihnen, wohin sie auch gingen.

Neugier war nichts Neues für die Gruppe. Wenn sie sich nach ihren Kämpfen in Ortschaften oder unter ihresgleichen begaben, um zu tauschen, war man neugierig auf sie, aber hier lag es anders. Offenbar war der Grund, dass Nebel nicht selbst hergeritten war, der, dass er hierher gehört hatte.

„Nebel hätte uns warnen können. Ich wusste nicht, das er hier so bekannt ist."

„Ob das gut ist, das man ihn hier kennt, sei dahin gestellt."

„Denkt ihr, er hat etwas verbrochen, das man ihn hier kennt und er nicht hierher wollte?"

„Wir sprechen von Nebel. Der Nebel, der es nicht für nötig hällt, irgendwen um das Willkommen zu bitten. Wer weiß was hier passiert ist."

Nachdenklich saßen die vier beieinander. Auch wenn jedem eine eigene Kammer bereitet wurden, saßen sie in Michaels und genossen etwas Wein und das prasselnde Feuer.

„Wir könnten danach fragen. Oder Nebel selbst fragen."

Alle lachten. Natürlich könnten sie Nebel befragen, warum er nicht hierher kommen wollte und warum man ihn hier kannte. Aber sie wussten, dass Nebel nicht antworten würde. Der ein oder andere hatte versucht, etwas zu erfahren.

Besonders in den ersten Tagen oder Wochen, schien es ein anerkannter Sport in der Gefolgschaft des jungen Kriegers zu sein, sein Schweigen zu brechen.

Vielleicht wäre man der Erste, dem sich der verschlossene junge Mann öffnen würde?

Früher oder später musste sich jedoch jeder eingestehen, dass alles Fragen, jeder Versuch sich mit dem Flüchtling anzufreunden sinnlos war.

Und sich hier Informationen zu holen, schien ihnen nicht richtig. Trotz aller Neugier.

„Genießen wir es an einem sicheren Ort ausruhen können. Ein warmes Bett, statt harten Bodens. Bei Sonnenaufgang reiten wir zurück und schließen uns schnellstmöglich wieder den anderen an."

Zustimmendes Gemurmel, ehe die Gruppe sich trennte und die Annehmlichkeiten des Schlosses ausnutzte, mit Bad und Bett.

✝

„Das Küken führt einen Kriegstrupp. Wer hätte das gedacht?"

Thomas sah gelangweilt auf die Trainierenden und schüttelte schmunzelnd den Kopf. Marius lachte leise.

„Blütrünstiges kleines Küken. Hab es ja gesagt."

„Er führt sie gegen die Inquisition."

Noirs Worte waren bar jeden Spaßes und Sorge spiegelte sich in dem flüssigen Silber seiner Augen, ebenso wie in denen Sidhs und Armands.

Sie hatten bereits Bekanntschaft mit den fanatischen Kriegern gemacht und wussten um die Gefahr, die von ihnen ausging.

„Er hat mehr Glück als Verstand, und wir wissen wie clever er ist. Vielleicht reicht das."

Sidh versuchte, den Bruder zu beruhigen, ihn aufzuheitern, und erntete einen skeptischen beinahe tadelnden Blick.

„Vergessen wir einen Moment lang, gegen wen er reitet, aber sehr kontaktfreudig war er hier nicht. Wie zum Teufel kommt er an einen Kriegstrupp?"

Andrej schüttelte fassungslos den Kopf. Noir schwieg. Natürlich stimmte er den anderen zu. Niemand hätte jemals gedacht, das Nebel Männer um sich scharen würde.

Das sich der Kleine sich Ärger suchen würde, ja. Das er Feinde um sich scharen würde, auf jeden Fall.

Auch das er sich wieder durch Kopfgeldjagd verdingte, hätte sie nicht gewundert.

Aber ein Kriegszug gegen die Inquisition? Krieger, die ihm folgten, die er befehligte? Nein, das wäre das Letzte, das man sich vorstellen konnte. ‚Das er sich ausgerechnet solche Feinde suchen muss ... Wie wird er das nächste Mal durch das Tor treten? Wenn er nicht ohnehin von IHNEN getötet wird?‘

„Er kommt irgendwann wieder her. Quicklebendig und frech wie eh und je, um uns zu ärgern.“

„Natürlich, das Training mit uns kann ja nicht vollkommen umsonst gewesen sein, oder die Grenzritte.“

Armand verdrehte die Augen, aber ließ die Freunde unkommentiert. Sie machten sich alle Sorgen um den Geflüchteten. Waren gespannt, ob er jemals zurückkehren würde.

Sie hatten die Ohren offen gehalten, aber nach einem Jahrzehnt war es das erste Lebenszeichen und dann ein solches. Armand betrachtete Noir. Auch er machte sich Sorgen, Sidh - nun Sidh sorgte sich um beinahe jeden.

„Wenn nicht, dann finde ich ihn und ziehe ihm persönlich die Zähne.“

Noirs geknurrte Drohung sorgte für kurzes Auflachen der anderen. Das war weit mehr Gefühl, als er sonst in der Öffentlichkeit zu zeigen pflegte, wie ernst seine Freunde es nahmen ... nur sie könnten es sagen.

Alexander indes beobachtete vom Turm aus, wie die Krieger des Schlosses in alle Himmelsrichtungen auszogen, um das Wort des Ältesten zu erfüllen.

Seine Reiter würden mehrere Tage, vielleicht auch Wochen unterwegs sein, wenn die Aufenthaltsorte sich geändert hatten, und noch nicht bei ihm vermerkt worden waren.

Als die Reiter seinem Blick entzogen wurden, galt seine Aufmerksamkeit der Ferne. Dort wo er Nebel vermutete, dort wo der Junge einen Tross führte, um Fremde zu warnen, die ihm nichts bedeuteten.

Ein Jahrzehnt, seit der Knabe sein Schloss verlassen hatte.

Ihn verlassen hatte.

Immer wieder hatte er sich gefragt, wie es dem Jüngeren ergangen war.

Immer wieder hatte er seine Stimme im Ohr, wenn er auf dem Turm stand, um seine Gedanken zu ordnen.

Auch jetzt spürte er beinahe die Gegenwart des geflohenen Gastes. Sah das triumphierende Grinsen, als der Knabe ihn übertölpelt hatte. Er hatte sich in Sicherheit gewiegt, aber der Junge hatte ihn überrascht.

Viel zu oft.

Er sollte froh sein. Froh, dass er gegangen war, die Ablenkung, die seine Anwesenheit bedeutet hatte, vorüber war. Aber das war er nicht.

Er sorgte sich um den Knaben, der seine Aufmerksamkeit gefordert hatte, wie keiner oder keine zuvor. Vielleicht, weil er nicht wusste. Nichts von ihm, den Gerüchten und Geschichten, die sich um ihn rankten.

Ohne Hintergedanken, ohne den Wunsch nach Privilegien war der Knabe ihm begegnet.

Und nun?

Die Boten, die er geschickt hatte und das Anliegen, das sie mit sich trugen, sagten mehr als deutlich, dass der Knabe sich in Dinge einmischte, die zu groß für ihn waren.

Dass er sich in große Gefahr begab, die sein Leben viel zu früh beenden könnten.

Wofür?

Warum?

War er seines Lebens so rasch überdrüssig geworden, das er die Gefahr suchte?

Es wäre nicht ungewöhnlich. Viele erbaten, dass man ihnen das Leben nahm, wenn genug gestorben waren, die ihnen etwas bedeutet hatten. Wenn sie merkten, wie lang die Ewigkeit sein konnte. Wie schwer und gefährlich das Leben als Vampir war. Erging es Nebel ebenso?

Der Knabe hatte kein Jahrhundert gesehen. Sollte er der Ewigkeit bereits so schnell überdrüssig sein?

Sollte er nach ihm suchen lassen?

Ihn herbringen lassen, notfalls mit Gewalt?

Sollte er den Boten eine Nachricht mitgeben? Mit der Bitte, auf sich Acht zu geben?

Alexander seufzte. Er wusste, dass er weder das eine noch das andere tun würde. Der Knabe müsste den Zeitpunkt selbst festlegen, an dem er zurückkehren würde.

Alles, was er tun konnte, war zu hoffen, dass der Jüngere sein Abenteuer überleben würde.

„Pass auf dich auf und kehre gesund zu mir zurück."

Wie die Worte des Jungen ungehört vom Wind getragen wurden, so wurden es die seinen. Ein Sehnen mit sich führend, das einzugestehen sich Alexander eher bereit wäre, als es der Jüngere war.

KAPITEL 2

Drei Jahre. Drei Jahre waren vergangen, seit Nebel das Buch gefunden hatte und den Entschluss gefasst, das alle gewarnt werden müssten.

Drei Jahre, in denen er gehofft hatte, dass er sein Herz zum Schweigen bringen könnte. Das die Abwechslung ihm Ablenkung böte.

Aber das war ein Trugschluss gewesen.

Inzwischen folgte ihm eine Gruppe von fünfzig Männern. Der junge Vampir konnte nicht sagen warum, was sie sich erhofften oder was sie antrieb. Vielleicht könnte er es erfahren, würde er die Abende an ihren Feuern oder bei ihren Spielen verbringen, aber das lag ihm nicht.

‚Sie sind nicht ...‘. Sie waren nicht Noir, Armand, Sidh, Marius, Thomas und Andrej. Mit ihnen war es einfach gewesen.

Alles.

Zu schweigen.

Zu sprechen.

Zu trainieren.

Spaß zu haben.

Ein tonloses Seufzen entrann der zeitlosen Kehle.

Er vermisste die Gruppe, die Freunden am nächsten kamen. Die Einzigen, bei denen es nicht anstrengend war. Bei denen er sich nicht verstellen musste.

Aber noch war er nicht gewillt zurückzukehren. Noch konnte er nicht sagen, ob er es je könnte.

Sie hatten in den letzten Jahren von Ortschaft zu Ortschaft gezogen. Hatten nur eine Warnung überbracht und waren weiter gereist. Seda war der letzte Ort. Alle Namen und Ortschaften aus dem Codex waren abgearbeitet.

Sie hatten von den Überfällen auf die Kirchenkrieger abgesehen, um viele so schnell wie möglich zu warnen.

Auch wenn Nebel sich mehr als einmal fragte, warum er diese Mühen auf sich nahm. Oft schlug ihm und den Männern, die mit ihm ritten, Misstrauen entgegen.

Mancher zeigte es offener als andere. Er erwartete keine Dankbarkeit für die Warnung, die vielleicht das eine oder andere Leben (was auch immer ein Vampir darunter verstehen mochte) retten könnte, aber Misstrauen?

Weder er noch die anderen ließen sich irgendwas zu Schulden kommen. Er würde nicht dulden, dass sich die Männer daneben benahmen. Sah man vom Willkommen ab, dass er nie einholte.

Für gewöhnlich hielten sie sich abseits, jagten nicht im Übermaß und hielten sich aus Ärger heraus. Lagen mehrere Ortschaften nah beieinander, hatten sie sich in Gruppen aufgeteilt und sich an einem zentralen Platz getroffen, um weiterzureisen oder auszuruhen.

„Und nun?"

Marques Frage zog Nebels Aufmerksamkeit auf sich und seine Männer. Er ließ den Blick über die Gruppe gleiten und unterdrückte ein Schmunzeln. Sie waren zu Gast in einer Burg, hatten gespeist, gebadet und die Kleider in Ordnung gebracht.

Unruhe spiegelte sich in ihren Blicken und Nebel wusste, dass es dieselbe Unruhe war, die er selbst verspürte.

Jene Unruhe, die man empfand, wenn man zu lange in der Wildnis unterwegs war und dann eingepfercht hinter Mauern harren musste.

„Morgen ziehen wir weiter. Wir haben gewarnt, wen wir warnen konnten. Alles andere liegt nicht mehr in unserer Hand. Morgen beginnen wir mit der Suche nach Ausbildungslagern der Inquisition. Wir können nicht alle kriegen, aber wir können ihre Zahl vielleicht mindern."

Nach langem Schweigen hatte Nebel seine Entscheidung kundgetan. Zustimmung spiegelte sich in den Zügen der anderen.

Vielleicht war es Zufall, dass sie den Codex gefunden hatten, vielleicht Schicksal. Aber sie konnten nicht darauf vertrauen, dass es noch einmal geschehen würde.

Er musste jeden Hinweis nutzen, je Möglichkeit die Gottesdiener zu vernichten, die seinesgleichen erbarmungslos jagten.

Nebel ließ seinen Blick noch einmal über die Gruppe gleiten und zog sich dann auf die Wachmauern zurück.

Sein Blick war in die Ferne gerichtet, zu jenem Ort, an den es ihn noch immer unbarmherzig zog. Auch nach dreizehn Jahren sehnte er sich noch immer dorthin zurück, obgleich er wusste, dass er nur ein Spiel war oder wäre.

Ein trauriges Lächeln umspielte seine Lippen, während er das Trugbild des Ältesten vor seinem inneren Auge hinauf beschwor und darum kämpfte, nicht die Hand nach der Illusion auszustrecken.

Er spürte die Gegenwart des Älteren, vernahm seinen Duft, seine Stimme, sein Lachen. Allabendliche Selbstfolter, von der er nicht ablassen konnte und wollte.

„Vergiss mich nicht. Irgendwann werde ich den Mut haben und zu dir zurückkehren. Und solange ... bitte, bitte vergiss mich nicht."

Der Wind erfasste Haar und Kleidung des Blonden, spielte damit, wie ein junger Welpe mit einem Stück Leder spielen würde. Jener genoss die kosende Berührung und schloss die Augen.

Die aufsteigenden Tränen kämpfte er nur mühsam nieder. Tränen nutzten niemandem. Ihm am wenigsten.

Schritte erklangen hinter dem jungen Jäger. Der Burgherr Corrin trat an Nebel heran, jenen mit misstrauischem Blick musternd. Corrin war beinahe zwei Köpfe größer als Nebel und bei Weitem muskulöser als der Bote es war.

Das einzige, was die beiden Männer gemein hatten, war das blonde, lange Haar. Auf Corrins zeitlosen Zügen hatten Zeit, Kriege und Verantwortung ihre Spuren hinterlassen, die Augen waren hart und kalt.

„Vor wem lauf Ihr davon? Ihr und Eure Meute seid nie lang an einem Ort, also wovor flieht ihr?"

Nebels Haltung straffte sich unmerklich, eine Hand platzierte sich am Griff des Schwertes, aber er zog es nicht.

Er bannte das Bild Alexanders in den hintersten Winkel seines Geistes und beschwor die übliche Arroganz wieder auf, während er die Augen öffnete und sich dem Burgherren zuwandt.

„Wir bleiben nie lange an einem Ort, um so viele wie möglich zu warnen, bevor noch weitere Namen von der Liste gestrichen werden können. Aber wo wir schon bei dem Thema sind: Meine ‚Meute' und ich werden morgen weiterziehen. Ich danke für die Gastfreundschaft."

Nebel verabschiedete sich normalerweise nicht. Sie kamen, warnten, rasteten und reisten weiter. Aber in diesem Fall machte er eine Ausnahme, um den anderen auf das Gastrecht hinzuweisen.

Einem Gast durfte nichts geschehen, solange jener sich nichts zu Schulden kommen ließ - nun solange der Gast eingeladen war und sich nichts zu Schulden kommen ließ.

Aber Nebel wäre nicht Nebel, wenn er nicht zumindest versuchen würde, das Gesetz für sich zu drehen und auch dieses Mal kam er damit durch.

Corrin verengte die Augen.

Missmut spiegelte sich auf seinen Zügen, als Nebel an ihm vorbeischritt. Natürlich würde er das Gastrecht nicht verletzen. Damit kam man nur in Teufels Küche.

Der Burgherr hatte keinen Zweifel, das, was der Jüngere tat, gut war, aber er wurde nicht schlau aus dem Knaben, und wie ihm ging es vielen anderen.

Egal mir wem er gesprochen hatte, niemand konnte Genaueres über Nebel sagen, ihm irgendwelche Informationen geben, die Aufschluss über den anderen Krieger geben könnten.

Es schien beinahe, als wäre er aus dem Nichts gekommen.

Niemand wusste, wer sein Schöpfer war oder ob er vielleicht ein Geborener war - wobei sein Aussehen dafür zu jung schien.

Er war jung, in manchen Momenten gar naiv, aber in anderen Augenblicken war davon keine Spur.

Er blieb nicht lang genug, als das man Genaueres herausfinden konnte und nicht einmal die Gruppe aus verschiedenen Kriegern konnte - oder wollte – Informationen preisgeben.

Corrin ging davon aus, dass sie nicht wollten. Man ritt nicht über Jahre mit einer Person und wusste nichts über ihn.

Das frustrierte Corrin - ebenso wie viele andere – und sorgte dafür, dass sich ein allgemeines Misstrauen gegen den jungen Krieger verbreitete. Zumindest außerhalb des Trupps, der dem Nebel folgte.

Wer garantierte, dass der Blonde nicht eine Gefahr war? Vielleicht sogar ein Verräter?

Woher sonst könnte er die Informationen haben, die er mit ihnen teilte. Auf der anderen Seite ... Warum sollte er die Informationen mit ihnen teilen, wenn er ein Verräter war?

Corrin wäre froh, wenn die Gäste endlich weiterzogen und an anderer Stelle Unruhe stifteten. Er selbst würde es halten, wie die anderen Oberhäupter, die der Bursche zuvor aufgesucht hatte – er würde einen Boten entsenden, der das Königshaus informierte.

✝

Klöster, besonders die abgelegenen, waren neben Abteien, die erste Anlaufstelle der Meute des Nebels. Er teilte die Krieger stets in Gruppen auf, um ein größeres Gebiet abdecken zu können, und wies jedem ein Gebiet zu.

Der Auftrag war klar: Informationen beschaffen und die Häscher der Inquisition zerschlagen. Die ersten Male war es einfach. Man erwartete sie nicht, wusste nicht, dass sie kommen würden.

Aber jemand warnte die Kirche und ihre Krieger vor dem Nebel und seinem Kriegstross. Es dauerte nicht lange, bis der Name des blonden Kriegers in aller Munde war, nicht auf offener Straße, aber in geheimen Gewölben und flüsternd an nächtlichen Feuern.

Nicht nur unter seinesgleichen, sondern auch bei den Häschern, die er jagte.

Die Überfälle wurden damit schwieriger. Man bereitete sich auf sie vor, erhöhte die Anzahl der Krieger oder versuchte Fallen zu stellen.

50

Aber noch schien die Glückssträhne des Nebels anzuhalten, und er schaffte es, seine Männer lebendig von jedem Schlachtfeld zu führen.

Das Ansehen des Kükens stieg in den Augen, derer die ihm folgten. Das Schweigen in welches der junge Anführer sich zu hüllen pflegte, wog weit weniger schwer, als die Erfolge, die sie unter seiner Führung erlangten.

Man lernte, es zu akzeptieren, das der Krieger nichts Persönliches mit ihnen teilte und nur sprach, wenn es um den nächsten Coup ging.

Bevor sie angriffen, stellte Nebel die übliche Frage an den dunklen Gevatter, und bisher hatte stets das vertraute Lachen geantwortet.

Jeder, auch Nebel, wusste, dass sie früher oder später wirkliche Schwierigkeiten bekommen würden. Das jeder von ihnen sterben könnte.

Die Schwierigkeit der Überfälle nahm mehr und mehr zu, und es war Glück, das es bislang keine Toten auf ihrer Seite gegeben hatte. Nebel würde ihnen nichts nachtragen, sollten sie heimkehren wollen.

Er selbst hatte nichts zu verlieren, außer seinem Leben und das sah er nicht als sonderlich wertvoll an. Andere hatten Gefährten, einen Clan oder Freunde irgendwo in ihrer Heimat sitzen – wo auch immer diese sein mochte.

Er selbst ... Nun er war Nebel, fliehend vor sich selbst. Clanlos. Keine Familie, die er zu schützen wäre, zu welcher er zurückkehren könnte.

Niemand ging.

Niemand kehrte zurück zu denen, die ihnen wertvoll wären. Die Gefahr hielt niemanden ab. Nicht davon Nebel zu folgen. Nicht davon die Häscher zu jagen, die ihre Art bedrohten. Was war schon das eigene Leben, wenn man andere retten könnte?

Wer ging schon davon aus, dass das eigene Leben enden könnte? Geht nicht jeder irgendwo davon aus, dass man lebt und das sich dieser Zustand auch nicht so bald ändern würde?

Und die Krieger sahen es ebenso. Andere konnten sterben, aber sie selbst nicht.

Auch in dieser Nacht war der Gedanke oder das Wissen vorhanden, das jemand sterben könnte. Aber wie in den Nächten zuvor beschlossen sie, die Gefahr hinzunehmen und die Jagd fortzusetzen.

Die Luft war warm, am Himmel teilten sich Wolken und Sterne den Platz und ein fernes Donnergrollen kündigte den nahenden Sturm an. Einem dunklen Omen gleich, auf das niemand achten wollte.

Es begann wie immer: Sie teilten sich auf und jeder Tross bestehend aus jeweils zehn Kriegern, ritt in die zugewiesene Klosteranlage.

Dort erkundeten sie in Zweiergruppen die Anlage. Nebel runzelte die Stirn und tauschte mit Marques einen Blick.

„Es ist zu ruhig."

Sie vernahmen Herzschläge in der Nähe, zwischen den Donnerschlägen, welche die beklemmende Stille durchbrachen.

Regen prasselte inzwischen sintflutartig auf die Welt herab und die schweren Schritte der Krieger verursachten ein dreckiges Schmatzen, wenn die Stiefel sich vom schlammigen Grund lösten.

Sie rochen das Weihwasser, aber das war nicht ungewöhnlich für einen Ort wie diesen. Die Krieger sahen niemanden. Die Häscher hatten sich gut versteckt.

„Eine Falle?..."

Nebel nickte. Das war das wahrscheinlichste und nicht der erste Versuch, den die gejagten Jäger versuchten.

Irgendwo verbargen sie sich, um die Vampire aus dem Hinterhalt anzugreifen, wenn ihre Stunde gekommen war.

Nebel wusste, dass die anderen ebenso wachsam sein würden wie er selbst und sah keinen Grund, das Spiel abzubrechen.

Eine Entscheidung, die sich als einen fatalen Fehler herausstellen sollte, den der Krieger nicht wieder vergessen würde.

Der Blonde und Marques stießen die Türen zur Kapelle auf und traten mit gezogenen Waffen, Seite an Seite, ein. Aber auch hier war niemand zu sehen. ‚Heute mein Freund? Tanzen wir heute ein letztes Mal?‘. Die selbste Frage wie immer. Aber kein Lachen, das ihm antwortete. Stattdessen erklangen Schreie. Nicht jene der Inquisition, sondern des Kriegstrupps.

Nebel und Marques wirbelten herum, doch ehe sie auch nur einen Schritt tun konnten, tat sich der Boden auf und die beiden Jäger stürzten in die Tiefe.

Sie rappelten sich auf und der Jüngere blickte irritiert hinauf, wo er noch sah, wie sich eine Falltür über ihnen schloss.

„Nebel ...“

Marques forderte die Aufmerksamkeit des Blonden ein. Sorge spiegelte sich auf seinen Zügen, und Nebel trat an den anderen heran und sah sich um. Das gesamte Klostergelände schien weiträumig unterkellert.

Sie befanden sich in einem großen rundlichen Gewölbe, von dem mehrere Gänge wegführten und der voller Zellen war. Zellen, in denen die Kriegerpaare standen und ebenso irritiert aussahen, wie es Nebel tat.

„Die Idee ist gut.“

„Ist das dein Ernst? Wir sind gefangen und du empfindest die Idee der Inquisitoren als gut?“

Ein paar lachten nervös und Nebel grinste schulterzuckend, während er die Finger gedankenverloren um die Gitterstäbe legte und sie unter einem schmerzhaften Zischen wieder zurückzog.

Die Zellengitter waren mit Weihwasser behandelt worden. Auch das, das musste Nebel zugeben, war eine gute Idee.

Der Geruch versenkten Fleisches mischte sich unter die bereits Vorhandenen. Es roch nach Tod, Verwesung, Ausscheidung und Angst.

„Man kann vieles sagen, mein Freund, aber an Einfallsreichtum mangelt es der Inquisition nicht."

Nebel nannte den anderen nicht beim Namen, das tat er nie. Nicht den Ersten und keinen anderen. Um jene zu schützen. Es reichte, dass man seinen Namen kannte.

Irgendwer rief immer nach ihm. Zur Warnung, um Hilfe zu erbitten oder schlicht um seine Aufmerksamkeit zu erregen. Die Jägergruppe – diese ebenso wie die anderen, die ihm folgten – war sich ziemlich sicher, das Nebel nicht einen Namen kannte von denen, die ihm folgten, aber das war ein Irrtum. Nebel kannte sie.

Er wusste eine Menge mehr über seine Männer, als ihnen bewusst war.

Aber würde er beginnen, sie abseits von Schlachten mit ihren Namen zu rufen, dann war die Gefahr zu groß, dass dies auch auf den Jagden geschehen würde.

Und entkäme ein Feind, würde die Liste, die sie abgearbeitet hatten, um einen weiteren Namen erweitert werden.

„Und woran, Bestie, mangelt es uns dann?"

Niemand hatte darauf geachtet, das jemand – oder woher dieser jemand – gekommen war. Sofort ruckten die Blicke aller auf den Sprecher, dessen Worte kühl und drohend durch das Gefängnis hallten.

„Mhh wo soll ich da beginnen? Vermutlich am Verstand, anders kann ich mir dieses fanatische Gebaren nicht erklären."

Irgendwann, da war sich Nebel sicher, würde er lernen zu schweigen.

Irgendwann.

Vielleicht.

Der Blonde trat an die Gitter heran, soweit es ihm möglich war, ohne direkten Kontakt herzustellen, und musterte den rotgewandeten Eindringling, der von zwei Kriegern flankiert wurde, eingehend und er begriff, warum der dunkle Tänzer dieses Mal nicht mit dem üblichen Lachen geantwortet hatte.

Vor ihnen stand ein Kardinal.

In den Notizen das ihnen in die Hände gefallen war, waren Orte, neben denen der Name eines Kardinals stand, von den Karten getilgt worden. Was bedeutete der Kardinal hier? Was hatten sie zu erwarten? ‚Ich habe sie alle in den Tod geführt.'. Nebel schluckte unwillkürlich. Er hatte die Männer in den sicheren Tod geführt, da war er sicher. Die einzige Frage war, wielange man sie leiden ließ.

Und das sie leiden würden, war jedem bewusst, auch wenn niemandem sosehr, wie dem blonden Flüchtling, dessen ‚Schatz' verborgen unter dem Hemd ihm einen guten Einblick in die Methoden der Inquisition verschafft hatte.

Der Kardinal nickte dünnlippig lächelnd den Zellen gen und ein Zischen erklang. Gleich darauf brachen zwei Krieger zusammen. Irgendjemand sog zischend die Luft ein.

Nebel sah kurz irritiert zwischen dem Kardinal und den Kriegern hin und her.

Gar nicht schlecht, musste man auch dieses Mal den Häschern zugestehen. Aus der Brust, auf Herzhöhe, der beiden Krieger ragte ein silberner Pfeil.

Nebel könnte beschwören, dass auch sie geweiht worden waren. Und damit hätte er recht.

Zwei Jäger.

Zwei Vampire.

Die Getroffenen wurden aus der Zelle geschleift unter dem amüsierten Blick des Kardinals und dem entsetzten der Vampire.

„Keine Sorge. Auch ihr anderen kommt noch an die Reihe."

Ein leises Lachen begleitete die Worte des Kardinals, ehe er sich abwandt und den Jägern hinaus durch eine dicke Tür folgte.

„Wir sollten dafür sorgen, das das kein zweites Mal klappt."

Schreie erklangen und selbst Nebel zuckte unter dem Laut zusammen. ‚Bitte ... wenn heute die Nacht ist, dann lass es schnell gehen.'. Ein inneres Flehen, das sich nur flüchtig in seinem Blick spiegelte, ehe er durchatmete und sich umsah.

„Wir könnten abwarten und hoffen, dass die anderen uns zu Hilfe kommen."

Marques war an Nebel herangetreten und erntete einen skeptischen Blick vom Jüngeren.

„Wir sollten davon ausgehen, das sie ebenso in eine Falle gerieten, wie wir. Wir sind auf uns gestellt."

Nebel deutete nach oben und Marques folgte dem Deuten mit dem Blick. Es war eine Chance, eine geringe Chance aber immerhin eine Chance.

Marques verschränkte seine Finger und bot dem Jüngeren die Hände als Tritt. Jener schob seinen rechten schlammverschmierten Stiefel in die verschränkten Hände und hielt sich mit einer Hand an der Schulter des Mitstreiters.

Nach einem Nicken schleuderte Marques den Nebel hoch und Letzterer bereute es, als seine Fingerspitzen die Falltür berührte.

Natürlich hatten sie auch daran gedacht.

Die verbliebenen Krieger hatten mit Neugier und einem Hauch von Hoffnung, den Versuch der beiden beobachtet und fluchten leise, als der Geruch und das schmerzhafte Zischen Nebels erklang.

„Kein Ausweg ..."

Die Schreie der entfernten Waffenbrüder erschwerte es sich zu konzentrieren, zumindest aber verhalf der frische Schmerz, dass Nebel nicht in Panik geriet.

„Es muss einen Ausweg geben. Jeder macht Fehler."

Vereinzeltes Nicken, während jeder sich umsah und die eigene Zelle untersuchte. Jeder machte Fehler, auch wenn Nebel seine ungern zugab. Es konnte nicht sein, dass SIE keine machten.

Aber alles Suchen blieb ohne Erfolg.

Einem gefangenen Tier gleich wanderte Nebel in der Zelle auf und ab, fuhr sich immer wieder durchs Haar und versuchte sich zu konzentrieren. Irritiert stoppten die Schritte des jungen Vampirs und die anderen blickten verwirrt zu jenem, bis sie selbst erkannten, was sich verändert hatte: Es war wieder still geworden.

Die Schreie ihrer Waffenbrüder waren verhallt. Wie lange schon? Keiner von ihnen würde es beantworten können. Zu sehr waren ihre Gedanken von dem, was folgen könnte, vereinnahmt als das sie darauf geachtet hätten.

„Achtung!"

Sofort griff jeder nach seinem Schwert. Noch einmal würden die Krieger der Inquisition sie nicht überraschen. Noch einmal würde dieses Spiel nicht funktionieren.

Die Gefangenen mussten nicht lange warten, bis man die geschundenen Leiber der Waffenbrüder wieder hereinzerrte und in die für sie vorgesehene Zelle warf. Wortlos verließen sie die unversehrten und erst jetzt, als sie den

Schritten der Häscher folgten, erkannten sie, das der Kardinal ebenfalls eingetreten war und sie der Reihe nach mit kaltem Lächeln musterte.

Nebel erwiderte die Musterung, versuchte zu erkennen womit, oder mit wem sie es zu tun hatten. Versuchte, eine Spur von Schwäche oder Zweifel zu erkennen, aber versagte.

Kardinal Anselm wäre nie so weit gekommen, wenn er Zweifel hätte oder offensichtliche Schwächen. Aufrecht und stolz stand er in einem Abstand von zwei Metern zu Nebels Zelle.

Das braune Haar, das unter der Mitra hervorlugte, war dünn, die Augen kalt und voller Hass auf das, was er sah, die Hakennase dominierte das schmale Gesicht und die feinen, dünnen Lippen waren zu einem kalten Grinsen verzogen.

Anselm hasste die dunkle Brut und jagte sie mit einem Fanatismus, der seinesgleichen suchte. Viele Klöster waren gefallen, während dieses und einige im Umkreis umgeformt wurden.

Auf Geheiß des Informanten.

Als Forschungseinrichtungen waren die Grundzüge vorhanden gewesen, aber ein paar Anpassungen und Vorbereitungen wie die Falltüren hatte man noch vornehmen müssen.

Sie hatten gewusst, dass das Biest, das man Nebel rief, kommen würde, und man hatte es erwartet. Gebührend erwartet. Nebel erwiderte den Blick des Feindes, der in seinem scharlachroten Talar tatsächlich bedrohlich auf den Nebel wirkte.

Er versuchte, sich nichts anmerken zu lassen. Aber die sonst so perfekte Maske begann bereits, zu bröckeln, was dem Kardinal ein leises Lachen entlockte, ehe er sich abwandt, um die Vampire ihren eigenen Gedanken und Ängsten zu überlassen.

'Wie viele Dörfer hat er bereits zerschlagen? Wie viele Leben genommen, unschuldige Leben im Namen eines unsagbaren Krieges? Unter dem Banner des Guten.'.

Der blonde Anführer sah ihm starr nach, seinen Gedanken nachhängend, seinen Fragen, bis die Tür hinter dem Kardinal ins Schloss fiel.

Die Stille war erdrückend und ohrenbetäubend Laut.

Beinahe gleichzeitig fielen die Blicke aller auf die Verletzten und Nebel schluckte vernehmlich, als er auf die blutigen Haufen sah, mit denen er Seite an Seite gekämpft hatte.

Cuno und sein Vetter Hugo. Sie folgten ihm bereits, seit er noch zum Spaß Inquisitoren in die Falle gelockt hatte und kaum eine Handvoll ihm gefolgt war.

„Tötet sie!"

Als er sicher war, dass er seine Stimme unter Kontrolle hatte, sprach der Blonde den Befehl und erntete schockierte und verwirrte Blicke. Nebel deutete auf die Zelle, deutete auf die Waffenbrüder oder das, was von ihnen übrig war.

„Sie sind längst nicht fertig. Sie werden weitermachen. Sie werden dafür sorgen, dass sie und wir nach dem Tod betteln. Tötet sie und wer klug ist folgt ihnen, denn das ist das Mindeste, was jeden von uns erwartet."

Sie wussten, dass Nebel recht hatte, aber das machte es nicht besser oder einfacher. Die Zellennachbarn taten widerwillig, wie ihnen geheißen wurde, und zogen die beiden näher heran. Sie achteten darauf, nicht mit der bloßen Haut die Gitterstäbe zu berühren.

Es war kein leichtes und zudem ein kraftraubendes Unterfangen.

Nach einer gefühlten Ewigkeit hatten sie es geschafft, die beiden soweit heranzuziehen das man sie enthaupten konnte und genau das taten sie – wenn auch nur mit größtem Widerwillen.

Auch wenn ihnen weitere Folter erspart bleiben würde, waren sie lange zusammen geritten. Sie hatten zusammen gekämpft und geblutet und niemandem fiel leicht sie so zu sehen. Nicht einmal Nebel, der gern so tat, als wären andere ihm gleichgültig.

Marques trat an Nebel heran, forderte dessen Aufmerksamkeit ein, indem er dem Jüngeren eine Hand auf die Schulter legte.

„Denkst du die anderen ...“

Er wagte nicht, weiterzusprechen, und forderte mit dieser Frage die Aufmerksamkeit aller ein. Nebel nickte matt und fuhr sich mit gespreizten Fingern durch sein Haar.

„Wir sollten davon ausgehen, das sie in ähnlichen Situationen stecken, wie wir. Und ich weiß nicht, wie um alles in der Welt ich uns hier rausholen soll.“

Marques'Hand rutschte von der Schulter des Jüngeren, und er nickte betäubt. Schweigen breitete sich über die Gruppe. Die Zeit zog sich wie Harz. Nur vereinzelnde Fackeln spendeten spärliches Licht.

Es schien beinahe, als hätte sich ein undurchdringliches Leichentuch über sie gebreitet, das alle Zuversicht und Hoffnung erstickte.

Alle überlegten fieberhaft, wie man hier rauskommen könnte, aber niemandem wollte eine Lösung einfallen. Immer wieder blickten die Krieger zu Nebel, dessen Miene verschlossen war, wie eh und je.

Er hatte sie bis hierher angeführt und aus jedem Kampf wieder heraus geholt. Sie erwarteten, dass er es wieder täte, dass er es wieder könnte.

Aber der junge Anführer wusste nicht wie. Seine Gedanken arbeiteten auf Hochtouren. Er versuchte, einen Fehler zu finden, eine kleine Möglichkeit nur, die ihnen einen Weg hinaus ermöglichen würde. Aber da war keiner. Kein Fehler. Kein Weg hinaus.

Nebel spürte die Blicke und die Forderung, die darin lag, einen Weg zu finden. 'Wie lange sind wir hier? Warum kommen sie nicht? Wann kommen sie?'. Nebel runzelte die Stirn. Er wollte nicht sterben und gewiss nicht zusehen wie seine Männer starben, aber das Warten und das Nichtstun können zermürbten den Krieger.

„Nebel?"

Marques musterte den Waffenbruder aufmerksam, und jener straffte seine Haltung und atmete unnötig durch.

„Ich denke nach. Was willst du?"

Wortlos legte sich eine Hand des Älteren an den Griff des eigenen Schwertes. Er würde den Blonden davor bewahren, in die Hände der Häscher zu gelangen.

Nach den Notizen, die Noir betraf, war der Gedanke, diese Gefälligkeit anzunehmen, in der Tat verlockend. Nur für eine Sekunde lang, dann schmunzelte Nebel kopfschüttelnd.

„Nein, mein Freund. Ich muss ausruhen. Wache zuerst, dann übernehme ich. Haltet es ebenso, wacht über euren Zellengenossen. Ihr seid füreinander verantwortlich."

Sie mussten ausruhen, bei Sinnen und Kräften sein, wenn sie einen Weg finden wollten, oder auch nur eine Möglichkeit nicht versäumen wollten. Nebel trat in die Mitte der Zelle, wo er sich langsam setzte.

Marques trat hinter ihn und legte den Blick fest auf die Katakomben. Der Blonde lehnte sich gegen die Unterschenkel des Älteren.

Ein kurzer Blick zeigte ihm, dass die anderen es ebenso hielten. Einer setzte sich, um zu ruhen, der andere behielt die Umgebung im Auge und wachte schweigend über den anderen.

KAPITEL 3

Die Vampire wechselten sich mehrmals in der Wacht ab, einem Gefühl folgend der ihnen den Zeitraum vorschrieb. Aber nichts geschah. Die Häscher kamen nicht wieder, und Nebel nahm das nicht als ein gutes Zeichen hin.

Vielleicht gehörte das Warten zu der Folter, die sie zu erwarten hatten. Vielleicht bereiteten sie etwas Großes vor? Nebel wusste es nicht. Den Schwertgriff umfasst versuchte sich der Krieger ein Bild von ihrem Gefängnis zu machen, während Marques an seine Unterschenkel gelehnt ausruhte.

Es war kein Laut zu hören, der von außen herein drang. Nicht das Läuten zur Messe.

Nicht der Donner, der sie auf dem Weg zum Kloster begleitet hatte. Einzig das Geräusch einzelner Wassertropfen - er redete sich ein, dass es Wassertropfen waren -, die in eine Pfütze fielen, konnte Nebel ausmachen.

Das Gewölbe war riesig. Der Raum, in dem sie sich befanden, maß vielleicht fünfzig Meter und war mit zehn Zellen bestückt. Fünf waren belegt.

Nebel konnte fünf Gänge ausmachen, die vom Hauptraum wegführten. Schwere Säulen, welche in der Mitte des Raumes platziert waren, rahmten eine freie, leicht abschüssige Fläche.

Ein Gitter verriet dem Blonden, das sich dort ein Abfluss befand. Wofür? Darüber wollte er nicht nachdenken.

Schritte erklangen. Eine leichte Berührung an der Schulter weckte die ruhenden und gleich darauf waren alle Vampire auf den Beinen, die Schwerter gezückt nahmen sie festen Stand ein.

Der Kardinal, zwei Schützen mit Armbrust und zwei Schergen mit Eimern traten auf die Zellen zu.

Kurz nur ruhte der Blick des Rotgewandeten auf den beiden Enthaupteten, ehe er sich den ‚Lebenden‘ zuwandt. Sein Blick glitt über jeden Einzelnen, ein kühles Lächeln zupfte an den dünnen Lippen.

Die Vampire starrten zurück, um Ruhe bemüht oder zumindest dem Anschein von Ruhe. Anselm durchschaute sie, er deutete auf die letzte Zelle, die Schützen begaben sich in Position.

Die Gefangenen hielten den nicht benötigten Atem an, die beiden in der Zelle knurrten leise und machten sich bereit, die Geschosse mit ihren Schwertern abzuwehren.

Aber auch das hatte Anselm vorausgesehen. Ein Nicken des Kardinals und die Schergen schütteten schwungvoll den Inhalt der Eimer auf die Inhaftierten, noch bevor jemand einen Warnruf ausstoßen könnte.

Im Reflex hoben die Krieger die Arme, um das Gesicht vor dem vermeidlichen Weihwasser zu bewahren, und die Schützen nutzten die Gelegenheit und setzten die beiden Vampire außer Gefecht.

Die silbernen Bolzen ragten aus ihren Leibern, die Klingen fielen unnatürlich laut scheppernd zu Boden und ihre Körper folgten. Trotz der Furcht und der Hoffnungslosigkeit dieser ganzen Situation musste Nebel zugeben, dass SIE nicht dumm waren.

Ihr Vorgehen war geschickter, als er es ihnen zugetraut hätte. Man schleifte die Leiber der Gefallenen aus ihren Zellen und verschwanden im Mittleren der fünf Gänge und es dauerte nicht lang, bis die Schmerzensschreie der Waffenbrüder den Verbliebenen zusetzten und ihre Hoffnung noch weiter schrumpfte.

Als sich das nächste Mal eine Tür öffnete – niemand hatte darauf geachtet welche – traten ein paar Krieger herein. Sie trugen Säcke mit sich und Ketten.

Neugierig trat Nebel an die Zellentür, sich Marques an seiner Seite nur allzu bewusst.

Die beiden mussten sich nicht umsehen, um zu wissen, dass die anderen ihrer Neugier ebenso nachgaben, wie sie es taten. Auch wenn sich alle sicher waren, dass sie gar nicht wissen wollten, was als Nächstes geschehen würde.

Und sie sollten recht behalten. Die Häscher begannen damit, die Ketten an Haken in der Decke zu befestigen. An einigen Gliedern befestigten sie neue Haken. Zehn pro Kette. Fünf Ketten.

„Verdammt."

Marques kam zum selben Schluss wie Nebel und nach und nach die anderen Krieger ebenso. Diese Ketten, diese Haken, waren für sie bestimmt. Oder was auch von ihnen übrig bleiben würde.

Mit perfider Freude öffneten die Häscher den ersten Sack und zogen Kopf um Kopf heraus um, sie an den Haken aufzuspießen.

Die Köpfe ihrer Waffenbrüder. Aus toten Augen schauten sie zu den Inhaftierten herüber, Spuren getrockneten Blutes zierten die entstellten Züge, die Münder zum stummen Schrei aufgerissen.

Blut tropfte aus ihren Hälsen herab auf den Boden.

Manches Haupt hatte statt der weitaufgerissenen Augen nur schwarze ausgebrannte Höhlen und niemand wollte genauer darüber nachdenken, wie sie das gemacht hatten.

Die Häscher holten die Köpfe der von den Vampiren erlösten und hängten sie an die letzte Kette. Marques zuckte zusammen, als die Männer zur rechten der eigenen Zelle zusammenbrachen. Nebel warf einen kurzen Blick auf sie, ehe sein Blick sich wieder auf die Gefallenen legte.

Er konnte nicht wegsehen.

Er wollte es, aber er konnte nicht.

Eine Hand legte sich auf die Schulter des Blonden, im Versuch seine Aufmerksamkeit wieder auf das hier und jetzt zu reißen.

„Nun haben wir wenigstens Gewissheit."

Eine Gewissheit, was mit den anderen Gruppen geschehen war.

Gewissheit was mit ihnen geschehen würde.

Gewissheit, auf die sie alle verzichten könnten.

„Wir werden hier sterben, nicht wahr?"

Furcht spiegelte sich in Danyels Zügen wieder und er sackte auf die Knie und Torben sein Zellengenosse tat es ebenso. Nun waren es nur noch Nebel und Marques die aufrecht in ihrer Zelle harrten.

Nebel könnte lügen.

Er könnte sagen, dass sie es schon schaffen würden, den Jüngeren beruhigen. Aber zu lügen, war nie seine Art gewesen.

‚Bitte, bitte, bitte! Nicht heute. Nicht heute!'. Nebel erhielt keine Antwort auf sein Flehen, das dem dunklen Tänzer galt.

Was die meisten beruhigen würde, steigerte die Furcht des Nebels ungemein.

„Die Frage ist nicht, ob wir sterben, sondern wie lange es dauern wird."

„Nebel ..."

„Du weißt, das ich recht habe, Marques. Wenn wir keinen Weg hier raus finden, oder ein Wunder geschieht, ist die Frage nicht ob wir sterben."

„Ich weiß. Die anderen wissen es auch. Aber deswegen muss es nicht ausgesprochen werden. Nur weil es wahr ist, will man es nicht auch hören."

„Schweigen ändert nichts an den Gegebenheiten."

Marques lächelte sanft, das war so sehr Nebel, dass es beinahe lustig war.

Beinahe.

Natürlich hatte der Blonde recht. Sie würden hier sterben. Aber würde es schaden, wenn er ein klein wenig optimistischer täte?

Um den anderen Hoffnung zu vermitteln?

Marques seufzte. Nein, das würde der Jüngere nicht tun. Er war gnadenlos ehrlich. An und für sich war das wohl nichts Schlimmes, aber ...

In Situationen wie diesen wollte man die Wahrheit nicht hören. Man wollte einen Strohhalm, an dem man sich mit aller Macht klammern konnte.

Die mittlere Tür schwang auf, die Waffenbrüder des Nebels wurden wieder hereingezerrt. Doch sie wurden nicht in ihre Zelle geworfen, sondern kopfüber an eine Wand gehängt. Man stellte ein Fass unter sie und schlitzte ihnen die Kehlen auf.

Der kostbare dunkle Strom Fluss ungehindert in das Fass, das Leben, das sie verließ, würde das Leben eines anderen verlängern – ob gewollt oder nicht.

Nebels Blick löste sich vom grotesken Deckenschmuck und legte sich auf die beiden Hängenden.

‚Johann und Erik. Gewandelt vor 202 Jahren. Gefährten …
Es tut mir leid.‘. Sie würden die Gedanken des Nebels
nicht hören, nicht lesen. Diese Fähigkeit war ihnen nicht
gegeben.

Sie würden zwei weitere Namen auf seiner Liste sein, zwei
weitere Namen, zwei weitere Gesichter, die ihn heim-
suchen würden, bis sich jemand erbarmte und seinem
Leben ein Ende bereitete.

Der Blick des Nebels, auch die der anderen, glitt über die
trainierten Leiber. Bis auf die Hosen waren sie unbeklei-
det, und was normalerweise ein nicht zu verachtender
Anblick war, weckte und schürte das Entsetzen der Verbliebenen.

Man hatte ihnen den Brustkorb geöffnet, der Geruch von
verbranntem Fleisch sagte dem Nebel, das sie vermutlich
Kohlen in die Leiber gegeben hatten.

Die Rippen schienen gebrochen und wuchsen bereits langsam schief zusammen, Peitschen-, und Messerspuren zierte
ihre Seiten, Brandspuren vervollständigten das grausame
Bild. Blut floss – neben der Kehle – aus dürftig geschlos-
senen Wunden, verunzierte die geschundenen Leiber.

Sie waren nicht bei Bewusstsein, und das war vermutlich
das Zweitbeste, was einem hier geschehen konnte.

Nicht nur der Schmerzen wegen, sondern wurden sie so
von den anklagenden Blicken der Toten verschont.

Niemand wusste, wie viel Zeit inzwischen vergangen sein
mochte. Niemand sprach ein Wort. Nur das Tropfen von
Wasser und Blut war zu vernehmen. Die Krieger versuchten, nicht auf die Köpfe zu schauen, saßen im hinteren Teil
ihrer Zelle und warteten.

Beinahe alle.

Nebel stand an der Zellentür und sah in die toten Augen
seiner Meute.

„Ich hätte es bei den Warnungen belassen sollen. Es ist meine Schuld. Ich habe sie getötet."

Unnatürlich laut erklangen die Worte in das Schweigen hinein und kurz zuckten die Verbliebenen zusammen.

Niemand widersprach.

Allerdings stimmte auch niemand zu. Mancher fragte sich, was an den Worten des Blonden dran sein könnte. Marques erhob sich, trat an den anderen heran und legte ihm leicht eine Hand auf die Schulter.

„Wir haben entschieden, mit dir zu reiten. Wir wussten um die Gefahr. Es ist nicht deine Schuld."

Nebel sah den anderen an. Schenkte ihm einen Blick, der besagte, dass er dem anderen nicht glaubte.

Nicht glauben konnte.

Nicht glauben wollte.

Wie sollte er denn nicht schuld sein?

Der Blick des Anführers legte sich wieder auf den Deckenschmuck. Kopf um Kopf benannte er in Gedanken mit Namen.

Die mittlere Tür öffnete sich wieder. Vier Schergen trugen einen breiten Tisch herein und platzierten ihn in der Mitte des Raumes, über dem Abfluss.

Erst jetzt bemerkte Nebel die Ringe, die im Boden eingelassen waren, aber auch nur, weil die Schergen, nachdem sie den Tisch ausgerichtet hatten, Ketten durch diese Ringe zogen.

Andere brachten Ständer und Schalen herein, der Nächste brachte Holz und Lampenöl. Werkzeuge wurden herangeschafft und auf einem Hocker bereitgestellt, während das Holz in den Metalschalen geschichtet und mit Lampenöl übergossen und angezündet wurde.

Weder die Schergen, noch die Gefangenen sprachen ein Wort.

Letzteren wussten, dass bald die Nächsten geholt werden würden. Das, was auch immer dort vorbereitet wurde, würde sie treffen.

Über die Mitte des Tisches befestigten die Schergen an einem Haken eine schwere Kette aber nicht diese war es, welche die Vampire erbleichen ließ.

Das schaffte die armlange, gebogene Klinge, welche an der Kette befestigt wurde.

Die Klinge endete etwa fünfzehn Zentimeter über dem Tisch.

„Verdammt"

Torben wich wieder zurück an die Wand, Danyel wirkte, als wollte er sich gleich erbrechen. Nebels Miene blieb unergründlich. Er spürte die Blicke der anderen auf sich, wusste, sie suchten nach einem Zeichen von Furcht oder Hoffnung.

Nebel wusste, was das war. Er hatte davon gelesen, Zeichnungen gesehen. Das Pendel war eine unterhaltsame Methode der Folter – wenn man nicht selbst damit konfrontiert war.

Es würde in Schwingung versetzt werden und das Opfer mit jedem aufeinandertreffen, unschöne Verletzungen zufügen.

Unwillkürlich legte der Blonde eine Hand auf den Bauch. Er wollte gar nicht genauer darüber nachdenken, wie es sich anfühlen würde, aber vermutlich würde jeder von ihnen genau das herausfinden.

Die Schergen hatten sich wieder zurückgezogen, nachdem sie mit ihrem Aufbau zufrieden waren und hinterließen die Gefangenen mit der Ungewissheit darüber, was noch alles folgen würde – oder wann.

Stille, nur das Tropfen vom Wasser und Blut.

Warten.

Ungewiss wer von ihnen der Nächste wäre.

Nebels Blick glitt wieder hin zum Deckenschmuck. Zurück zu den verzerrten Gesichtern der Waffenbrüder.

„Sieh nicht hin."

Wieder war er Marques, der das Wort an den Jüngeren richtete und dafür ein Schnauben erntete.

Wie sollte er wegsehen?

Wieso sich nicht dieses Bild einprägen, das ihn nie wieder loslassen würde. Die Eintretenden enthoben ihn einer Antwort.

Der Kardinal, zwei Schergen, zwei Schützen. Wortlos wiederholten sie ihr Vorgehen bei den nächsten beiden, zerrten sie aus der Zelle und auf den Tisch.

Nebeneinander wurden sie angekettet, ehe man sie ihrer Westen und Hemden entledigte und die Geschosse aus ihrer Brust riss. Die Oberkörper hoben sich unter einem unnötigen Luftholen.

Es wirkte beinahe wie ein Ertrinkender, der seinen ersten Atemzug tat, nachdem man das Wasser aus ihren Lungen gepresst hatte.

Man flößte ihnen einen Becher des gesammelten Blutes ein. Man wollte die Gefangenen bei Kräften haben.

Doch allein die Ketten würden den Vampiren ihre Kraft rauben. Die Ketten und Schellen waren, wie auch die Klinge die am Pendel hing, aus geweihtem Adamant gefertigt.

Es würde selbst den verzweifeltsten Zügen standhalten und ihnen dabei weitere Verletzungen zufügen.

Die Inquisition verließ sich nicht auf Glück und das zeigte sich hier ebenso wie in der Vorbereitung der Zellen.

Der Kardinal positionierte sich vor den Gefangenen. Maß mit kaltem Blick die Inhaftierten.

„Wir wollen Namen und Standorte."

Natürlich wollten sie das. Davon könnten die verbliebenen Krieger ausreichend geben und bei dem ein oder anderen war es wirklich eine Herausforderung zu schweigen.

Nebels Blick löste sich von den beiden auf dem Tisch und legte sich auf den Kardinal. ‚Wir werden ohnehin sterben. Vielleicht können wir es beschleunigen, wenn wir sie reizen.'. Gedacht, getan.

Sie hatten nichts zu verlieren, außer ihren Leben.

„Vom Hutmacher?"

Marques sah fassungslos zu Nebel, ehe er amüsiert grinste, den Gedanken hinter den Worten des anderen erkennend.

„Vom Barbier."

Torben und Danyel sahen entsetzt zu den Älteren, als es von den Tischen weiter ging. Julian und Kasimir hatten einen kurzen Blick getauscht und unmerklich genickt.

„Vom Pferdemarkt?"

„Nein, nein eher von guten Schneidern."

„Einem Freudenhaus?"

„Badehaus?"

Nebel lachte leise, als auch die beiden in den Zellen mit einfielen. Auch wenn das Lachen schnell erstarb, als der Kardinal ein Zeichen gab und die Schergen, die sich an beiden Seiten des Tisches platziert hatten, versetzten das Pendel in Schwingung.

Zunächst verfehlte die scharfe Klinge die beiden Vampire, aber mit Verlangsamung fuhr die Klinge tiefer in die Leiber der Gefangenen.

Ihre Schreie hallten von den Wänden, der Decke wider und Nebel ballte die Hände zu Fäusten, um nichts Dummes zu tun oder zu sagen.

Torben und Danyel hatten den Blick abgewandt, aber der Blonde konnte das nicht tun.

Er war dafür verantwortlich, also musste er zusehen.

Der Kardinal räusperte sich, um sich der Aufmerksamkeit der Bestien zu versichern.

„Wir wollen Namen und Standorte."

Ruhig wiederholte er die Forderung. Er hatte Zeit. Die anderen Gruppen waren schnell getötet worden, um zu verhindern, dass sie den anderen zu Hilfe kamen.

Um diese hier, konnte man sich ausgiebig kümmern. Und das hatte er vor.

Der Informant war sehr genau gewesen, was ihr Vorgehen anbelangte. Seit Monaten gab es – nach Jahren der Ruhe – Überfälle auf Klöster und Abteien der Inquisition. Mehrere Orte im Abstand von maximal fünfzig Kilometern waren etwa zeitgleich überfallen worden.

Es war nur eine Frage der Zeit gewesen, bis sie hierher kamen.

Der Informant hatte es gewusst.

Die Gruppen ohne den Nebel sollten sofort getötet werden, und jene, unter denen der Gesuchte war, sollten der Informationsbeschaffung dienen. Sie würden reden. Irgendwann tat es jeder. Auch wenn sie noch aufmüpfig waren und versuchten zu reizen, würden sie sprechen.

Er hatte Zeit.

„Er wiederholt sich, sollen wir uns auch wiederholen?"

„Vielleicht sollten wir ihm zuvor ein Hörrohr besorgen, sonst macht es wenig Sinn."

Unbeeindruckt betrachtete der Kardinal Nebel und Marques, die dieses Mal die Einzigen waren, die sprachen. Wieder ein Deuten und die Schergen griffen nach einem Messer und vollzogen einen tiefen Schnitt vom Brustbein bis herab zum Bauchnabel.

Nebel presste die Kiefer fest aufeinander, während die Schmerzensschreie seiner Kameraden abermals durch die Katakomben hallten, wie ein Gewittersturm und abrupt verklangen, als gnadenvolle Bewusstlosigkeit sie in die Arme schloss und vor weiterem Schmerz bewahrte – zumindest für eine Weile.

‚Allen Mächten sei Dank!‘. Erleichterung spiegelte sich auf den Zügen des Nebels wieder. Auch wenn die Schergen längst nicht fertig waren, würden die Kameraden zumindest vorläufig nichts davon mitbekommen.

Die Schergen nahmen vorsichtig Meter um Meter des Darms, darauf bedacht, jenen nicht zu verletzen.

Sie kippten einen Krug Blut in den Bauchraum, ehe die heißen Kohlen aus der Feuerschale folgten. Der Geruch verursachte Übelkeit bei den Inhaftierten und bis auf Nebel wandten die Inhaftierten den Blick ab, um dem Anblick zu entgehen, welche die Männer ihnen boten.

„Seht hin!“

Nicht die Schergen, nicht der Kardinal sprach diese Aufforderung, sondern Nebel. Fester und sicherer, als er sich fühlte oder für möglich gehalten hatte, drang der Befehl über die Lippen des Blonden.

Er erntete entsetzte Blicke von den Waffenbrüdern und auch der Kardinal hob skeptisch amüsiert eine Braue.

„Nebel?“

„Seht nicht weg, sehr hin. Steht ihnen bei.“

Marques allein war nah genug am Anführer ihrer Jagd, um zu sehen, das Tränen das eisige Blau zu trüben begannen, während er mit beinahe trotzigem Ausdruck auf Kasimir und Julian blickte.

Sie konnten nichts tun, um zu verhindern, was ihren Brüdern angetan wurde, aber sie würden sich nicht abwenden, als wäre nichts.

Das würde Nebel nicht zulassen, nicht erlauben.

Marques Hand legte sich wiederholt auf die Schulter des Jüngeren. Er folgte dem Befehl und legte seinen Blick auf das Grauen. Kurz darauf folgten auch Danyel und Torben.

Der Kardinal runzelte die Stirn und maß die Vampire eingehend. ‚Man könnte ja fast annehmen, diese Tiere hätten Gefühle.‘

Natürlich war das Humbug. Sie waren nur Tiere, Bestien. Genauso gut könnte man annehmen, eine Kuh hätte Gefühle. Der Geruch nach verbranntem Fleisch erfüllte die Katakomben, aber die verbliebenen schienen nicht gewillt zu reden. Aber das machte nichts.

Er winkte einen zu sich, wisperte ihm ein paar Worte zu, die Nebels Braue emporschnellen ließ. Der Scherge beeilte sich, der Aufforderung Anselms nachzukommen, und verschwand.

Der Kardinal gab den verbliebenen Inquisitoren ein Zeichen und jene begannen, bei Julian den Darm über die Kohlen in den Bauchraum zu stopfen und das Ganze grob zu vernähen.

Einen Moment war Nebel fast gewillt, einen Funken Hoffnung zuzulassen. Dann brachten andere ein großes Wagenrad herein.

Kasimir rührten sie nicht an, aber die Vampire ahnten, dass es nur eine Frage der Zeit war, bis sie auch bei ihm weitermachten.

Das Rad wurde schräg an die Wand nah des Tisches gestellt, Seile bereitgelegt. Dann wand man sich erneut Julian zu und begann, mit einem Klöpfel und gezielten Schlägen Arme und Beine des Bewusstlosen mehrfach zu brechen.

Der Schmerz riss den Vampir aus der Bewusstlosigkeit und erneut hallten Schreie der Pein durch die Gewölbe.

Man zog ihn vom Tisch und während zwei ihn gegen das Rad hielten, flochten zwei weitere die gebrochenen Glieder in den Speichen des Rades ein und fixierte ihn zusätzlich mit den Seilen.

Befreien könnte er sich ohnehin nicht, aber vermutlich dienten die Seile dazu, das Opfer an Ort und Stelle zu halten, damit er nicht herabrutschte.

Nebels Hände hatten sich zu Fäusten geballt, während sie den Waffenbruder bearbeiteten.

Seine Nägel gruben sich in die eigenen Handballen, bis Tropfen des dunklen Vitaes langsam zu Boden tropften.

Schmerzhaft presste er die Kiefer zusammen, zwang sich, zu schweigen. Aus Furcht, er könnte betteln. Aus Furcht, er könnte in seiner Verzweiflung zu sagen, was sie wissen wollten. Das durfte er nicht zulassen.

Die Inquisitoren legte eine Zange in die Feuerschale, warteten bis sie in hellem orange leuchtete und begannen damit die grobe Naht und das umliegende Fleisch mit der Zange zu entreißen. Blut und Eingeweide quollen hervor. Doch was jeden normalen Menschen zum Brechen gebracht hatte, ließ die Häscher vollkommen kalt.

Wie viel Langeweile musste jemand haben, sich all das einfallen zu lassen? Wie viel Hass musste jemand in sich tragen, um auf solche Ideen zu kommen?

Die Kohlen fielen aus dem Leib, der Kardinal wand sich wieder den Gefangenen zu. Danyel klammerte sich an Torbens Arm, in dessen Augen eine Mischung aus Hass und Entsetzen geschrieben stand.

In diesem Moment hasste er Nebel. Nicht weil sie hier waren. Nicht wegen der Toten.

Sondern weil er ihn zwang, sie alle zwang, zuzusehen. Den lebendigen Horror mitzuerleben, den der Einfallsreichtum der Inquisition hervorrief.

Weiteren Betrachtungen wurden sie alle enthoben, als eine Tür sich öffnete und einen Schwall frischer Luft von draußen mitbrachte.

KAPITEL 4

Die frische Luft koste die Inhaftierten und sofort ruckte der Blick des Nebels auf die Eintretenden. Ein paar Krieger schleppten einen Bewusstlosen mit sich.

Die Spitzen seiner Stiefel kratzten unnatürlich laut auf dem harten Stein eine Spur aus Blut markierte den Weg. Sie zogen ihn zu einer Zelle und warfen ihn grob hinein.

Der Kardinal gab den Schergen am Tisch ein Zeichen und jene begannen damit die Kohlen zu entfernen, den Darm wieder in den Leib zu stopfen und die Schnitte grob zu vernähen, ehe sie die beiden wieder in ihre Zelle warfen.

Abermals wurde die Tür geöffnet, eine Frau und ein Baby wurden in den mittleren Gang gezerrt und der Kardinal und die Schergen folgten mitsamt den Kriegern.

Stille breitete sich aus und leise Hoffnung wuchs in Nebel der so dicht, wie möglich an die Gitter trat, sich hinhockte und versuchte zu erkennen, wen man da gebracht hatte.

Ein Gefühl sagte ihm, das er ihn kennen müsste. Soweit er sehen konnte, trug der andere kein Wappen, aber das hatte nichts zu sagen.

Die meisten trugen das Wappen nur am Kragen, wenn sie auf offiziellen Zügen waren. Verborgen trugen die meisten es, aber jeder hatte seine eigene Vorliebe, wo man es befestigte.

Im Ärmelaufschlag, als außergewöhnliche Naht getarnt, unter einem Flicken. Hauptsache, Fremde fanden es nicht sofort und es war schnell zu offenbaren, wenn es nötig war.

Das schwarze Haar fiel strähnig und blutgetränkt ins fahle Gesicht, sodass die Züge verborgen blieben.

‚Ich kenne ihn. Ich muss ihn kennen. Aber woher? Wer bist du? Komm schon, sieh mich an, zeig mir, was ich wissen muss.'. Der Blick des Blonden glitt den Leib des anderen entlang.

Der andere war groß, schlank, muskulös. Die Kleider waren arg ramponiert aber von guter Machart und hatten sicher eine Menge gekostet.

„Kennst du ihn?"

Wieder war es Marques, der die Aufmerksamkeit des Nebels einforderte, während die anderen ihn einfach nur beobachteten.

„Ich weiß nicht. Ich glaube schon. Etwas sagt mir das ich ihn kennen müsste."

„Ist das gut oder schlecht?"

Nebel zuckte mit den Schultern. Um das sagen zu können, müsste er wissen, wer dort lag. Die Schergen kehrten zurück, zerrten den Bewusstlosen aus der Zelle und ketteten ihn an den Tisch und befreiten ihn grob von seiner Oberbekleidung. Nebel keuchte als er erkannte, warum der andere ihm so vertraut vorkam.

Armand Levedi – der Mann, den man hierher geschleift hatte, war Armand Levedi. Die Zeit im Reich, das er mied, war plötzlich so entsetzlich präsent wie lange nicht mehr.

Das Training, das Lachen, die Grenzritte, die Nächte auf dem Turm.

Noir Vemo und seine Gruppe, zu der Armand gehörte.

Alexander Vemo, der mit gestrengem Blick über das Reich wachte.

„Was machst du hier? Soweit entfernt von den anderen?"

Wichtiger aber war die Frage, ob Noir wusste, das Armand hier war? Das er in Gefahr war. Nebel hatte sich oft gefragt, ob mehr zwischen dem silberäugigen Prinzen und Armand war als bloße Freundschaft.

Die Art, wie sie miteinander umgingen, sprach eindeutig dafür. Aber bis auf Gerüchten, hatte Nebel nie etwas gesehen oder bemerkt.

„Wer ist das?"

„Ein ... Freund ..."

Ja, aus der Sicht Nebels stimmte das sogar. Er hatte Noir und seine Konsorten als Freunde angesehen, in deren Nähe er sich ausgesprochen wohl gefühlt hatte.

Er hatte sie verlassen, wie er Alexander verlassen hatte. Hoffnung und Sorge kämpften im blonden Flüchtling um die Vorherrschaft.

Furcht vor dem, was kommen würde, was man dem Freund antun könnte und würde und Hoffnung, das der schwarze Prinz käme, um den Vertrauten zu retten.

✝

„Vater, ich brauche ein paar Krieger."

Alexander sah von dem Brief auf, der seine Aufmerksamkeit eingefordert hatte, bis die Worte des Sohnes es taten.

„Setz dich und erkläre mir was passiert ist."

Noir war – sah man von jenem Ritt ab, der nach dem Tod seiner Mätresse stattgefunden hatte – niemand der einfach mit einer Gruppe Krieger auszog. Und Alexander niemand, der es einfach gestatten würde.

Unruhe spiegelte sich in den silbernen Iriden des Prinzen, in seiner Haltung und seinen Bewegungen. Doch folgte er, wenn auch nur widerwillig, der Weisung des Vaters und setzte sich. Seufzend fuhr er sich mit gespreizten Fingern, durch das lange schwarze Haar, das im Schein der Kerzen und des einfallenden Dämmerlichts sanft schimmerte.

„Armand steckt in Schwierigkeiten. Ich … er rief mit den Gefährten um Hilfe, aber seither erreiche ich ihn nicht mehr. Ich kann ihn nicht finden."

Alexander maß seinen Sohn eindringlich. Er wusste, er könnte den Sohn nicht davon abhalten, nach dem Freund zu suchen.

Dass die ‚Gefährten' des Sohnes, die Schatten, Armand nicht aufzuspüren vermochten, sprach entweder für Hexerei oder einen geweihten Ort.

„Was genau hast du vor?"

„Ich werde dorthin gehen, wo sein Ruf abgesetzt wurde und von dort aus nach Spuren suchen und ihn rausholen, wo auch immer er sich befindet oder aber seine Leiche bergen."

Langsam kehrte Ruhe in den Geist des Prinzen ein. Er wusste, dass er sich konzentrieren musste. Wusste, dass er seine Gefühle in den Hintergrund drängen musste, bis er seinen Vertrauten gefunden hatte.

Aber das war nicht so leicht, wie man es gern glauben wollte. Dass der Vater Antworten verlangte, sorgte zumindest dafür, dass er sich auf die einzelnen Schritte und einen Ablauf konzentrieren konnte oder musste.

Alexander nickte langsam.

„Ich gebe dir zehn Krieger, zu deinen Freunden. Sollte es die Inquisition sein, und sie euch zahlenmäßig überlegen sind, erwarte ich das du zurückkehrst und Verstärkung holst.

Sollte das nicht nötig sein und du erfolgreich bist, vergiss nicht alle Spuren und Aufzeichnungen zu vernichten."

Noir neigte dankbar den Kopf und erhob sich. Die Chance bestand, dass es die Inquisition war, die sich des Magyar bemächtigt hatte. Sie war sogar sehr hoch.

Hexen gab es zwar, aber keine wäre mächtig genug, um sich des Vampires zu bemächtigen. Außerdem waren sie nicht verfeindet.

„Danke Vater."

Rasch rief er seine Freunde zusammen, wählte Krieger des Vaters aus und versammelte sie samt Pferden im Hof.

Alexander stand am Fenster und beobachtete, wie der Sohn letzte Anweisungen gab, ehe er die Gruppe in die Schatten hüllte und forttrug. Seufzend schüttelte er den Kopf.

Natürlich würde der Sohn sein Bestes tun, um dem Vertrauten zu befreien, ihn zu retten.

Egal gegen welchen Feind.

Doch hoffte Alexander, betete zu allen Mächten zwischen Himmel und Erde, dass es nicht die Inquisition sein möge.

‚Reicht es denn nicht, dass mein Nebel sie jagt? Muss nun auch mein Sohn mit dem Feuer spielen?'. Kurz stutzte er. Hatte er vom Nebel als ‚sein' gedacht?

„Verdammt. Na und? Er ist mein! Ob er will oder nicht!"

Aber wenn Alexander sich richtig erinnerte – und in der Regel tat er das – war der Bengel ihm recht zugetan gewesen.

Er schüttelte frustriert den Kopf. Was brachte es, darüber zu sinnen, wenn der Bengel Gott weiß wo steckte?

Die Versuchung war groß, jemanden zu entsenden, der den Knaben herbrächte – immer noch -, aber vermutlich würde er damit mehr Ärger heraufbeschwören, als das er Nutzen davon hätte.

„Komm sicher zurück."

Eine Bitte, die niemand vernahm und der Rückkehr des Sohnes ebenso wie des Nebels galt.

✝

Armands Blick traf auf den des Nebels. Einen Moment starrten sie sich über die Entfernung hinweg an. Die Gitter verschwammen, wurden zum Nichts unter dem geteilten Blick.

Alles schwand.

Die Menschen.

Die Vampire.

Der Deckenschmuck.

Der Himmel traf auf Eis.

Sorge und Überraschung.

Nebel hatte bereits gesehen und gelesen, wozu sie fähig waren. Wusste auch Armand es? Wusste er, was auf ihn zu käme? Auch wenn er besorgt um die Waffenbrüder war, war die Sorge um Armand etwas anderes.

Trotz der kurzen Zeit, die er im dunklen Reich verbracht hatte, stand Armand ihm näher, als die Krieger es taten – sah man vielleicht von Marques ab – als diejenigen, die ihm seit Jahren folgten. Seit Jahren Seite an Seite mit ihm kämpften.

Armand indes war überrascht. Überrascht den blonden Krieger, über dessen Verbleib man sich immer wieder unterhalten hatte, ausgerechnet hier zu sehen.

Wie hatte der andere sich bloß in so eine Situation gebracht? Und wie hatte er vor, hier wieder herauszukommen.

Das waren nur einige Fragen, die dem Magyar durch den Kopf gingen, während er für einen Moment tatsächlich vergaß, was hier geschah oder wo er war.

Ein Schrei, Armands Schrei, unterbrach den Blickkontakt und die Wirklichkeit, die für ein paar Sekunden in weiter Ferne schien, war nun wieder allgegenwärtig.

Tränen sammelten sich in Nebels Augen, aber er weigerte sich, sie von den blassen Zügen zu entlassen.

Die Schergen vollzogen einen Schnitt vom Brustbein herab zum Nabel des Vampires. Das hatte den Schrei ausgelöst. Wer würde nicht schreien?

„Unter wem reitest du?"

Armand schwieg und Nebel, ebenso wie Marques, Torben und Danyel runzelten die Stirn. Mit wem der andere ritt? Nebel wusste, sie waren hinter Noir oder Alexander her, aber konnten sie wissen, dass Armand zu ihnen gehörte?

Warum unterschied sich die Frage von denen, die man ihnen gestellt hatte? Der Rotrock grinste und nickte den Schergen zu. Einer entfernte sich und der Zweite griff wieder nach der Zange und begann damit die Haut und Muskeln, am Schnittrand abzureißen.

Unter dem schmerzhaften Stöhnen Armands kehrte nur wenige Augenblicke später, der Scherge mit einer weinenden Frau zurück.

„Nein! Nicht!"

„Unter wem reitest du? Wem dienst du?"

„Bitte ..."

Ein Nicken des Kardinals, und der Scherge brach der Frau ohne mit der Wimper zu zucken das Genick. Ganz als wäre es das Normalste auf der Welt, eine unschuldige Frau zu töten.

Ihr Weinen erstarb abrupt. Und abermals hallte Armands gequälter Schrei durch die Katakomben. Nicht wegen körperlicher Schmerzen, sondern ob der Grausamkeit der Häscher, dem Tod seiner Gefährtin.

Die Schergen begannen damit, die Haut von den Rippen zu reißen, ehe sie Rippe um Rippe brachen und nach außen bogen.

Danyel erbrach sich. Torben wich an die Wand zurück, soweit es nur irgend möglich war. Marques sank auf die Knie, mit Fassungslosigkeit betrachtend, was vor ihnen geschah.

„Unter wem reitest du? Wem dienst du?"

Nebel starrte Armand an, versuchte, dessen Blick erneut zu fangen, aber es gelang nicht. Er bemerkte nicht, wie die Tränen sich einen Weg über sein Gesicht gebannt hatten.

Er hörte nur die gequälten Schreie des Trainingspartners und das Brechen von Knochen.

Auf ein Deuten Anselms entfernte sich ein Scherge erneut und kehrte mit dem weinenden Bündel zurück.

Unwillkürlich umfasste Nebel die geweihten Gitter. Er brauchte etwas, an dem er sich halten konnte. Etwas, das ihn daran hinderte, wahnsinnig zu werden.

Der Schmerz drang nicht bis ins Bewusstsein des Nebels vor, der Geruch von versenktem Fleisch war weit, weit fort. Für ihn ebenso wie für die anderen.

Der Kardinal nahm das Kind, schlug die weiche Decke zurück, in die es gehüllt war und sah auf Armand herab, dessen Blick panisch auf den beiden ruhte.

Sie konnten doch nicht ...

Sie durften nicht ...

Kinder waren tabu!

Kindern durfte nichts geschehen. Das war unehrenhaft. So tief konnte niemand sinken. Oder doch? Waren sie wirklich so wahnsinnig, dass das Leben von Kindern ihnen nichts wert war?

„Zum letzten Mal. Unter wem reitest du? Willst du das Kind nicht retten? Soll es Leben? Du musst mir nur antworten."

Die Stimme des Kardinals war samten und weich.

Beinahe liebevoll.

Armands Blick zeigte Panik.

Nie zuvor hatte Nebel etwas anderes als neckende Ernsthaftigkeit in seinem Blick gesehen und die Panik, die der andere verspürte, übertrug sich auf den blonden Flüchtling.

Ein kaum merkliches Nicken, und einer der Schergen kippte die Feuerschale auf den geöffneten Bauchraum und erhielt zum Lohn das schmerzhafte Aufschreien des Geborenen.

„Antworte! Antworte! Rette das Leben des Kindes. Erlöse dich von dem Schmerz."

Die Züge des Rotrocks waren gezeichnet von dem Wahn, dem er so treu folgte, während er dem Gefangenen die Worte kalt entgegen spuckte. ‚Nein, nicht! Halte durch ... bitte ...'.

Die Finger des Flüchtlings umfassten die Gitterstäbe fester, während er lautlos flehte, dass der andere durchhalten möge.

Aber die Klinge, die der Kardinal an den Hals des Kindes führte, quälte Armand. Er hätte geschwiegen. Gleich, was man ihm antäte, aber das Kind.

Das Kind!

Vielleicht könnte er es retten, indem er ihnen sagte, was sie hören wollten? Vielleicht?

Es war nur ein Name, nur ein Name. Der erste Tropfen, dunklen Rotes drängte sich, hervorgelockt durch die scharfe Klinge des Kardinals, an die Oberfläche. Verunreinigte die zarte Haut und die schimmernde Schneide gleichsam, während das unschuldige Bündel seinen Schmerz und seine Furcht in die Welt hinausschrie.

„Nicht ...“

Entsetzen.

Panik.

Unglaube.

Armands Blick löste sich, nur für den Bruchteil einer Sekunde vom Kind, um den des Nebels zu fangen.

Der Blonde verstand. Nur unmerklich das Lächeln, das tröstend wirken sollte, aber grotesk erschien. Eine stumme Unterredung, Entschuldigungen, geführt in kürzerer Zeit, als ein Herz braucht, um einmal zu schlagen.

Die untrügliche Gewissheit stieg, dass sie alle hier unten sterben würden. Ein Tropfen warmen Blutes fiel auf die Haut des Gefesselten. Zwang seine Aufmerksamkeit zurück zu den Schergen und dem Kardinal.

„ANTWORTE!“

„Noir Vemoooo“

Der Kardinal schlitzte dem Kind zum Lohn die Kehle auf. Das Schreien erstarb in einem Gurgeln und Armands verzweifelter Ruf löste es ab. Mit kaltem Lächeln legte der Kardinal das tote Kind auf den geöffneten Brustkorb Armands, auf das dessen Blut, den Vampir heilen solle.

Gnadenvolle Bewusstlosigkeit erfasste den Magyar, als er das leichte Gewicht auf sich spürte. Ein Nicken des Rotgewandeten und die Schergen folgten ihm hinaus, in den mittleren Gang.

Kurz herrschte Schweigen. Die Fassungslosigkeit lag greifbar in der Luft.

„Der Noir Vemo?“

„Hm?“

Nebel riss sich vom Anblick des Freundes los und wand sich Marques zu. Langsam drang der Schmerz an sein

Bewusstsein und er gab die geweihten Gitterstäbe aus seinem Griff frei und wischte sich die salzigen Spuren von den Wangen.

„Noir Vemo ... der Noir Vemo? Wie Prinz Noir Vemo? Schattenwandler Noir Vemo?"

Nebel zuckte mit den Schultern. Seine Gedanken waren bei dem Kind, das man so gnadenlos getötet hatte.

Wenn sie dazu fähig waren ... wozu dann noch mehr? Was würde ihnen hier unten drohen?

Eine neue Sorge erwachte in dem jungen Anführer: Sie würden Noir suchen und finden. Man würde Alexander und das Schloss angreifen. Wäre das Schloss stark genug, um den Kriegern der Inquisition zu widerstehen?

„Er ist der Sohn eines der Ältesten unserer Art, vielleicht sogar DES Ältesten, wenn man den Gerüchten glauben darf."

„Ach komm, so alt ist Alexander doch gar nicht ... oder?"

Die Zellennachbarn sahen ebenso irritiert aus, wie Marques. Zumindest verdrängten sie für die Dauer dieses Gespräches, was sich vor ihrer aller Augen abspielte.

„Du kennst die Vemo?"

Nebel nickte und seufzte.

„Aus dem Reich, das ich meide."

Dem Reich, aus dem er geflohen war. Vor sich selbst geflohen. Vor seinen Gefühlen. Vor einem Spiel, für das er nicht bereit war.

Und ausgerechnet hier, waren sie furchtbar präsent. Die Trainingspartner und Freunde, der Älteste dessen Blick ihm in seinen Träumen nachfolgten.

„Eine starke Familie. Und ihn, kennst du ihn auch?"

Marques nickte Armand gen und blickte wieder auf den Blonden, der erstmals tatsächlich etwas preisgab. Auch wenn dieser Umstand wohl eher dem Schock zuzuschreiben war, als das er bewusst antwortete.

Es war nicht fair, diesen Zustand auszunutzen, aber Marques konnte nicht anders. Zu groß war die Neugier. Auch wenn alle Antworten ihm vermutlich nichts mehr nutzen würden.

„Armand ... Er gehört zu Noirs engsten Freunden. Ich wusste nicht, dass er hier in der Gegend ist. Ich ...“

Nebel schüttelte den Kopf, wand sich wieder dem Anblick des Deckenschmucks und des Freundes zu.

„Sie haben ... ein Kind getötet ... ein KIND!“

Marques Hand fand ihren Platz an der Schulter des anderen. Er wusste, dass es keine Worte geben konnte, um das Entsetzen zu mildern, also begnügte er sich mit der Geste, die dem Jüngeren seinen Beistand versprach.

Das Geräusch splitternden Holzes ließ alle Anwesenden zusammenzucken, Nebels Blick ruckte zur Lärmquelle. Kampflärm. Knurren und dunkles Grollen.

Hoffnung flammte mit unbändiger Macht in dem Blonden auf und nur einen Wimpernschlag später, barst eine weitere Tür und ein Schwall frischer, blutgetränkter Luft kitzelte die Sinne des Nebels.

Einem Racheengel gleich stand Noir einen Moment in der Tür und Nebel hätte vor Freude und Erleichterung lachen oder auch weinen können. Noir stürmte herein, ihm auf dem Fuß Krieger mit dem Wappen des Hauses Vemo auf Herzhöhe.

Die Freunde – mit Ausnahme von Sidh – die erstaunlich ernsthaft folgten.

„Befreien, Beweise vernichten und diesen Ort dem Erdboden gleich machen!“

Noirs Befehl erklang unnatürlich laut in den Ohren der Inhaftierten, aber nie zuvor waren sie so froh, einem Vemo über den Weg zu laufen. Nur ein paar Minuten, und er hätte das Kind retten können, doch niemand würde Noir diese Minuten zum Vorwurf machen.

Die Krieger beeilten sich, dem Befehl nachzukommen. Einige befreiten die Inhaftierten, schleppten die Verletzten hinaus.

 Andere durchkämmten die Gänge und töteten, was ihnen in den Weg kam, entzündeten Aufzeichnungen und Pergamente. Noir selbst jedoch wand sich dem Vertrauten zu. Ein gepeinigter Ausdruck lag auf den unnatürlich schönen Zügen des Vampires, während er das Ausmaß der Folter erfasste.

Er legte seinen Umhang ab, nahm das Kind vom Brustkorb des anderen und barg es darin. Erst dann befreite er den Freund von den Ketten.

Langsam kehrte Armand aus der Bewusstlosigkeit zurück. Stumme Tränen rannen über sein Gesicht, als er den Freund erkannte.

„Ich habe Euch verraten .... Sie haben meine Gefährtin ... und Julian ... ich habe Euch verraten ...“

Jedes Wort war eine Qual. Der Schmerz des Verlustes paarte sich mit der Scham über den Verrat.

Aber Noir legte dem anderen sanft eine Hand auf die Wange, strich beinahe liebevoll die Tränen fort.

„Gräme dich nicht, mein Freund. Niemand wird davon erfahren. Dieser Ort wird vernichtet. Jeder hätte gesprochen. Gräme dich nicht, es wird niemals zwischen uns stehen.“

Er legte dem anderen das Kind in die Arme, dann nahm er Armand hoch. Er versuchte, dem Freund nicht unnötig Schmerzen zu bereiten. Zu Hause würden sie die Rippen des Freundes noch einmal brechen müssen, damit sie richtig zusammenwachsen konnten.

Aber das hätte Zeit bis zur Nacht.

Nebel harrte außerhalb der Zelle und beobachtete die beiden, ihren Umgang miteinander. Noirs Blick legte sich auf den Jüngeren, als er den Freund hinaustrug.

Einen Moment maßen sie einander schweigend, ehe Noir dem anderen ein mildes Lächeln schenkte und Nebel das Haupt im Ansatz neigte, um stummen Dank zu sprechen.

Wären die Umstände andere, sie hätten sich ausgetauscht, Noir nach dem bisherigen Weg des Jüngeren gefragt. Aber Noirs Gedanken und Sorge galt allein Armand.

Wären die Umstände andere, würde Nebel necken und sich nach den anderen erkundigen. Und vermutlich vermeiden, den Vater des anderen zur Sprache zu bringen.

Die Umstände waren nicht andere.

Seite an Seite verließen sie die Katakomben.

Schweigend.

Nichts gab es, das man sagen könnte.

Nichts, das man sagen müsste.

Draußen sammelte Noir seine Männer und kehrte mit jenen zurück, in das Reich, das der Flüchtling mied und jener kehrte zu dem zurück, was einmal seine Meute gewesen war.

Die Versuchung war präsent, den anderen darum zu bitten, ihn mit zu nehmen. Zurückzubringen. Aber Nebel war noch nicht so weit, darum zu bitten.

KAPITEL 5

Sorgenvoll wartete Alexander auf die Rückkehr seines Sohnes. Je mehr Zeit verstrich, umso sicherer war er, dass irgendjemand ihm die Kunde vom Tod seines Sohnes bringen würde.

Rosanna brachte dem Ältesten einen Kelch mit Wein und versuchte seine Gedanken von der Furcht fort zu lenken, indem sie ihm immer wieder neue Pergamente reichte, die seiner Aufmerksamkeit bedurften oder eine Unterschrift erforderten.

Synchron hoben beide den Kopf und einen flüchtigen Moment lang umspielte ein erleichtertes Lächeln, die Lippen Alexanders.

Sein Sohn war zurückgekehrt.

„Er hat es also geschafft. Sorg dafür, das alles was benötigt wird, in seine Gemächer gebracht wird. Er wird es sich nicht nehmen lassen, sich selbst um Armand zu kümmern."

Mit einer schlichten Geste entließ er Rosanna und jene beeilte sich, dem Wunsch ihres Herren zu erfüllen.

Nur wenige Augenblicke später trat Noir in das Arbeitszimmer des Vaters, das sich nur unmerklich, seit seiner Kindheit verändert hatte, und blickte sich kurz neugierig um, ehe er sich dem Vater zu wandt.

Er hatte wie üblich, die Krieger zur Jagd und Ruhe geschickt. Armand hatte er einen Krieger überreicht mit dem Befehl, ihn in seine Gemächer zu bringen. Jetzt wollte er nur noch seinem Vater Bericht erstatten und sich dann um den Vertrauten kümmern.

„Wir sind zurück, Vater."

Noir neigte das Haupt respektvoll und Alexander gebot dem Erstgeborenen, sich zu setzten. Aufseufzend folgte der Schattenwandler. Er würde sich lieber um Armand kümmern, statt dem Vater zu berichten, aber es war nötig.

„Wir hatten Glück. Sie haben nicht mit einem Angriff gerechnet. Ich habe keine Verluste zu vermelden."

Das Aber, schwang hörbar mit. Das aber, das bezeugte, dass es mehr gab. Das zwar nicht mit der Rettung des Magyar zu tun hatte, aber dennoch ... Alexander sollte es wissen.

Oder nicht? Noir war sich uneins. Spielte es überhaupt eine Rolle?

Nacht für Nacht, wenn das Tag und Nachtwerk getan war, stieg der Vater auf den Turm hinauf. Das hatte er stets getan, aber es war anders geworden, seit der blonde Knabe gegangen war. Etwas, das fehlte.

„Du hast es trotz der Leichtsinnigkeit geschafft, die ich deiner Jugend zuspreche, die Männer gesund zurück zu bringen. Ich bin stolz auf dich."

Noirs Augen glommen kurz ob des Lobes, und grade als er entschied zu sprechen, sprach der Vater weiter.

„Aber? Lass mich raten, ich soll mein Blut geben, wie jedes Mal wenn du halbtotes anschleppst. Hast du je in Erwägung gezogen, dir ein Haustier zuzulegen, statt wieder und wieder Totes anzuschleppen? Ein Kaninchen? Einen Hund vielleicht?"

Noir lachte leise und schüttelte den Kopf. So viel schleppte er nicht an, oder? Gut da war Sidh gewesen. Sein Bruder, der kleine Bauer, den er so unbedingt haben musste.

Und Nebel, der ihn fasziniert hatte, und das hatte sich nicht geändert. Gern hätte er erfahren, was den Blonden in die Katakomben verschlagen hatte, wie er in so einen Schlamassel geraten war.

Aber Armand hatte Vorrang. Noir bemerkte nicht, dass der Vater aufgestanden und hinter ihn getreten war. Erst die Hand an der Schulter zwang seine Aufmerksamkeit wieder auf den Ältesten.

„Nein sprich, Noir. Was ist vorgefallen?"

„Ich werde darüber nachdenken mir ein Haustier zuzulegen, Vater. Und dein Blut kann sicher nicht schaden, aber es ist nicht unbedingt nötig. Seine Gefährtin und ihr Kind wurden getötet, das kann auch dein Blut nicht richten. Es befanden sich noch andere im Gewahrsam der Inquisition."

„Hast du sie rausgeholt?"

„Natürlich ... aber ..."

Noir zögerte, wog noch einmal ab, während er den Vater eingehend maß.

„Nebel war unter ihnen."

Alexanders Griff an die Schulter des Sohnes festigte sich kaum merklich. Er schluckte trocken und, auch wenn es nur ein Bruchteil eines Wimpernschlags andauerte, um sich zu fangen, brachte es den Obersten durcheinander.

„Nebel?"

Alexanders Stimme klang trocken, besorgt und Noir bemerkte es, beschloss jedoch, es unkommentiert zu lassen. Alexanders Blick glitt in die Ferne, seine Sinne weiteten sich im Versuch, die Präsenz wahrzunehmen, die ihn in ruhelosen Tagen oder Nächten verfolgte.

„Er ist nicht hier."

Alexander nickte ob der Worte, die bestätigten, was er selbst bereits erkannt hatte.

„Ging es ihm gut? War er verletzt?"

„Erschöpft aber wohlauf, soweit ich es erkennen konnte. Nachdem wir die Verbliebenen befreit hatten, schloss er sich jenen wieder an und ich sah keinen Grund, ihn daran zu hindern. War es ein Fehler? Hätte ich ihn hierher bringen sollen?"

Noir betrachtete den Vater eingehend. Er war beruhigt gewesen, als Nebel weitergezogen war. Was das Küken und den Vater auch verbinden mochte, würde jenen schwächen und damit den ganzen Clan.

Er hatte angenommen, die Nächte auf den Zinnen würde vergehen. Nächte, in denen der Vater Ausschau hielt nach dem Küken, das ausgerechnet er angeschleppt hatte.

Aber dem war nicht so. Und was Noir davon halten sollte, konnte er nicht sagen. Wer wollte schon, dass die Familie litt?

Und hatte der Vater ihm nicht den Wunsch nach einem Bruder gewährt, ungeachtet der Schwäche, die jener bedeutete? Sollte er nicht gnädiger im Urteil sein, wenn er sich schon anmaßte, eines zu fällen?

Das Seufzen des Vaters, die Hand, die von seiner Schulter glitt, rissen ihn zurück ins Hier und Jetzt.

„Es war kein Fehler. Natürlich nicht, mein Sohn. Er ist nicht Teil des Clanes und wird nicht gejagt. Nebel ist frei zu gehen, wohin es ihm beliebt. Lass uns gehen, und sehen, was wir für Armand tun können."

Noirs Lippen umspielte ein angedeutetes Schmunzeln. Das Aber, das der Vater so einfach bei ihm selbst bemerkt hatte, entging ihm in diesem Fall ebenso wenig, wie er es hatte verbergen können.

„Aber?"

„Aber?"

Alexander schenkte Noir einen amüsierten Blick, während jener sich aus dem Stuhl erhob und seine Kleider glättete.

„Ich bin mir sicher, er wäre gern mitgekommen."

Noir verdrehte die Augen.

„Ich habe nach deinem Aber gefragt, nicht seinem, Vater."

„Mein Aber geht dich nichts an."

„Seines ist offensichtlich, deines wäre interessant."

Aber Noir würde nicht weiterbohren. Der Vater würde nicht offenbaren, was in seinem Kopf vor sich ging, da war er sicher.

So sicher, wie er wusste, das hätte er dem Nebel angeboten mit ihm zu kommen, er mit Freuden eingewilligt hätte.

Schweigend schritten Vater und Sohn durch die weitläufigen Flure zu den Gemächern die Noir bewohnte und in denen der Vertraute untergebracht war.

Sie würden den Magyar reinigen und versorgen und kein Wort könnte den Schrecken beschreiben, den der Anblick des verletzten Vampires hervorrief.

Armand war nie unvorsichtig gewesen und nachdem er die junge Frau kennengelernt und sich ihrer und des kleinen Knaben angenommen hatte, noch weniger.

Und doch hatte alle Vorsicht nichts genutzt. Und doch waren sie seiner habhaft geworden.

Warum?

Wie?

Weder Vater noch Sohn konnten es mit Bestimmtheit sagen. Dass es irgendwo einen Verräter gab, war jedem klar, aber wie man von Armands Gefährtin erfahren hatte, wussten sie nicht, aber sie waren zuversichtlich, dass sie es herausfinden würden.

✝

Zu der Zeit als Alexander seinen Sohn und dessen Vertrauten allein ließ und sich auf den Turm zurückzog, saß Nebel an eine ausladende Eiche an den Stamm gelehnt und versuchte die Bilder der Gefangenschaft aus seinem Kopf zu vertreiben.

Die toten Augen, die anklagend von der Decke hingen, der Mord an dem Weibchen und dem Kind, die geschundenen Leiber seiner Waffenbrüder, der Name des silberäugigen Prinzen der durch die Katakomben hallte und Schmerz und Verzweiflung in sich trug.

Der junge Krieger zog die Beine an und schlang die Arme darum. Das Kinn stützte er auf die Knie und versuchte, die aufsteigenden Tränen nieder zu ringen.

Der Blick glitt in die Ferne, hin zum Horizont. Wo das tröstende dunkle Tuch der Nacht die Erde küsste. Zahllose Sterne funkelten, der Ruf einer Eule durchbrach die Musik der nächtlichen Laute.

Friedlich.

Ruhig.

So grotesk und surreal.

Nebels Gedanken verloren sich. Noir der einem Racheengel gleich im Türbogen stand. Noir der kalt seine Befehle sprach. Er wusste nicht, wann er das letzte Mal so erleichtert gewesen war, wie in dem Moment, als der Sohn des Ältesten aufgetaucht war.

Hätte er dem Wunsch nachgeben sollen? Noir bitten sollen, ihn mit zu nehmen, nach Hause zu bringen? Der Flüchtling war sicher, dass Noir ihm die Bitte nicht abgeschlagen hätte. War sicher, dass Noir um den Wunsch des Jüngeren wusste. Sie hatten beide geschwiegen.

Nebel nicht gebeten.

Noir nicht angeboten.

Er fragte sich, wie es den anderen ging. Seinen Trainingspartnern und natürlich ihm.

Er hatte geglaubt, dass er besser darin wäre. Besser darin zu vergessen, sich selbst zu belügen und alles zu verdrängen.

Aber Armand und Noir zu sehen, ließ die Nächte auf dem Turm wieder sehr präsent werden. Er war frei dort gewesen. Hatte so viel gelernt, auch wenn er wusste, dass es noch viel mehr gab, das er lernen müsste.

Das Rascheln von Stoffen riss Nebel aus seinen Gedanken. Er wand den Kopf zu Marques. Er hatte Blut für die Verletzten besorgt, ehe er sich selbst zur Ruhe begeben hatte, über die Nebel wachte.

Nun erwachte er langsam.

Eingehend betrachtete er den Ersten, wartete, bis jener wach genug wäre, um sich auf den Jüngeren zu konzentrieren.

„Marques, schick sie nach Hause. Sie sollen ihre Clans warnen, sich um ihre Familien kümmern. Die Geschichte unserer Reise war lang genug, es wird Zeit das sie heimkehren und für dich ebenso."

Marques sah den anderen zweifelnd an, dann erhob er sich seufzend um sich neben dem Nebel niederzulassen.

„Was wird mit dir?"

Ein kurzer Schatten zog über die jugendlichen Züge. Der Blonde wusste, dass es sicherer war, wenn er allein weiter ritt. Er hatte zu viel aufs Spiel gesetzt.

Das musste enden.

„Ich komme zurecht. Wir werden uns gewiss wiedersehen."

„Du weißt, dass es nicht deine Schuld war?"

„Mhmh. Ja vielleicht."

Niemand würde Nebel den Gedanken nehmen können, dass es sehr wohl seine Schuld war.

Er hatte sie angeführt.

Er hatte sie hierher geführt.

Die meisten waren tot, weil sie ihm gefolgt waren. Wessen Schuld sollte es sonst sein?

Der Inquisition die Schuld zu geben, wäre einfach. Aber es wäre nicht die ganze Wahrheit, nicht wahr? Schweigend saßen die beiden Krieger beieinander, betrachteten den Lauf der Sterne und das Weichen der Nacht.

Immer wieder erhob sich einer, um die Verletzten zu versorgen.

Danyel und Torben verließen den Nebel als Erstes, kaum das der Tag angebrochen war. Sie widersprachen nicht, als Marques den Befehl weitergab.

Erik und Johann folgten ihnen bald nach. Kasimir folgte und zuletzt Julian. Niemand widersprach. Niemand versuchte Nebel dazu zu bewegen sie zu begleiten.

Immer wieder versorgten Nebel und Marques die Verletzten, speisten sie mit dem Blut von Tieren. Nachdem Julian die Heimreise antrat, war es auch für den Ersten an der Zeit, den jungen Anführer zu verlassen.

Er wollte es nicht, aber vermutlich hatte der Jüngere recht. Es war an der Zeit heimzukehren. Er hätte viel zu berichten. Lustiges. Spannendes und nicht zuletzt Grausames.

„Es hat Spaß gemacht, mit dir zu reiten, Nebel. Ich würde es wieder so machen, und wenn es das Schicksal so will, werde ich es wieder tun."

Nebel sah Marques schweigend nach und ein Hauch von Erleichterung machte sich in ihm breit. Es war einfacher, alleine zu reisen. Nur für sich selbst Verantwortung zu tragen.

Und sein nächstes Ziel, wäre allein rascher und sicherer zu erreichen. In den Notizen, die ihn und die anderen am Ende in eine Falle geführt hatte, war die Rede davon gewesen, dass man Aufzeichnungen über den dunklen Prinzen nach Harrenthal in ein Archiv bringen wollte.

Alles, was er tun musste, war herausfinden, wo genau sich Harrenthal befand, das Archiv finden und es zerstören.

Das konnte nicht so schwer sein, oder? Aber vor allem, würde es ihm Ablenkung bieten und irgendwann die anklagenden Blicke der Toten aus seinem Gedächtnis bannen, wenn er Glück hatte.

✝

Es fiel Nebel leichter als gedacht, zu seinem früheren Leben in Einsamkeit zurückzukehren. Er jagte und erfüllte Aufträge. Was er tat, war ihm gleichgültig, solange es ihm Gold, Kleider oder ein neues Pferd einbrachte, um seine Reise fortzusetzen.

Er lauschte den Geschichten der Clans, wenn das Tagwerk verrichtet war, aber hüllte sich wie zumeist in Schweigen. Von den Überlebenden traf er keinen und das war vermutlich besser so.

Es brauchte niemanden, um ihn an den Schmerz zu erinnern, die anklagenden Augen wieder auf sich zu spüren, die Schreie zu hören.

Immer wenn er versuchte, zur Ruhe zu kommen, tauchte es vor seinem inneren Auge auf. Und als reichte das nicht, sah er Noir in seinen Träumen im Türrahmen stehen und sehnte sich nach dessen Vater und den kurzen Stunden zwischen Nacht und Tag, die nur ihnen gehört hatten.

Zeit, in der er in Sicherheit gewesen war und in größter Gefahr zugleich schwebte. Die raubtierhaft geschmeidigen

Bewegungen des Ältesten kamen ihm in den Sinn, das Gefühl von Stärke und Dunkelheit das von ihm ausging.

Die Anziehung, die er auf ihn ausgeübt hatte, es noch immer Tat.

Einer Motte gleich, die sich zur Flamme hingezogen fühlte, so erging es Nebel mit Alexander und er war sicher, das Ende wäre dasselbe: Qualvolles verbrennen.

Er atmete durch, versuchte, sich abzulenken. Die Gedanken, die ihn behinderten und beherrschten, fortzuschieben. Aber das gelang dem jungen Krieger nur mühsam. Auch die Jagden und Kämpfe änderten daran nichts.

Er brauchte lange, um Harrenthal zu erreichen. Zum einen, weil er bewusst Umwege ging und zum anderen, weil sein Orientierungssinn in diesem Zustand nicht der Beste war.

Als er die Hafenstadt betrat, fühlte er sich zurückversetzt in lang vergangene Zeiten, als er von seinem Vater und seiner Braut geflohen war.

Er hatte lange nicht mehr daran zurückgedacht. Jeden Gedanken an den geliebten Vater weit von sich geschoben. Zuerst aus Furcht und dann... dann hatte er ihn einfach vergessen.

So wie er sein gesamtes vergangenes Leben, sein menschliches Leben einfach verdrängt hatte.

Es schien ihm undenkbar, dass er es gewesen sein soll, der dieses Leben geführt hatte. Unschuldig. Freundlich.

In einer Welt, in der es keinen Verlust und keine Ängste gegeben hatte.

Einer Welt, in der jeder Wunsch sich erfüllt hatte, bis auf das Sehnen, das ihn in die Ferne getrieben hatte. Dass ihn getrieben und letztlich hierher geführt hatte.

Harrenthal war die größte Stadt, in die er je gewesen war, erheblich größer als Kymor und bereits dort war er überfordert von den vielen Menschen gewesen.

Der Lärm und der Gestank waren eine Last, für die sensibelen Sinne eines Vampirs.

Fuhrmänner, die mit ihren Gespannen über die gepflasterten Straßen holperten, Menschen die ameisengleich ihrem Tagwerk nachgingen und natürlich Männer, die das Zeichnen der Inquisition trugen.

Letztere waren hier in großer Zahl vorhanden, und kurz regten sich Zweifel in dem jungen Krieger. Zweifel, dass es wirklich eine so gute Idee war, herzukommen.

Zweifel, dass er diese Stadt wieder verlassen würde – lebendig. ‚Konzentration ... Ich muss mir ein Bild von der Stadt machen, bevor ich anfange, nach dem Archiv zu suchen.‘. Eine stumme Warnung, Mahnung die er an sich selbst richtete, während er seine Schritte durch die fremde Stadt lenkte.

Er war solchen Lärm nicht gewohnt und ebenso wenig so viele Menschen. Es war anstrengend und beklemmend. Von Feinden und Futter umgeben. Fernab von allem, was ihm sonst Sicherheit vermittelte.

In der Regel versuchte Nebel größere Menschenansammlungen zu vermeiden. Sah man von Festen ab, auf denen die Jagd ein amüsantes und gefährliches Spiel wurde.

Hier würde es ihm nicht gelingen, diesen niederen Kreaturen aus dem Weg zu gehen. Sie waren überall. Stinkend nach Fisch, wuselnd wie Getier unter einem Stein. Die Plage, die sich zusehends ausbreitete. Nebel seufzte.

Er bemerkte hier und da Blicke, die ihm galten und ihn maßen. Seine Kleider waren staubig von der Reise, die Waffen verborgen unter dem Umhang.

Aber nicht etwa die verstaubten Kleider oder die Silhouette der Waffen unter dem Stoff zog die Aufmerksamkeit der Sterblichen auf sich, sondern etwas, das die Menschen nicht in Worte fassen konnten.

Die feinen aristokratischen Züge, die noble Blässe.

Das geheimnisvolle Dunkle das ihn umgab wie eine zweite Haut.

Die eisblauen Augen, die älter schienen, als die ebenmäßigen Züge zu vermitteln suchten.

Der Blonde nahm es hin, was sollte er auch sonst tun?

‚Was?‘. Nebels Blick glitt suchend über die Menge, bis er an einem Fischstand hängen blieb. Ohne Hast lenkte er seine Schritte dem vorläufigen Ziel gen. Er besah sich scheinbar die dargebotenen Waren, während Frauen Münzen gegen die stinkende Speise tauschten und einpackten.

Er selbst musterte den Artgenossen, der seine Aufmerksamkeit auf sich gezogen hatte, unauffällig.

„Kein guter Ort für Küken.“

Nebel schmunzelte kühl. Eine spitze Erwiderung lag ihm auf der Zunge, aber er schwieg. Ebenso, wie er die Frage schluckte, woher der andere zu wissen glaubte, dass er ein Küken wäre.

Nicht das er selbst sich so sah. Schon lange nicht mehr, aber im Gegensatz zum Gegenüber war er wohl nichts anderes – ein unerfahrenes Küken.

„Ich habe nicht erwartet, hier auf Artgenossen zu treffen.“

„Ein paar von uns behalten hier alles im Auge.“

Nebel nickte verstehend. Vielleicht könnte er sich das Suchen ersparen, wenn sich hier Artgenossen befanden. Vielleicht wussten sie, wo sich das Archiv befand. Vielleicht könnte er diesen verfluchten Ort schneller verlassen, als er gedacht hatte.

„Wo befinden sich die Archive der Inquisition?“

Warum lange um den heißen Brei reden? Das war nie Art des Nebels gewesen. Aber die Frage und die Direktheit mit der der Blonde seine Frage stellte, ließ alle Farbe aus dem Gesicht des Händlers weichen.

Kaum merklich schüttelte er den Kopf, während er dem Flüchtling zum Schein immer wieder andere Fische zeigte.

Nebel runzelte die Stirn. Das Gegenüber wirkte beunruhigt.

„Das... das wissen wir nicht. Es heißt sie seien sehr gut bewacht und noch besser versteckt. Wir haben versucht sie zu finden, aber bislang ohne Erfolg."

„Was für Informationen kannst du mir geben?"

„Nicht hier."

Er seufzte und schüttelte den Kopf.

„Die Stadt hat zu viele Augen und Ohren. In der Nähe des Hafens befindet sich meine Hütte. Komm später dort hin und wir können reden."

Nebel nickte widerwillig. Wieder hieß es warten, aber vorerst schien er keine andere Wahl zu haben. Er könnte Hilfe brauchen, wenn er die Archive finden wollte.

Und das gefiel ihm nicht. Er hatte seine Männer heimgeschickt, weil es einfacher allein war, sicherer. Und nun brauchte er wieder Hilfe.

Wieder würde er jemanden in ein Vorhaben verwickeln, dessen Ausgang unklar war.

Bis zum Abend erkundete der junge Krieger weiter auf eigene Faust die Stadt, dem allem und jedem ein traniger Geruch anzuhaften schien.

‚Ich werde den Gestank dieser Stadt nie wieder von mir waschen können.'. Kleidern und Haaren haftete der fischige Geruch bereits an, und es begann Nebel, zu stören und ihn abzulenken, während er versuchte, einigen Kirchenmenschen zu folgen.

Der typische Geruch von geweihten Waffen oder Kreuzen wurde vom Gestank überlagert und im Labyrinth der Straßen und Gassen verlor er die Inquisitoren und vermochte es nicht, sie wiederzufinden.

Ja er wäre definitiv froh, wenn er hier wieder verschwinden könnte.

Zurück in die Ebenen des Flachlands oder seinetwegen auch in die Berge oder Wälder. Hauptsache raus aus der stinkenden Stadt, fort vom stinkenden Meer.

Dass es niemanden gab, der ihn zwang hier zu sein, oder gar die Archive zu finden, vergaß er schlicht. Er hatte den Entschluss gefasst und würde erst gehen, wenn sein Vorhaben geglückt wäre. Andernfalls würde er sich stets fragen, was wäre wenn.

Und sogar ein Küken wie Nebel wusste, das es keine schlimmere Frage gab als ‚was wäre gewesen wenn …‘

„Nichts besonderes, aber es reicht.“

Der Händler Jason stand hinter Nebel, kaum das jener die Hütte gefunden hatte. Er hatte nicht bemerkt, wie jener sich genähert hatte, schob es auf Unachtsamkeit, wegen der er sich schalt.

Er befand sich in einer Hochburg der Inquisition, er konnte sich keine Unachtsamkeit leisten. Mit einem Deuten bat er seinen Gast hinein.

Der Jüngere zuckte gleichgültig mit den Schultern, während er eintrat und sich prüfend umsah. Was scherte ihn, wie ein anderer lebte?

Er war derzeit obdachlos, und weit mehr noch als das war er ein Clanloser, der zum Spaß und zur Ablenkung Gefahren suchte, die sein Leben beenden könnten.

Er war wohl der Letzte, der urteilen sollte, oder es wollte.

„Du kannst deine Präsenz verbergen, praktisch.“

Der Gedanke kam ihm, während er eintrat. Unachtsamkeit war nicht seine Art. Zugegeben, er war dann und wann abgelenkt, aber niemals sosehr, dass er nicht darauf achten würde, wenn sich jemand näherte.

In Sidhs Niederschrift hatte er davon gelesen, das man seine Präsenz beeinflussen, verändern und sogar verbergen konnte.

Was – im Nachhinein betrachtet – vielleicht der Grund war, das Alexander sich ihm stets nähern konnte, ohne dass der Jüngere es bemerkt hatte.

„Du nicht? Warum suchst du die Archive?"

„Hier kommt man vermutlich einfacher herein als in die Papststadt."

Der Gastgeber lachte nickend.

„Ja vermutlich. Wo genau die Archive liegen, weiß ich nicht. Wir nehmen an, das sie in der Nähe des Domes liegen. Während der Umbauten Ende des letzten Jahrhunderts,..."

„Umbauten?" Unterbrach Nebel den Älteren.

„Ja, die Basilika wurde um zwei Schiffe erweitert und hölzerne Passagen wurden durch Backstein ersetzt, nachdem der Dom im letzten Jahrhundert beinahe vollständig abgebrannt ist."

Nebel nickte mit sinnendem Ausdruck. Eine Sicherheitsmaßnahme damit das Gebäude nicht noch einmal einem Feuer zum Opfer fiel.

Befanden sich die Archive tatsächlich im Dom, könnte er ein Verbrennen der Schriften oder des Gebäudes zumindest, wohl vergessen.

Sie waren nicht dumm, das hatten sie mehr als einmal gezeigt. Jason beobachtete den jungen Gast.

Er versuchte, schlau aus ihm zu werden, aber jeder Moment mit dem Knaben schien neue Fragen hervorzurufen.

Vorerst würde er antworten, soweit er es mit seinem Gewissen vereinbaren konnte zumindest.

„Während der Umbauten, tauchten immer wieder Schriften auf, mit denen die ständig wechselnden Bauarbeiter nichts anfangen konnten. Es heißt es wären Aufzeichnungen der Inquisition. Es heißt auch, das hier die Aufzeichnungen aus dem ganzen Land gesammelt werden."

Nebel nickte langsam. Er würde die nächsten Tage versuchen, einen Zugang zu den Archiven zu finden. Vielleicht hatte er Glück, es sei denn, der Zugang befand sich im Inneren des Domes. Dann würde das Ganze schwierig werden.

Der Dom war gut besucht, das hatte er festgestellt, während er die Stadt erkundet hatte. Abends wurde der Dom zugesperrt. Einen Weg zu finden, wenn ständig jemand um einen herum scharwenzelte war gar nicht so einfach.

„Was hast du vor?"

Jason unterbrach das Grübeln des jüngeren und erntete einen belustigten Blick und ein Schulterzucken, das davon sprach, das Nebel sich über das ‚Was und Wie' nicht viele Gedanken gemacht hatte.

Erst einmal musste er es ohnehin finden.

Im Laufe des Abends gesellten sich noch ein paar andere zu den beiden Vampiren, und jedes Mal bemerkte Nebel ihre Anwesenheit erst, wenn es bereits zu spät war - ein Umstand, der dem jungen Krieger nicht gefiel.

Seufzend schüttelte er den Kopf und gab der Neugier nach.

„In Ordnung, wie macht ihr das?"

„Was meinst du, wie wir das machen? Hat man dich nicht gelehrt wie man seine Präsenz verbirgt?"

Nebel schüttelte den Kopf und verzichtete darauf, die Umstände seiner Wandlung und Ausbildung zu erläutern.

Das ging die fremden Vampire nichts an, aber es waren Momente wie diese, in denen Nebel die Lücken seiner Ausbildung auffielen.

Und er hasste es.

Hasste es, nicht so gut zu sein, wie er es sollte, wie er es vielleicht sein könnte.

Jason lachte und die anderen fielen mit ein. Der Jüngere zog die Brauen zusammen. Es gefiel ihm ganz und gar nicht, ausgelacht zu werden.

„Verzeih. Wir haben gedacht, du wärest einfach nur sehr dreist. Spazierst in Harrenthal ein ohne deine Präsenz zu verbergen um die Archive der Inquisition zu finden."

Diesen Irrglauben, konnte man ihnen nicht verübeln, war es Nebels Art, aufzutreten, als gehöre ihm die Welt. War es da so abwegig, dass er genau das tat, was Jason implizierte?

Dreist und ohne schlechtes Gewissen in die Hauptstadt der Inquisition des Landes zu marschieren?

Eine neue Herausforderung an die Häscher. Wer nicht wusste, wie sehr das letzte Abenteuer den jungen Krieger zu schaffen machte, könnte das wirklich glauben.

Nebel schmunzelte und zuckte abermals mit den Schultern. Er sparte sich eine Erwiderung oder eine Erklärung.

Jason räusperte sich, als der Gast weiterhin schwieg, um dessen Aufmerksamkeit zu erregen.

„Es geht eigentlich sehr einfach. Es ist eine Art Konzentrationsübung."

„Eine Konzentrationsübung?"

Der Gastgeber nickte und setzte sich vor den blonden Knaben, dessen Züge kurz ein missbilligender Ausdruck überschattete. Zu kurz als das es dem anderen aufgefallen wäre.

„Also gut, hmm... Lass mich überlegen... Konzentriere dich auf deine Präsenz, stelle sie dir wie eine Blase, die dich umgibt. Dann atme ruhig und gleichmäßig. Stell dir vor, wie sich diese Blase mit jedem Atemzug enger um deinen Körper zusammenzieht, bis sie dich fest umgibt. Im Laufe der Zeit brauchst du die Vorstellung der Blase nicht mehr."

Nebel lauschte mit skeptisch erhobener Braue der Erklärung. Er war sich nicht sicher, ob das gegenüber ihn zum Narren halten wollte oder es Ernst meinte. Herman nickte dem Jüngeren zu und auch Jason deutete mit dieser simplen Geste an, dass er es versuchen sollte.

Der Flüchtling seufzte.

Ob nun ein Scherz oder nicht, war vermutlich nicht wichtig. Er hatte nichts zu verlieren, oder? Außer seinem Stolz vielleicht. Also versuchte er es. Seine Präsenz zu verbergen, könnte auf seinen Reisen hilfreich sein.

Er hatte sich gewundert, warum, kaum das er ein neues Clansgebiet betreten hatte, jemand auf ihn zugetreten war. Er hatte es sich mit einem guten Netzwerk erklärt.

Vielleicht war es eine Mischung aus beidem: einem guten Netzwerk und seinem dreisten Auftreten.

Den ganzen Abend übten die älteren Vampire mit ihm, bis er es – wenn auch nur mit einiger Anstrengung– schaffte, seine Präsenz abzuschwächen und für kurze Zeit sogar zu verbergen.

Es würde noch viel Übung erfordern, bis er seine Präsenz leichter verbergen und vielleicht sogar verändern konnte.

Immer wieder glitten seine Gedanken zu Alexander. Mehr und mehr war er der Auffassung, dass der Älteste seine Präsenz erheblich verbarg.

Die Legenden und Geschichten schienen nicht im Ansatz zu dem Mann zu passen, dem er begegnet war.

Natürlich, Nebel würde jederzeit zugeben, dass Alexander etwas beängstigendes und ausgesprochen Anziehendes an sich hatte.

Aber nicht in dem Maße wie er es von anderen gehört hatte, wie er es sein müsste, wenn man Gerüchten und Geschichten glauben wollte.

Der junge Krieger verbrachte die Tage damit, die Stadt zu erkunden, und spielte mit der eigenen Präsenz.

Es fiel ihm von Mal zu Mal leichter. Das Spiel amüsierte ihn. Wenn er die natürliche Ausstrahlung unterdrückte, nahm ihn kaum jemand wahr – sah man von Artgenossen ab, die ihn wegen der Unerfahrenheit mit Leichtigkeit erkannten.

Ein anderes Mal konzentrierte er sich darauf, ‚die Blase‘ auszudehnen, seine Ausstrahlung gleichsam und erntete einige Blicke von vorbeieilenden Passanten.

Trotz des Spieles verlor der Flüchtling das Hauptanliegen nicht aus den Augen. Bisher war seine Suche jedoch nicht von Erfolg gekrönt. Beinahe täglich konnte er sehen, wie Krieger der Inquisition oder Boten in die Stadt ritten oder jene verliessen. Aber weder konnte er ein Hauptquartier ausmachen, noch einen Zugang.

Nachts, nachdem er sich im Umland gestärkt hatte, saß er meistens mit Jason – dem Fischhändler – und Herman – dem Schlachter – beisammen. Nebel ging, zu Recht, davon aus, dass die beiden anderen ihn im Auge behalten wollten.

Von sich aus würde der Vampir die Gesellschaft der Älteren nicht suchen. Er zog die Einsamkeit der Gesellschaft vor und sehnte sich bereits danach, seine Reise fortzusetzen.

Aber er könnte erst gehen, würde es sich erst erlauben, zu gehen, wenn Noirs Name aus den Archiven und der Erinnerung der Inquisition gestrichen war.

‚Befragter: Noir Vemo ... Ausführliche Berichte nach Harrenthal ....‘. Ausschnitte aus den Notizen kamen ihm immer wieder ins Gedächtnis, wechselten sich mit den anklagenden Augen der Toten ab und den Schreien, die durch die Katakomben hallten. *‚Ich muss es zerstören. Zweimal hat er mein Leben gerettet. Ich muss das tun.‘*

Der Name musste aus den Aufzeichnungen verschwinden. Irgendwann wäre er vergessen, musste er vergessen sein. Eine Generation, vielleicht zwei und es wäre, als habe er nie in den Augen der Häscher existiert.

„Sag mal.“

Jason unterbrach die Gedanken des Gastes und zwang dessen Aufmerksamkeit auf sich.

„Welchem Haus gehörst du an?“

Nebel runzelte die Stirn. Warum interessierte das nur jeden? Was spielte es für eine Rolle? Wäre er jemand anderes, würde er einem Haus angehören?

„Keinem.“

Als würde irgendein Oberhaupt, einem Mitglied einen Zug wie diesen gewähren. Als würde irgendein Oberhaupt irgendeine Jagd des blonden Kükens gewähren.

Jason und Herman sahen einander zweifelnd an. Das war ungewöhnlich. Wenn nicht gar unmöglich. Aber einige Fragen erklärten sich mit dieser Antwort, wie zum Beispiel der Umstand das er nicht in der Lage war seine Präsenz zu verbergen.

„Warum nicht?"

Nebel zuckte gleichmütig mit den Schultern. Viele Oberhäupter hatte er kennengelernt im Laufe der Zeit, aber nirgends hatte er bleiben wollen.

Niemanden konnte er sich als Oberhaupt, als sein Oberhaupt vorstellen.

Sah man vielleicht von jenem Haus ab, aus dem er geflohen war.

Jenem Oberhaupt, das Herz und Seele in Aufruhr versetzt hatte.

„Warum bleibst du nicht einfach hier? Es findet sich gewiss etwas für dich zu tun."

„Nein. Ich will nur die Archive finden und zerstören."

„Also sorgst du für Aufsehen und verschwindest?"

Anklagende Worte in einer Frage getarnt. Nebel nickte.

„Ich halte das für eine schlechte Idee. Man wird unsere Art dahinter vermuten."

„Was ja auch stimmt."

„Wir werden mit der Jagd, die daraus folgt, leben müssen, Nebel."

Der Jüngere sah Jason an, der die ganze Zeit mit ihm gesprochen hatte, musterte ihn eingehend, ehe er dasselbe bei Herman tat. ‚Sie wissen es. Sie wissen, wo sich der Zugang befindet. Sie schweigen. Sie haben Angst.'

„Ihr mögt aufgegeben haben, vielleicht habt Ihr einen Grund dafür. Aber ich werde nicht aufgeben. Ob mit oder ohne Hilfe, ich werde die Archive finden und sie zerstören."

„Wir haben gesehen, wozu sie fähig sind, Nebel."

Herman sah den Jüngeren eingehend an, ein Flehen schwang in den Worten mit.

Ein Flehen, das der andere verstehen möge, das sie nicht anders konnten, als das, was sie taten: nichts.

Sich so gut es ging, zu verbergen, keine hohen Wellen schlagen.

„Das habe ich auch, Herman. Zweiundvierzig meiner Waffenbrüder wurden auf grausame Art und Weise gemetzelt. Ihre toten Augen, sofern noch vorhanden, starren mich in meinen Träumen an.

Ihre Schreie hallen durch meine Gedanken.

Ich sah, wie sie ein unschuldiges Kind und seine Mutter töteten. Ich sah, wie meine Waffenbrüder gefoltert wurden. Ich sah zu, wie einem Freund die Därme entnommen und durch heiße Kohlen ersetzt wurden. Ich sah mehr, als ich je sehen wollte.

Und ich hoffe, ich muss nie wieder Zeuge davon werden. Aber genau darum, kann und werde ich nicht aufgeben. Denn täte ich das, wäre ich nicht besser als SIE.

Sie werden weitermachen. Sie werden uns jagen. Sie werden Unschuldige töten. Zuzusehen, nichts zu tun ist genauso schlimm, als würde man selbst die Klinge führen, die einen nach dem anderen von uns tötet. Gäbe ich auf... wäre der Tod meiner Meute sinnlos gewesen. Sie kämpften für uns und gegen sie. Ich kann nicht aufgeben."

Eine lange Ansprache für den Krieger, der es in der Regel vorzog, zu schweigen. Er hoffte, dass die beiden vielleicht von ihrem Kurs abweichen würden, wenn er davon berichtete, was in den Katakomben geschah.

Er könnte auch von den Notizen erzählen, aber was darin stand, war nicht seine Geschichte und sie zu erzählen oblag nicht ihm.

Sie schwiegen.

Senkten ihre Blicke.

Wenigstens das. Aber Nebel wusste, dass seine Worte nicht ausreichen würden, um sie dazu zu bewegen, ihre Passivität aufzugeben.

„Nebel ... du verstehst nicht ...“

„Ich verstehe sehr wohl, Jason. Ich mag jung sein und die ganzen Zusammenhänge nicht erkennen können. Vielleicht habe ich nicht gesehen was ihr gesehen habt. Aber ich bitte alle Mächte, das sollte mir Euer Alter zuteil werden, ich wenigstens von Halsband und Leine verschont bleibe, das Ihr Euch habt anlegen lassen.“

Nicht das Nebel davon ausging, wirklich alt zu werden. Dafür hatte er ein viel zu großes Talent dafür, sich in Schwierigkeiten zu bringen und Feinde anzuhäufen.

Es war sehr wahrscheinlich, dass jemand seinem Leben ein frühes Ende bereiten würde.

„Halsband?“

Herman lachte und Nebel schmunzelte schulterzuckend.

„Mhmh, macht man das nicht mit Haustieren? Ihnen ein Halsband anlegen, sie an der Leine ausführen? Haustiere der Inquisition... Ihr habt die Angst siegen lassen und aufgegeben. Die Inquisition hat Euch an die Leine gelegt.“

Zornige Augenpaare starrten den Blonden an, der sich lächelnd erhob. Niemals hätte er gewagt, so mit Alexander zu sprechen oder Noir und den anderen.

Er hätte es mit seinem Blut zahlen müssen, und wusste das sehr genau. Aber die beiden Artgenossen taten gar nichts außer ihn anzustarren.

„Hoffen wir, das die Häscher nicht auf die Idee kommen, Haus-, oder Nutzvieh zu schlachten.“

Nebel verließ das Haus und machte sich auf den Weg zum Dom. Er genoss die Ruhe, den kühlen Abendwind, die zahllosen Sterne, die seinen aufgewühlten Geist beruhigten.

Niemals!

Niemals würde er aufgeben. Nicht, wenn es auch nur den Hauch einer Chance gab. Das konnte er nicht. Er durfte nicht!

Was die ansässigen Vampire auch durchlebt haben mochten, das sie einfach aufgegeben hatten, wusste Nebel nicht und er wollte es nicht wissen.

Er war nicht zornig auf die anderen.

Er war enttäuscht.

Er müsste und würde selbst einen Weg finden müssen. Auf ihre Hilfe konnte er nicht zählen. Aber es wäre besser so. Weniger Opfer, wenn es zum Kampf kommen sollte. Niemand, der ihm im Weg stehen würde.

Seufzend schüttelte der junge Krieger den Kopf und besah sich den Dom, der auf eindrucksvolle Weise den Reichtum der Kirche, repräsentierte. Größer und prunkvoller als alles, was Nebel je gesehen hatte.

‚Haben sie recht?‘. Er musste sich diese Frage stellen. Natürlich gäbe es Vergeltungsschläge, würde dem Krieger sein Vorhaben gelingen.

‚Sie verbergen sich ohnehin. Sie haben aufgegeben. Was sollte mich scheren, wenn sie den Preis zahlen müssen?‘. Aber es kümmerte ihn. Sosehr er ihre Feigheit verachtete, so konnte er doch ihre Furcht oder Sorge verstehen, was passierte, wenn er Erfolg hätte.

„Trag es uns nicht nach, Nebel.“

Herman war dem Jüngeren gefolgt, seit er das Haus Jasons verlassen hatte. Aber erst wo der Blonde seit Minuten regungslos vor dem Dom harrte, wagte er es, ihn anzusprechen.

„Wir leben schon sehr lange hier. Wir haben vieles gesehen, das dir das Blut in den Adern gefrieren ließe. Wir haben lange genug gekämpft. Wir wollen nur in Ruhe leben. Kannst du uns das wirklich verdenken?“

Er sprach mit dem Gast, als spräche er zu einem kleinen Kind. Sanft, geduldig. Nebel sah ihn nicht an, aber seine Haltung straffte sich unmerklich.

„In Ruhe leben? Ich bin mir sicher, das war auch das Ansinnen meines Freundes und der Frau und des Kindes. Ich bin mir sicher, das jedes Opfer der Häscher diesen Wunsch hegte. Warum sollte Euch gewährt werden, was anderen genommen wurde?"

Herman sah den anderen gequält an. Er erkannte die Naivität, die Eigenart von Jungen war, und zürnte sie dem Gegenüber nicht.

Es war lange her, dass er selbst diesem naiven Gerechtigkeitssinn gefolgt war. Geglaubt hatte, dass er die Welt verbessern oder verändern könnte. Irgendetwas bewegen könnte.

Er hatte geirrt und auch der blonde Knabe würde diese Erfahrung machen, da war er sicher.

„Nebel ..."

Sanfter Tadel schwang in der Nennung des Namens mit. Die Art Tadel mit der man ein Kind ansprach, das sich bei Tisch daneben benahm. Nebel ignorierte es.

„Wo ist der Zugang?"

Herman sah den Jüngeren beinahe flehend an, als jener sich langsam zum Schlachter umdrehte. Eisige Kälte spiegelte sich in seinen Augen wider, während er den Blick des Älteren fing und hielt.

„Wo ist der Zugang."

Ungeduld schwang in der erneuten Frage wieder. Herman schüttelte schwach den Kopf.

„Verschwinde!"

„Nebel ..."

„Geh!"

Nebel nahm den unterbrochenen Gang wieder auf, aber er kam nur einige Schritte weit, bis er Hermans Hand auf seiner Schulter spürte und innehielt.

„Wo, Herman?"

„Nebel hör zu ..."

Nebel riss sich los und lenkte seine Schritte erneut vom anderen fort. Er hatte gehofft, dass die anderen ihm helfen würden, ungeachtet ihrer Differenzen. Es ging um ihre Art! Sie gegen die Fanatischen.

Ein Krieg der lange schon tobte. Ein Krieg, den man nicht einfach so ignorieren konnte. Nebel schüttelte schnaubend den Kopf. ‚Glauben sie wirklich, alles würde gut werden, wenn sie das Problem lang genug ignorieren? Narren! Feiglinge!'.

„In den überdachten Ehrgräben, könntest du Glück haben ..."

Bedauern schwang in seinen Worten mit und Nebel hörte, wie die Schritte des Älteren von ihn fortführten. Er warf einen kurzen Blick über die Schulter zurück. Sah wie der Ältere mit hängenden Schultern und schlurfenden Schritten davon ging.

Ein Mann, der allem Anschein nach einen schweren Kampf verloren hatte.

Einen flüchtigen Moment lang verspürte der Clanlose Mitleid mit ihm.

Nur einen Moment, ehe er den unterbrochenen Gang fortsetzte. Was er nicht bemerkte, waren kalte Blicke, die seinen Schritten bereits folgten, seitdem er die Stadt betreten hatte.

Kalte Augen unter dem sich ein kaltes Grinsen ausbreitete, als der Schlachter ihm einen Weg wies und der Knabe willig folgte.

118

Kapitel 6

Die Ehrgräben waren angelegt worden, den Inhalt des heimlichen Gemaches zu entsorgen, aber auch Abfälle aus Schlachtung, Essensreste und Ähnliches wurden gern dort abgeladen.

Um dem Auge der ‚hohen Herren' gefällig zu sein, waren die Ehrgräben – besonders in Markt und Domnähe – bedacht worden und bildeten wahre Tunnelsysteme unter der Stadt.

Es gab mehrere Zugänge, und wenn man den Gerüchten der Bevölkerung glauben wollte, hausten Heimatlose und Gesindel in den kalten Jahreszeiten dort unten.

Nebel verbrachte einige Tage und Nächte damit, die einzelnen Zugänge zu finden und kartografieren.

Es würde Wochen dauern, um jedem Gang zu folgen, und zu ergründen, was sich verborgen von den Blicken anderer dort verbarg.

Die Gesellschaft der Artgenossen schlug er aus. Die Einladungen in Jasons Haus ebenfalls. Er hatte genug Zeit verschwendet und hatte nicht vor, sich Diskussionen zu seinem Vorhaben auszusetzen.

Bewaffnet mit einer Öllampe und Kohlen machte er sich auf den Weg, um Gang für Gang zu erforschen.

An jeder Abzweigung markierte er seinen Weg mit der Kohle, andernfalls würde er kaum aus diesem Labyrinth herausfinden.

Der junge Krieger watete kniehoch aus einer Brühe aus Auscheidungen und Abfällen. Störte Ratten und fette Maden, die sich an verrottenden Kadavern gütlich taten.

Wie hier jemand freiwillig Unterschlupf suchen sollte, verstand Nebel nicht. Der Gestank war bestialisch und er war sicher, dass er diesen Gestank nie wieder von sich waschen könnte, egal wie lange oder heiß er baden würde.

In Momenten, in denen er vergaß, dass er nicht Luft holen musste und der Gestank so stark war, dass er ihn beinahe schmecken konnte, war Nebel sich nicht sicher, ob er wirklich weitersuchen wollte, oder konnte.

Er begann den Tag, noch bevor die Sonne aufging, und beendete die Erkundung, als jene bereits lange untergegangen war. Seine Kleider trieften vor Abwässern, Fäkalien und wusste der Henker was noch.

Er badete in einem Fluss außerhalb der Stadt, reinigte und besserte seine Kleider aus und jagte in verstreuten Dörfern, nachdem seine Kleider am Feuer getrocknet waren.

Ein Ablauf, den er wiederholte.

Tagein, tagaus dasselbe Spiel.

Aus Tagen wurden Wochen und aus Wochen Monate.

Der junge Krieger hatte bei Weitem nicht jeden Gang erkundet und ihm schwante, dass es noch einige Monate mehr dauern könnte, bis er jeden Gang erforscht hatte.

Die Leichen und den Abfall sah er inzwischen nicht mehr, wenn er hinabstieg. Nicht nur menschliche, sondern auch Tierkadaver und Schlachtabfälle fanden sich in den Gräben zuhauf.

Einmal hatte Nebel im Schein der Öllampe einen halb verwesten Hundeschädel entdeckt, aus dessen Auge eine junge Ratte heraushing. Die Barthaare mit den Resten der ausgiebigen Speise verschmiert ließ sich das Tier nicht von dem zweibeinigen Besucher stören.

Er lernte, diese Dinge auszublenden. Manchmal reichte es aus, zu sehen, um zu wissen, wie es riechen musste.

Und nachdem er sich aufgrund des Anblicks und dem Vergessen des Umstands das er nicht atmen musste, heftig erbrochen hatte, hatte er gelernt zumindest den Großteil dessen, was sich hier unten befand, zu ignorieren.

Der Schal, der eigentlich dazu diente, dass niemand ihn erkannte, schützte nun zusätzlich vor dem Geruch, wenn er im Schrecken einmal Luft holte. Im Laufe der Zeit kamen auch die Zweifel.

Nicht etwa Zweifel daran, dass er das Archiv finden wollte, sondern das sich der Zugang hier befand. Er konnte sich nicht vorstellen, dass die Häscher durch ein Meer aus Scheiße wateten.

„Wenn er mich in die Irre geführt hat, werde ich ihn töten."

Das Echo der geknurrten Worte hallte durch den Gang, während er den Pfeilen folgend zurück zum Eingang schritt.

Der Gedanke kam immer wieder auf. Und wenn man bedachte, wie sehr sie gegen das Handeln des Jungvampirs waren, war es sogar sehr wahrscheinlich.

„Verdammt..."

Nebel wusste nicht, was ihn mehr ärgerte: Dass man ihn in die Irre geführt hatte oder das er dieser Irreführung so bereitwillig gefolgt war.

„Und jetzt? ... Jetzt darf ich von vorn beginnen ... verdammt ... verdammt ... verdammt!"

Er hatte Monate verschwendet und müsste neu beginnen. Er stieg aus dem Graben und verließ die Stadt mit grüblerischem Ausdruck auf den Zügen.

Er brauchte ein Bad und Ruhe, um nachzudenken. ‚Ich kann nicht aufgeben ...‘. Wenigstens das wusste er, wenn auch sonst kaum etwas.

Er war sich sicher, dass die ansässigen Artgenossen ihn hintergangen hatten und die Ehrgräben ihn nirgends als tiefer in die Scheiße führen würde. Gedankenverloren ließ er sich auf dem eisigen Wasser treiben, betrachtete die Sterne, die strahlend über ihm funkelten.

Seine Kleider hatte er vor dem Bad gereinigt und am nahen Feuer zum Trocknen aufgehängt. Er fror nicht, spürte kaum, wie die Kälte des Wassers wie tausend Nadeln in seine Haut stach.

Sanfter Wind strich über seinen Leib hinweg, koste die frostbezogenen Wipfel der nahen Baumgruppe und manches Blatt, das sich krampfhaft an den Ästen gehalten hatte, segelte lautlos auf den Boden.

Der Krieger fürchtete nicht, dass ihn jemand sehen könnte. Es war spät in der Nacht, niemand außer ihm und vielleicht seinesgleichen wandelten um diese Zeit noch umher.

‚Als wagten sich diese Feiglinge in der Dunkelheit hinaus!‘ Er tauchte unter, versuchte, den aufkommenden Zorn mit der Kälte des Wassers zu vertreiben.

In der Luft konnte man den Geruch des nahenden Schnees ausmachen, aber das störte ihn ebenso wenig wie die Kälte.

‚Was jetzt? Wie mache ich weiter?‘. Er könnte weiter Zeit verschwenden, indem er die Feiglinge von Harrenthal jagte, aber das Archiv hatte Vorrang. ‚Befragter: Noir Vemo ...‘.

Und sei es nur, um diesen Namen zu tilgen, und aus der Erinnerung der Häscher zu entfernen.

Den Racheengel aus den Katakomben, den Beobachter von Kymor, seinen wiederholten Retter. SEIN Sohn.

Unwillkürlich glitten seine Gedanken zurück, in das Reich, das er mied. Die Trainingseinheiten, die Grenzritte. Er war frei gewesen.

Glücklich.

Bis er es mit der Angst zu tun bekam.

Der Turm.

Natürlich führten die Gedanken den Flüchtling auch dorthin, und Tränen stiegen in den Augen auf. Er hatte geglaubt, dass er vergessen könnte. Das es egal werden würde, was dort geschehen war.

Er hatte geglaubt, dass er sein Herz für sich beanspruchen könnte. Aber wie viel Zeit auch vergangen war, wie viele Jahre zwischen ihnen standen, seine Gefühle hatten sich nicht geändert. Sein Sehnen war ebenso stark wie am ersten Tag.

Er hatte verloren.

In seinen Träumen spürte er die Lippen Alexanders auf den Eigenen, blickte er in das tiefe leuchtende Silber.

~ Ich habe dich gemahnt, deine Zunge zu hüten. ~ Egal ob in den Träumen oder wenn er wach war, er hörte die Worte des Älteren in seinen Gedanken.

„Nicht jetzt, ich muss nachdenken!"

~ Du überstrapazierst meine Geduld, Nebel! ~

„Hör auf! Ich muss nachdenken." Er stockte, seufzte „Großartig ich verliere den Verstand und streite mit den Stimmen in meinem Kopf …"

Nebel stöhnte gequält auf und tauchte abermals unter, ehe er aufgab und aus dem Wasser stieg und sich ans Feuer setzte.

Er starrte in das Flammenspiel, warf immer wieder Holz nach und versuchte, sich einen neuen Schlachtplan zurechtzulegen, während Alexanders Worte in seinen Gedanken widerhallten und seine Konzentration auf eine harte Probe stellte.

„Ich muss sie überwachen, die ankommenden Häscher. Sehen...sehen wohin sie gehen ...“

Vielleicht würde ihm dieser Weg mehr Erfolg bringen, als durch die Ehrgräben zu waten. ‚Und dann? Wenn ich die Archive finden sollte, was dann?‘

Er legte sich zurück, platzierte den rechten Unterarm über seinen Augen. Ja was dann. Er hatte keine genaue Vorstellung darüber, was er tun sollte, wenn er die Archive fände. Sie zerstören, natürlich. Abbrennen vielleicht. Aber wie genau, hatte er noch nicht ausgearbeitet.

✝

Seit Tagen verfolgte Nebel immer wiederkehrende Inquisitoren. Sie waren trotz gewöhnlicher Straßenkleidung oder Reiseumhängen leicht am Geruch auszumachen, wenn man nicht das Kreuz unter der Kleidung oder aber das gestickte Kreuz am Kragen übersah.

Einige zog es zum Dom, andere besuchten ein Heilerhaus, das in der Nähe des Doms stand und von Ordensschwestern betrieben wurde.

Jason und Herman versuchten immer wieder, Nebel in die Hütte des Fischverkäufers einzuladen oder mit ihm zu sprechen, aber Nebel strafte sie mit Schweigen und versuchte, sie soweit es ging zu ignorieren.

Er hatte genug Zeit verschwendet. Sich erneut mit den Feiglingen zu befassen, würde bedeuten, dass er noch mehr Zeit verlor.

Er wagte nicht, den Dom zu betreten. Warum konnte er nicht mit Bestimmtheit sagen, vermutlich lag es daran, dass er noch zu genau wusste, wie die Zellen präpariert worden waren und er Ähnliches auch von Kirchen erwartete.

Der Krieger verlegte sich darauf, das Heilerhaus zu beobachten. Wer einging, wer hinaus kam. Nachdem der Nachtwächter die zehnte Stunde ausgerufen hatte, verließ der Medicus das Haus und eine Stunde später die letzte Ordensschwester. Noch eine weitere Stunde verstrich, ehe Nebel sich aufraffte, um sich ein Bild, vom Inneren zu machen. Einzubrechen war nicht schwer.

Die ihn umgebende Dunkelheit machte ihm nichts aus, aber die Gerüche, die auf ihn einströmten, waren ihm eine unwillkommene Störung.

Salbei, Kamille, Ingwer, Alkohol, Opium, getrocknetes Blut, Titanenwurz, Strohblumen, Asant, Rosenwaldmeister und der alles überlagernde tranige Geruch der Stadt mischten sich zu einem unerträglichen Geruch, der sogar die Gräben in den Schatten stellte.

Na ja, beinahe.

Langsam durchschritt er das einstöckige Haus. Besah sich Tiegel und Fläschchen, Öllampen und Kerzen. Betten zum Ruhen, die allesamt leer waren.

Ein Schreibtisch mit Pergamenten, davor ein dicker Teppich, der die Schritte des Nebels schluckte.

‚Was übersehe ich?'. Konzentriert wiederholte er seinen Gang durch den Raum, besah sich Regale und Tische, Laden und Eimer.

Er fand Zangen und Messer, Verbandsmaterial und Zeichnungen von menschlichen Körpern, Verletzungen und Notizen zur Heilung oder Versorgung.

Mit einer Hand strich er über den Sichtschutz, der den Arbeitsbereich des Heilers vor neugierigen Augen verbarg.

Er wusste, dass er irgendetwas übersah. Es war direkt vor seinen Augen, aber er konnte es nicht greifen. Der Blick glitt über die Betten, die weißen Laken und Kissen.

Auf dem Boden einzelne Blutspritzer, die ins Holz des Bodens eingezogen waren. Auf einem Tablett lagen ordentlich aufgereiht die Werkzeuge des Heilers, saubere Tücher.

‚Was übersehe ich? Was übersehe ich? Was …'. Einem Mantra gleich sprach er diese Worte in seinem Geist, hoffte, das sie offenbarten, was er nicht sehen konnte.

Kopfschüttelnd trat er zurück an den Eingang. Er konnte nicht erkennen, was nicht stimmte. Aber scheinbar war hier nicht, wonach er gesucht hatte.

Die Hand an der Türklinke hielt er noch einmal inne und sah über die Schulter zurück.

Nur um einen letzten Blick auf diesen Ort zu werfen, als es ihm wie Schuppen von den Augen fiel.

Das kleine Detail, das nicht stimmte.

Das kleine Detail, das nicht passte.

So gewöhnlich das es nicht auffiel. Ein leises, nervöses Lachen entrann der zeitlosen Kehle, während die Hand von der Klinke rutschte, und der Vampir seine Schritte zum Schreibtisch zurücklenkte.

Dies war ein Heilerhaus. Blut, Körperflüssigkeiten und wusste der Teufel was noch, waren hier an der Tagesordnung. Warum sollte man riskieren, dass ein teurer Teppich Schaden nahm?

Er hockte sich in einer geschmeidigen Bewegung neben die kostbaren Stoffe, ließ seine Finger durch die Fäden gleiten und spürte der samtigen Weichheit nach, die davon ausging.

Nebel haderte.

Er wusste nicht warum, aber er tat es. Wenn er richtig lag, würde sich dort der Zugang befinden, nachdem er seit

Monaten suchte. Wenn er falschlag, war es nur ein teurer Teppich an einem Ort, an den er nicht passte.

Er war tatsächlich nervös.

Ein ungutes Gefühl machte sich in ihm breit, das er sich nicht erklären konnte. Energisch schüttelte er den Kopf. Das war albern. Was sollte schon passieren?

Vielleicht irrte er.

Vielleicht war es wieder eine Sackgasse, die ihn zwingen würde, seine Suche erneut zu beginnen.

Er griff nachdem Teppich und zog ihn vorsichtig zur Seite. Und da war sie ... eine Tür im Boden eingelassen.

Ein versteckter Zugang.

Zitternd schlossen sich die Finger des Kriegers um den Ring, ehe er die Tür hochzog und nach einem kurzen Zögern die Stufen hinabstieg. Das flaue Gefühl im Magen verstärkte sich und kam Übelkeit gleich.

Er sollte nicht hier sein.

Er sollte umkehren!

Jetzt sofort!

Aber er konnte nicht.

Der Raum, in dem sich Nebel wiederfand, war kaum eine Handbreit höher, als er selbst groß war. Auf den ersten Blick wirkte es wie ein Lagerraum. Leere Flaschen und Tiegel. Kisten mut Tüchern und Leinen.

Aber ein schwacher Geruch nach Weihrauch lag in der Luft. Vorsichtig trat Nebel weiter in den Lagerraum und entdeckte, dass es hinter einem mannshohen Stapel von Kisten noch weiter ging.

Die Nervosität des Blonden stieg an, während er einem langen dunklen Gang folgte, gespannt darauf, was er finden würde.

✝

Er hatte ihn beobachtet. Seit das Kind einen Fuß über die Stadtgrenzen gesetzt hatte, ruhte seine Aufmerksamkeit auf dem Ärgernis.

Die Jäger der Inquisition hatten einen Fehler gemacht, als sie den Magyar aufgegriffen und überwältigt hatten und ihm damit das Zeichen gegeben, sich zurückzuziehen.

Nicht auszudenken, was geschehen wäre, wenn das Prinzchen oder dessen Vater ihn an den Klosteranlagen entdeckt hätten. Nur wegen dieses Fehlers lebte dieser kleine Bengel noch.

Diese dummen Menschen hätten sich nur an den Plan halten müssen, und das Ärgernis, das sich Nebel rufen ließ, wäre Geschichte und bald vergessen.

Manche hatten einfach mehr Glück als Verstand und der Blonde gehörte eindeutig dazu.

Hier aber würde sein Glück enden. Mit einem gewissen Amüsement hatte er beobachtet, wie die einheimischen Vampire den Knaben in die Ehrgräben geschickt hatten, und jener war, wie ein braver kleiner Junge gefolgt.

Dass es eine Finte war, war doch offensichtlich gewesen. Aber die Arroganz des Kükens war grenzenlos. Aber auch er konnte nicht umhin, die Hartnäckigkeit zu bewundern, die Nebel an den Tag legte. Zu bewundern, dass er immer noch weitermachte, wenn auch allein.

Er fragte sich, wie viele der kleinen Gruppe um den Knaben überlebt hatten, aber letztlich war es nicht wichtig. Es waren genug gefallen. Nicht genug, dass der Junge aufgab, aber genug, dass dieser alleine weiterzog.

Nicht einmal er konnte ausmachen, woher das blonde Küken ursprünglich kam. Wer er war. Wem er angehörte.

Und er hatte intensiv nachgeforscht, nachdem das Kind am Hof Alexander angekommen war. Niemand, nicht einmal sein Sohn hatten ihm Informationen geben können. Unwichtig.

Von dem Moment an, als er den Zugang gefunden hatte, war sein Todesurteil gefallen. Er würde nicht erlauben, dass das Küken diesen Ort lebendig verlassen würde.

Lang genug hatte das Balg, das sich Nebel rufen ließ, seine Wege gekreuzt und gestört. Es war an der Zeit, dass dieses Ärgernis beseitigt würde.

✝

Es kam Nebel vor, als würde er ewig gehen, ohne dass der Gang enden wollte. Warum manche Ehrgräben einen so eigenwilligen Lauf hatten, konnte er langsam nachvollziehen, während er langsam durch die Dunkelheit schritt.

Seine Finger strichen im Gehen über das kalte, feuchte Mauerwerk.

Hier unten verlor man jedes Gefühl für Raum und Zeit. Ohne jede Orientierung folgte der Vampir dem Gang, der scheinbar ebenso viele Abzweigungen hatte wie die Stadt Einwohner.

Wie lange er bereits unterwegs war, konnte er nicht mehr sagen. Aber er war beinahe gewillt, zurückzukehren, als er einen fahlen Lichtschein erkannte und erleichtert ausatmete.

‚Du bist ein Narr, einfach hier rein zu gehen.' schalt er sich in Gedanken, wissend das er trotzdem nicht umkehren würde.

Er hörte nichts.

Keinen Herzschlag.

Keine Schritte.

‚Sollten hier keine Wachen sein?'

Als er aus dem Gang in einen großen Raum trat, der von Öllampen und Kerzen erhellt wurde, sah er keine Wachen. Er sah niemanden.

Staunend blickte Nebel sich um. Obgleich er tief unter der Erde sein musste, war dieses Gewölbe hell und freundlich. Der Boden war aus hellem Marmor, kunstvoll gefertigte Säulen stützten die hohe gewölbte Decke.

Hunderte Regale reihten sich perlengleich auf, über und über gefüllt mit Pergamenten und Büchern in verschiedenen Größen und Stärken.

Arbeitstische waren verteilt und auch jene waren bedeckt mit Schriften. Der Geruch alten Papieres mischte sich mit getrockneter Tinte und Leim.

An den Wänden verteilt Gemälde die von den Erfolgen der Inquisition und ihren Helden sprachen.

Ein breiter offener Kamin, in dem ein gemütliches Feuer brannte, und zwei Lehnstühle, die zum Verweilen einluden. Grotesk gemütlich, wenn man bedachte, dass dieses Gewölbe nichts außer Tod beinhaltete.

Der junge Krieger schritt auf die Gemälde zu. Unnatürlich laut hallten die Schritte auf dem marmornen Boden wider.

Kardinäle, Krieger, Bischöfe angepriesen und verehrt von den Lebenden fanden sich auf den Abbildungen wieder. Jahreszahlen, ein paar Worte, die von ihren größten Taten berichteten auf Tafeln festgehalten.

Dass der Krieger nicht allein war, bemerkte er erst, als er eine Hand nach einem der Gemälde ausstreckte und ein schmerzhafter Hieb auf den Unterarm ihn davon abhielt. Obgleich es statt eines Schwertes nur ein einfacher Gehstock war, der den Knaben getroffen hatte, war sich Nebel sicher, dass der Knochen hinüber war.

Eine Wache bestehend aus der eigenen Art, hatte er nicht erwartet. Aber was sollte er sonst sein, wenn er hier unten war? Warum sollte er ihn hindern, etwas anzufassen, wenn er nicht bewachte, was sich hier unten befand?

„Verschwinde von hier, Kind, bevor ich dich töte."

Die Stimme des Fremden war samten weich und entbehrte dennoch jeder Wärme. Das der Fremde nicht vorhatte, Nebel entkommen zu lassen, wusste Nebel nicht. Und das musste er auch nicht wissen.

Leuchtend rote Augen glommen kalt aus dem Schatten einer weiten Kapuze hervor. Die Haltung des Fremden war aufrecht und mochte für die meisten entspannt wirken, aber Nebel erkannte den Krieger in der Haltung des Größeren.

Aufrecht, die Muskeln angespannt, der Stand fest. Der - mit ziemlicher Sicherheit verstärkte - Stab scheinbar nachlässig gehalten, würde nicht so rasch fallen, wie es auf den ersten Blick schien.

„Wer verlangt das?"

Nebel konnte nicht anders, das wusste auch das Gegenüber. Aber der Verräter war nicht gewillt, das Spiel des Jüngeren mitzuspielen. Oh ja, er wusste, wen er vor sich hatte. Wusste, das dieser Bengel, dass Ärgernis der vergangenen Jahre war. Statt dem Kind Antwort zu geben, hob er seinen Stab abermals.

Er sah gewöhnlich aus, aber war es nicht. Ein kunstvolles Machwerk aus einer nicht länger benötigten Engelsklinge, ummantelt von Adamant, geweihter Körper, während der Griff unbehandelt war.

Monatelange Arbeit, kunstfertige Schmiede waren nötig, den Körper aussehen zu lassen, wie Ebenholz. Das Schwärzen des Materials, das zufügen der Maserung. Ein Meisterwerk.

Nebels der Arm, der ohnehin in Mitleidenschaft gezogen war, hob sich im Reflex, um den Hieb abzuwenden, und brach an einer weiteren Stelle.

Nebel zog sein Schwert.

Er war verwirrt, dass der Artgenosse gegen ihn kämpfen wollte.

Der Verräter nahm das Ziehen der Waffe amüsiert zur Kenntnis. Das Kind hatte keine Chance. Er hatte gewusst und gehofft, dass er irgendwann die Gelegenheit haben würde, sich dieses Problems zu befassen.

Welcher Ort würde sich besser dazu eignen als dieser?

Er würde es genießen, den Jüngeren in die Grenzen zu weisen, ihn wieder und wieder zu demütigen, bevor er ihn von seinem jämmerlichen Dasein befreien würde.

Nebel hatte keine Chance gegen den älteren und stärkeren Vampir zu bestehen, aber wann hätte das den jungen Krieger je abgehalten, sein Bestes zu versuchen? Wann hätte es ihn abgehalten sich aufzulehnen, zu kämpfen.

Egal wie gering die Chancen waren – wenn er nur den Hauch einer Chance witterte, würde er nicht aufgeben.

Die Hiebe des Verräters kamen schnell und präzise. Die Bewegungen waren für den jungen Vampir, viel zu schnell, als das er früh genug reagieren oder sich verteidigen könnte. Aber das zeigte ihm, wie alt der andere sein musste.

Bei Weitem Älter als es Noir und seine Freunde waren, nicht ganz so alt wie Yves und Roma. Die Schnelligkeit, die Kraft waren beeindruckend. Er ging nicht davon aus, dass der Wächter sich zurücknahm, nicht alle Kraft nutzte, um ihn anzugreifen.

Ein Irrtum und nicht der letzte.

Was er sonst tat, gelang dieses Mal nicht. Er hatte keine Zeit, den anderen zu beobachten, um eine Schwachstelle zu finden.

Nebel lag mehr, als dass er stand. Der linke Arm hing nutzlos herab, das blonde Haar hatte sich stellenweise kupfern vom eigenen Blut gefärbt, die Kleider und der Leib bezeugten die Überlegenheit des Verräters, der nicht ansatzweise vom jungen Krieger gefordert schien.

Zahlreiche Regale waren umgeworfen, wenn ein Hieb den Jüngeren kraftvoll dagegen geschleudert hatte.

Aber er stand auf.

Immer wieder.

Wischte sich Schweiß und Blut aus dem Gesicht und kämpfte mit aller Kraft, die er aufbringen konnte, selbst wenn das im Gegensatz zu dem Verräter nicht viel war.

Zu fliehen, kam ihm nicht in den Sinn. Aber der Ältere würde ihn nun ohnehin nicht mehr entkommen lassen.

‚Ich wollte nur dieses verdammte Archiv zerstören und jetzt ...'. Nebel rappelte sich erneut auf, harrte mitten in der Bewegung, inmitten des Gedankens. Er hatte das Archiv doch nur zerstören wollen ...

Ein Grinsen umspielte seine Lippen, der nächste Hieb entriss ihn seines Schwertes und beförderte ihn wieder gegen eines der Regale, das unter der Wucht des Aufpralls barst und in sich zusammenfiel.

Überall verteilt lagen Pergamente, Bücher gespickt mit den Resten der Regale geziert mit dem Blut des Kükens.

Nebel sprang auf die Beine und rannte humpelnd los. Der Verräter, der annahm, dass der Knabe zu fliehen versuchte, folgte ihm.

Der Jüngere riss Kerzen um, warf Öllampen, wann immer ihm etwas davon in Reichweite kam: im Fall, im Laufen es spielte keine Rolle. Der Wächter wich aus. ‚Will er mich verbrennen? Narr!'

Nebel war sich sicher, dass er hier nicht wieder rauskäme. Der Wächter würde ihn nicht leben lassen. Also konnte er nur eines tun: Größtmöglichen Schaden anrichten.

Und war er nicht gekommen um den Retter, den Beobachter aus den Archiven und der Erinnerung zu streichen? Er würde, alles andere war nicht wichtig.

Sollte der Ältere ihn jagen, ihn wieder und wieder niederstrecken. Sollte er ihn töten. Ein Küken war als Preis angemessen. Ein Küken im Tausch gegen zahllose Leben. Unwichtig.

Sollte der Verräter jeden Tropfen Blut aus seinem Körper auf den marmornen Fliesen verteilen und jedes Pergament damit zieren.

Unwichtig.

Die Vernichtung der Aufzeichnungen war es wert, dass er sein Leben ließ.

Der junge Krieger verteidigte sich mit allem, was er in die Hände bekam, warf alles, was brannte. Kerzen, Lampen unwichtig. Glas splitterte, Öl verteilte sich auf dem Boden, auf dem Pergament.

Seine Rippen schmerzten, sein rechtes Bein war kaum mehr belastbar, nachdem er zwangsweise einen zu engen Kontakt zu einer der Säulen gehabt hatte, die einige Makel durch die Wucht des Aufpralls erlitten hatte.

Blut zierte sein Gesicht, sein Haar und schien überall auf dem Körper verteilt und aus unzähligen Verletzungen zu fließen.

Ein dunkler Strom, der ihn mehr und mehr schwächte.

Ein dunkler Strom, den er nicht wahrnahm.

In seiner Rage über das penetrante Kind und seiner sinnlosen Gegenwehr bemerkte der Verräter zu spät, was der andere tat. Unter anderen Umständen wäre der Verräter beeindruckt von der Hartnäckigkeit des Kükens.

Sinnlose Hartnäckigkeit, aber dennoch.

Der Wächter hatte nicht vor, den Knaben hier lebend rauskommen zu lassen. Er zögerte nur hinaus, was unumgänglich war.

Der Blick des älteren Vampires glitt an dem Knaben vorbei, der sich wieder einmal aufrappelte und er erstarrte.

Unbarmherzig leckten flammende Zungen an den Kleidern der Kämpfenden, an den Büchern, Pergamenten und den Regalen. Hitze und Rauch füllten das Gewölbe.

„Was hast du getan?"

Entsetzen spiegelte sich in den zeitlosen Zügen des Wächters. Wie hatte ihm das entgehen können? Wie hatte er sich, sosehr von diesem verdammten Bastard ablenken lassen können? Er hatte geglaubt, er spiele Katz und maus mit dem Bengel, und nun erkannte er, dass das stimmte, aber er die Maus gewesen war.

Nebel lachte hustend, was eine neue Welle des Schmerzes durch seinen Körper jagte. Der Rauch reizte zusätzlich seine Kehle und ließ ihn husten.

Der Verräter knurrte drohend. Er führte einen harten Hieb gegen den Kopf des Jüngeren aus und benommen sackte jener zu Boden versuchte wieder aufzurappeln, zitternd und kraftlos.

Der Ältere trat ihm gegen den Brustkorb, und schlug noch einmal mit dem Gehstock gegen den Schädel des Jungen.

Eine dunkle Lache breitete sich langsam vom Kopf her aus. Nebel ächzte, ehe gnadenvolle Bewusstlosigkeit ihn einhüllte.

Blasen bildeten sich auf den Gemälden und platzten unter der Hitze auf. Groteske Fratzen, die von den Flammen gefressen wurden.

✝

Das konnte nicht wahr sein! Dieses verdammte Kind! Arbeit von Jahrhunderten waren unbrauchbar gemacht, gefressen vom Feuer, genährt vom Öl und Pergament. Der Verräter holte ein letztes Mal aus, traf mit dem verstärkten Gehstock die Schläfe des Blonden.

Mit hasserfülltem Blick wand sich der Verräter ab, nachdem er die Lache einen Moment beim Wachsen zugesehen hatte. Er könnte hier nichts mehr retten.

„Krepier Ärgerniss!"

Wenigstens würde das Balg zusammen mit dem Archiv vergehen und könnte ihm nicht länger ins Handwerk pfuschen.

Er wirbelte herum, beeilte sich, der brennenden Hölle zu entkommen. Es würde nicht lange dauern, bis der Rauch das Heilerhaus erreicht hätte und damit die Feuerwacht alarmiert wäre.

Er würde den Bischof über den Verlust informieren und ihm erläutern, dass es nur geschehen konnte, weil sie sich – einmal mehr – seinen Anweisungen widersetzt hatten.

✝

~Du musst aufwachen, Nebel! ~

Die Stimme, die ihm so vertraut war, wie die eigene, hallte im Geist des jungen Kriegers wieder. Die Stimme aus der Dunkelheit, die ihn stets sicher umgab.

Die Stimme des Tänzers, die ihn rief, ihn forderte. Die Stimme, die ihn aufforderte, sich zu erheben.

Die Stimme, die ihn aufforderte, zu erwachen, bevor er den Flammen zum Opfer fallen würde, welche unbarmherzig an seinen Kleidern und ihm selbst zu fressen begannen.

~ Wach auf! JETZT! ~

Nebel schlug die Augen auf. Hustend versuchte er sich auf die Beine zu bringen. Schmerz jagte durch sein rechtes Bein. Schwindel erfasste ihn, beraubte ihm der Sicht. Sein linker Arm hing nutzlos herab und sein ganzer Körper schmerzte.

Er sah sich um, während die Hitze der Flammen seine Haut reizte. Tränen ausgelöst vom beißenden Rauch oder aber vom Schmerz sammelten sich in den Augen, rannen über seine Wangen.

Nebel streifte den Umhang ab und ließ ihn fallen. Er klopfte die Flammen an Hemd und Hosen ab, ehe er versuchte, sich zu orientieren.

In dem Chaos, das der Kampf verursacht hatte, war es nicht einfach, zu erkennen, wo er sich befand und wo der Ausgang war.

Das lodernde Flammenspiel, das begierig seine Zungen nach ihm ausstreckten, vereinfachte das ganze nicht.

~Du musst hier raus! ~

„Ich weiß ... ich ... ich ... weiß...“

Natürlich wusste er, dass er hier raus musste, die einzige Frage war: WIE. Ob er es auch konnte, war eine andere Frage.

Die Hitze war unerträglich. Gierig fraßen die Flammen Pergamente und Bücher und Regale und Tische. Hungrig streckten sie ihre Finger nach dem taumelnden Krieger aus, der versuchte den Weg hinaus zu finden.

Selbst der Gang war von dunklem beißenden Rauch gefüllt, der dem Vampir in den Augen biss und die Sicht erschwerte.

Er stolperte mehr, als das er lief, die raubtierhafte Geschmeidigkeit, die seiner Art innewohnte, gehörte der Vergangenheit an.

So schnell er konnte, folgte er dem dunklen Weg, taumelte die Stufen zum Heilerhaus hinauf und floh hinaus in die Nacht.

Er hörte die Glocke der Feuerwacht, aufgeregte Stimmen, schnelle Schritte, die sich ihm oder dem Heilerhaus näherten.

Der Verletzte schleppte sich in eine dunkle Seitengasse. Stützte sich an allem, was er finden konnte, während er versuchte, durch das Gewirr von Gassen einen Weg aus der Stadt zu finden.

Er könnte versuchen, bei Jason unterzukommen, aber alles in ihm sträubte sich dagegen. Die Ansässigen waren nicht sehr hilfreich gewesen und hatten ihn aus Furcht vor den Häschern in die Irre geführt.

Er war sicher, dass sie ihn ausliefern würden, um die eigene Haut zu retten.

Nebel wusste, er sollte ruhen, sollte jagen, bevor er so weit es irgend ging, von hier floh. Er wollte nur noch hier weg.

Er hatte sein Ziel erreicht und war ein weiteres Mal mit dem Leben davon gekommen.

Ob die anderen den Preis für seine Tat zahlen müssten – Nebel blieb nicht lang genug, um das herauszufinden.

Soweit er kam, floh er von der Stadt. Mal humpelnd gehend, mal kraftlos kriechend. Während er in den Archiven war, hatte es zu schneien begonnen. Dicke Flocken fielen langsam herab, hüllten die Welt in Stille, bedeckten den fliehenden mit einer kühlenden Schicht.

Er kroch in eine Höhle, rollte sich im hintersten Winkel zusammen und gab sich der gnadenvollen Bewusstlosigkeit erneut hin.

Nach zwei Tagen erwachte er wieder, als eine große Ratte an seiner Hand nagte. Er fing das Tier, tötete es, trank sein Blut. Die Brüche musste er noch einmal brechen, sie waren schief zusammengewachsen.

Die Verbrennungen schmerzten furchtbar und er musste eingebrannte Stoffreste aus den Wunden sammeln.

Wochenlang harrte er in der kleinen Höhle, bevor er sich stark genug fühlte weiterzureisen. Er jagte noch einmal ausgiebig – ein Hirsch fiel dem Hunger des Vampires zum Opfer.

Nebel stahl sich neue Kleider aus einem abgelegenen Bauernhof, während die Bewohner selig schliefen, ehe er seine ziellose Reise wieder aufnahm.

Die ganze Zeit während der Heilung – oder den Teil der Heilung, bei dem er nicht bewusstlos gewesen war - hatte er versucht, darüber nachzudenken, wohin er gehen wollte, was er tun sollte. Aber er hatte keine Ahnung. Er hatte nicht erwartet, dass er dieses Abenteuer überleben würde, noch weniger als er sich des Artgenossen gewahr wurde.

Alles, was ihm wichtig gewesen war, das Noirs Name nicht länger in dem Archiv der Menschen zu finden war und dieses Ziel hatte er erreicht.

Welchen Weg er fortan beschreiten wollte … er würde es noch herausfinden müssen.

KAPITEL 7

Fünfzehn Jahre waren vergangen, seit der Nebel das dunkle Reich verlassen hatte. Nach Harrenthal hatte der junge Krieger sein ursprüngliches Leben wieder aufgenommen. Trainierte, erfüllte Aufträge und versuchte, das Sehnen zu ignorieren, das ihn zurückrief.

Doch egal wie sehr er sich beim Training verausgabte, die Stimme in seinem Inneren wollte nicht schweigen und manches Mal glaubte er, Alexanders Stimme zu hören, die nach ihm rief.

Manchmal gab sich der Flüchtling dem irrwitzigen Gedanken hin, dass der Ältere dasselbe Sehnen verspürte wie er selbst.

Manchmal gab er sich der Hoffnung hin, dass es einen Weg gäbe, für einen Ältesten und ein Küken. Dass er sich selbst damit quälte, spielte keine Rolle. Er war der festen Überzeugung, dass wenn es jemand verdiente zu leiden, dann war er es. Die toten Augen, die ihn voller Entsetzen in seinen Träumen anstarrten, gaben dieser Überzeugung recht.

Seine Ruhephasen wurden noch immer von Albträumen gestört. Von dem skurrilen Deckenschmuck und toten Augen, die ihn anklagten. Von dem Weinen eines Kindes, das plötzlich erstarb.

Wenn er erwachte, spürte er dieselbe Angst, die er verspürt hatte, als er gefangen in den Katakomben war.

Und waren es nicht diese Träume, waren es rot leuchtende Augen, die ihn aus dem Schatten einer weiten Kapuze anstarrten.

Harrenthal hatte ihn viel gelehrt. Das Wichtigste war wohl, das er noch sehr viel Besser werden müsste, wenn er in dieser Welt bestehen wollte.

Sergej hatte recht gehabt. Er hatte gelernt zu kämpfen und – in den meisten Fällen – zu siegen. Aber das reichte nicht aus.

Bei Weitem nicht.

Die Feiglinge hatten ihn gelehrt, sich zu verbergen, und Nebel übte sich weiter darin, während er umherzog.

Mit der Zeit ging es ihm, wie das Kämpfen selbst, in Fleisch und Blut über. Er verbarg seine Präsenz, ohne dass er darüber nachdachte.

Aber auch das würde nicht reichen, und das wusste er. So wie er wusste, dass er Hilfe brauchen würde, um sich weiter zu entwickeln.

Die Aufträge und Trainingseinheiten waren zwar gut, aber nicht gut genug. Er wusste, wo man ihn fordern und fördern würde, wenn er darum bat.

Oder waren fünfzehn Jahre eine zu lange Zeit, um einfach zurückzukehren? Einfach nahtlos anzuschließen, wo sie aufgehört hatten? Was wenn man ihn abweisen würde, fortschicken?

‚Dann habe ich zumindest Gewissheit.'. Vielleicht, ganz vielleicht, würde sein Herz dann endlich schweigen und das Sehnen enden.

So traf er die Entscheidung, die er so lange vor sich hergeschoben hatte. Und zum ersten Mal seit seiner Flucht, war ihm leicht ums Herz und eine freudige Aufregung machte sich in ihm breit.

Der Orientierungssinn des Nebels war nicht der Beste, aber den Weg nach Morta Sant fand er ohne Mühe, als wäre in seinem Inneren ein Kompass, der ihn nach Hause leitete.

Die Tage waren nass und in den Nächten fror es zunehmend. Immer wieder fiel Schnee und behinderte den Krieger auf dem Heimweg.

Ab und an war er sich nicht mehr so sicher, ob es eine gute Idee wäre, zurückzukehren. Wenn er in den letzten Stunden der Nacht an einem erhöhten Punkt stand und in die Ferne sah, wusste er nicht, ob es nicht besser wäre, umzukehren.

Spätestens jedoch als er die unsichtbaren Grenzen des Reiches übertreten hatte, waren alle Zweifel vergessen.

Hierher gehörte er.

Die Furcht vor Zurückweisung war ebenso vergessen, wie der Wunsch umzukehren.

Ausgelassenheit.

Das beschrieb wohl am besten, was der Jäger fühlte.

Ausgelassenheit, die alle Vorsicht von ihm abfallen ließ.

Ausgelassenheit, die sich als ein Fehler herausstellte.

Er stolperte in ein Rudel Lykaner. Unter einem gellenden Schrei fiel das Pferd den Klauen und Zähnen der Wölfe zum Opfer und im nächsten Moment fand sich der Vampir im Kampf mit einer Übermacht.

Zähne, Klauen, Schwert – Nebel nutzte alles, was er aufbringen konnte, aber er wusste, dass es nicht reichen würde.

Scharfe Zähne und Klauen rissen ihm das Fleisch regelrecht von den Knochen oder hinterließen tiefe Wunden auf einstmals makelloser Haut. Das unschuldige Weiß wurde rot gefärbt vom Blut, dem des Vampires, dem des Pferdes und ebenso dem der Wölfe.

‚Bitte nicht! Nicht wo ich fast da bin.' flehte der Zurückkehrende im Geiste. Er konnte doch nicht so kurz vor dem Ziel fallen.

Er durfte nicht!

Er wollte nicht!

Im Kampflärm nahm Nebel nicht wahr, dass Artgenossen sich näherten. Erst im Schein einer Fackel, die auf ihn fiel, wurde er sich der anderen gewahr und ein Funken Hoffnung glomm in ihm auf.

Ein Funke, der ausreichte, um ihn weiterkämpfen zu lassen. Mit aller Kraft, die er aufbringen konnte, auch wenn das nicht mehr viel war.

Ein Teil des Rudels floh, als das Gleichgewicht der Macht sich verlagerte, ein Teil fiel unter den Schwertern der Gruppe, die dem Nebel zur Rettung kam.

Ein Krieger stürzte auf den wölfischen Kauknochen zu, fing ihn auf, bevor er auf dem Boden aufschlug. Nebels Sicht verschwamm bereits, kraftlos klammerte er sich am Artgenossen.

„V... Ve... mo...“

Mehr brachte Nebel nicht raus, ehe er sich der gnadenvollen Bewusstlosigkeit ergab, die ihn übermannte.

„Vemo?“

Der jüngste der Gruppe, bestehend aus zehn Kriegern, trat an den Älteren heran und besah sich das Häufchen Elend.

„Sieht aus, als wäre der zu schwer verletzt. Sollen wir ihn hier lassen?“

Die anderen traten heran, nachdem sie den Toten die Köpfe abgeschlagen hatten.

„Vemo, kleiner Bruder, ist der Name der Herrscherfamilie. Ich nehme an er war auf dem Weg dahin.“

Er blickte zu den anderen.

„Habt ihr irgendwas gefunden? Ist er ein Bote oder so?"

Kopfschütteln. Seufzen. Hannes rollte seinen Ärmel hoch, öffnete sich die Pulsadern. Es würde nicht viel bringen, vermutlich gar nichts außer ein kleines bisschen mehr Zeit, aber sie konnten ihn hier nicht einfach liegen lassen.

„Franziskus, verfasse ein Pergament, kündige mein Erscheinen beim Hof an. Nicht mehr. Alle anderen... er braucht Blut, also kommt her."

Jeder gab etwas. Eine Tunika wurde in Streifen gerissen, die Verletzungen grob damit verbunden, aber die Stoffe waren binnen kürzester Zeit wieder rot gefärbt.

✝

Rosanna betrachtete Alexander, der mit gerunzelter Stirn das Pergament betrachtete. Es wurde ein Reiter angekündigt, der in Kürze ankommen würde.

Keine weiteren Informationen.

Kein Grund.

Nichts.

„Schicke Noir, das er den Reiter in Empfang nimmt."

Rosanna nickte und eilte davon, während Alexander sich in seinem Sessel zurücklehnte und in den Kamin starrte. Er war unruhig und konnte sich nicht erklären warum. Den ganzen Tag hatte er das Gefühl gehabt, das etwas geschehen würde.

Vielleicht könnte der Reiter dieses Gefühl erklären. Auch wenn er mächtig war und über einige Fähigkeiten verfügte, von denen die meisten nur Träumen konnten, gehörte die Hellsicht nicht dazu. Aber etwas lag in der Luft, das zu wissen, brauchte er nicht hellsichtig zu sein.

145

Durch das offene Fenster wurde der kalte Wind und einzelne Schneeflocken hineingetragen und ebenso der Geruch nach Blut und Kampf.

Die Nacht war zu schön für Kämpfe, zu friedlich.

Scheinbar hatte jemand das anders gesehen.

✝

Noir und seine Gruppe warteten im Hof auf das Eintreffen des Reiters.

Scherzend.

Albernd.

Ausgelassenheit, die wich als der Reiter in den Hof galoppierte, und die Krieger erkannten, wen er bei sich trug.

„Thomas, sag ihm bescheid!"

Noir nahm Hannes den leblosen, blutigen Haufen ab, der ursprünglich ein schöner junger Mann gewesen war, und reichte ihn an Armand weiter.

„Verdammt ... was zum ..."

Armand musste tatsächlich würgen, doch Noirs kalt gesprochener Befehl riss ihn aus der Starre.

„Rauf in Vaters Gemächer, Armand! Los!"

Armand folgte erbleichend und abermals wand sich Noir an Hannes.

„Was ist passiert?"

Der Reiter ließ sich vom Rücken des Tieres gleiten und verneigte sich leicht, vor dem schwarzen Prinzen. Sidh, Torben, Andrej und Marius standen statuengleich, bleich an Noirs Seite.

„Wir waren auf der Durchreise, meine Brüder und ich, als wir vom Kampflärm angezogen wurden. Wir fanden ihn..."

Er nickte dem blutigen Leib nach, ehe er wieder zu Noir sah.

„... im Kampf mit einem Rudel Lykaner. Als wir eingriffen flohen einige. Wir versorgten seine Verletzungen grob und gaben ihm Blut. Das einzige was er sagte war ‚Vemo‘, also schickten wir den Falken voraus und ich brachte ihn her."

Noir nickte kaum merklich. Der Bursche hatte wirklich mehr Glück als Verstand. Das sollte ihm mal einer nachmachen.

Oder nein, besser nicht.

„Habt dank dafür. In den Stallungen wird man dir ein frisches Tier geben. Wenn du hungrig bist, wird dich jemand zu den Spendern bringen. Du und deine Brüder könnt im Reich meines Vaters jagen während ihr es durchquert. Kein Haus wird Euch Unterkunft verwehren."

Noir blickte Sidh gen und jener nickte. Er würde dafür sorgen, dass jene die im reich, aber nicht im Schloss lebten, Bescheid wussten und man Hannes und seine Brüder unter ihrem Dach willkommen heißen würde.

Der Reiter nickte leicht und sah dem Prinzen mit gerunzelter Stirn nach, der unter dem Blick seiner verbliebenen Freunde hineineilte.

Wen um alles in der Welt hatten sie da gefunden? Wer steckte hinter dem blutigen Haufen Fleisch und Knochen, den er getragen hatte, dass es ihnen auf der Weiterreise Türen öffnen würde?

Er seufzte. Er würde sich ein frisches Pferd besorgen und zu seinen Brüdern zurückkehren. Manchmal war es besser, wenn man nicht Bescheid wusste.

Und noch besser war, es nicht die Aufmerksamkeit der Herrscher zu erlangen. Sie waren launenhaft und wo sie dich den einen Tag in den Himmel hoben, vermochten sie es ebenso dich nur Stunden oder Tage später in die Hölle zu schicken.

✝

Alexander hörte Thomas tatsächlich zu. Grenzenlose Furcht breitete sich in seiner Brust aus. Er erkannte den Geruch des Blutes, der sich in der Ferne noch mit dem der Hunde und der Mitstreiter gemischt hatte und nun frei von Ablenkungen durch sein Schloss strömte.

Er blickte Rosanna gen, die regungslos an Ort und Stelle geharrt hatte, seit Thomas eingetreten war. Sie wusste, was er sagen würde, und sie hatte recht.

„Heißes Wasser und Leinen in meine Kammer und schickte eine Jungfrau zu meiner Mutter. Sie soll lediglich meine Grüße übermitteln."

Es war beinahe derselbe Wortlaut wie an jenem Tag, als Noir den jungen Krieger das erste Mal in sein Schloss gebracht hatte. Er wartete nicht auf Antwort, ignorierte Thomas respektvolles Neigen des Hauptes und machte sich auf den Weg in seine Gemächer.

Unterwegs traf er auf Armand und nahm ihm die viel blutige Last ab. ‚Was stellst du nur immer wieder an, du dummer Junge.'. Schelte, die er nur im Geiste sprach, während er die viel zu leichte Last in seine Gemächer trug.

Aber dieses Mal bettete er den Knaben nicht im steinernen Sarg, sondern auf seinem Bett und betrachtete den Jüngeren besorgt.

Wie es der andere immer wieder schaffte, sich derart zurichten zu lassen, war ihm ein Rätzel. Rosanna brachte Wasser und Leinen und Alexander begann damit das Gesicht vom Blut zu befreien.

„Öffne deine Augen!"

Es war keine Bitte. Nicht sanft oder warm gesprochen. Es war ein Befehl und Nebel wollte folgen.

Wollte die Augen öffnen, den anderen endlich wieder sehen. Aber die Lider schienen ihm bleiern schwer zu sein und wollten weder dem Willen noch dem Befehl auf Anhieb folgen.

Zärtlichkeit und Besorgnis, die im Gegensatz zu den kalten Worten standen, spiegelten sich auf den zeitlosen Zügen, standen in den silbernen Iriden geschrieben.

Sorge das diese Verletzungen zu schwerwiegend waren, dass er dieses Mal zu spät gefunden worden war.

‚Ich hätte Noir befehlen sollen, zurückzugehen und ihn wenn nötig mit Gewalt herbringen zu lassen.‘. Aber er wusste, das es für wenn und hätte zu spät war und Reue niemandem half – erst Recht nicht dem Blonden.

„Öffne die Augen, Nebel!"

Abermals fordernde Worte des Ältesten und dieses Mal folgte der Angesprochene und sah den anderen an.

Niemals hätte Nebel gedacht, dass es so schwer war, jemanden anzusehen. Der Anblick des Ältesten war verschwommen, und es war über die Maßen schwer, die Augen offen zu halten.

Die Dunkelheit tanzte bereits am Rande seines Sichtfeldes, drohte ihn erneut einzuhüllen. Der Versuch zu lächeln misslang und wirkte sehr grotesk.

„Bin ... wieder ... zurück.."

Alexander lachte leise. Erleichterung machte sich in ihm breit. Er rollte seinen Ärmel hoch, öffnete die Pulsadern und ließ den Heimgekehrten trinken.

„Ge ... gerettet?"

Alexander schüttelte bestimmt den Kopf. Nein. Nein dieses Mal nicht!

„Gefangen!"

Nebels Lippen umspiele ein schiefes Lächeln, das von seiner Zufriedenheit sprach, die Alexanders Worte in ihm auslöste. Gerettet oder gefangen war eigentlich egal.

Er war dort, wo er hingehörte.

Und die Antwort Alexanders bedeutete nichts anderes.

Noirs leises Räuspern forderte Alexanders Aufmerksamkeit ein, doch davon bekam der Heimgekehrte schon nichts mehr mit.

Nebel ruhte in der Sicherheit des schwarzen Schlosses und seines Herrschers, in gnadenvoller Bewusstlosigkeit.

„Er ist in ein Rudel Lykaner gestolpert. Einige sind entkommen."

Eine sehr kurze Kurzfassung, aber mehr brauchte Alexander auch nicht zu hören. Mit sorgenvollem Blick maß der Älteste das Küken.

Verletzungen von Lykaner hatten eines mit der Inquisition gemein: Beide waren gefährlich und heilten nur langsam.

Was die Verletzungen von Lykaner so gefährlich machte, war das Virus, das ihre Art durch den Biss weitergab.

Wo ein Mensch durch den Biss gewandelt wurde, kämpfte das Vampirische gegen die Wandlung an.

Ein schmerzhafter Prozess.

Ein langwieriger Prozess.

Vater und Sohn teilten die Hoffnung, dass der Jüngere diesen Kampf gewinnen würde.

„Nimm dir ein paar Krieger, Noir. Vernichte die Geflohenen. Und pass auf dich auf."

Noir nickte und sah auf die blassen, von Schmerz verzerrten Züge des Nebels.

„Er wird schon wieder, Vater."

Alexander nickte.

„Ich habe nach deiner Großmutter geschickt. Ihr Blut wird ihn retten können."

Hoffte er. Und Noir schloss sich der Hoffnung an.

„Schick Rosanna, sie soll die Zofen schicken um ihn zu reinigen. Melde dich wenn du zurück bist."

Noir nickte und beeilte sich dem Befehl, dem Wunsch des Vaters nachzukommen. Während sich die Zofen Alexanders, unter dessen wachsamen Blick, um den jungen Krieger kümmerten, ihn wuschen und verbanden, ritt Noir mit seinen Männern los um die entflohenden Lykaner zu finden.

✝

„Er sah furchtbar aus."

Armand war der Erste, der den Zustand des Nebels ansprach und damit Besorgnis bekundete.

„Sagte er nicht, das er besser werden wollte, bevor er wiederkäme?"

Thomas warf Marius einen halb tadelnden, halb amüsierten Blick zu. Marius erinnerte sich an den letzten Abend. An den inneren Kampf den Nebel mit sich geführt hatte. Und das Versprechen des Kükens, das er, wenn er zurückkäme, eine Herausforderung wäre.

„Er wird wieder, nicht wahr, Noir?"

Sidh verzichtete auf Gehabe, seine Miene zeigte offene Besorgnis. Andrej und Torben schwiegen, aber sahen wie auch alle anderen zu Noir, der innerlich aufseufzte.

„Natürlich. Als würde ihm einfallen zu erliegen, wenn die Chance besteht, uns auf die Nerven zu gehen und sich uns bei Training oder Grenzritten anzuschließen. Vater bekommt ihn wieder hin."

Woher er die Sicherheit nahm, die in jeder Silbe mitschwang, konnte er nicht sagen.

Ja der Knabe würde überleben – wieder Mal – und jeder von ihnen würde das Küken, an seinen einritt und die Konfrontation mit den Hunden erinnern.

Wieder und wieder.

Wie es sich für Freunde gehörte.

✝

Nebel wusste nichts von der Sorge um ihn. Bemerkte nicht, das Alexander über seinen Zustand wachte, wie er es schon beim ersten Mal getan hatte.

Nebel tanzte.

Wenn man ihm Blut einflößte, trank er. Aber wachte nicht auf. Wenn man ihn reinigte und neu verband, stand Schmerz in seinem Gesicht geschrieben, aber er wachte nicht auf.

Die Verletzungen heilten langsam. Die Stellen, an denen ihm Stücke des Körpers geradezu herausgerissen wurden, brauchten noch länger. Wer genau hinsah, konnte man noch die Spuren des Feuers in Harrenthal erkennen und auch diese Narben würden noch lange zu erkennen sein.

Viele ausgiebige Jagden wären nötig, bis die Haut makellos wäre, wie zuvor.

Aber all das war nicht von Belang.

Nicht an dem Ort zwischen Leben und Tod.

Nicht in den Armen des dunklen Gevatters, der ihn sicher vor den Widrigkeiten der Welt barg. Dem Ort, an den kein Schmerz und keine Zweifel reichten.

Während der dunkle Tänzer im Nichts über den Knaben wachte, wachte Alexander an seiner Seite, wie er es schon beim ersten Mal getan hatte.

Tage vergingen.

Nächte.

Aus Tagen wurden Wochen. Alexander verließ den jungen Gast erst, als er sicher war, dass jener genesen und bald erwachen würde.

In der Nacht als Nebel erwachte, brauchte er einen Moment, um sich zu orientieren. Die Gemächer des Ältesten hatten sich nur geringfügig verändert, aber es war lange her, dass Nebel hier gewesen war.

Die Erinnerung, wie er hergekommen war, glich seinem Namenvetter: einem dichten undurchdringlichen Nebel.

Langsam erhob sich der junge Mann, streckte sich ausgiebig, und spürte jeder Bewegung nach, um sich einen Überblick über seinen Zustand zu machen.

Wie das letzte Mal stand eine Waschschüssel bereit. Frische Kleider lagen auf der Kommode, ebenso wie Umhang und ein Schal.

Missmutig betrachtete der Blonde sein Spiegelbild, fuhr mit den Fingerspitzen den schlimmsten Narben nach, während Bilder aus seiner Erinnerung vor seinem inneren Auge aufblitzten.

Sein Pferd, das unter riesigen Klauen erlag. Geifernde Mäuler, die nach ihm schnappten. Stöhnend legte er eine Hand an die Schläfe, schloss seine Augen und atmete tief durch.

Er wusch sich und drängte aufkommende Bilder zurück. Er war wieder hier. Alles andere war egal. Er lebte.

Wie auch immer man Leben in diesem Fall beschreiben wollte. Während des Ankleidens kamen weitere Erinnerungen auf. ‚Gerettet? Gefangen!‘

Ein Lächeln umspielte Nebels Lippen. Vermutlich würde niemand sonst sich darüber freuen, gefangen zu sein, aber ihn freute es. In diesem einen Fall wollte er gefangen sein, und entgegen seiner Natur, keinen Weg finden dieser Gefangenschaft zu entkommen.

Zu entkommen hatte er die letzten fünfzehn Jahre versucht, und es war ihm nicht gelungen. Egal wo er hingegangen war, Alexander war – in seinem Geist – bei ihm gewesen.

Er war längst gefangen gewesen, und endlich war er gewillt, sich das einzugestehen.

Er wusch sich ausgiebig und kleidete sich langsam an. Der Waffengurt fand wie stets Platz an der Hüfte des Kriegers, aber dieses Mal verzichtete er auf Umhang oder Schal, um sich zu verbergen.

Hier war es nicht länger nötig.

Hier war er zu Hause.

Der erste Weg führte zu den Spendern, der nächste in die Trainingshalle. Vielleicht – vermutlich - sollte er zuerst Alexander aufsuchen, aber das wagte er nicht. Was sagte man, nachdem man so lange fort gewesen war? Gab es irgendetwas, das man sagen konnte? Musste er das überhaupt?

Er würde lieber noch ein wenig Zeit schinden, bevor er sich Alexander und damit auch sich selbst stellen würde.

✝

„Sie an, wer von den Toten auferstanden ist."

„Dein Hang zur Dramatik ist besorgniserregend, Nebel."

Nebel lachte und schlug Thomas neckend auf die Schulter, als er sich zu der Gruppe setzte.

„Wie langweilig wäre es, wenn ich wie jeder andere in den Schlosshof reiten würde?"

„Mir wäre es Recht, wenn du darauf verzichten würdes, Kauknochen für Wölfe zu spielen, und sei es nur um unsere Nerven zu schonen."

Sidh sah den Jüngeren beinahe bittend an. Noir schüttelte den Kopf schmunzelnd.

Eine Weile flachsten sie herum.

Die neckenden Sticheleien störten den Heimgekehrten nicht. Sie waren kein Angriff, kein Versuch ihn zu diffamieren, sondern Ausdruck der Sorge und das war sowohl verwirrend als auch ... ja also auch angenehm.

Nie hätte Nebel angenommen, dass sich jemand um seinetwegen sorgen würde. Er gab sich schließlich stets große Mühe, um jeden auf Abstand zu halten.

Er war nicht sonderlich freundlich, meistens arrogant und überheblich. Um so jemanden machte man sich keine Sorgen. Das sahen die Freunde und Alexander offensichtlich anders.

Auch wenn letzter darauf verzichtete, den Turm aufzusuchen, und Nebel Zeit und Raum hatte sich seinen Gedanken zu ergeben. Er wusste nicht, was er davon halten sollte.

Insgeheim rührte ihn die Sorge. Er war ihnen nicht gleichgültig.

Sie hatten durch seine Masken geblickt, ohne dass es ihnen Mühe bereitete. Und es schien sie wirklich zu freuen, dass er wieder zurück war. Ebenso wie ihn selbst.

Aber nicht jeder war erfreut darüber, Nebel wieder durch das Schloss ziehen zu sehen. Manches Augenpaar, darunter auch Jacobs, folgten den Schritten des Kriegers mit Skepsis, Misstrauen oder Hass.

Warum?

Neid. Was sonst?

Viele versuchten lange vergeblich, sich dem inneren Kreis anzunähern, versuchten sich, im Training oder Kampf zu beweisen, um vom Prinzen oder dessen Vater bemerkt zu werden.

Und Nebel?

Nebel war plötzlich da.

Trainierte mit der Gruppe um Noir, verbrachte Zeit mit dem Ältesten, als wäre es das Normalste auf der Welt. Und für Nebel war es das.

Er zweifelte noch immer regelmäßig daran, dass die Gerüchte um den Mann der sein Herz gefangen hielt, auch nur im Ansatz wahr waren.

Er erkannte Alexander und auch Noir und die anderen, als ranghöher oder zumindest stärker als ihn selbst an, aber ließ sich davon nicht beeindrucken.

Der Mut, den nur Unwissenheit auslösen konnte.

Unwissenheit über vergangene Taten.

Unwissenheit über das Alter oder die Herkunft.

Mancher war froh gewesen, als der Blonde gegangen war, und hatte nicht erwartet, dass er je zurückkehren würde.

Mit jedem Jahr, das verging, war man sich dessen sicherer geworden.

Und plötzlich ...

Und plötzlich trug ihn ein Reiter in den Armen zurück.

Und plötzlich, war er wieder da. Fügte sich in die Gruppe des inneren Kreises ein, als wäre er nie fort gewesen. Harrte auf dem Turm, an dem sonst der Älteste weilte, als gehöre das Schloss ihm.

Neid.

Nicht, das Nebel davon wusste oder ahnte. Aber selbst wenn er es wüsste, wäre es ihm egal. Er scherte sich nicht um die Rangkämpfe, die um ihn herum tobten.

Sie waren nichts Außergewöhnliches. Egal wohin man ging. Egal, in welchem Haus man weilte. Jeder wollte so gut wie möglich vor seinen Ältesten dastehen.

Jeder außer Nebel.

✝

„Meidest du ihn?"

Noir trat in das Arbeitszimmer des Ältesten, und ließ sich nach einer auffordernden Geste auf einem der Stühle nieder.

„Wen?"

Noir lachte. Natürlich war ihm als auch jedem anderen aufgefallen, das Alexander in den vergangenen Nächten nicht auf dem Turm war. Im Gegensatz zu dem wiedergekehrten Gast.

„Du weißt ‚wen'."

Alexander seufzte und blickte mit gerunzelter Stirn auf den Sohn. Mied er Nebel? Er wusste genau, wann Nebel sich aus der Trainingshalle verabschiedet hatte, wie viele Schritte er gebraucht hatte, um auf den Turm hinaufzusteigen – 367 falls es jemand wissen will – und er wusste, das er seine Schritte an der üblichen Stelle hatte ausklingen lassen, um von dort auf den Hof und das Land herabzusehen.

„Du weißt selbst, das das nicht der Grund ist, das ich hier bin, Noir. Es gibt zu viel zu tun. Bis zu unserer Abreise dauert es nicht mehr lang. Es wird noch Gelegenheit geben, mich mit unserem jungen Gast zu befassen."

Noir schmunzelte, während er sich zurücklehnte und die Beine überschlug. Es war offensichtlich, dass er dem Vater nicht glaubte. Aber er würde den Teufel tun, das zu sagen. Das war auch nicht nötig.

Es war dem jungen Prinzen am Gesicht abzulesen.

„Wann denkst du, können wir abreisen und wie lange werden wir bleiben?"

„In zwei oder drei Wochen. Wir werden den ganzen Dezember und Januar im Anwesen bleiben. Also regel deine Angelegenheiten und instruiere die nervige Gruppe, die dir nachrennt."

Jedes Jahr im Winter verbrachten Vater und Sohn sowie einige Auserwählte zwei Monate außerhalb des Schlosses. Wohin oblag der Entscheidung des Ältesten.

Auf dem gesamten Kontinent hatte der Clan Burgen, Schlösser, Anwesen oder Gutshöfe, die in ihrer Abwesenheit von Dienern gehütet und instand gehalten wurden. Menschen ebenso wie Vampire.

In diesem Jahr sollte ein Anwesen eine Woche mit dem Pferd entfernt das Ziel des Ältesten sein. Natürlich gäbe es einfachere und schnellere Wege, um zu reisen, aber der Ausflug war Teil des Ganzen.

Zeit, um den Stress des Alltags abzustreifen und sich auf die Zeit außerhalb des Schlosses vorzubereiten.

„Wird Nebel uns begleiten?"

Noir unterdrückte ein Lachen, beim Ausdruck, der über die Züge des Vaters huschte. Es wirkte beinahe, als habe er den Vater bei einer Überlegung ertappt.

Nur für die Dauer eines Wimpernschlags, dann herrschte die übliche Kälte auf den strengen Zügen vor und Alexander zuckte gleichmütig mit den Schultern.

„Wir werden sehen. Wenn sonst nichts mehr ist, lass mich weiterarbeiten Noir."

Der silberäugige Prinz lachte leise und erhob sich geschmeidig, ehe er grinsend das Haupt neigte und sich zurückzog.

Was er davon halten sollte, das der Vater so offensichtliches Interesse an dem jungen Krieger hatte, wusste er noch nicht genau. Aber es war amüsant zu beobachten.

Ob jener es nun verleugnete, oder dazu schwieg, wie es seine Art war, aber für ihn war es klar: Der Vater hatte ein Interesse an Nebel, das über die Neugier über das Wachsen eines Kükens hinaus ging.

KAPITEL 8

„Das ist unmöglich!"

Knurrend, fauchend wanderte der dunkelgewandete Vampir in seinem Arbeitszimmer auf und ab. Am Boden ein zerknülltes Pergament von seinem Sohn. Nur ein Satz war darauf zu lesen gewesen.

Ein Satz der Unglauben und Zorn in ihm heraufbeschworen hatte: ‚Nebel ist an den schwarzen Hof zurückgekehrt.'

„Er sollte verbrannt sein! Wie zum Teufel, hat er es aus dem Archiv geschafft?"

Er sollte tot sein. Verbrannt, wie alles andere. Jahrhunderte der Aufzeichnungen, Erkenntnisse und Karten. Alles vom Feuer zu einem Häufchen Asche dezimiert.

Er hatte ihn niedergeschlagen, hatte beobachtet, wie sich eine dunkle Lache um ihn herum ausgebreitet hatte. Er selbst war nur knapp entkommen, wie also konnte es sein, dass dieses verdammte Kind entkommen war?

Es war unmöglich, dass sich jemand in die brennende Hölle gewagt hätte, um ein unwichtiges Kind zu retten. Ein Ärgernis, das seinesgleichen suchte, ohne jeden Zweifel.

Aber nicht von Belang für die Zukunft eines Volkes.

Er würde sich etwas für dieses Balg einfallen lassen müssen, bevor es wachsen könnte und von einem ‚Niemand' zu einem ‚Jemand' würde. Vielleicht könnte man ihn auf die eigene Seite ziehen.

Vielleicht könnte man ihn für die eigenen Zwecke einspannen, statt ihn nur zu töten? Er würde dem Sohn schreiben und seine Einschätzung abwarten. Vielleicht gelänge es dem nutzlosen Burschen, eine Verbindung zu dem Ärgernis herzustellen. Um ihn manipulieren.

Es war bald so weit, das Alexander das Schloss für ein paar Monate hinter sich ließ, um sich der Familie zu widmen, der Kurzweil oder wussten die Mächte, was er sonst tat.

Zeit genug für das Balg, um sich dem Störenfried wieder anzunähern.

Er trat an den Schreibtisch und verfasste eine ebenso kurze Nachricht an den Spion, wie jener gesandt hatte.

Ein Versuch, der nötig war.

Ein Versuch, der ihm Zeit gab, sich Alternativen zu überlegen.

Nebel verbrachte die Tage in der Bibliothek, beim Training und die Nächte bei Grenzritten und Jagden, bevor er für ein paar Stunden auf den Turm hochstieg.

Aber Alexander leistete dem Gast in keiner Nacht Gesellschaft.

Jacob hatte ihn während einer Trainingseinheit darüber aufgeklärt, dass Noir, der auch nur selten dem Training beiwohnte, und Alexander, ihre Abreise vorbereiteten.

Ein Ritual, das jährlich wiederkehrte und Nebel beinahe in Verzweiflung stürzte.

Endlich war er wieder hier. Endlich, dort wo er hingehörte, da reiste der Älteste ab? ‚Das ist doch ...'. Nicht einmal in

Gedanken vermochte er es, seine Frustration in Worte zu fassen.

Endlich hatte er es zurückgeschafft, war sich seines Gefühls für den Ältesten bewusst und während er Nacht um Nacht wartete, das Alexander zu ihm auf den Turm hinaufkäme, bereitete dieser seine Abreise vor.

Bereitete jener sich vor, sich von ihm zu entfernen, ihn zu verlassen.

Schritte verebbten nicht weit hinter dem jungen Krieger, der mit seiner Fassung rang. Nebel musste sich nicht umdrehen, um zu wissen, wer hinter ihm stand und doch kämpfte er gegen den Wunsch, sich dem anderen zuzuwenden.

„Du gehst fort."

Es war eine Feststellung keine Frage. Die Stimme beinahe tonlos. Vergessen, verdrängt vom Kummer das Alexander auch wieder hierher zurückkehrte.

„Ja."

Alexander besah sich den Blonden. Ein flüchtiges Lächeln zupfte an den Mundwinkeln, als jener sich ihm zögernd zuwandt und ihn ebenfalls musterte. Nebel hatte sich verändert.

Die vergangenen Jahre hatte sich in seinen Augen gebrannt, die feinen jugendlichen Züge waren härter geworden, ernster.

In Nebels Augen hatte Alexander sich kein bisschen verändert. Groß, stark und erhaben wie eh und je schien er dem Jüngeren. Das Silber der Augen fesselte ihn, wie sie es bereits vor seiner Abreise getan hatten.

Der Wunsch, dem anderen nah zu sein, war ungebrochen und schien sich mit der Rückkehr gar noch verstärkt zu haben.

„Wann?"

„Morgen."

Nebel stockte der nicht benötigte Atem. Morgen schon? Nur ein paar Stunden, vielleicht nur Minuten, bevor er den anderen ziehen lassen müsste, wie er selbst vor langer Zeit gegangen war. Er schluckte.

Er wollte nicht, dass der Ältere ging und ihn zurückließ.

Alexander harrte regungslos. Beobachtete den Jüngeren eingehend. Den Kampf, den jener führte. Ähnlich dem Kampf, den er vor Jahren schon einmal geführt hatte.

Und doch ganz anders.

Irritiert schwang sich eine Braue hinauf, als der Bursche eilig den Abstand zwischen ihnen nahm und sich gegen ihn warf, sich beinahe verzweifelt in seine Kleider krallte.

Im Reflex schlang Alexander die Arme um den schmalen Leib, presste den Kleineren an sich und spürte, wie jener erleichtert den nicht benötigten Atem ausstieß und sich merklich entspannte.

Als habe er erwartet, dass der Oberste ihn fortstoßen würde. Oder könnte.

Die Zeit vor dem Abschied schien auf Schlag in die Gegenwart gerückt zu sein. Das Gefühl einander zu halten, so vertraut. So lang gemisst und zugleich als wäre keine Stunde vergangen, seit sie einander das letzte Mal hielten.

„Willst du uns begleiten?"

„Ja! Ja, bitte."

Alexander hatte die Einladung gesprochen, ohne dass er wirklich darüber nachgedacht hätte. Aber wie der Jüngere wollte auch er nicht, dass sie einander so schnell wieder entrissen wurden.

Und wie der Jüngere vergaß er, dass er wieder kommen würde.

Viel zu schnell.

In einer Ewigkeit.

Auch wenn Noir recht gehabt hatte, als er sagte, dass er den Kleineren meiden würde, konnte er ihn nicht zurücklassen.

Fünfzehn Jahre waren lang genug gewesen. Für Nebel ebenso, wie für Alexander. Vertrauensvoll schmiegte sich der Jüngere an den Älteren und stutzte plötzlich.

„Die Hunde haben mein Pferd gefressen."

Alexander lachte kopfschüttelnd. Bei allem was man würde sagen können, fiel dem Knaben ausgerechnet ein, dass die Lykaner sein Pferd gefressen hatten?

„Das soll das geringste Problem sein."

Am folgenden Morgen ritt eine kleine Gruppe aus dem Schlosshof. Alexander, Rosanna, Noir, Armand, Sidh, Thomas, Marius, Torben, Andrej und Nebel genossen es fernab des Hofes und der Zwänge zu sein. Eine ausgelassene Grundstimmung erfasste die Gruppe, kaum das sie, außer Reichweite des Schlosses waren.

„Wie war das mit Abstand von Ärger und Geschäften, Vater?"

Rosanna und die Krieger schmunzelten dünn und Nebel grinste dem schwarzen Prinzen gen.

„Oh bitte Noir, das kannst du doch besser. Ihr seid weich geworden, während meiner Abwesenheit."

„Ich habe mich getäuscht. Ich war erleichtert, als du wohlauf in der Trainingshalle erschienen bist. Frech wie eh und je. Aber weißt du was Nebel?"

Thomas Blick legte sich bei diesen Worten auf den Blonden, der amüsiert eine Braue hob.

„Na?"

„Schweigend als Kauknochen hast du mir weitaus besser gefallen."

Nebel lachte, trieb das Pferd – ein Geschenk Alexanders – an, das ebenso ungestüm wirkte wie sein Reiter. Er preschte an Thomas vorbei und zerfetzte mit den Klauen den Sattelgurt.

Lachend drehte sich der Jüngste im Sattel, beobachtete wie Thomas sich unter dem Spott der anderen, vom Boden aufrappelte.

„He Thomas? Reiten funktioniert besser, wenn man AUF dem Pferd sitzt."

Thomas grinste. Reiten funktioniert auch besser, wenn man sah, wohin man ritt. Nebel übersah den tief hängenden Ast, weil er Thomas verspotten wollte, und lag einen Moment später ebenfalls auf dem Boden.

Rosanna und Alexander tauschten einen Blick und verdrehten die Augen.

Kinder.

Den gesamten Weg über wurde es nicht besser: Immer wieder forderten sie sich gegenseitig heraus, balgten und lachten. Und wenn nicht das, so nervte der Jüngste mit der Frage, wann sie ankommen würden.

Nur wenn sie rasteten, war sogar ein Nebel erträglich und friedlich. Am Feuer lauschte er den Erzählungen und Geschichten und hatte bald seinen Lieblingsplatz auf der gesamten Welt gefunden: An der Seite oder in den Armen Alexanders.

Rosanna schwieg die meiste Zeit. Wenn, so sprach sie mit Alexander, aber auch sie wirkte entspannter als bei Hofe. Manchmal beobachtete sie den jungen Gast und versuchte, sich ein Bild von dem wiedergekehrten Gast zu machen.

Dass er so anders war, als bei Hofe wunderte sie dabei am wenigsten. Wann sähe man schließlich einen Noir oder einen der seinen ausgelassen balgend und lachend, wenn nicht hier?

Nebel orientierte sich an den älteren und ihrem Verhalten. Er schien auf der Reise einen Teil seiner Jugend wieder zu finden, die auf seinen Zügen stets vorhanden war, obgleich der stetige Ernst und sein Auftreten ihn älter wirken ließ, als er war.

Sidh beschäftigte sich bei der Rast in der Regel mit Notizen. Er schrieb ebenso viel, wie er las. Rosanna hatte das ein oder andere Schriftstück gelesen, aber da Alexander es hinnahm, würde auch sie nichts sagen.

Es stand ihr nicht zu.

Sidh gab auf die Dinge, die er mit sich führte acht, und niemand wäre so töricht ins Schloss einzudringen, oder würde es bis in die Bibliothek schaffen, um eine der Schriften zu entfernen.

Noir, Armand und Sidh saßen bei der Rast meist zusammen, während Sidh schrieb, unterhielten sich Noir und Armand leise miteinander.

Thomas, Marius, Andrej und Torben würfelten, Alexander schwieg in der Regel, wachte über die jüngeren und erfreute sich an der vorherrschenden Ausgelassenheit.

Rosanna hielt es ebenso.

Nach einer Woche mit erschreckend gutem Reisewetter erreichte die Gruppe unter einem flammend roten Sonnenuntergang, der den Wald und das Anwesen im Vordergrund in Flammen zu setzen schien. Ihre Unterkunft für die nächsten Wochen.

Das Anwesen war von einem weitläufigen gut gepflegten Grundstück umgeben.

Nur wenige ausladende Bäume nahmen die Sicht auf das Grundstück, das an einen gemischten Wald angrenzte.

Es wäre einfach, ankommende frühzeitig zu bemerken und im Zweifel entsprechende Maßnahmen zu ergreifen.

Fasziniert blickte Nebel sich um. Die Reise und der Weg hatten ihm gutgetan.

Er mochte es.

Zu gehen, wohin der Wind ihn trieb. Ruhen unter dem unendlichen Sternenmeer. Er bedauerte beinahe, dass die Reise nun ein Ende fand, und er bald wieder umgeben von Mauern ruhen und weilen würde.

Das Schloss war riesig, das Gefühl gefangen zu sein, kam dort nur schwerlich auf. Aber das Anwesen, war im Gegensatz dazu klein.

Natürlich nur im Vergleich mit dem Schloss. Ein Vemo würde sich nicht mit einem kleinen Heim zufriedengeben.

Die Gruppe würde ausreichend Platz haben und selbst wenn sie doppelt so viele wären, würde jeder ausreichend Raum für sich finden.

„Kommst du?"

Nebel schreckte aus seinen Überlegungen, von denen er nicht einmal mehr sagen könnte, wohin sie ihn geführt hätten oder wo sie begonnen hatten. Alle anderen waren entweder dabei ihr Gepäck ins Haus zu tragen oder darin verschwunden, während Menschen die Pferde entgegennahmen um sie in die Stallungen zu führen.

Thomas lächelte ihm amüsiert zu, während Nebel sich vom Pferd schwang und sein Gepäck vom Sattel löste und schulterte.

Er hatte nicht viel.

Brauchte nicht viel.

Wenn er auf seinen Reisen etwas gebraucht hatte, hatte er es als Lohn eingefordert.

Auf Jagden war zu viel Gepäck hinderlich.

Und bisher hatte er weder Zeit gehabt, noch daran gedacht, sich Kleider zu besorgen. Die Sachen, die er trug und sich in seinem Gepäck befanden, hatten für ihn bereitgelegen.

Kopfschüttelnd atmete er durch und folgte den anderen ins Innere. Ehrfürchtig sah er sich um. Es war hell und freundlich. Dicke Teppiche schluckten jeden Schritt. Wandbehänge und Gemälde und viele hohe Vasen mit Blumenarrangements hießen ihn willkommen.

Staunend setzte der junge Krieger seine Schritte. Vergessen, das er sich eben noch nach dem Fortsetzen der Reise gesehnt und sich vor der Enge gefürchtet hatte, die ihn hier erwarten könnte.

Er trat durch die erste Tür, stieg ein paar Stufen hinab und landete in einer gut ausgestatteten Küche.

Der Geruch von Gewürzen und Speisen durchzogen den Raum. Hinter einer weiteren Tür fand er einen Vorratsraum, hinter der nächsten einen Weinkeller und eine weitere, die hinaus in den Hinterhof führte.

Er fand ein großes Kaminzimmer, mit einladendem Erkerfenster wo ein fröhliches Feuer im Kamin prasselte und sich dem Verweilenden mehrere Sessel zum Rasten boten.

Ein paar Bücherregale zogen Nebel direkt in seinen Bann. Er freute sich, die Zeit zu nutzen, diese Bücher zu erkunden.

Aber viel spannender war die Bibliothek, von der er sich kaum losreißen konnte.

Unter der doppelläufigen Treppe fand sich eine weitere Tür, die in den Keller und damit den Trainingsraum führte. Vorsichtig stieg Nebel die Stufen hinauf. Irgendwie waren alle verschwunden.

Im Gegensatz zu ihm, wusste jeder, wo er ruhen würde und niemand hatte sich die Mühe gemacht zu warten.

Eine der verschlossenen Türen zu öffnen, käme ihm nicht in den Sinn. Er ahnte oder glaubte, zu wissen, dass sich hier oben die Schlafzimmer und Bäder befinden mussten und irgendwo reinplatzen, wollte er nicht.

Eine Tür stand offen.

Vorsichtig lugte Nebel hinein. Niemand war hier, also nahm er an, dass es sein Zimmer war – zu Recht. Große Fenster mit schweren dunklen Vorhängen. Eine Tür, die auf einen ausladenden Balkon hinausführte.

Ein großes Bett mit dicken Decken und Kissen, einem Himmel und Vorhängen, die das Licht und die Kälte aussperrten. Eine Kommode, ein Waschtisch.

Ein breiter offener Kamin, zwei Sessel davor.

Zwei Türen. Eine führte in eine Badkammer mit Zuber, einem Ofen, der den Raum oder Wasser erhitzte. Tücher, Seifen und Öle. Er spielte mit dem Gedanken, ein Bad zu nehmen. Verwarf ihn jedoch wieder und näherte sich der anderen Tür.

Etwas ließ ihn hadern. Er wusste nicht warum, aber er war sich plötzlich nicht mehr so sicher, ob er wissen wollte, was oder wer sich hinter dieser Tür befand.

„Ja"

Nebel wirbelte herum, sah Thomas im Türrahmen stehen. Er versuchte, dem ‚Ja' eine Bedeutung zu geben, aber das war gar nicht so einfach. Ja konnte alles oder nichts bedeuten.

Nun vielleicht nicht nichts.

„Ja?"

„Die Tür führt zu Alexanders Gemächern. Schätze, er will dich im Auge behalten, damit du nicht wieder in Schwierigkeiten gerätst."

Nebel schnaubte und setzte sich auf die Bettkante, und zwang sich, nicht zur Tür zu sehen.

„Oder wäre dir etwa lieber du würdest wieder seine Räume bewohnen?"

Thomas Necken hatte zur Folge, das Nebel das erst Beste packte und nach dem Älteren warf. Es war nur ein Kissen, was bei Thomas ein weiteres Lachen hervorlockte.

Jeder wusste um die Gefühle des Kükens, auch wenn sie es in der Regel unquittiert ließen.

„Wir wollen runter trainieren. Kommst du mit?"

„Ja, ich komme nach. Geh ruhig vor."

Thomas nickte, warf das Kissen zurück und machte sich auf, um den Freunden zum Training zu folgen. Nebel hatte vor, sein Gepäck auszupacken, sich frisch zu machen und den anderen zu folgen.

Aber er machte einen Fehler: Er legte sich auf das weiche Bett zurück und die Erschöpfung bemächtigte sich seiner und er verschlief das Training und die anschließende Jagd.

Die vergangenen Jahre, in denen er kaum ausgiebig oder erholsam ruhen konnte, und die plötzliche Sicherheit, in der er sich befand, sorgten dafür, dass er tatsächlich tief schlief und dem Geist so Gelegenheit gab sich zu erholen. Auch wenn er es nicht wollte oder geplant hatte.

Nebel gewöhnte sich schnell an die Umstellung vom Schloss auf das Anwesen und den neuen Ablauf. Er erkundete die frei zugänglichen Räume, den Garten und die nahe Umgebung.

Er jagte, trainierte, las und ließ sich Geschichten erzählen. Hin und wieder kamen Gäste und boten Abwechslung an

Geschichten und Training und fachten den Wissensdrang und die Neugier des Kükens an.

Sidh mahnte Nebel, es nicht zu übertreiben. Früher oder später würde jemand die Neugier des Gastes übel nehmen oder einfach weniger Geduld zeigen, als es die Freunde und Gefährten taten.

Die wenigen Stunden, in denen die Nacht am dunkelsten war, verbrachten Nebel und Alexander gemeinsam auf dem Balkon. Sie sprachen über Nichtigkeiten, einander haltend.

Nebel erzählte Finten von seinen Reisen. Erzählte davon, dass Sprengstoff wirklich sehr effektiv war, er aber davon absehen würde, es noch mal zu benutzen – drei Tage Taubheit hatten ihm gereicht.

Er erzählte von dem Abenteuer bevor Noir ihm fand. Von den Brüdern, die ihn gejagt hatten und die Art, auf welche er jene gerichtet hatte.

Erzählte ihm, wie viel Glück er dann und wann gehabt hatte.

Erzählte von den Aufträgen, die er erfüllt hatte, und bemerkte dabei nicht, den Blick den Alexander ihm zuwarf. Ein Blick, der zwischen Tadel und Amüsement schwankte.

Er sprach nicht über die Katakomben und seine jagten, die ihn dorthin geführt hatten. Er sprach nicht über den Codex, der sicher zwischen seinen wenigen Sachen verborgen war.

Er sprach nicht über die Warnungen, und warum er nicht selbst gekommen war.

Er sprach nicht über Harrenthal. Nicht über seine Waffenbrüder.

Er wollte und konnte nicht und Alexander ... Alexander fragte nicht.

Mehr als der Blonde ahnte, wusste der Ältere bereits. Auch ohne seine Fähigkeiten anzuwenden. Der gequälte Ausdruck, die Furcht, die im Blute schwang, wenn er träumte, sagten ihm mehr, als der Knabe mit Worten könnte.

Dass hasserfüllte Augen in den Stunden auf dem Balkon auf ihnen ruhten, bemerkte Nebel nicht. Alexander bemerkte es, aber ließ sich nichts anmerken und sah vorerst davon ab, etwas dagegen zu unternehmen.

Hasserfüllte Augen, die auch im Schloss auf dem Küken geruht hatten, auch wenn der Inhaber es selbst seit einer gefühlten Ewigkeit nicht mehr betreten hatte.

Offiziell war sie tot.

Offiziell hatte Alexander sie getötet.

Auf Beschluss des Rates.

Nun war sie gezwungen, ihnen fern zu bleiben. Und dieses Kind, dieses Küken harrte in seinen Armen, in seinem Schloss.

Raubte ihm seine Zeit.

Jedes Mal, wenn Alexander jemanden schickte, floh sie. Niemand würde sie zu fassen bekommen.

Niemand würde sie dauerhaft vertreiben können.

Aber vielleicht ... vielleicht würde sie dieses Küken auf seinen Platz verweisen können. Ein Ärgernis weniger. Nicht mehr, nicht weniger war Nebel in den Augen der Hasserfüllten.

Ein lästiges Insekt, das es loszuwerden galt.

Fern von IHM, fern von dem Prinzen.

Bald.

Sie konnte warten. Sie wartete bereits so lang. Sie würde auch weiterhin warten.

KAPITEL 9

„Hast du nichts dagegen?"

Noir sah von den Karten auf, die er grade studierte und blickte irritiert auf Thomas, der die Frage gestellt hatte. Der Freund lehnte entspannt an einem Bücherregal und musterte den Geborenen eingehend.

„Wovon sprichst du bitte? Wogegen sollte ich etwas haben?"

Sidh und Armand sahen von den Pergamenten auf, die sie beschrieben, um der Unterhaltung zu folgen. „Naja..."

Thomas schien sich nicht besonders wohlzufühlen, als die Aufmerksamkeit aller auf ihm ruhte. Was hatte er sich auch dabei gedacht, seiner Neugier nachgeben zu wollen? Er hätte schweigen sollen.

Aber dafür war es nun zu spät.

„Dein Vater und Nebel ... Das der Kleine Interesse an deinem Vater hat, ist ein offenes Geheimnis, ebenso warum er vor fünfzehn Jahren gegangen ist. Und es scheint ... naja als wäre dein Vater nicht abgeneigt ..."

Noir unterdrückte ein Lachen. Nicht wegen der geschilderten Situation, sondern dem Unwohlsein des anderen. Er seufzte, fuhr sich mit einer Hand durch das glänzende schwarze Haar. Störte es ihn? Er wusste nicht genau, was er davon halten sollte.

Ja das der Blonde Interesse an Alexander hatte, war vermutlich jedem klar. Noir hatte nach der ersten Ankunft des Burschen angenommen, das es der Wunsch nach Aufstieg war, der Nebel geleitet hatte, aber daran schien der Bursche kein Interesse zu haben.

Mehr noch, als er sich seiner Gefühle gewahr wurde, war er geflohen.

„Seit wann interessiert dich, wen Vater in sein Bett oder an seine Seite holt? Es ist ja nicht so, als wäre Nebel der Erste."

„Oh bei allen Mächten. Ich WILL nicht über sowas nachdenken!"

Sidh stöhnte gequält auf und schüttelte vehement den Kopf, um die aufsteigenden Bilder zu vertreiben. Es gab Dinge, über die wollte man nicht nachdenken, und mit wem ein Elternteil – oder Adoptivelternteil – ins Bett stieg, gehörte eindeutig dazu.

Armand und Noir lachten beim entsetzten Ausruf des Bauernlümmels. Thomas verzog die Lippen. Vermutlich wollte er ebenso wenig genauer darüber nachdenken. Er wusste, er hätte einfach den Mund halten sollen.

Verdammte Neugier.

Noir schmunzelte bei der Reaktion der anderen.

„Vater wird früher oder später sein Interesse verlieren und dann holt er sich jemand anderen. Es ist nur ein Spiel. Und ich rate euch allen, euch andere Dinge zu suchen über die ihr nachdenkt und sprecht, als die Gespielinnen oder Gespiele meines Vaters."

Zustimmendes Brummen von der Gruppe, die sich beeilte, sich wieder auf Karten oder Pergamente zu konzentrieren.

Noir nickte zufrieden.

Er war keineswegs davon überzeugt, dass Nebel nur einer von vielen war, auch wenn er es gern glauben wollte.

So vieles sprach dagegen. Dass niemand es sah, wunderte ihn nicht.

Die Nächte auf dem Turm, das der Knabe die Gemächer des Vaters bewohnte statt im Gästetrakt zu wohnen, das der Vater den jungen Gast bis zum letzten Tag oder zur letzten Nacht hatte warten lassen, sprach dagegen, das, was auch zwischen Nebel und dem Vater war, nicht das übliche Spiel war.

✝

Nebel brauchte Zeit für sich. Sosehr er auch die Zeit im Anwesen genoss, so wenig Zeit fand sich, allein zu sein. Also beschloss er, die nahe Umgebung ein wenig zu erkunden. Dummerweise konnte er nicht umhin, zu hören, was Noir zuletzt gesagt hatte.

Und er nahm es, wie die anderen als bare Münze. Er wusste nichts von Noirs Gedanken und Überlegungen. Wusste nichts von den kleinen Zeichen, die Noir sah und ihm selbst entgangen waren.

Nur ein Spiel.

Er wusste nicht, warum ihn das so traf. Genau darum war er gegangen. Weil er kein Spiel sein wollte, nicht als Spiel enden würde. Aber er hatte zurückkehren müssen, ungeachtet des Wissens, das er nie mehr sein würde als Kurzweil.

Ein Spiel, das weggepackt wurde, sobald es nicht mehr unterhaltsam war.

Es zu wissen und es zu hören, waren jedoch zwei paar Schuhe. Es zu hören, machte es real. Sich selbst zu belügen, konnte der junge Krieger. Manchmal zumindest, aber er wusste, dass die Worte Noirs, ihm nicht so bald aus dem

175

Kopf gehen würden und es schwer machen würden, sich selbst zu belügen.

Sich vorzumachen, dass es mehr war. Mehr sein könnte. Vielleicht nicht jetzt. Vielleicht aber irgendwann. Gedankenverloren entfernte Nebel sich vom Anwesen, vom Grundstück. Trat in den Schutz des Waldes ein.

Er genoss den Duft des Winters, den Geruch des Waldes. Eiskristalle schmiegten sich um jeden Ast, jeden Zweig, bedeckten den Boden und alles, was darauf war.

Jeder Schritt des gedankenverlorenen Kriegers rief ein sanftes Knirschen hervor, wenn Laub und Zweig unter seinem Gewicht barst und die feine Schicht aus Eiskristallen aufbrach.

Eichhörnchen flitzten im sanften Dämmerlicht über den Waldboden oder kletterten in den Bäumen herum. Ein Fuchs lugte zwischen ein paar Büschen hervor. Bussarde zogen ihre Bahnen über den Baumwipfeln auf der Suche nach leichter Beute.

Ein friedliches Bild.

Fernab des üblichen Lärmes.

Aber Nebel hatte kein Auge dafür. Ebenso wenig wie er Sinn für das farbenfrohe Laub auf dem Boden oder die Gerüche des Waldes hatte. Er war zu sehr in den eigenen Gedanken versunken.

Er genoss die Stunden auf dem Balkon mit Alexander. Das einträchtige Schweigen. Die langen Gespräche. Die Arme des Älteren, die ihn sicher umfingen.

Jeden noch so flüchtigen Kuss. Sollte das wirklich nur ein Spiel sein? Konnte all das nur ein Spiel sein? Hoffnung rang mit der Gewissheit, die in Noirs Worten gelegen hatte.

Eine vorbeischnellende Silhouette und ein plötzlicher brennender Schmerz am Arm rissen den jungen Krieger aus seinen Gedanken.

Irritiert blickte er auf die schmerzende Stelle hinab. Sein Hemd war am Unterarm zerfetzt, Blut tränkte die Stoffe. ‚Wie ...? Was?'. Bevor er noch einen Gedanken vertiefen könnte, erschien erneut die Silhouette und ein neuerlicher Schmerz durchzuckte ihn. Dieses Mal am Oberarm.

„Was soll das? Wer ist da?"

Nebel verfluchte sich, für die Unaufmerksamkeit, die ihn jedes Mal überkam, kaum das er sich in der Nähe Alexanders befand. Aber wer hätte ahnen können, oder wie hätte er ahnen können, dass er hier nicht sicher war?

Ein Lachen beantwortete die Fragen des jungen Kriegers und ein erneuter rascher Angriff. Ein älterer Vampir, eine sie. So viel konnte Nebel sagen, aber das war auch alles, was er sagen konnte.

Die Schnelligkeit, das Lachen, das auf jeden weiteren Angriff folgte, ließen keinen anderen Schluss zu.

Er wusste, dass er keine Chance hätte, wenn er sich der Fremden stellen würde. Wusste, dass er zurück zum Anwesen sollte. Ausnahmsweise tat er, was er tun sollte, was das Richtige wäre. Der junge Vampir wand sich um, und lief los.

Nur ein paar Meter. Weiter kam er nicht, bis der nächste Angriff seinen Versuch unterband. Dieses Mal schleuderte die Silhouette ihn zurück gegen eine alte Eiche, dessen Stamm vernehmlich knarzte, als das Gewicht des Kriegers gegen ihn schlug.

Dass der Baum nicht barst, wunderte Nebel für die Dauer eines Wimpernschlages, als die unnötige Luft unter der Wucht des Aufpralls aus den Lungen gepresst wurde.

„Was soll das? Wer bist du?"

Rasch sprang Nebel wieder auf die Beine, versuchte, den Feind auszumachen. Aber die Trägerin der hasserfüllten Augen, vermochte es besser als er selbst sich zu verbergen.

„So ein unachtsames Küken."

Eine rothaarige Schönheit löste sich aus dem Schatten einiger Bäume. Irgendetwas, dass Nebel nicht benennen konnte, war an ihr vertraut.

Mit unfassbarer Anmut bewegte sie sich auf Nebel zu. Und jener, wissend, dass er fliehen sollte, harrte aus. Starrte sie an.

Er kannte sie nicht.

Da war er sicher, trotz der Gewissheit, dass etwas an ihr ihm bekannt vor kam. Warum also griff sie ihn an? Was sollte das Ganze?

„Bist du wahnsinnig? Was soll das?"

Der Krieger nahm festen Stand ein und musterte die andere erneut. Sie war schlank, wirkte beinahe zierlich und unschuldig. Porzelangleiche Haut, die jeder Unreinheit entbehrte.

Das lockige rote Haar fiel in sanften Wellen bis hinab auf die wohlgeformte Brust. Das Kleid, das sie trug, war in erdigen, warmen Farben gehalten, lag obenherum eng an, während es von der Hüfte an geschlitzt war, um ihre Bewegungsfreiheit nicht einzuschränken. Kniehohe Stiefel vervollständigten das Bild.

„Glaubst du, ich lasse es zu?"

Nur ein Blinzeln und sie war an ihm vorbei und hatte ihm eine neue Verletzung zugefügt. Nebel war sich sicher, das sie nicht vorhatte, ihn ernsthaft zu verletzen. Es waren kaum mehr als schwere Kratzer. Trotzdem wollte er es nicht unbedingt darauf ankommen lassen.

„Wovon sprichst du? Was sollst du zulassen? Wer zum Teufel bist du?"

Eine weitere rasche Bewegung, eine neue Verletzung. Nebel knurrte leise auf. Sie war zu schnell. Er konnte ihren Bewegungen kaum folgen. Er musste zum Anwesen. Auf die Idee zu rufen, kam er gar nicht. Zu sehr war er von der Fremden und ihrem Hass irritiert.

„Du bist es nicht wert!"

Wieder war Nebel nicht schlauer, durch die Aussage der anderen und wieder musste er sich gegen eine Reihe von raschen Hieben erwehren. Das gelang nur bedingt.

Drei von vielleicht acht oder neun Hieben konnte er abwehren, bevor eine kühle Hand sich um seine Kehle legte.

Nägel gruben sich in die empfindliche Haut seines Halses. Der Blonde versuchte, alle Verwirrung abzustreifen, sich an Trainingseinheiten zu erinnern. Zeiten, in denen es ihm einfacher gefallen war, alles Störende beiseitezuschieben.

Was hatte sich geändert?

Vielleicht war es einfach nur die Zufriedenheit, die ihn erfüllte. Endlich wieder bei IHM zu sein. Wieder zurück zu sein. Er schüttelte den Kopf. Atmete unnötig durch, um sich zu sammeln.

Er grollte dunkel und versuchte, sie von sich zu stoßen, ihre schönen Züge mit den eigenen Klauen zu verunstalten. Er haderte mit sich.

Eine Frau zu schlagen, widerstrebte ihm. Aber er hatte hier keine Wahl. Sie war erheblich älter, erheblich stärker. Aber wann hätte das Nebel je gekümmert?

Zumindest jedoch, würde er weitere Angriffe, nicht einfach hinnehmen. Er wehrte sich mit aller Kraft, aller Schnelligkeit, die er irgendwo aufbringen konnte. Manch jüngerer Baum brach unter der Wucht der Leiber, die dagegen schlugen.

Sie nahm Schaden, aber bei Weitem nicht so sehr wie Nebel.

Abermals fanden ihre Klauen seine Kehle, während die zweite auf sein Gesicht zu schnellte. Der blonde Krieger schloss die Augen, erwartete den Schmerz, der nicht kam. Stattdessen erklang ein Grollen.

Tief.

Dunkel.

Drohend.

Jemand hatte bemerkt, dass etwas nicht stimmte. Nebel öffnete die Augen und erbleichte ebenso sehr, wie die Angreiferin erbleicht war.

Nicht jemand.

ER.

Alexander schien nicht sehr erfreut über das Bild, das sich ihm bot.

†

Als die Klauen der Angreiferin sich von seinem Hals lösen mussten, rutschte Nebel den Stamm herab und hielt die Augen geschlossen. Er würde den schnellen Bewegungen ohnehin nicht folgen können.

Mit jedem gut gezielten Angriff drängte Alexander sie weiter von Nebel und ebenso vom Anwesen weg. Er hatte bemerkt, dass der Junge sich gesetzt hatte, und das war vermutlich nicht die dümmste Idee, die er heute gehabt hatte.

„Was fällt dir ein, hierher zu kommen, Elaine! Und wie kannst du es wagen, meine Gäste anzugreifen?"

„Gäste, das ich nicht lache!"

Alexander knurrte drohend, schlug ihr seine Klauen tief in den Unterleib und erntete dafür, ein schmerzhaftes Wimmern, als er sie dem wohlgeformten Leib wieder entzog.

„Ich habe dir Fragen gestellt und erwarte Antworten, Weib."

„Ich habe euch gesehen, Alexander! Auf dem Turm, auf dem Balkon! Ich erkenne die Art mit der du das Balg ansiehst!"

„Das hat dich nicht mehr zu interessieren. Du wirst dich an die Abmachung halten, oder du wirst unseren Sohn nie wieder sehen."

„Du.."

„Nein! Und jetzt verschwinde. Die Jungen werden deiner Spur bis zu den Grenzen folgen. Ich will deine Präsenz für die Dauer von drei Jahresumläufen nicht mehr in unserer Nähe spüren!"

Alexander stieß sie von sich und Elaine stolperte einige Schritte zurück.

„Alexander bitte..."

Worum sie bitten wollte, Alexanders Ohren waren taub für ihr Leid. Sie sollte längst tot sein. Der Rat hatte das Urteil über sie gesprochen. Es hatte in seiner Hand gelegen, das Urteil zu vollstrecken, und jeder nahm an, das er genau das getan hatte.

Er wusste um ihre Beweggründe.

Sie war jung gewesen. Noir noch klein und sie... eine besorgte Mutter. Die beiden Vampire hatten eine Abmachung getroffen, die schlimmer war als der Tod.

Der Tod wäre gnädiger gewesen, das war Alexander bewusst.

Sie war eine Ausgestoßene.

Lebte im Exil.

Sie konnte, durfte sich nirgends sehen lassen und musste sich von ihrem Sohn fernhalten. Einmal im Jahr nahm er ihre Anwesenheit hin, solange sie sich nicht sehen ließ und Noir nicht ansprach.

Einmal im Jahr, damit sie nach Noir sehen konnte, sich seines Wohlbefindens vergewissernd. Würde sie sich noch einmal so weit hervorwagen, müsste er am Ende das Urteil doch noch vollziehen.

Alexander brauchte nicht zurückzusehen, um wissen, das sie seinem Befehl nachkam und floh. Noir und seine Gruppe, würden sie nicht mehr zu fassen bekommen, wie er es gewünscht hatte.

Seufzend kehrte er zurück zu dem Küken, das unverändert am Baum lehnte. Es waren nur ein paar Minuten gewesen.

Minuten, in denen er weggewesen war.

Minuten, die der Kampf zwischen Elaine und Nebel gedauert hatte.

Auch wenn manche Minuten sich länger zogen als andere.

„Nebel?"

„Hm?"

Nebel öffnete die Augen, als die Stimme neben ihm erklang und versuchte, auf die Beine zu kommen. Alexanders Seufzen entlockte dem Blonden ein kurzes Schmunzeln, und eh er sich versah, fand er sich in den Armen des Älteren wieder.

„Ich kann laufen."

Es war nur schwacher Protest, den Alexander nur mit einem skeptischen Seitenblick quittierte. Nebel verzichtete darauf, es auszudiskutieren, und schlang die Arme um Alexanders Nacken.

Wäre Sergej nicht stolz auf das Küken, das plötzlich etwas hinnehmen konnte, ohne es zu hinterfragen? Ohne es auszudiskutieren zu wollen?

Aber schließlich gab es kaum einen besseren Ort als in den Armen des Mannes, der sein Herz gestohlen hatte.

Flüchtig musterte Nebel den Älteren aus den Augenwinkeln. Haare und Kleidung waren etwas in Unordnung gebracht, aber er schien nicht wirklich mitgenommen.

Wenigstens war er nicht verletzt worden, nur weil er kam, um ihm zu helfen. Der Blonde erstarrte, als der Gedanke sich in seinem Geist manifestierte.

‚Es ist gekommen, um mir zu helfen ... Er ist ... meinetwegen hergekommen?‘. Ihm entging der Seitenblick, den Alexander ihm zuwarf, während er seinen Schritt verlangsamte.

„Ein bisschen viel Aufwand nur wegen eines Spieles, hm?" Gepresste Worte, die der Nebel leise, beinahe zögernd sprach. Unvergessen die Nacht als ihm die Erkenntnis gekommen war, dass er nicht mehr war als ein Spiel. Alexander hatte diese Erkenntnis, mit einem einfachen Ja bestätigt.

Immer wieder, wenn er sich zu große Hoffnungen machte, dass es eine Chance gäbe, für einen Ältesten und ein Küken, tauchte diese Situation vor seinem inneren Auge auf. ‚Es ist ein Spiel für Euch? Ich? Das alles? ~Ja~'

Und als reichte dies nicht, war da noch Thomas Frage und Noirs Antwort. Nur eine Kurzweil. Einer von vielen.

„Du solltest dir weniger zeitaufwendige Beschäftigungen suchen."

Nebel senkte bei dem Vorschlag den Blick und Alexanders wurde strenger. Trotz allem, was war, der Sorge Alexanders als er verletzt ins Schloss gebracht worden war, trotz der Nächte die sie gemeinsam verbrachten, konnte Nebel nicht von dieser Antwort ablassen.

So sehr Alexander es auch wollte.

Und er wollte.

Wollte es sosehr.

Hatte Alexander denn nicht immer wieder wortlos gezeigt, dass der Knabe ihm nicht gleichgültig war? Hatte er ihn nicht eingeladen, ihn hierher zu begleiten. Wusste der Junge denn nicht … Alexander seufzte.

„Nebel"

Alexanders Stimme war unglaublich sanft, als er den Namen des jungen Mannes sprach und sich mit ihm auf den Waldboden hinabließ, ihn fest an sich barg.

Entsetzt sah der junge Krieger zum Ältesten auf. Auf so viele Arten war sein Name schon gesprochen worden, aber niemals mit solcher Sanftheit.

Mehr als seine Streifzüge, oder die meisten, ängstigte ihn diese sanfte Nennung seines Namens.

Alexander enthob den Jüngeren einer Antwort, einer Erklärung vielleicht, die er ohnehin nicht brauchte und verschloss die Lippen des anderen mit seinen.

Ein sehr effektiver Weg, um dem blonden Krieger all seiner störenden Gedanken und Zweifel zu berauben.

Nichts existierte mehr.

Kein Warum.

Keine süße Verzweiflung.

Kein unerfülltes Sehnen.

Nur sie beide.

Nur der Kuss.

Die Welt verblasste mehr und mehr. Elaines Angriff – unwichtig. Noirs Worte – unwichtig. Nur das Gefühl ihrer beider Lippenpaare aufeinander, war von Bedeutung. Der Kuss, den sie teilten.

Einer von vielen, und doch unterschied er sich von den Vorangegangenen, wie sich der Tag von der Nacht unterschied.

Alexander löste den Kuss und ihrer beider Blicke suchten und fanden sich erneut. Nebel wollte im leuchtenden

Silber der Iriden ertrinken, suchte in den Augen des Älteren nach Antworten auf Fragen, die er nicht zu stellen wagte.

Aber Alexander beantwortete diese Fragen, auch ohne das Nebel sie stellen musste. Nicht mit Blicken, sondern mit Worten.

„Und wenn du das gar nicht bist, hm? Wenn du kein Spiel für mich bist?"

Es war nur ein Wispern.

Nicht unsicher.

Nur leise.

Nur für die Ohren des Nebels bestimmte Worte. Elaine hatte richtig gesehen, die richtigen Schlüsse gezogen. Natürlich hatte sie das. Sie kannte ihn. Erkannte, was dem Nebel entging.

„Wenn ich das nicht bin?"

Nebel hasste das Zittern, das in jeder Silbe lag. Die Unsicherheit, die in seinen Worten lag. Alexander nickte kaum merklich, das Gefühl des Jüngeren in seinem Arm auskostend.

„Dann ... dann gäbe es nichts mehr das ich mir wünschen könnte oder fürchten müsste."

Wenn er kein Spiel war, was sollte er dann noch fürchten? Außer seinem eigenen Herz vielleicht. Oder dem Ende. Denn alles was begann, musste irgendwann enden.

Und Nebel wusste, dass es ihn zerstören würde. Das er sich davon nicht wieder erholen würde. Aber diese Gedanken schob er beiseite.

Spätestens als Alexander sich wieder erhob, ihn wieder auf den Arm hob, und schwachen Protest des jungen Mannes erntete, waren Gedanken an ein Ende verflogen.

Den Weg zum Anwesen setzten sie schweigend fort. Alexander in Überlegungen vertieft, Nebel in seiner Betrachtung.

Sie hatten verloren.

Beide.

Den Kampf gegen die Vernunft.

Gegen das, was richtig wäre, klug. Sie sollten es besser wissen. Sie wussten es theoretisch besser. Gefühle stellten sich viel zu oft als Schwäche heraus.

Nebel war definitiv eine Schwäche für den Älteren. Alexander wurde angreifbar. Und es war ihm gleich.

Sie beiden hatten lange ohneeinander auskommen müssen. Und keinem hatte das gefallen. Keiner wollte – vorerst – wieder so lange vom andern getrennt sein. Und sie hatten beschlossen, das Risiko einzugehen.

Alexander hatte beschlossen, dass er den Jüngeren an seiner Seite wünschte.

Verloren!

Aber eine Niederlage, die der Älteste bereitwillig annahm. Und Nebel? Nebel war allzu gewillt, sich zu ergeben, aufzugeben. Angst und Zweifel zu ignorieren.

KAPITEL 10

Bei der Rückkehr ins Anwesen war Nebel den tadelnden Blicken von Thomas und Marius ausgesetzt. Sogar hier schaffte es der junge Mann, verletzt zurückgetragen zu werden.

Aber man sparte sich Kommentare darüber, WER ihn zurücktrug. Wer ihn dieses Mal hatte retten müssen.

Und Nebel war dankbar darum.

Trotz des Zugeständnisses oder Geständnisses Alexanders änderte sich der Tagesablauf des Nebels nicht. Die Gruppe versuchte Nebel zu lehren und trainieren.

Nebel hatte daran Spaß, bei dem meisten zumindest.

Er schaffte es einfach nicht, den Clansaufbau, die Unterclans und ihre Beziehungen untereinander und zum Hauptclan in seinen Kopf zu bekommen.

Was nicht hieß, das er den Unterricht, zu dem sich Noir selbst herabließ, nicht weniger genoss.

Unterbrechungen gab es, wenn Gäste kamen, die neue Geschichten brachten oder neue Trainingspartner wurden.

Manches Mal musste Nebel kämpfen, weil ähnlich alte – vom Stand der Wandlung – glaubten, sie würden im Rang über ihm stehen. Der Blonde sah das natürlich anders und Noir erkannte, nicht ohne eine gewisse Befriedigung, dass der blonde Krieger sich nicht den Rang ablaufen ließ.

Auch wenn unklar sein würde, welchen Rang er einnehmen würde, wenn sie wieder im Schloss waren.

Sie alle hatten sich des Jüngeren angenommen, als er das erste Mal im Schloss erwacht war. Damals war er nur ein Gast gewesen, aber nach den kürzlichen Entwicklungen würde er vermutlich bleiben und nicht länger Gast sein.

Der schwierigste Teil würde für den Blonden erst noch kommen, dessen waren sich alle sicher, ob sie es nun sagten oder nicht.

Alexander würde sich raushalten, soweit er es verantworten konnte. Er wusste Noir, Sidh und Armand würden ihm zur Seite stehen und wenn die drei es taten, würden es auch Thomas, Marius und Andrej.

Damit hatte Nebel mehr Unterstützung als die meisten anderen, die an den schwarzen Hof kamen. Die Nächte gehörten nach Training und Jagd den beiden Männern und dem Balkon oder einem prasselnden Kaminfeuer.

Alexander genoss es, den jungen Mann zu reizen, zu necken. Die Unerfahrenheit des Jüngeren war erfrischend und unterhaltsam.

Die alten Zweifel, der alte Kampf waren in den Hintergrund gerückt, aber der neue Krieg, der in dem jungen Burschen wütete, war nicht weniger intensiv.

Der Krieg geführt von Furcht und Verlangen.

So sehr Nebel die Nähe, die Berührungen Alexanders auskostete, so sehr fürchtete er sie auch. Die Lust, die mit jedem sanften Fingerstreich in ihm geweckt wurde, erschreckte ihn mehr und mehr.

Das Verlangen, das stetig wuchs und sich jeder Kontrolle entzog. Immer wieder stoppte er das neckende Kosen Alexanders, und immer wieder kam der Älteste, dem Bitten nach.

Er war geduldig.

Der Junge würde früher oder später darum betteln, dass er dessen Verlangen stillte. Das wussten sie beide.

Und solange ... solange würde Alexander mit diebischer Freude dem inneren Kampf des blonden Kriegers folgen, ihn weiter reizen und necken.

✝

Als der Schnee zu fallen begann, genoss Nebel es, im warmen Kaminzimmer zu sitzen, am Fenster, ein Buch in der Hand und dem lautlosen Fall der dicken Flocken beiläufig zuzusehen.

Die Welt war still und friedlich, wenn Schnee fiel. Krieg und täglicher Kampf gerieten in Vergessenheit.

Kaum eine Menschenseele verirrte sich im Gestöber hinaus, auch die Menschen, die sich um das Anwesen oder die Nahrungsbedürfnisse der Vampire kümmerten, zogen es vor, im Haus zu bleiben.

Das Training fand meistens in den unteren Stockwerken statt. In Kellergewölben, die tief herab reichten. Nebel liebte es, aber was liebte er an seinem aktuellen Leben nicht?

Wer sah die Welt nicht in bunten Farben mit widerlichem Optimismus, wenn er verliebt war? Und auch Krieger wie Nebel, waren dagegen nicht gefeit.

Und er hatte seine ganz eigene Art, andere daran teilhaben zu lassen, indem er menschliche Bräuche wieder aufgriff, und begann, das Haus speziell das große Wohnzimmer weihnachtlich zu schmücken.

Er holte Tannenzweige hinein und stellte sie in Vasen, schmückte sie mit Nüssen oder mit garn auf dem Popcorn aufgefädelt waren.

Er schnitzte Figuren und färbte sie mit Gewürzen und Pflanzen ein, baute seine eigene kleine Krippe. Die meisten nahmen es kopfschüttelnd hin, die Gäste schienen irritiert und mancher davon konnte sich einen abfälligen Kommentar nicht verkneifen. Nebel scherte es nicht.

„Warum genau machst du das?"

Sidh saß mit einem Buch im Wohnzimmer und beobachtete, wie Nebel Popcorn auffädelte. Mit einer Geduld, die seinesgleichen suchte. Der junge Vampir lachte leise.

„Um alle zu ärgern, warum sonst?"

Sidh sah den anderen skeptisch an. Er erinnerte sich an seine Kindheit, an die mit Stoffen und Nüssen geschmückten immergrünen Zweige. Er vermisste es nicht. Bis Nebel damit begonnen hatte zu dekorieren, hatte er nicht einmal darüber nachgedacht.

„Hast du das in deinem früheren Leben Weihnachten gefeiert?"

Nebel nickte leicht, aber ging nicht näher darauf ein. Es war so lang her. So lang. Sidh beobachtete den Jüngeren eingehend, wie sonst auch, würde er das Schweigen des anderen hin.

Nebel schwieg nicht, weil er vergessen hätte. Er schwieg, weil er sich erinnerte. Am Heiligen Abend hatten sie die Messe besucht. Jahr ein Jahr aus. Wie einfach, wie unkompliziert war sein Leben gewesen? Das Haus duftete nach Zimt und Keksen. Immergrün war im ganzen Haus verteilt, aber nur im Wohnzimmer waren die Zweige mit allerlei geschmückt gewesen. Es war seine liebste Zeit im Jahr gewesen.

Vielleicht, weil sein Vater dann gewiss Zuhaus war. Vielleicht, weil der Vater das Heim mit ihm geschmückt hatte. Nebel seufzte und beendete seine Arbeit mit dem Popcorn. Es war lange her …

Eines Nachmittags kurz vor Weihnachten verließ Nebel die Wärme des Kamins und schlenderte durch den verschneiten Garten. Der Schnee knirschte unter seinen Stiefeln.

Ein Welpe tapste tollpatschig um ihn herum und der Blonde konnte oder wollte es sich nicht nehmen lassen, mit jenem zu tollen.

Sein Schal diente als Tau, an dessen einen Ende der Welpe knurrend versuchte, dem Zweibeiner das tolle Spielzeug zu entreißen. Nebel lachte leise, gab zum Schein etwas nach, und zog das Tier dann wieder dichter heran.

Das Spiel war eine gute Übung. Eine Übung, die Kräfte zu kontrollieren, nicht übermäßig Kraft anzuwenden, um Schaden zu vermeiden. Vorsicht walten zu lassen, um nicht aufzufallen.

Ein Spiel, eine Übung, die mit einbrechender Dunkelheit weit effektiver war, als an einem Nachmittag, fürwahr, aber Nebel nahm jede Gelegenheit wahr, um zu lernen, zu trainieren und sich zu entwickeln.

Auch wenn er vermied, unter Sterblichen zu weilen, würde es immer wieder Gelegenheiten geben, wo es sich nicht vermeiden ließ und er sich anpassen musste. Hier oder im Schloss war es nicht nötig. Die Menschen wussten, was er war, was sie alle waren.

Aber es gab große Märkte, die aufzusuchen sich immer lohnten. Gaukler, die das Volk unterhielten und so versuchten, die ein oder andere Münze zu bekommen, Bader und Barbiere die umherzogen und ihre Mittelchen verkauften und natürlich Händler, die Stoffe, Schmuck und Tand anboten.

Wichtiger aber, diese Märkte boten Abwechslung und man erfuhr allerlei. Da war es wichtig, nicht übermäßig aufzufallen.

Knirschende Schritte im Schnee forderten die Aufmerksamkeit des Nebels ein, und ein Lächeln umspielte seine Lipen, als er Alexander gewahr wurde, der sich ihm näherte.

Kurz nur brach der seltene Schalk hervor. Ausgelassenheit, Verspieltheit gar, die sich darin äußerte, dass er auf den anderen zulief. Kurz vor dem Älteren sprang er hoch, um nach einem ausladenden Ast zu greifen, und so die Schneelast befreite, die darauf ruhte.

Ein Lachen entrann der zeitlosen Kehle, als das Weiß sich über Alexander ergoss. Der Älteste sah den Jüngere irritiert an. Einmal mehr konnte er nicht anders, als sich über den jungen Krieger zu wundern, der ihn mit einer Selbstverständlichkeit reizte und neckte, die von seiner Jugend und Unwissenheit sprach.

Und zur eigenen, als auch der Überraschung des jungen Gefährten, ließ sich Alexander auf das Spiel ein, jagte dem frechen Burschen hinterher und tobte mit ihm durch den Schnee.

Sidh der am Fenster des Kaminzimmers saß und las, bemerkte das Treiben und traute seinen Augen kaum. Doch verfolgte er das Spiel amüsiert. Nie hätte er gedacht, dass der Vater sich zu einer Schneeballschlacht herablassen oder sich im hohen Schnee balgen würde.

Was man auch davon halten mochte, das Alexander Nebel für sich erwählt hatte – allein dieser Moment bezeugte, dass der Jüngere gut für den Vater war, und sei es einfach zur Kurzweil, die das tägliche Einerlei aus den Gedanken des Obersten bannte.

Auch Nebel genoss es den Ältesten, derart ausgelassen zu erleben. Auch wenn das bedeutete, dass er mehr im Schnee lag, als stand und kaltes Weiß ebenso zahlreich in seinen Kleidern zu finden war, wie außen.

Binnen kürzester Zeit war er bis auf die Knochen nass. Die langen blonden Haare hingen ihm in strähnig feucht ins Gesicht, verbargen den schelmischen Ausdruck im eisigen Blau der Iriden, während er sich erneut auf Alexander stürzte, der nicht besser aussah.

Der sah den spielerischen Angriff kommen und wollte den Jüngeren in den Schnee werfen, wurde jedoch mit herabgezogen – Nebel weigerte sich einfach, ihn loszulassen, und verhakte seine Beine immer wieder in denen Alexanders, bis jener das Gleichgewicht verlor und der Jüngere sich auf den anderen stürzen und sich für die kalte Nässe rächen konnte.

✝

Vampire mussten nicht schlafen. Sie konnten und mancher tat es auch. Die meisten nutzten die Stunden des Tages dafür. Am frühen Morgen, wenn man ohnehin nicht viel tun konnte.

Wenn Alexander sich in eben diesen Stunden zur ‚Ruhe' begab, bedeutete das, dass er sich zwar hinlegte und gewöhnlich auch die Augen schloss.

Aber er schlief nicht, sondern befasste sich geistig mit Problemen, die er im Laufe der vergangenen Tage nicht lösen konnte und Überlegungen folgte, um eine Lösung zu finden.

Nebel kreiste in dieser Zeit oft in den Gedanken des Ältesten. Auch wenn sie sich in der Regel erst nach dem Sonnenaufgang wieder trennten, vermochte Alexander es selten, den Jungen lange aus seinen Gedanken zu bannen.

Der jüngere Vampir schlief in der Regel tatsächlich ein paar Stunden. Weniger wenn er im Schloss war oder wie grade im Anwesen.

Nach der Jagd nach den Häschern oder dem Massaker in den Katakomben hatten sein Körper und Geist neben frischem Blut auch den Schlaf gebraucht, ebenso wie nach der Katastrophe in Harrenthal.

Auch wenn dieser Schlaf, ihm kaum Ruhe aber dafür Alpträume brachte.

Aber als Nebel und Alexander in der Nacht hinauf gingen, war zumindest dem Älteren klar, das sie in dieser Nacht – oder dem Morgen – nicht schlafen würden.

Unbewusst war es auch Nebel klar. Warum sonst sollte er sich beim wärmenden Bad übermäßig Zeit lassen?

Das sanfte Mondlicht tauchte die Welt in magisches Licht und ließ den Schnee mystisch glänzen. Doch verbrachte das ungleiche Paar, die Nacht nicht auf dem Balkon, sondern traf sich in den Gemächern des Ältesten.

Während Alexander sich noch mit Rosanna unterhielt, machte es sich Nebel auf einem Sessel vor dem Kamin bequem.

Er verlor sich im prasselnden Flammenspiel, das es noch immer vermochte, die Archive vor seinem inneren Auge aufleben zu lassen. Die heißen Zungen, die gierig nach ihm gegriffen hatten.

‚Du musst aufwachen, Nebel!‘. Die Stimme des dunklen Tänzers, die in seinen Gedanken widerhallte. Beißender Rauch, der in seinen Augen gebrannt hatte. Die Furcht, die ihn erfüllt hatte und der Schmerz. Der Artgenosse, der gegen ihn gekämpft hatte.

Es war knapp gewesen.

Viel zu knapp.

Das Gewicht von Alexanders Händen auf seinen Schultern, rissen den Knaben aus seinen Gedanken. Sorgenvoll ruhte Alexanders Blick kurz auf den feinen Zügen des

Jüngeren. Nebel schenkte dem Älteren ein entschuldigendes Lächeln. Erwiderte dessen Blick.

Die beängstigenden Erinnerungen aus der Vergangenheit verflüchtigten sich. Die Furcht einflößende Sicherheit Alexanders Nähe bemächtigte sich des Kriegers stattdessen. Alexander bemerkte die Veränderung, die er sich nicht erklären konnte, aber er war erleichtert, als der Knabe sich fing.

„Das heute war unterhaltsam, mein Nebel aber glaube nicht, das sich das noch einmal wiederholt."

Nebel lachte. Trotz des ernsten Blickes oder der sanften Strenge in der Stimme. Ja es hatte Spaß gemacht.

Aber das sich das nicht wiederholen würde, davon war Nebel nicht überzeugt.

Natürlich verstand er, warum Alexander sich dagegen wehren würde. Aus demselben Grund, wie er sich nur selten zu solchen Albernheiten hinreißen ließ, aber erheblich gewichtiger.

Alexander Vemo war der Herrscher über eine ganze Rasse. Solche Albernheiten standen ihm ebenso wenig gut zu Gesicht, wie dem jungen Krieger, der so darauf bedacht war, unnahbar und kalt und stark zu wirken.

„Wir werden sehen."

Vergessen, verdrängt die gierig züngelnden Flammen, die sich seiner bemächtigen wollten, ihn verschlingen wollten mit Haut und Haar.

Sein ganzes Denken und Fühlen drehte sich wieder nur um den Älteren, und das sanfte Gewicht seiner Hände auf den eigenen Schultern.

Furcht war im Blick durch Sanftheit und Liebe und Vertrauen abgelöst worden und traf auf Liebe und ... Verlangen. Nebel schluckte, als Alexander sprach.

„Heute Nacht mein Nebel, werde ich ein ‚Nein' nicht gelten lassen."

„Nicht?"

Alexander schüttelte langsam den Kopf, trat um den Sessel herum und ließ sich vor dem jungen Krieger in die Hocke nieder.

„Was macht dir solche Angst?"

Er wollte es verstehen. Er wusste, dass der Knabe sich ebenso nach ihm sehnte, wie es umgekehrt der Fall war. Das Verlangen leuchtete aus seinem Blick, wann immer sie unter sich waren, wann immer seine Finger neckend oder kosend über den verlockend jungen Leib fuhren.

Trotzdem ... trotzdem brach der Jüngere immer wieder ab, wies ihn ab. Verbot das er ihrer beider Verlangen stillte.

„Ich ... ich weiß nicht? Alles?"

Alexander lachte leise, sanft. Wenn es mehr nicht war als ‚alles', konnte man doch dagegen arbeiten, nicht wahr? Der Ältere raubte sich einen hungrigen Kuss, zog den Knaben verlangend an sich.

Nebel verlor sich, wie so oft, in dem Kuss und der Nähe des anderen. Ihm wurde erst gewahr, dass Alexander ihn aufgehoben und zum Bett getragen hatte, als die Decken und Kissen in sein Blickfeld gerieten.

Mehr als nur Furcht, geradezu Panik, machte sich im jungen Krieger breit, spiegelte sich in seinem Blick wieder, aber Alexanders Blick zeigte die übliche Strenge gepaart mit unbändiger Gier, welche er an dem Knaben zu stillen wünschte.

Kühle Finger schoben störende Stoffe beiseite, kosten die darunterliegende Haut und lösten ein wohliges Schaudern und ein verhaltenes Seufzen bei dem Blonden aus.

Ja es machte ihm Angst.

Große Angst.

Nicht weil die Menschen oder die Kirche sagte, es wäre Sünde – sollten sie sagen, was sie wollten – sondern gemurmelter Gerüchte wegen, Sagen um Schmerzen und Pein.

Und doch ..., trotz aller Furcht, vermochten es Lippen und Finger des Ältesten alles vergessen lassen.

Bis zu einem gewissen Punkt zumindest. Bis, die Finger sich unter die Gürtellinie schoben und Nebel für gewöhnlich darum bat aufzuhören und der Ältere für gewöhnlich folgte.

Für gewöhnlich ...

„Bitte ...“

„Dieses Mal nicht, mein Nebel, dieses Mal nicht.“

Die Stimme lustverhangen, rau und kratzig hatte nichts mehr gemein mit dem sanften, samtigen Hall, der sonst in der Stimme des Gefährten mitschwang.

Dieses Mal nicht.

Dieses Mal würde Alexander auf sein ‚Recht‘ bestehen und die Furcht des Knaben – vielleicht – zerstreuen.

✝

Die Decke war halb über die beiden Männer gebreitet, das Licht des Kaminfeuers und einiger Kerzen tauchte das Schlafgemach in sanftes Licht und selbst die gestrengen Züge Alexanders schienen sanft und weich.

Seine Arme waren schützend um den jungen Krieger geschlungen, der sein Haupt auf dem Brustkorb des Älteren gebettet hatte und entspannt und zufrieden wirkte.

„Nebel?“

Träge hob angesprochener den Blick, schenkte dem Ältesten ein entspanntes Lächeln.

„Hm?“

„Laufe mir nicht wieder fünfzehn Jahre lang davon.“

Nebel lachte müde auf, schüttelte den Kopf und raubte sich einen raschen Kuss.

„Ich werde nicht mehr davon laufen. Ich bleibe bis du mich fortschickst."

Alexander wirkte zufrieden und beobachtete den Blonden mit sanftem Blick. Eine Sanftheit, die mehr und mehr einem grüblerischen Ausdruck wich.

Gedankenverloren zeichneten junge Finger wirre Muster auf den alten Leib, aber das bemerkte Alexander kaum.

Er schmeckte dem Blut des Knaben nach.

In der Hitze des Gefechts hatte er zugebissen und sich am Blut berauscht, das die nahende Erlösung mit sich trug. Aber mehr war dort gewesen als Lust und Erlösung.

Doch erst jetzt, wo sie eng umschlungen ruhten, fand Alexander Zeit, darüber nachzudenken.

„Gab es einen Grund?"

Nebel hob irritiert den Kopf an, blies wirre Strähnen aus dem Gesicht und entlockte Alexander ein amüsiertes Schmunzeln. Der Kleine sah aus, als habe er sich wochenlang nicht gekämmt. Ein Vogelnest indem sich kein Vogel mehr verirren würde.

„Mh? Was meinst du?"

„Deine Wandlung."

Nebel runzelte die Stirn und schüttelte den Kopf. Er wusste nicht, worauf der andere hinaus wollte. Um der Wahrheit die Ehre zu geben, war er gedanklich noch immer bei den vergangenen Stunden, welche die Erschöpfung bereits wieder zu besiegen begann und neues Verlangen schürte.

„Ich wollte es. Ich wollte sein ... Ich wollte ein Vampir sein."

„Aber das warst du ohnehin. Ein paar Jahre hätten noch vergehen müssen und du wärest erwacht."

Nebel sah den Älteren verwirrt an. Er sollte ein Geborener sein? Das war nicht möglich, oder?

Er war einmal Daniel Falodir gewesen, Sohn eines Kaufmanns, dem er einige graue Strähnen und Falten beschert hatte und einer toten Mutter.

Er war ein Mensch gewesen. Oder nicht? Alexander beobachtete den jungen Gefährten mit einer Mischung aus Überraschung und Faszination. Er schien nicht zu wissen, was offensichtlich war. Schien nicht zu wissen, als was er geboren wurde.

Alexander schob den Jungen von sich und erhob sich, wickelte sich ein Laken um die Hüfte und den anderen in eines, ehe er ihn wortlos hinter sich herzog.

„Alexander! Du kannst doch nicht ...“

Natürlich konnte er.

Natürlich tat er.

Wortlos zog er den widerstrebenden Jüngeren hinter sich her, in sein Arbeitszimmer wo er den Nebel aus seinem unerbittlichen Griff entließ und um seinen Schreibtisch herumging.

Nebel betrachtete jede seiner Bewegungen. Er war ein Raubtier. Nicht nur in seinen Bewegungen, nicht nur in seinem Aussehen. Und Nebel war seine willige Beute.

„Au ... was zum ...“

Alexander hatte die geistige Abwesenheit des Jüngeren ausgenutzt und hatte dessen Pulsadern mit seinen Fingernägeln geöffnet und ließ Blut in eine der drei Phiolen fließen, welche er der Schreibtischlade entnommen hatte.

Er führte Nebels Handgelenk und verschloss es, was den jungen Vampir erschaudern ließ. Alexander lachte leise. Erst panische Angst und dann unersättlich.

„Später!“, versprach er und Nebel errötete. Abermals leise lachend, zog Alexander den anderen wieder mit sich.

Die Bediensteten, denen sie begegneten, wandten den Blick ab, was sowohl Alexander als auch Nebel wahrnahmen, der Oberste mit Gleichmut und der Nebel, indem er noch eine Spur mehr errötete.

Weder Noir noch einem der anderen aus der Gruppe begegneten sie – sie waren noch unterwegs und zumindest Nebel war darüber froh. Die Gruppe würde ihn nie vergessen lassen, dass er nur mit einem Laken bekleidet, zusammen mit dem Ältesten, durch das Anwesen stolperte.

Direkt in die nächste Kammer, wo Sidh über ein paar Pergamenten saß und irritiert aufblickte, als die beiden Vampire reinkamen.

„Guten Abend Vater, guten Abend Nebel."

„Sidh, deinen Arm."

Alexander forderte ohne gesprochenen Gruß, doch hatten dem angenommenen Sohn beim Eintreten ein leichtes Nicken und ein mildes Lächeln gegolten.

Der gewandelte Vampir reichte seinem Vater den geforderten Arm und wieder öffnete der Ältere die Pulsader und ließ Blut in eine Phiole fließen und verschloss sie.

„Gib ihm deinen Arm." Sprach er an Nebel gewandt und an Sidh „Koste ihn."

Sidh blinzelte irritiert. Nebel reichte ihm den Arm, versuchte unauffällig, mit den Schultern zu zucken. Er wusste ebenso wenig, was das Ganze sollte, wie das Gegenüber.

„Gib Acht, das Marius dich so nicht sieht. Er würde es dich in tausend Jahren nicht vergessen lassen."

Nebel nickte, die Lippen verziehend. Als wüsste er das nicht. Nicht umsonst war er froh, dass die Gruppe noch unterwegs war, als sie durch die Flure geeilt waren.

Aber selbst er nahm wahr, dass sie zurückkamen.

„Was genau erwartest du, wenn ich von ihm koste Vater?"

Noch immer hielt er nur den Arm des jungen Blonden. Aber da er sich nur von tierischem Blut ernährte, würde er kaum erkennen, was der Vater erwartete.

Das schien Alexander nun auch zu erkennen.

„Duuu ...“

Spielerisch – zu Nebels und Sidhs Amüsement – hob der Älteste den Zeigefinger mahnend. ‚Wenn es solche Auswirkungen auf ihn hat, wenn ich mich ihm hingebe, sollten wir das unbedingt wiederholen.‘ Ein flüchtiger Gedanke, während er auf das Gebaren von Vater und Sohn beobachtete.

„Irgendwann, lasse ich dich hungern und schicke dir einen Menschen nach dem nächsten rein, bis du es endlich lernst.“

Eine Drohung, die Alexander nicht wahr machen würde. Die Ausbildung oblag Noir und Sidh machte sich erstaunlich gut. Da war der Umstand, dass er sich nicht von Menschen ernährte akzeptabel.

„Ja Vater.“

Sidh lächelte sanft und gab den Arm des Blonden frei. Der Blick des Obersten legte sich flüchtig auf Nebel, ehe er dessen Hand ergriff und ihn wieder hinaus zog.

„Dann eben Noir.“

„Was?“

Nebel erbleichte. Das hatte ihm noch gefehlt.

„Stolpere nicht so, Nebel. Man wendet den Blick ab.“

„Zerr nicht an mir, dann muss ich nicht stolpern.“

Kurz darauf standen sie in Noirs Kammer, der grade dabei war, seinen Waffengurt abzulegen, und den Eintretenden mit hochgezogenen Brauen entgegenblickte.

Nebel versuchte, die Präsenzen der anderen auszumachen, und fand sie im Wohnzimmer. Eine Welle der Erleichterung durchflutete ihn.

Sie würden den Tag bei einem Spiel ausklingen lassen und er würde Marius und den anderen nicht so über den Weg laufen müssen.

„Vater?... Nebel ...?"

Der Blick Noirs zeigte Neugier, Wissen und Verwirrung, als die beiden eintraten. Alexander gab Nebels Hand frei, umarmte den Sohn zur Begrüßung und hauchte ihm einen Kuss auf den Scheitel.

Nebel kam sich wie ein Eindringling vor. Noir hielt nichts von öffentlichen Liebesbezeugungen und Alexander gab sie gewöhnlich nicht. Es war ein sehr privater Moment, der den Blonden dazu zwang, den Blick abzuwenden.

Ein Moment, der rasch endete, als Alexander zu sprechen begann.

„Noir, bring deinem Bruder bei, wie man vernünftig speist."

„Was ist so dringend, das ihr in blutigen Laken durch das Haus rennt, Vater?"

Alexander grinste und wiederholte das Spiel mit der Phiole. Nun waren alle drei Phiolen befüllt und verschlossen.

„Koste ihn."

Alexander deutete auf Nebel und jener hielt widerspruchslos seinen Arm hin. Noir suchte den Blick des Jüngeren, als er den Arm umfasste. Wollte schweigend sicherstellen, dass es in Ordnung war.

Ebenso schweigend gab Nebel seine Einwilligung. Es spielte ohnehin keine Rolle oder?

Noir stieß seine Zähne in das nachgiebige Fleisch und kostete vom Blut des Kükens.

„Zuviele Informationen ..."

Die Lust und Erfüllung waren deutlich im Blut zu schmecken und diese Worte und die plötzliche Erinnerung daran, sorgten dafür, dass der Jüngste rot anlief.

Vater und Sohn tauschten einen belustigten Blick, während Noir dem Geschmack des Jungen nachschmeckte.

Eigentlich gar nicht schlecht. Aber etwas war falsch. Etwas, das er wissen müsste. Wie ein gutes Getränk, dem eine Zutat beigemengt wurde, die zwar nicht schadete, aber sich dem Feinschmecker doch als Fehler offenbarte.

Er verglich es im Geist mit dem Geschmack von Menschen, mit dem Geschmack des Vaters und Armands und da wurde ihm klar, was falsch war. Welche Zutat zu viel schien.

Das Erbe des Blutes, das ihn als seinesgleichen offenbarte - einen Geborenen - als auch der Geschmack des schwächlichen Schöpfers.

Sehr schwach nur noch, nach all der Zeit, die vergangen war, aber noch immer vorhanden.

Es würde noch einige Jahrzehnte, oder vielleicht auch ein Jahrhundert dauern, bis der Schöpfer vollends aus dem Blut, dem Geschmack des Knaben gefiltert wäre.

„Gab es einen Grund?"

Nebel sah ihn irritiert an. Dieselbe Frage, die Alexander ihm gestellt hatte.

„Noir hat meine Annahme bestätigt."

„Hätte Sergej es denn nicht wissen müssen? Es bemerken müssen?"

Wieder sahen Vater und Sohn sich schweigend an. Beide hingen ihren eigenen Überlegungen nach. Natürlich hätte sogar jemand wie Sergej wissen müssen, das ein geborener Vampir vor ihm stand. Spätestens beim ersten Schluck hätte er es erkennen müssen, wenn schon nicht am Geruch.

Er hätte den Knaben zufriedenlassen müssen. Zumindest seine Zähne von ihm lassen müssen. Es war ein Frevel.

Nebel hatte keinen Zweifel, dass der Vater lange verstorben war. Er bedauerte beinahe, dass er nicht irgendwann einmal beschlossen hatte, seinen Vater zu besuchen. Vielleicht ... vielleicht wüsste er dann, wer er war. Wirklich war.

„Ist es schlimm?"

Nebel zwang die Aufmerksamkeit der beiden Älteren auf sich, und Alexander maß den Knaben mit sanftem Blick.

„Nein, es ist nicht schlimm. Du hast damit nur andere Vorzüge und Möglichkeiten, dass ist alles."

Er war siebzehn gewesen, als er gewandelt wurde, wenn die natürliche Wandlung mit dem Fünfundzwanzigen Lebensjahr erfolgte, fehlten ihm acht Jahre. Acht Jahre des Wachsens. Der ‚Reifung', wenn man so wollte.

Er würde ewig jünger aussehen als seine Waffenbrüder, als sein Gefährte.

„Wir haben unsere Erkundungen unterbrochen, als die Warnungen bezüglich der Häscher kamen. Vielleicht solltest du noch einmal aufbrechen, wenn der Frühling gekommen ist. Sieh dir diesen eigenartigen Clan noch einmal an. Und vor allem schaff mir diesen Sergej her."

Noir nickte. Nebel wusste nicht, was er davon halten sollte. Sergej wiedersehen? Er war gespannt, zu sehen, was aus dem anderen geworden war. Natürlich würde er sich wieder anhören dürfen, wie schlecht er selbst war.

Aber für den Moment war das unwichtig.

Bis zum Frühjahr dauerte es noch ein wenig und bis dahin würde er die Zeit im Anwesen genießen.

Kapitel 11

Die Zeit im Anwesen verging viel zu schnell. Stunden der Jagd und des Trainings, Abgeschiedenheit und der Älteste hatten dem Nebel gefallen und gutgetan.

Aber alles Schöne hatte einmal ein Ende und schneller als gedacht, war es Zeit zurückzukehren.

„Wir kommen irgendwann wieder."

Ein Versprechen, das Alexander seinem jungen Gefährten gegeben hatte, als jener mit Wehmut im Blick auf das Anwesen zurücksah. Mit dem Abschied würde die ruhige Zeit enden.

Wie sehr ahnte Nebel nicht.

Im Schloss angekommen, bezog Nebel wie selbstverständlich wieder Alexanders Gemach, mit dem Unterschied, das jener es ebenso bewohnte. Und dieser Umstand sprach sich schnell herum.

Bislang hatte Alexander Nebel nach seiner Rückkehr schließlich weitestgehend ignoriert und die Nähe des Gastes bis auf die letzte Nacht, gemieden.

Wo Nebel zuvor zwar beobachtet wurde, traten einige ihm nun mit offensichtlicher Abneigung oder gar Misstrauen entgegen. Ersteres kam in der Regel von weiblichen Vampiren, die ihm den Zugang zu Alexanders Bett missgönnten.

Es kam immer wieder vor, dass eines der Weibchen versuchte, ihn zu schneiden.

Mancher feindete ihn offen an, wenn sie sich auf einem der Flure begegneten. Der blonde Krieger versuchte, es zu ignorieren. Er sträubte sich dagegen, ein Weibchen anzugreifen.

Seine Erziehung, seine menschliche Erziehung, hatte ihm das Bild eines Geschöpfes gezeichnet, das man entweder beschützte oder gefügig halten musste.

Sein Vater hatte nach dem Tod seiner Mutter – ‚Sie war nicht meine Mutter und er nicht mein Vater‘ – nicht wieder geheiratet.

Nebel konnte nur sagen, was er beobachtet hatte oder man ihm erzählt hatte. Gewalt gegen eine Frau auszuüben, erschien ihm falsch und solange er es eben verhindern könnte, würde er davon absehen.

Das nicht jede Frau schutzbedürftig und schwach war, hatte er nicht vergessen.

Die rothaarige Schönheit, die ihn angegriffen hatte, bedurfte niemandes Schutz. Aber die höfischen Weibchen waren weit davon entfernt, ihr ansatzweise ebenbürtig zu sein.

Aber auch im Trainingsraum kam es immer häufiger vor, das er sich Herausforderungen gegenüber sah.

Noir und die anderen griffen nicht ein und Nebel begriff, dass er sich seinen Platz bei Hofe erst noch verdienen musste. Es störte ihn nicht. Er nahm es einfach hin. Wann störte ihn schließlich Training? Auch wenn er es vorzog, mit Noir und den Freunden zu trainieren war es eine willkommene Abwechslung.

Als Alexanders Gast hatte man seine Anwesenheit hingenommen. Ihm hatte nichts geschehen dürfen, solange er als Gast unter dem Schutz des Hausherren gestanden hatte. Man hatte ihn gewähren lassen, sich nicht weiter um ihn gekümmert.

Aber die Sache lag anders, nachdem sie zum Anwesen geritten, oder zurückgekehrt waren. Jetzt war er nicht mehr Nebel der Gast. Jetzt war er der Blonde, der sich ins Bett des Ältesten geschlichen hatte.

Der Krieger, der hier lebte. Und wer hier lebte, musste sich einen Platz verdienen.

Ein Scheitern würde ihn nicht seiner Freunde berauben oder aus Alexanders Bett treiben. Nichts an seinen Grenzritten ändern – Noir wählte seine Krieger selbst aus.

Aber nichtsdestotrotz würde sich etwas ändern. Merklich oder unmerklich war jedoch nicht sicher.

So lästig die Herausforderungen bisweilen waren, so sehr genoss Nebel doch das Training, das sie boten.

Es waren in der Regel die Jüngeren – jünger als Noir und seine Freunde – die ihn forderten und auch wenn es ab und an sehr knapp war, verbot Nebel sich, zu verlieren.

Er stand immer wieder auf. Egal wie stark er blutete, wie sehr ihn sein Körper schmerzte: Er stand auf und kämpfte, bis er einen Schwachpunkt ausgemacht hatte und diesen auch nutzen konnte.

Weder Noir noch sein Vater oder die ihnen direkt Untergebenen mischten sich in diese Kämpfe ein, aber beteiligten sich auch nicht daran.

Nach diesen schwierigeren Herausforderungen verschwand Nebel in der Regel zu den Spendern und zog sich zurück.

Er war froh, das er im Anwesen mit Noir und dann und wann auch Alexander hatte trainieren können und auch Thomas, Torben, Andrej, Marius und Sidh immer bereit gewesen waren, ihn nach den Lektionen zu trainieren.

Andernfalls wäre es ihm kaum möglich gewesen, sich nun ansatzweise zu behaupten.

Wenn die Herausforderungen nicht zu anstrengend waren, trainierte er mit der Gruppe und saß mit den anderen bei einem Würfelspiel beisammen und unterhielt sich mit ihnen über Gott und die Welt. Manchmal über anstehende Grenzritte, vergangene Trainingseinheiten oder einfach Vorgänge, die sich am Hof abspielten.

Gerüchte, Tratsch und andere Unwichtigkeiten.

An diesem Abend ließ sich Nebel zu den Freunden auf einen Stuhl fallen und seufzte. Er strich sich einige widerspenstige Strähnen aus dem Gesicht und griff nach einem Becher, während sein Blick über die Anwesenden glitt.

„Okay. Klärt mich auf."

Thomas der grade einen Schluck trank, verschluckte sich vor Lachen und erntete vom jüngsten Mitglied der Gruppe einen irritierten Blick.

„Nebel, wenn wir dich jetzt noch aufklären müssen ..."

Noir und Nebel verdrehten gemeinsam die Augen.

„Freunde, bitte. Es gibt Dinge, über die ich gar nicht nachdenken möchte. Dazu zählen die ... nennen wir es Machenschaften ... meines Vaters. Also Schluss"

Jetzt musste auch der Blonde lachen und Noir seufzte theatralisch.

„Also was meinst du?"

Sidh beendete das Herumflachsen und betrachtete den Jungvampir eingehend. Dass es Schwierigkeiten geben würde, wenn sie wieder hier waren, war zumindest Alexander und seinen Söhnen klar gewesen. Und auch den Freunden, war bewusst, dass das jüngste Mitglied ihrer Gruppe, zu kämpfen hatte, seit sie aus dem Anwesen zurückgekehrt waren.

Auch darüber gab es einzelne Gerüchte.

„Ich kann kaum einen Schritt gehen, ohne das irgendein Weib mich anfaucht, oder mich jemand herausfordert.

Die Geschichten und Gerüchte, die über mich im Umlauf sind, zeugen von einer unsäglichen Kreativität und vermutlich einer ungesunden Langeweile."

Kopfschüttelnd fuhr Nebel sich abermals durch seins Haar, löste den Zopf, den er während des Trainings immer trug und entflocht die Strähnen, bis das blonde Haar ihm seidig bis über die Schultern fiel.

„Du teilst das Gemach des Ältesten."

„Das habe ich vorher auch. Naja, mehr oder weniger."

Sie hatten zwar nicht das Gemach oder Bett geteilt, aber Stunden und Nächte auf dem Turm in einträchtiger Zweisamkeit verbracht. Hatten Zärtlichkeiten ausgetauscht und sich einander gewidmet.

Aber da hatte es keine Anfeindungen gegeben, die diesen glichen. Vielleicht, weil der Oberste da nicht seine Gemächer bewohnt hatte, sondern sie dem jungen Krieger überlassen hatte.

„Mhmh, aber du warst mit uns im Anwesen." Begann Noir und betrachtete den Jüngeren schmunzelnd. Er wusste, das, was er jetzt sagen würde, dem anderen nicht gefallen würde, aber es musste gesagt werden, oder?

„Das konne bisher kein Gespiele und keine Maitresse von sich behaubten."

Er erhob sich und verließ, gefolgt von Sidh, die Trainingshalle. Thomas schenkte dem Blonden ein mitleidiges Lächeln. Auch er und die anderen erhoben sich.

„Er hat Recht. Das du mit uns im Anwesen warst, könnte der Grund für die Anfeindungen sein. Sprich mit Alexander, wenn es dir zu viel wird. Oder sitz es aus."

Nebel nickte und sah ihnen stirnrunzelnd nach. Er würde bestimmt nicht mit Alexander sprechen. Von ein paar Weibchen ließ er sich nicht ins Bockshorn jagen.

Früher oder später würde es ihnen langweilig werden und er hätte wieder Ruhe. Was ihn weit mehr zu schaffen machte, war die Aussage Noirs.

War er nicht mehr als ein Gespiele? Ein Spielzeug, das ausgetauscht würde, wenn er den Ältesten nicht mehr unterhielt?

‚Und wenn du das nicht bist? Wenn du kein Spiel bist?‘. Alexanders Worte, nachdem die rothaarige Schönheit ihn angegriffen hatte, hallten durch seine Gedanken.

Wenn er kein Spiel wäre ...

Nebel seufzte und erhob sich ebenfalls. Die Trainingshalle hatte sich weitestgehend geleert, nachdem seine Freunde gegangen waren. Warum die nach Noirs Worten gegangen waren, konnte er nur erraten.

Vielleicht weil sie fürchteten, dass der junge Mann dagegen aufbegehren würde.

Vielleicht wollten sie ihm auch einfach Gelegenheit geben, darüber nachzudenken und sich – ohne Zeugen – zu fangen.

Er beschloss, dass er ein wenig ausruhen würde. Die Umstellung vom Anwesen aufs Schloss, die ständigen Kämpfe und nicht zuletzt die Worte Noirs, machen ihm zu schaffen, und ermüdeten ihn.

Eine Müdigkeit die sowohl vom Körper als auch vom Geist herrührte. Und schon jetzt sehnte er sich zurück in die Einsamkeit und Ruhe des Anwesens.

Als er in das Gemach des Ältesten trat, sah er sich prüfend um. Etwas stimmte nicht. Alles sah aus wie immer: Der Kamin brannte, die Kerzen ebenso. Das war normal.

Dienstbare Geister sorgten dafür, das stets ein Feuer im Kamin brannte und die Kerzen ausgetauscht wurden, ebenso wie stets frisches Wasser in dem Krug war, der neben der Waschschüssel stand.

Alles wie sonst, wäre da nicht der schwache Duft nach Yasmin und Rose gewesen.

Nebel trat an das Bett heran, zog den Himmel zurück und glaubte nicht, was für ein Bild sich ihm bot: Verführerisch und sehr leicht bekleidet rekelte sich eine dunkelhaarige Frau im Bett des Ältesten. Fassungslos starrte Nebel die Unbekannte an.

„Verschwinde, Küken. Du hast lang genug die Zeit des Ältesten verschwendet."

„Was?"

Nicht sehr Wortgewand, nicht einmal einfallsreich. Aber Nebel war grade hoffnungslos mit der Situation überfordert. Das hatte er bislang noch nicht erlebt. Niemand kam in den Flügel. Jeder wusste, dass dieser Teil des Schlosses tabu war.

Er wollte es nicht noch einmal erleben, jemanden hier vorzufinden. Er wollte nicht, das irgendjemand in diesem Bett an der Seite Alexanders ruhte als ihm selbst.

Eine Welle aus Eifersucht erfasste ihn.

Das Weibchen erhob sich aus dem Bett und trat auf den Jungvampir zu.

„Du hast doch nicht wirklich gedacht, das er ein Kind wie dich in seinem Bett wünscht? Was sollte er von jemandem wie dir schon wollen? Was kannst du ihm schon bieten? Verschwinde und überlasse diesen Platz, jemandem der es wert ist."

Unwillkürlich wich der Blonde zurück. Er versuchte, zu ergründen, ob die andere das ernst meinte. Vermutlich schon. Eine sachte Berührung an seiner Hand riss ihn aus den Gedanken, die sich seiner bemächtigen wollten.

Gedanken, Zweifel welche die Rechtmäßigkeit der Worte anerkennen wollten. Die Noirs Worte bekräftigten und gleichsam die eigene tief sitzende Furcht schürten.

Ein flüchtiger Blick über die Schulter und er erkannte, dass es nur die Vorhänge waren, die seine Hand gestreift hatten, und plötzlich wusste er, was er tun musste. Oder tun würde.

Er würde es nicht erlauben.

Nicht erlauben, das irgendein Weibchen sich in sein Bett schlich. Oder auch ein anderer Mann. Hier war sein Platz. An der Seite Alexanders.

Vielleicht.

Zumindest eine Weile.

„Das Schloss ist ein gefährlicher Ort."

Nebels Stimme war samtenweich, aber seine Augen waren kalt wie der Arktiswind. Ja das Schloss war gefährlich. Nicht für ihn – davon ging er zumindest aus – aber Unfälle passierten überall.

Unfälle, die in der Regel von Neidern ausgelöst wurden.

Was eine Drohung für sie darstellen sollte, könnte er und sollte er sich selbst zu Herzen nehmen. Aber er war jung und arrogant und fühlte sich trotz allem hier im Schloss sicher und zu Hause.

„Schön das dir das aufgefallen ist. Du solltest daran denken und jetzt verschwinde!"

Nebels Lippen umspielte ein kühles Lächeln. Es waren nur zehn, vielleicht fünfzehn Zentimeter, welche die beiden Kontrahenten trennten. Der Blonde schnellte vor und grub seine Klauen in die Oberarme der Frau.

Als er wieder sprach, entbehrte seiner Stimme jeder Menschlichkeit.

„Die Nächste, die es wagt, ist tot."

Er schleuderte sie dem Fenster gen. Der Himmel war bereits in rot und rosatönen gefärbt, der den anbrechenden Tag ankündigte.

In Ihrem Blick blitzte kurz die Erkenntnis über das Vorhaben des Nebels auf, aber noch ehe diese Erkenntnis in Gegenwehr enden könnte, hatte Nebel das Weibchen kraftvoll aus dem Fenster geworfen.

Ihr erschrockener Schrei war Musik in seinen Ohren. Eine Symphonie, nur für ihn erdacht war, niemals niedergeschrieben wurde und im Geräusch gebrochener Knochen gipfelte, ehe sie abrupt endete.

Wachen eilten zum Opfer, blickten hoch und Nebel, der amüsiert in die Tiefe blickte, erwiderte ihren Blick, ohne mit der Wimper zu zucken. Er bereute es nicht. Er würde es wieder tun, wenn er müsste.

Auch wenn ihm Gewalt gegen Frauen nicht zusagte, würde er ein solches Verhalten nicht dulden. Sollten sie Geschichten erzählen, sollten sie ihre giftigen Pfeile auf ihn schießen. Aber nie wieder sollte es eine wagen, sich hierher zu wagen.

Vermutlich würde sie überleben, auch wenn ihr derzeitiger Anblick anderes vermuten ließ. Man würde ihren Leib in die Heilerräume bringen und sie mit frischem Blut versorgen, damit ihr Körper regenerieren könnte.

Aber ein weiteres Mal, würde sie sich nicht in diese Gemächer schleichen und auch keine andere.

„Tse, so ein ungeschicktes Ding."

Grinsend schloss der Blonde das Fenster und die Vorhänge, ehe er ein ausgiebiges Bad nahm und sich in die weichen Kissen und Decken kuschelte. Vielleicht war er nur ein Spiel.

Ein Zeitvertreib.

Ein Gespiele.

Aber er würde sich den Platz an Alexanders Seite nicht auf so plumpe Art und Weise streitig machen lassen. Vielleicht würde er ausgetauscht, wenn sie einander nicht mehr unterhielten. Aber er war mit der Familie des Obersten ins Anwesen gefahren und komme was wolle, er würde sich nicht vertreiben lassen.

Nicht von Weibchen, die seinen Platz im Bett wollten, nicht von Kriegern, die ihn wieder und wieder herausforderten.

Er hatte es versprochen!

Versprochen dem anderen nicht wieder davon zu laufen. Er würde bleiben, bis jener ihn fortschickte. Vielleicht war es jugendlicher Trotz oder Sturheit, aber er würde sich nicht unterkriegen lassen.

KAPITEL 12

Als der Frühling kam und kalte Winterstürme weitestgehend der Vergangenheit angehörten, brach Noir zusammen mit Armand, Sidh und Thomas auf, um dem Wort des Vaters zu folgen. Es eilte nicht, und so reisten sie, wie Noir es damals getan hatte, per Pferd.

Sie waren nur mit dem Nötigsten ausgestattet. Kleidung zum wechseln, Gold und Waffen.

Sidh und Armand erinnerte diese Reise sehr an die Flucht des silberäugigen Prinzen, auch wenn er heute sein Recht in den anderen Domänen einforderte.

Wenn die Tiere Rast und Futter brauchten, suchten sie ein Haus eines Artgenossen auf – nicht jeder bewohnte Burgen oder Schlösser – und blieben, bis die Tiere genug gerastet hatten. Dabei hörten sie sich um und versuchten zu erfahren, was es mit dem Clan in Kymor auf sich hatte.

Sie versuchten, mehr über Sergej zu erfahren und über Schatten. Aber niemand schien zu wissen, wovon Noir sprach.

„Warum weiß niemand etwas? Irgendjemand muss sie doch kennen?"

Armand flegelte in einem bequemen Sessel, Sidh und Thomas saßen auf dem Sofa und Noir stand sinnend am Kamin. Sidhs Frage war berechtigt.

Und er würde Sergej oder Schatten – wen von beiden sie auch immer zuerst zu fassen bekamen – dazu befragen.

Die wahrscheinlichste Antwort war, dass sie verbotene Schöpfungen waren. Schöpfungen, die im Geheimen gewandelt wurden, ohne das Wissen und das Einverständnis des Obersten.

Es kam hin und wieder vor, dass sich jemand über das Gesetz hinwegsetzte, aber für gewöhnlich lebten sie nicht lang. Und dass der Schöpfer und seine Schöpfungen – alle, nicht nur die verbotenen – des Todes waren, hielt die meisten von Dummheiten ab.

Die meisten, aber eben nicht alle. Noir seufzte. Vielleicht bekämen sie Antworten, wenn sie in Kymor waren.

„Entweder wissen die anderen wirklich nichts, oder Sergej ist eine verbotene Schöpfung und damit auch dessen Schöpfungen."

„Was werden wir tun?"

Armand sah träge zum Freund und auch Thomas Aufmerksamkeit war geweckt. Nebel war ein Geborener aber ebenso eine verbotene Schöpfung, wenn Noir Recht hatte – und meistens hatte er Recht.

Was würde mit Nebel geschehen?

Würde Alexander über den jungen Krieger das Todesurteil sprechen? Machte es einen Unterschied, dass er ohnehin erwacht wäre, wenn Sergej dem nicht vorgegriffen hätte?

„Was Vater aufgetragen hat. Er will Sergej befragen. Wenn wir ihn finden, dann bringen wir ihn ins Schloss. Und wenn wir ihn nicht finden, dann vielleicht seinen Lakaien. Er war wohl für die Ausbildung des Nebels zuständig."

„Ahh ja, Nebels Ausbildung ..." Thomas verdrehte die Augen.

„Zum Glück ist der Kleine nicht auf den Kopf gefallen. Er lernt schnell und gut."

Noir nickte abwesend. Das hätte auch anders ausgehen können, dessen war er sich bewusst, aber Nebels Talente spielten vorläufig keine Rolle.

„Ich werde Vater schreiben und morgen werden wir weiter reisen."

Die anderen nickten lediglich ihr Einverständnis. Sie hatten den Geschichten Noirs ebenso aufmerksam gelauscht wie denen des Nebels, bevor jener davongelaufen war. Man hatte sich oft gefragt, wie der Junge es geschafft hatte, solang zu überleben.

Und auch wenn sie es – vorläufig – nicht offen zu geben würden, waren sie gespannt darauf den voreiligen Schöpfer kennenzulernen und die Geschichte aus seiner Sicht zu erfahren.

✝

Noir hatte Alexander über den aktuellen Stand informiert und noch am Morgen die Order erhalten, am geplanten Vorhaben festzuhalten. Nach einer Woche der Weiterreise erreichten sie endlich die Grenzen Kymors.

Es schien Noir, das es ewig her war, das er zuletzt hier gewesen war. Und doch fand er den Weg durch das Reich ohne größere Probleme.

„Hier lebt schon lange niemand mehr..."

Noir trat an Armands Seite durch die Überreste der Burg. Der Vertraute hatte recht, hier lebte niemand mehr. Die Türme waren zusammengebrochen, die Schutzmauer teilweise vollständig eingerissen, an anderen Stellen kaum mehr einen halben Meter hoch.

Das breite Eingangstor schien regelrecht niedergerannt worden zu sein. Sidh und Thomas suchten die nahe Umgebung ab.

Die Ruine von der Noir vor langer Zeit die Anhänger des Nebels belauscht hatte, nachdem jener sehenden Auges in die Falle gelaufen war, sah schlimmer aus als beim letzten Mal. Auch hier schien länger niemand mehr gewesen zu sein.

Der Zugang zu einem Höhlensystem war offengelegt worden. Ein Kampf hatte dafür gesorgt, dass es eingestürzt war. Überall fanden sich große Steinkugeln, die offensichtlich als Geschosse gedient hatten.

„Was denkst du ist passiert?"

„Ich weiß es nicht. Vielleicht können wir in der Stadt etwas herausfinden. Lasst uns ein Zimmer nehmen und uns umhören."

Spekulationen waren unangebracht, besonders, wenn man die Möglichkeit hatte, Informationen zu beschaffen.

Auf dem Weg durch den Wald zum Stadtzentrum kamen sie am Friedhof vorbei. Das Haus des Totengräbers wirkte, als wäre es lange schon verlassen.

Dachbalken waren eingestürzt, die Eingangstür hing nur noch halb in den Angeln. Die Fensterläden waren abgerissen. Ob vom Sturm oder von ʻMenschenhandʻ – konnte man wohl nicht mehr erkennen.

Der Schatten der Kirche streifte sie, aber wie schon beim letzten Mal als der Silberäugige hier gewesen war, schienen sich Kirchbesuche in Grenzen zu halten, ebenso wie die Instandhaltung dieses Gebäudes. Einzelne Schindeln lagen zerbrochen am Boden, die Fenster blind und verdreckt. Die sie umgebenen Hecken wucherten wild und ein schweres Schloss war von außen an die breiten Türen angebracht.

Das Vorhängeschloss sah jedoch neu aus. Was bedeutete, das irgendjemand vom Kirchenvolk – ob einfacher Pfarrer oder Häscher, konnte man nur erahnen.

Die Menschen, die der Gruppe entgegenkamen, wirkten erschöpft. Die Kinder hohläugig. Die Kleider zu dünn und abgetragen als das sie ausreichend Schutz für diese Jahreszeit boten.

Die großen Stürme waren vorüber, aber der Wandelmonat stand noch bevor und bisweilen war man nicht sicher, ob es noch Winter oder schon Sommer war.

Heute strahlender Sonnenschein und am nächsten Tag stand man bis zu den Knien in Schnee.

Noir, Sidh, Armand und Thomas steckten den Kindern im Vorbeigehen einige Münzen zu, wann immer sie einem begegneten.

Der Marktplatz war gut besucht, aber auch hier waren die Zeichen für einen nicht lange zurückliegenden Krieg allgegenwärtig.

Die Waren waren begrenzt und überteuert. Die Menschen schienen gehetzt und Gebäude beschädigt. Viele Wachmänner des weißen Schlosses und Stadtwachen in abgetragenen Uniformen waren allgegenwärtig, um für Ruhe und Ordnung zu sorgen.

Eine Möglichkeit für die Nacht unter zu kommen fanden sie nicht, ebenso wenig wie eine Taverne, um zu trinken oder Erkundigungen einzuholen.

„Wir sollten nicht lang bleiben, Bruder."

Für menschliche Ohren waren die wenigen Worte, die Sidh an seinen Bruder richtete, nicht vernehmbar und ebenso unmerklich nickte der Silberäugige.

Die Menschen waren misstrauisch, Dinge die normalerweise nicht auffallen würden, schien in Zeiten wie diesen, jeder zu bemerken.

„Ich weiß. Thomas folge der Hauptstraße in südlicher Richtung, dann kommst du zum anderen Schloss. Das weiße Schloss nannten sie es damals.

Von Menschen besetzt. Sieh und höre dich um. Wenn du Gelegenheit hast, Fragen zu stellen, tu das. Armand, zurück zur Burgruine, wenn du dem Weg weiter folgst, gelangst du zum Hafen. Für dich dieselbe Weisung. Sidh sieh dich hier in unmittelbarer Nähe um, wir treffen uns an der Ruine."

Die drei anderen nickten, und einer nach dem anderen trennte sich nach einem kurzen Gruß von Noir, um die entsprechenden Bereiche abzuklären. Noir selbst zog es in den Wald. Er erinnerte sich, dass das Küken in der Nacht, bevor er in die Falle gegangen war, eine Elbe in den Wald getragen hatte.

Vielleicht würde er dort Antworten finden.

✝

„Das ist nah genug!"

Noir schmunzelte. Er hatte sich gefragt, wann einer der inzwischen zehn Krieger, die ihm seit etwa einer halben Stunde folgten, aufhalten würde. Dass sie es taten, bedeutete, dass er nah an ihrer Zuflucht war.

Zum Zeichen, das er nichts im Schilde führte, zeigte er die leeren Handflächen, hob sie bis auf Brusthöhe an.

„Ich bin kein Feind. Ich suche Antworten."

„Such sie unter deinesgleichen, Bleicher."

„Meinesgleichen scheint aus diesem Reich vertrieben."

„Das ist nicht unser Problem."

Noir mochte den Klang der Stimme. Bestimmt, weich und mit einem unterhaltsamen Akzent, der die Schärfe aus den Worten nahm.

„Lasst mich mit eurem Anführer sprechen."

„Weshalb sollten wir das tun?"

Noir überlegte. Das Bild des Nebels, der die Elbe trug blitzte vor seinem inneren Auge auf. Nebel hatte eine Elbe entführt, da war er sicher. Aber er hatte sie auch zurückgebracht.

Vielleicht würde ihm die Nennung des Nebels hierbei helfen, vielleicht brächte es ihn in Teufels Küche.

Er hatte keine große Wahl, als es zu versuchen und herauszufinden.

„Um Nebels willen."

Jemand sog scharf die Luft ein. Dann Stille. Noir wartete geduldig. Er war sicher, dass die Kunde seiner Anwesenheit zum Anführer gebracht wurde, mitsamt des Grundes oder auch der Botschaft, wie man es auch nennen wollte.

Wie aus dem Nichts stand ein Elbenkrieger direkt vor ihm und maß den Vampir mit kalter Miene.

„Folge mir."

Noir nickte und tat, wie ihm geheißen ward. Niemand würde je glauben, das Noir Vemo dem Wort eines kleinen dummen Elben folgen würde. Aber hier hatte er wohl keine andere Wahl.

Nach wenigen Minuten erreichten sie die steinernen Stufen, die gewunden einen Berg hinaufführten und der Elb stoppte.

„Gib mir deine Waffen."

Wieder tat Noir schlicht wie geheißen, ehe er dem Führer hinauf folgte. Für die Schönheit und den Frieden des Ortes, der Nebel sosehr gefangen hatte, hatte er keinen Blick. Er folgte dem anderen wortlos, bis jener sich vor einer schönen Frau verneigte und auf Noir deutete.

Glenna betrachtete den Gast mit ausdrucksloser Miene, ehe sie ihm mit einem schlichten Deuten der Hand, einen Platz anbot und abermals folgte Noir.

„Was ist mit Nebel? Geht es ihm gut?"

Sie versuchte, die Besorgnis aus ihrer Stimme und ihrem Blick zu bannen, aber ganz gelang es nicht. Noir war fasziniert. Der Blonde entführte Elben und dennoch sorgte sich eine um den Knaben? Der schwarze Prinz wog abermals ab, wie viel er sagen konnte oder sollte.

„Er ist wohlauf. Er lebt am Hof meines Vaters in dessen Auftrag ich hier bin."

Noir betrachtete die Elbe eingehend, die zeitlosen Züge, die hohe Erscheinung. Augen die so alt schienen wie die Zeit selbst.

„Wie lautet der Auftrag eures Vaters und was hat es mit Nebel zu tun?"

„Ihr ward es, nicht wahr? Euch hat er in der Nacht zurückgetragen?"

Noir könnte sich ohrfeigen, dass es ihm nicht sofort aufgefallen war. Aber sein Hauptaugenmerk hatte auf Nebel gelegen und nicht auf der Elbe. Glenna errötete leicht und gab damit Antwort, wenn sie es schon nicht mit Worten tat.

„Es stellte sich heraus, das Nebels Wandlung nicht rechtens war. Ich wurde mit meinem Bruder und zwei Freunden geschickt, um Sergej zu befragen. Aber die Burg liegt in Schutt und Asche und das Menschendorf ist noch immer gezeichnet vom Krieg. Was ist passiert?"

Die Elbe runzelte die Stirn. Tiefe Traurigkeit spiegelte sich in den ewigen Iriden wieder, als sie des Nebels und seines Fortgangs gedachte.

„Nicht rechtmäßig?"

Glenna wusste, was das bedeutete, wusste das dies das Ende, des geliebten Nebels bedeuten könnte. Sie schluckte, verbannte die Furcht in den hintersten Winkel ihres Geistes. Später, vielleicht, würde sie sich den Gedanken an den

Nebel ergeben, den Spiegel befragen aber vorerst, gehörte die Aufmerksamkeit dem Gegenüber.

„Was geschehen ist?"

Noir antwortete nicht. Er wartete einfach ab, während sie die Vergangenheit in die Gegenwart holte, sich zu erinnern versuchte. Das Gedächtnis der Elben war stets gut und reichte weit zurück. Glenna bereitete der mit den Erinnerungen verbundene Schmerz mehr Schwierigkeiten, als das erinnern selbst.

„Er ging – ohne ein Wort des Abschieds. Ich erfuhr es durch Zufall. Aber sein Fortgang blieb nicht ohne Konsequenzen. Er hat stets für... frischen Wind gesorgt. Seine Moralvorstellungen aus menschlichen Tagen waren zu hoch für Sergej. Die Häuser... erfuhren eine neue Behandlung, durch ein Küken. Und dann... dann ging er. Aber nicht jeder war geneigt, sich in alte Verhaltensmuster fallen zu lassen. Und dann waren da noch die Amazonen, so voller Hass auf Nebel, so voller Verachtung für die Vampire. Nebel war kaltblütig, wenn es darum ging seine Ziele zu erreichen. Ja... Ja du hast Recht wenn du sagst er habe mich zurückgebracht. Auch ich war Mittel zum Zweck. Und ginge es nicht um das was es ging, und ersparte mir selbst viel Leid, würde ich es ihm zürnen."

Kaltblütig?

Nebel?

Noir hob skeptisch eine Braue. Töricht, hartnäckig, arrogant, ohne jeden Zweifel.

Aber kaltblütig?

Er schwieg vorerst.

Das Gerede der Elbe schien unzusammenhängend zu sein, sie wechselte von Thema zu Thema.

Er versuchte, schlau aus dem Ganzen zu werden, die Flicken zusammenzusetzen, wie man versuchen mochte, einen wertvollen zerbrochenen Krug zu reparieren.

„Worum ging es?"

„Frieden."

„Ich verstehe nicht?"

„Er.. ich ging... mit ihm. Er brachte mich zu seinem Ort. Ich wollte, sosehr das er blieb, das ich ihm gewährte von mir zu trinken."

„Er hat vom Elbenblut gekostet?"

Glenna nickte langsam. Ihre langgliedrigen Finger strichen sanft über ihren Hals. Noir schüttelte den Kopf.

Elbenblut!

Elbenblut war alt und mächtig und ihm wohnte eine eigene Magie inne. Seinesgleichen vermieden es, von diesem Blut zu trinken. Die Gefahr war sehr hoch, dass man davon abhängig wurde.

Eine Droge, die seinesgleichen suchte.

„Erst als ich wieder hier erwachte, erfuhr ich, dass er mein Volk angewiesen hatte, sich im Krieg rauszuhalten. Er hätte mit mir sprechen, mich bitten können aber... das ist nicht seine Art."

Noir nickte langsam. Gedanklich war er noch immer bei dem Gedanken des magischen Blutes. Wie hatte Nebel widerstanden? Wie einfach davon ablassen können? Hatte er es? Sie waren nicht ständig bei dem Küken, dem man einen gewissen Freiheitsdrang nicht absprechen konnte. Wer konnte sagen, was er trieb, wenn er auf eigene Faust jagen ging?

„Er entführte eine Amazone und nahm ihr die Zunge, um den Amazonen eine Waffe oder zumindest etwas Wichtiges zu nehmen, mit dem sie die Dämonen des Schlosses kontrollieren konnten.

Um sein Ziel zu erreichen, geht er jeden Weg. Sergej war oft seinetwegen in Rage. Er konnte nicht verstehen, warum man auf der Seite des Kükens stehen konnte, wo er doch versuchte, alle anderen vor ihm zu schützen.... Er verstand es nicht., ihn nicht... Sergej hat Nebel nie verstanden. Er wollte ihn beherrschen, ihn kontrollieren, aber Nebel ließ das nicht zu. Als Nebel ging, blieb etwas von ihm. Seine Art zu denken. Seine Art zu handeln, statt abzuwarten und das Beste zu hoffen, blieb. Man stellte Sergej in Frage, stellte Schatten in Frage. Susi war die Erste, die eines Tages einfach fort war. Es heißt, Sergej habe sie getötet, weil sie ihm nicht mehr folgte."

Glenna schwieg einen Moment. Vielleicht um sich selbst zu sammeln, vielleicht um Noir Gelegenheit zu geben, das Gehörte zu verdauen.

„Die Uneinigkeit, die immer schon da war, und von irgendeinem Fürsten der über die vier Häuser und das Schloss herrschte, verurteilt worden war, wurde zusehens größer."

„An dem Tag, als Nebel von Schatten in eine Falle geführt worden war, belauschte ich einige der Häuser. Man schien sich einig, das Nebel über Sergej gesiegt hatte, ebenso wie man sich einig darüber war, das er eigenwillig ist. Aber mir schien kein Hass von ihnen auszugehen."

Noir gab Brocken preis, Kleinigkeiten um mehr Teile des Ganzen von ihr zu erhalten. Um sie zum Weitersprechen zu bewegen. Er baute eine Vertrauensbasis auf, indem er eigene harmlose Erinnerungen mit ihr teilte.

Und es wirkte.

Glenna, die sich unsicher war, wie viel sie bedenkenlos erzählen konnte und immer stockender berichtet hatte, entspannte sich langsam wieder und nickte mit mildem Lächeln.

„Ich habe nie verstanden, warum er ihn wollte. Warum er...
ich weiß nicht wie ich es nennen soll... Sergej konnte mit
Nebel kaum länger als ein paar Minuten im selben Raum
sein, aber ihn fortschicken konnte er auch nicht. Bei anderen hat er es so gehandhabt. Vielleicht hat Nebel Sergej
besiegt. Vielleicht wirkte es auch nur so. Wer kann das
schon sagen.

Aber die anderen Häuser haben Nebel nicht gehasst. Nicht
soweit ich es sagen kann. Er war eigenartig. War nie wirklich Teil des Ganzen. Stets allein, sah man vom Training ab.
Schweigend, statt sprechend. Er ...“

Glenna schüttele den Kopf.

Es wäre einfacher, ihm im Spiegel zu zeigen, was sie meinte,
aber auch wenn der andere behauptete Nebel zu kennen,
dass er dort jetzt lebte, wo der Fremde herkam, würde sie
ihm nicht dieses Geheimnis offenbaren.

Ebenso wenig wie sie offenbaren würde, dass Sergej nach
dem Weggang des Nebels versucht hatte, eine frühere
Freundschaft wieder aufzunehmen. Sie hatte es erlaubt.

Aber etwas – jemand – stand zwischen ihnen.

Unausgesprochen.

Ständig präsent.

Es wurde nie wieder, wie es einmal gewesen war.

„Die Auseinandersetzungen im Inneren nahmen zu und
die Feinde von außerhalb waren zahlreich. Ich weiß nicht
genau, was letzten Endes den Ausschlag gab, das es zum
Krieg kam der das ganze Reich betraf. Die Freibeuter und
die Amazonen schlossen sich dem weißen Schloss an.“

„Und Ihr?“

Glenna nickte langsam.

„Mein Volk forderte es. Also folgten wir dem Ruf der
Menschen um Hilfe. Als die vereinigten Krieger das

Schloss Sergejs stürmten, waren er und Schatten bereits fort.

Man geht davon aus, das jemand sie in der Nacht zuvor gewarnt hat. Genaueres kann man nicht sagen."

Jemand.

Jemand, der ihm nah gestanden hatte.

Jemand, der glaubte eine Schuld tilgen zu müssen. Noir ahnte, wer dieser ‚Jemand' war, auch wenn sie nichts verlauten ließ. Geflohen, wer konnte sagen was, ihm sonst gedroht hätte?

„Und die anderen?"

„Der Krieg dauerte nur wenige Wochen. Viele fielen. Die Schäden werden noch lange zu erkennen sein. Das Schloss war zwar kopflos in vielerlei Hinsicht, ohne eine starke Führung. Aber sie kämpften mit allem, was sie aufbieten konnten. Am Ende hat es ihnen nichts genutzt. Wer nicht fliehen konnte, wurde hingerichtet. Der Tod macht keinen Unterschied. Nicht zwischen Elben oder Menschen. Nicht zwischen Vampiren, Hexen oder Dämonen, nicht wahr? Vielleicht ist es besser. Das nun alles vorbei ist. Das er fort ist."

Noir nickte abermals. Mit den Gedanken war er bereits dabei, abzuwägen, wie man weiter vorgehen sollte. Sergej suchen? Niemand hatte von ihm gehört. Nach allem, was er bisher wusste, konnte er nirgends hin ohne Aufmerksamkeit zu erregen.

Jeder legale Clan würde misstrauisch werden und den schwarzen Hof informieren – und sei es nur um die eigene Haut zu retten. Nicht zuletzt, weil Noir und die anderen sich nach dem Vampir der sich Sergej rufen ließ, erkundigt hatte.

Noir erhob sich und neigte im Ansatz sein Haupt. Er würde die anderen einsammeln und heimreisen.

Alexander würde über das Gespräch informiert werden, nicht nur Sergej betreffend, sondern auch Nebel.

Noir hatte sich während seiner Beobachtungen ein Bild von dem Knaben machen können, aber dies war eine andere, neue Facette, die ihm aufgezeigt worden war und Alexander sollte sich darüber im Klaren sein, das auch der Glückspilz vor dem Herren, eine andere Seite in sich trug.

„Ich danke für Eure Zeit und die Auskunft. Ich werde Euch und dieses Reich nun wieder verlassen."

„Sagt dem Nebel... richtet ihm meinen Gruß aus, seid so freundlich, ja?"

Noir nickte abermals und wand sich ab. Der Elb, der ihn zu seiner Königin geleitet hatte, reichte ihm seine Waffen zurück und führte ihn zu der Stelle zurück, an der man ihn aufgelesen hatte.

Noir informierte die anderen über das Gespräch mit der Elbe. Die anderen hatten weniger Erfolg gehabt. Fremden gegenüber schien man ausgesprochen misstrauisch und nicht sehr auskunftsfreudig.

Die Gruppe verweilte nicht länger, sondern machte sich auf den Heimweg. Es würde Alexander obliegen, ob er weitere Nachforschungen wünschte, oder nicht.

KAPITEL 13

Nebel hatte überlegt, ob er Noir nach Kymor begleiten sollte oder nicht. Es wäre bestimmt spannend, zu sehen, was aus den anderen geworden war. Taros, Sergej, Glenna.
Nebel hatte in der ganzen Zeit, in der er unterwegs gewesen war, kaum einen Gedanken an seine Zeit in Kymor verschwendet. Beinahe als hätte es diese Zeit nie gegeben. Wie er selten an seine Zeit vor der Wandlung zurückdachte, als habe es diese Zeit nie gegeben.
Natürlich hatte er sich entschieden, nicht mitzureisen, schließlich waren noch genug da, mit denen er trainieren konnte und nicht zuletzt war Alexander im Schloss. Auch wenn dessen Zeit, gering gesät war.
Neben Andrej und Marius wurde die Truppe für die Grenzritte um Christian, Mathias und Julius aufgestockt, und nicht nur Nebel wäre froh, wenn die ‚neuen' Mitglieder wieder durch das alte Team ersetzt würde.
Besonders Julius versuchte immer wieder, Nebel zu schneiden, oder nahm das Training ein wenig zu Ernst. Christian und Mathias hielten sich zwar zurück, aber beobachteten den jungen Krieger aufmerksam, als warteten sie darauf, dass jener sich einen Fehltritt erlaubte.
So anstrengend es für Nebel war, sosehr genoss er die Herausforderung. Weshalb er sich weder bei Alexander noch bei Andrej und Marius beschwerte oder beklagte.

Aber die Gruppe, die sich um Noir gebildet hatte, und zu der auch Nebel inzwischen gehörte, war aufeinander eingespielt. Sie kannten die Stärken und Schwächen des anderen, und arbeiteten gemeinsam daran, Letztere auszumerzen.

Das Noir ohne Sergej zurückkehrte überraschte sowohl Alexander als auch Nebel. Die Geschichte, die dahinter steckte – Noir erzählte der Gruppe nur die Kurzfassung, dem Vater allerdings die vollständige Version – überraschte Nebel indes weniger.

Er hatte gewusst, dass sie sich früher oder später zugrunde richten würden.

Dass er gegangen war, erwies sich als richtige Entscheidung. Oder hätte sein Bleiben, etwas geändert? Hätte das Schicksal abgewandt werden können?

,Also sorgst du für Aufruhr und gehst? Und lässt uns mit den Konsequenzen zurück?'. Auch Harrenthal hatte er verlassen, aus Harrenthal war er, geflohen. Was aus den anderen geworden war, wusste er nicht. Und auch über sie hatte er nicht weiter nachgedacht, bis Noir zurückgekehrt war.

Flüchtig kam dem jungen Krieger Zweifel. Zweifel ob er wirklich richtig gehandelt hatte. Ob zu gehen – wie er es immer wieder tat – tatsächlich unumgänglich gewesen war.

Hätte es etwas geändert, wenn er in Kymor geblieben wäre? Oder wenn er nach Harrenthal zurückgekehrt wäre, nachdem die Verletzungen geheilt waren? Überlegungen, die Nebel aufgeben musste. Überlegungen, die nirgends hinführten.

Was wäre wenn Fragen, waren eigentlich nichts, mit dem Nebel sich befassen wollte, oder sollte. Aber immer wieder fand er sich in solchen Überlegungen wieder.

Alexander sah davon ab, notwendige Kräfte auszusenden, um nach dem Vampir suchen zu lassen. Es lag Wichtigeres in der Luft. Immer mehr Zeit verbrachte er in seinem Arbeitszimmer. Immer wieder kamen neue Gäste, um mit dem Ältesten zu sprechen.

Worüber, wusste niemand zu sagen. Fantastische Sinne hin oder her, aber niemand würde es wagen, den Ältesten zu belauschen.

Jagd, Training, Grenzritte und Herausforderungen reichten nicht annähernd aus, um die Sehnsucht Nebels zu stillen, welche die ständige Abwesenheit seines Gefährten in ihm weckte. Mehr und mehr wünschte er, dass sie wieder im Anwesen wären.

Wieder mit den vertrauten Freunden in der Einsamkeit zu sein, die Zeit zwischen Tag und Nacht mit dem Ältesten zu verbringen.

Zu schweigen, zu sprechen oder leidenschaftliche Stunden zu verbringen und immer neue Lust zu erfahren, die ihm seiner Sinne beraubte.

Stattdessen waren es nur flüchtige Momente, Blicke aus der Ferne, die sie teilten, ehe er wieder für Stunden oder Tage in Beratungen und Sitzungen verschwand.

Die Bewohner des Schlosses wurden mit jedem neuen Besucher nervöser. Und als Yves und Roma ankamen und eine Hundertschaft mit sich brachten, wurde die Nervosität zu Unruhe.

„Was denkt ihr geht vor sich?"

Nebel wischte sich mit einem feuchten Tuch, die Blutspuren einer Herausforderung aus dem Gesicht während er sich zu den Freunden setzte und jeden reihum einmal ansah.

„Krieg, nehme ich an."

Thomas reichte Nebel die Würfel und sprach damit die allgemeine Meinung aus. Noir, Sidh und Armand schwiegen. Wenn Noir etwas wusste, würde er nichts sagen. Das wusste jeder und man hatte aufgegeben in ihn zu dringen. Stur wie sein Vater würde nichts und niemand ihn zu sprechen bewegen, wenn er es nicht wünschte.

„Gegen wen?"

„Hunde oder Häscher. Was anderes kann ich mir nicht vorstellen. Die Besucher kommen aus allen Himmelsrichtungen. Was sonst sollte soviel Unterclans herführen?"

Nebel nickte. Die Ausführungen Thomas machten Sinn. Die Bedrohung musste groß sein, weitläufig, wenn so viele Abgesandte und Hundertschaften kamen. Wohin sie aufbrachen, wenn sie Alexander und das Schloss wieder verließen, wusste niemand mit Bestimmtheit.

Was Nebel lieber wäre, konnte er nicht sagen. Gegen die Inquisition zu reiten oder gegen die Hunde, waren beides Ziele oder Gegner, die man sich nicht wünschen sollte. Niemand sich wünschte.

„Wir werden es erfahren, wenn es soweit ist. Spart euch eure Skepulationen, und vor allem trag sie nicht herum. Die meisten sind gereizt und unruhig, das muss nicht noch mit Gerüchten unterstützt werden oder gar verstärkt. Also nehmt euch zusammen."

Noirs Blick ruhte einen Moment streng auf jedem Einzelnen, ehe er sich erhob und gefolgt von seinen Vertrauten die Trainingshalle verließ. Marius, Andrej, Thomas und Nebel tauschten einen kurzen Blick. Nicht oft ließ Noir den Anführer ihrer kleinen Gruppe deutlich hervortreten – selbst Nebel erkannte ihn als solchen an – und das er es tat, beunruhigte die Gruppe und unterstützte ihre Ahnung bezüglich des bevorstehenden.

„Das war eigenartig ..."

Zustimmendes Gemurmel, ehe sich die Gruppe wieder dem Würfelspiel widmete. Noirs Befehl, nichts anderes war es, war deutlich gewesen und sie würden sich fügen.

✝

‚Wenn es an der Zeit ist', war ein nur paar Tage später. Jeder der keinen guten Grund hatte, nicht zu erscheinen, wurde zur Versammlung in den Trainingsraum befohlen. Sah man vielleicht von der Sicherung der Grenzen ab, gab es keinen guten Grund um sich fernzuhalten.

Das war allen klar.

Die zahlreichen gemurmelten Unterhaltungen erstarben, als Alexander, flankiert von Yves und Roma in den Trainingsbereich trat. Alle Augen waren auf einen Schlag auf das Trio gerichtet. Spannung lag in der Luft, dass man sie beinahe mit Händen greifen konnte.

Alexanders Blick glitt umher, blieb hier und da an einem Krieger hängen, während er schwieg. Noir harrte an einem der Eingänge zur Trainingshalle, dort wo sein Vater für gewöhnlich stand und die Kämpfenden beobachtete.

Nebel saß mit dem Rest der Gruppe zusammen und verlor sich in der Betrachtung Alexanders. Als dessen Blick auf ihn fiel, schrumpfte die Welt auf sie beiden zusammen. Nichts und niemand existierte außer sie beide und der Blick den sie teilten.

Stumme Unterhaltungen wurden innerhalb von Wimpernschlägen geführt, Bezeugungen von Gefühlen, die sie nicht nach außen offen zur Schau trugen.

Gefühlen dessen unnachgiebiges Band einst beim ersten Blick geknüpft worden war und seither immer weiter von Nächten auf Balkonen und Türmen genährt wurden.

Nur ein flüchtiger Moment, dann glitt Alexanders Blick weiter und die Realität kehrte zurück.

„Wie niemandem entgangen ist, sind in den vergangenen Tagen und Wochen immer wieder Kundschafter und andere Familienoberhäupter eingetroffen."

Nebel erschauderte beim samtenen Hall, der eine kühle Strenge in jeder Silbe mit sich trug. Aber das war es nicht, dass ihm Sorge bereitete. Es waren die Augen des Gefährten, die ihm sagten, dass etwas im Argen war.

Sie schienen ihm dunkler, als es üblich war. Nicht matt, als hätte er nicht genug getrunken, sondern einfach nur dunkler. Als habe sich ein feiner Wolkenfetzen vor die Sonne geschoben.

„Man brachte Kunde von Jagden durch die Inquisition."

Armand und Nebel pressten die Lippen zusammen, Sidhs Blick glitt hinauf zum Bruder, der einer Salzsäule gleich regungslos und mit unbewegter Miene an Ort und Stelle harrte.

Die meisten tauschten Blicke oder gaben ihren Zorn oder ihr entsetzen durch Ausrufe kund.

Alexander ignorierte es.

„Es wird ein Heer zusammengestellt, das mit denen der anderen Clans in der Berunda-Ebene zusammentreffen wird. Unser Ziel wird die belagerte Burgstadt Tremere sein. In den nächsten drei Tagen, wird einer meiner Hauptmänner auf diejenigen zutreten, die auserwählt wurden, mit dem Heer dieses Hauses zu reiten."

Mit diesen Worten wandt sich der Älteste um und überließ die Meute ihren Spekulationen, die mit dem Ende des Satzes laut wurden.

Jeder würde sich geehrt fühlen, wenn sie von Alexander ausgewählt wurden. Auch wenn die Inquisition ein Gegner war, den man durchaus ernst nahm, konnten die meisten es kaum erwarten, dass einer der Hauptmänner auf sie zukäme.

Vor allem die Jüngeren wollten sich beweisen. Sich einen Namen als Krieger für das Schloss verdienen. Eine gute Gelegenheit, um Alexanders Aufmerksamkeit zu erregen.

Und wenn nicht dessen, dann vielleicht die des Prinzen oder seines Gefolges.

„Dein Kücken wird sich anschließen wollen."

Yves forderte die Aufmerksamkeit des Oberhauptes ein. Die Schöpfung hatte mit Belustigung und Neugier die Geschichte um den Älteren und dem Küken verfolgt.

Nach allem, was er wusste, würde der Kleine sich darum reißen sie auf dem Kriegszug zu begleiten. Er selbst hieß es nicht gut. Nebel war zu jung, wenn man ihn fragen würde.

Egal welche Abenteuer der Knabe bereits bestanden haben mochte.

„Das werde ich nicht erlauben."

Alexander sah es ebenso wie Yves. Der Blonde war zu jung. Er wollte ihn in Sicherheit wissen.

„Eine Wette gefällig?"

Roma grinste und tänzelte verspielt neben den beiden anderen Vampiren her. Sie war sicher, dass sie diese Wette nur gewinnen konnte.

Ein Küken, das mit dem Obersten verbandelt war, mehr Glück als verstand hatte und jetzt nicht mit in den Krieg durfte, in dem der Gefährte focht? Ja sie war sich sicher, dass sie diese Wette gewinnen würde.

Yves lachte leise, während Alexander Roma einen halb amüsierten, halb tadelnden Blick schenkte. Natürlich würde Nebel mitreiten wollen, das war so klar wie der Nacht, ein Tag folgte. Für die meisten zumindest.

Aber er konnte nicht erlauben, dass sein Gefährte, dass dieses Küken gegen einen Gegner wie die Inquisition ritt.

Er würde sterben vor Sorge um den Knaben. Er würde ihm verbieten mitzureiten. Und hoffen, dass jener seinem Wort folgte, aber ebenso Maßnahmen ergreifen, wenn Nebel täte, was er stets tat: seinem eigenen Weg und Vorstellungen folgen.

✝

Nebel hatte genug gehört und verspürte keine Lust, sich an den Diskussionen zu beteiligen. Er erhob sich unter dem fragenden Blick der Freunde und verließ wortlos die Trainingshalle.

Er musste nachdenken. Sich klar werden, ob er sich dem Heer anschließen wollte oder nicht. Er kannte IHRE Grausamkeit und wusste, welche Gefahr von IHNEN ausging. Und SIE machten ihm Angst.

Immer noch.

Auch wenn er das niemals zugeben würde.

Wenn er an Harrenthal oder die Katakomben dachte, überkam ihm immer wieder blankes Entsetzen. Die Jagden, die er mit den anderen geführt hatte, waren gefährlich gewesen, aber lösten bei Weitem keine so große Furcht in ihm aus wie diese beiden Orte und der Gedanke, was dort geschehen war.

Er wusste, dass Alexander mitreiten würde, ebenso Noir und seine Freunde. Wollte er allein zurückbleiben? Sich ständig sorgen? Er seufzte innerlich. Natürlich war da auch noch der Umstand, dass die Neider ihm während der Abwesenheit der Freunde und des Gefährten, versuchen würden, ihm das Leben hier zur Hölle zu machen.

„Nebel! Hast du das gehört?"

„Mein Gehör ist ausgezeichnet, Jacob."

Jacob lachte leise, schloss zu dem Blonden auf und musterte ihn aus den Augenwinkeln. Der ohnehin nur mäßige Kontakt der beiden, war nach der Rückkehr des Nebels nicht weiter vertieft oder aufgefrischt worden.

Jacob trainierte hart und fügte sich tadellos in den Schlossalltag ein. Trotzdem war er nur ein Gesicht in der Masse. Er schaffte es nicht, sich hervorzutun und somit die Aufmerksamkeit des Rates oder des inneren Kreises zu erhalten.

Und so sollte es auch sein. Was nicht sein sollte, war, dass er es immer noch nicht geschafft hatte, an den Nebel heranzukommen.

Es würde kein Hauptmann auf ihn zutreten und ihn für das Heer auswählen, und so recht es ihm war, so sehr ärgerte es ihn.

Aber der Vater war zufrieden und am Ende das am wichtigsten.

„Ich finde, er hätte mehr sagen können."

Nebel hob skeptisch eine Braue. War nicht alles gesagt worden, dass wichtig war? Das es Krieg gab. Das auch das Schloss Krieger stellen würde. Nebel glaubte nicht, das jemand der unter 100 Jahre zählte, ausgewählt wurde. Was ihn und Jacob ausschloss.

Aber er gehörte nicht zum Clan. Niemand könnte ihm verbieten, sich dem Trupp anzuschließen. Gut, Alexander konnte es und er war sich sicher, dass er es tun würde.

„Was hätte er mehr sagen sollen?"

Jacob zuckte mit den Schultern. Eben mehr. Mehr das er seinem Vater schreiben könnte. Mehr über das man spekulieren konnte.

Mehr.

„Hat er dir was gesagt?"

„Du kannst nicht glauben, das er mir mehr sagt als den anderen und wenn doch, das ich es herumplaudere."

Vielleicht würde er mit Noir sprechen, mit Thomas oder Sidh und Armand, mit Marius und Andrej. Aber nicht mit Jacob. Aber jener schien auch nichts Derartiges zu erwarten.

„Wirst du mitreiten?"

Kurz verebbten Nebels Schritte, ein flüchtiger Blick galt dem anderen, ehe er mit den Schultern zuckte und die Bibliothek betrat ohne Jacob Antwort zu geben. Er würde mitreiten. Als Jacob die Frage gestellt hatte, hatte er selbst es beschlossen.

Aber vorher, wollte er sich über die landschaftlichen Gegebenheiten informieren, sich das Gelände anschauen, das sie ansteuerten, also suchte er sich Karten raus und studierte sie ebenso fanatisch wie er trainierte oder die übrigen Bücher hier zu studieren begonnen hatte.

Er suchte die Ebene, von der Alexander gesprochen hatte, versuchte die Entfernung abzuschätzen, suchte die optimale Route und ein paar Ausweichrouten.

Er suchte die Stadt Tremere und versuchte ebenso Wege zu finden, die sich einfach bereisen ließen, und versuchte abzuschätzen, von welcher Seite man angreifen würde.

„Was genau tust du da?"

Alexander blickte schmunzelnd auf den Nebel herab, der auf dem Boden saß und von Pergamenten und Karten umgeben war. Ein heilloses Chaos, das den Nebel umgab, aber dem man eine gewisse Ordnung nicht absprechen konnte.

Der Jüngere sah irritiert auf.

Er war so in seinen Gedanken versunken gewesen, dass er nicht mitbekommen hatte, das Alexander eingetreten war. Sowenig wie er zuvor Sidh bemerkt hatte oder den ein oder anderen Frischgewandelten, der nach Informationen gesucht hatte.

Nebel lächelte dem Obersten scheu zu und ergriff die dargebotene Hand, um sich auf die Beine helfen zu lassen.

„Nichts? Ich mache mich schlau. Wirst du mit dem Heer reiten?"

Er nickte leicht, die Züge des Jüngeren eingehend musternd.

„Lass mich mitkommen."

Alexander blickte auf die Kartensammlungen. Es sah aus, als habe sich der Knabe grade mit den Grundrissen der Stadt Tremere und den umliegenden Dörfern vertraut gemacht.

Die Routen erforscht, all die Dinge, die er und seine Berater in den letzten Tagen und Wochen ebenfalls gemacht hatten. Nicht dumm, aber dennoch.

Er schüttelte sanft den Kopf.

„Nein, mein Nebel. Dieses Mal nicht. Ich möchte dich in Sicherheit wissen und dich nicht wieder halbtot in meinen Armen halten"

„Aber ..."

Alexander ließ ihn nicht ausreden, legte dem Blonden leicht einen Finger auf die Lippen und schüttelte abermals den Kopf. Er würde es nicht erlauben.

Nebel genoss das Gefühl der Finger auf seinen Lippen, die Nähe zum Gefährten.

Die Sorge des Älteren um ihn erwärmte sein Herz. Niemand hatte sich je um ihn gesorgt, seit er das Haus des Schöpfers verlassen hatte, oder hatte es ihm gegenüber zugegeben.

Für den Moment gab er sich geschlagen.

Aber in den Tagen der Vorbereitung zur Abreise wurde er nicht müde, Alexander wieder und wieder darum zu bitten, dass er mitkommen dürfte.

Doch Alexander ließ sich nicht erweichen.

✝

Der Tag, an dem das Heer abreiste, kam viel zu schnell. Auf der Fläche vor dem Schloss warteten die Clansoberhäupter einiger Unterclans und die dazu gehörigen Hundertschaften. Der Schlosshof war von Krieger gefüllt, die bis in die Gärten reichten.

Männer und Frauen an den Fenstern, auf den Balkonen, der Mauer und den an den Zugängen, um die Krieger zu verabschieden.

Nebel verabschiedete mit dem Hof Alexander und die anderen. Das Oberhaupt hatte sich bis zum letzten Moment nicht erweichen lassen, egal wie sehr der junge Krieger gebettelt hatte.

Zerknirscht schien sich der Blonde geschlagen zu geben und bat Alexander auf sich acht zu geben und die Freunde ebenso.

Der Einzige der zufrieden wirkte, war Jacob. Er hatte, wie mancher andere, damit gerechnet, das Alexander den Nebel mitnehmen würde. Weil jener das Bett des Obersten teilte.

Weil jener mit arroganter Selbstverständlichkeit durch das Schloss stolzierte, als gehörte es ihm.

„Willst du trainieren?"

Nebel schlug mit einem Kopfschütteln die Einladung Jacobs aus, nachdem die Krieger außer Sicht waren.

„Später vielleicht."

Es würde kein später geben. Aber davon ahnte Jacob nichts. Während jener sich andere Trainingspartner suchte, kehrte Nebel in die gemeinsame Kammer zurück.

Er packte Ersatzkleidung und Umhänge ein, Nähzeug zum Ausbessern der Kleider, falls es nötig wäre – und in der Regel war es nötig- sowie Schleifsteine für die Waffen in einen Lederbeutel.

Sah man von ein Paar anderen Kleidungsstücken, war es beinahe alles, was er besaß.

Er zog sich die abgetragene Reisegarderobe an, feste Stiefel und Hosen. Er zog das feine Kettenhemd hervor, das er vor einer gefühlten Ewigkeit von Saresh bekommen hatte, weil er dessen abtrünnigen Sohn getötet hatte. Eine Tunika und natürlich den Waffengurt.

Im Gehen warf den Umhang über und zog das Tuch vor die Züge – was ihm ein befremdliches Gefühl gab.

Es war lange her, dass er seine Züge verborgen hatte. Und es schien ihm seltsam falsch. Nebel schlich durch wenig bewanderte Flure hinaus zu den Ställen.

Sanft tätschelte er dem Pferd, das Alexander ihm vor der Reise zum Anwesen geschenkt hatte, die Flanke und sattelte es, ehe er sich auf dessen Rücken schwang und aus dem Tor galoppierte.

Ja Alexander hatte verboten, dass er sich dem Heer anschloss, aber nicht das er auf eigene Faust ritt, nicht wahr?

Er bezweifelte, dass Alexander diese Auslegung seines Verbots dulden würde.

Neben Jacob, der zufällig aus einem Fenster gesehen hatte auf dem Weg in die eigene Kammer, hatte noch jemand seine Abreise beobachtet: Rosanna entließ einen Raben mit einer Feder im Schnabel, um ihrer beider Herr zu finden und Botschaft über die Abreise des Kükens zu informieren.

Mit mildem Lächeln blickte sie dem Jungen nach, ehe sie sich zurückzog.

„Als hätte er es nicht gewusst, Kind."

KAPITEL 14

Es war einfach, einer so großen Gruppe zu folgen. Die Spuren des Heeres waren nicht zu übersehen, selbst wenn man wollte. Nebel mahnte sich, weit genug zurückzubleiben, damit man ihn nicht zurückschicken könnte.

Irgendwann wären sie weit genug vom Schloss entfernt, dass ihn niemand zurückschicken würde – zumindest hoffte er das.

Um nicht unnötig aufzufallen, hatte er beschlossen, dass er es Sidh gleichtun würde, und sich auf dem Weg von Tieren ernähren würde.

Es war nicht vergleichbar mit menschlichem Blut und erst Recht nicht mit jenem der Königin der Elben, das er einst hatte kosten dürfen. Zu fad, zu schnell erkaltend.

Aber es würde seinen Zweck erfüllen und ihn bei Kräften halten.

Er führte sich die Karten vor Augen, überlegte, welchen Weg er wählen sollte. Einfach den anderen folgen? Riskieren, das er erwischt wurde? Einen Bogen schlagen und am Treffpunkt auf sie warten oder gar nahe Tremere?

Er könnte es schaffen, noch vor dem Heer an der belagerten Stadt zu sein. Er wusste selbst, dass man langsamer vorankam, je mehr sich anschlossen.

Es hatte ihn verrückt gemacht, als er mit seiner Meute gereist war.

Aber in diesem Fall konnten wohl nicht zu viel Krieger dabei sein und man musste in Kauf nehmen, dass man langsam vorankäme.

Wenn Nebel einen Bogen schlug und Umwege in Kauf nähme, müsste er den Weg verlassen und die Chance auf verstreute Häscher zu stoßen, war größer.

Nur, dass er dann auf keine Hilfe hoffen konnte. War es das Risiko wert? Nebel dachte einen Moment darüber nach.

Wenn er die anderen am Treffpunkt oder Tremere empfangen wollte, müsste er in einer halben Stunde den Weg verlassen. Ein kurzes Schmunzeln umspielte die Lippen des jungen Kriegers.

Natürlich könnte er der Herausforderung nicht widerstehen.

Natürlich würde er den gefährlicheren Weg gehen. Auch wenn er sich nicht sicher war, was gefährlicher wäre: Auf versprengte Inquisitoren treffen, oder Alexander in die Arme laufen, obwohl jener ihm gesagt hatte, er sollte nicht mitkommen. ‚Alexander ... ganz bestimmt.'. Er grinste ob des Gedankens und verließ den Weg.

Die Entscheidung war gefallen. Er würde die anderen vor Tremere empfangen. Vielleicht könnte er vorab ein paar Informationen sammeln, die den anderen halfen und sein Vergehen nicht mehr ganz so schlimm scheinen ließen.

Mit der Dunkelheit kam der Regen. Nebel ließ das Pferd ruhen und suchte sich ein halbwegs trockenes Plätzchen, während er versuchte, sich sein weiteres Vorgehen zu überlegen.

Seit zwei Tagen war er bereits unterwegs und inzwischen bis auf die Knochen durchnässt, aber das kümmerte ihn wenig. Er verzichtete darauf, ein Feuer zu entzünden, um keine Aufmerksamkeit zu erregen. Außerdem würde es schwierig sein trockenes Holz zu finden.

Wie er es getan hatte, als er das Reich und Alexander verlassen hatte, suchte er in der Stunde in der Tag und Nacht um die Vorherrschaft rangen, einen erhöhten Punkt auf und blickte in die Richtung, in welche er den Tross vermutete und gedachte seines Gefährten. Sehnte sich nach der sicheren Umarmung, den strengen Blicken und den sanften Liebkosungen.

„Sei mir nicht böse. Aber ich kann nicht anders."

Eine ungehörte, aber deshalb nicht weniger ernst gemeinte Bitte, mit dem Wind davongetragen, bevor er seinen Weg wieder fortsetzte. Nur ein paar Stunden später, streifte ihn ein vertrauter Geruch, der ihm die Haare im Nacken aufstellte und tiefe Furcht in ihm weckte.

Er stoppte, und führte das Pferd ins Dickicht, und band es an, ehe er sich vorsichtig der Quelle des Geruchs näherte.

Ausscheidungen, Schweiß und ... Weihrauch.

Das allein hätte nicht dafür gesorgt, dass er anhielt oder das Pferd zurückließ. Was ihn zwang herauszufinden, was hier vor sich ging, war ein anderer Geruch: der seinesgleichen.

Er schloss die Augen, blendete alles aus, was störend war. Gerüche, Geräusche, den Wald.

Er konzentrierte sich auf die Menschen, die Inquisitoren. Versuchte, ihre Herzschläge aus dem Lärm auszumachen, der ihn umgab. Da! ‚Konzentriere dich. Du kannst das. Du darfst nicht irren.', mahnte er sich im Geiste. Er musste wissen, womit er es zu tun hatte, oder mit wie vielen.

Er durfte sich nicht irren!

Irrte er, könnte es tödlich enden, und das wusste er nur allzugut. ‚Zwei ... es sind zwei. Einer älter ... oder krank, einer jung.'. Er war sich sicher.

Beinahe zumindest.

Nebel näherte sich der Quelle, und seine Schritte verebbten am Rand einer kleinen Lichtung, an dessen nördlichem Ende sich eine kleine Höhle befand. Darin mussten sie sich befinden.

Die Häscher.

Der Artgenosse.

Der junge Krieger haderte und würde sich für das hadern hassen. Sollte oder wollte er wirklich da hinein?

Zu den Häschern?

Könnte er es?

‚Die Inquisition verschwindet nicht einfach, nur weil wir sie ignorieren.'. Seine eigenen Worte kamen ihm in den Sinn. Worte, die er in Harrenthal gebraucht hatte und ihm grade sehr passend vorkamen. Ihn verboten zurückzuweichen und einfach weiter zu reiten.

Er seufzte und schlich langsam vorwärts. Das Bild des grotesken Deckenschmucks schob sich vor sein inneres Auge. Tote Augen, die ihn anklagten, zum stummen Schrei aufgerissene Münder.

Furcht schnürte ihm die Brust zu, der Drang einfach zu fliehen, vielleicht sogar zurück zum Schloss zu reiten, wurde beinahe übermächtig.

Es kostete ihn alle Willenskraft, diesem Drang nicht nachzugeben und stattdessen in die verlassene Bärenhöhle zu schleichen.

Er fand eine Nische, von der aus er eine annehmbare Sicht hatte und selbst unentdeckt bleiben konnte. Er hüllte sich, so gut es ging, in den nassen Umhang, verbarg das blonde

Haar, unter der weiten Kapuze um keinen Blick auf sich zu lenken.

Die Höhle schien bereits längere Zeit von den Häschern genutzt worden zu sein, vielleicht auch nur von Wegelagerern oder Räubern, die eine Unterkunft oder ein Versteck gesucht hatten.

Felle, zwei zusammengezimmerte Stühle, die einzig hielten, weil es der sitzende unbedingt wollte, ein Tisch, der schief und mit Steinen in eine ansatzweise Grade gebracht worden war. Haken in der Decke und auf dem Boden für die Schellen und Ketten.

Von der Decke hing der Artgenosse, Spuren von Folter zierten seinen Leib, das lange, hasselnussfarbene Haar hing ihm in die blutigen, fein geschnittenen Züge. Peitschenhiebe, Schnitte und Stiche zierten den gesamten Leib. Das, was noch von der Kleidung übrig war, hing in blutgetränkten Fetzen herab.

Die Kleider waren einmal sehr kostspielig gewesen. Farbenfroh und von guter Machart. Das war trotz des desolaten Zustands noch erkennbar.

Der Blonde könnte nicht einfach gehen, den anderen nicht einfach zurücklassen.

Er hatte den Großteil seiner Meute nicht retten können. Er musste es bei diesem schaffen. Musste es zumindest versuchen.

Was die Inquisitoren anbelangte, hatte Nebel mit seiner Schätzung recht gehabt. Sie waren zu zweit. Ein junger Mann, vielleicht siebzehn oder achtzehn Jahre alt. Pockennarben verunzierten seine Gesichtszüge. Er war klein und drahtig und trotz der leichten Rüstung, die er trug, schien er ausgesprochen agil.

Der andere war weit über dreißig und gutem Essen nicht abgeneigt.

Ob die gerötete Knollennase vom Wein herrührte, der zwischen den beiden stand oder eine andere Ursache hatte, konnte Nebel nicht sagen. Es würde noch einiges an Erfahrung brauchen, bis er weit mehr als das aus dem Geruch eines Wesens lesen könnte – wenn er denn überlebte.

Grade saßen die beiden Jäger beinahe friedlich zusammen und vertrieben sich die Zeit mit einem Würfelspiel, als würde nicht einen halben Meter entfernt ein Mann von der Decke hängen. Der Ältere nahm einen großen Schluck aus einem Becher und wischte sich mit dem Handrücken über die wulstigen Lippen.

„Wirst sehen, der redet schon noch."

Der Jüngere nickte und warf einen flüchtigen Blick auf die Kreatur. Man konnte seinen Gesichtszügen ablesen, wie gern er die Befragung fortgeführt hätte, aber der Ältere hatte eine Pause beschlossen. Und noch hatte er trotz aller Überzeugungsarbeit kein Wort gesagt.

„Wir haben ihn seit zwei Tagen, aber bisher hat er kein Wort gesagt."

„Warte ab..."

Nebel verzog die Lippen und blendete die Häscher aus, schenkte seine Aufmerksamkeit wieder dem Artgenossen. Obwohl er seit zwei Tagen hier war, sah er nicht schlimm aus, aber das konnte täuschen. Was wusste der junge Krieger schon über den genauen Zustand des Artgenossen?

Die Lektion, dass man die Inquisitoren nicht unterschätzen durfte, hatte er ein für alle Mal gelernt. Selbst wenn sie nur zu zweit waren.

Er wünschte Noir oder einer der Freunde wäre hier, um ihm zu helfen. Wünschte, Noir stünde einem Racheengel gleich im Höhleneingang und würde sie beide retten.

Aber Noir käme nicht. Niemand käme. Entweder er holte den anderen hier raus, oder niemand täte es. Aber wie genau der Krieger das schaffen sollte, wusste er nicht.

Er musste warten.

Abwarten, dass die beiden die Höhle verließen oder schliefen. Und mit jeder Minute, die verging, wuchs die Gefahr, dass man ihn entdeckte.

‚Befragter: Noir Vemo' wieder und wieder kam Nebel der Ausschnitt aus den Notizen in den Kopf. Er hatte es noch nicht über sich gebracht, den Älteren danach zu befragen.

Weil sich die Gelegenheit nicht ergeben hatte.

Weil er nicht gewusst hatte, wie er es am besten anstellen sollte.

Nebel schüttelte den Kopf. Er musste sich konzentrieren. Er musste sich überlegen, wo er den anderen hinschaffen sollte. Oder erst mal wie er ihn hier raus bekommen wollte. Er müsste die Häscher töten. Das war sicher. Vielleicht könnte er sie im Schlaf töten. Nicht sehr mutig. Nicht sehr ruhmreich. Aber darauf kam es nicht an.

Das Einzige, was zählte, war den Artgenossen in Sicherheit zu bringen. Und am sichersten wäre er ... Nebel seufzte tonlos. Am sichersten wäre er bei den anderen. Also müsste er zur Berunda-Ebene, wo die Heere sich trafen.

Der junge Inquisitor stand auf und kam direkt auf den versteckten Vampir zu. Jenem stockte der nicht benötigte Atem. Er versuchte, sich so klein wie möglich zu machen, überprüfte ob die Kapuze sein helles Haar auf gut verbarg, und presste sich tiefer in die Nische.

Nebel war sich sicher, dass der Mensch ihn bemerkt hatte. Vielleicht war er zu laut gewesen? Nicht tief genug in der Nische? War es der Geruch nach Pferd, der ihm anhaftete und den sie bemerkt hatten?

„Wo willst du hin?"

„Pissen"

Der Alte lachte leise und hustete. Im Höhleneingang blieb der Mann stehen und wieder fürchtete Nebel, das er sich verraten haben musste. Dass der Inquisitor sich nur erst an das hellere Licht gewöhnen müsste, kam ihm nicht in den Sinn.

Doch schließlich trat der Mann hinaus und erleichterte sich an einem nahen Busch und Nebel entspannte sich etwas. Wenn es auch nur kurz war, denn beim erneuten Eintreten, blieb der Häscher wieder stehen.

Ein wachsamer Ausdruck lag auf seinem Gesicht, die Augen verengt schien er zu lauschen.

Nebel bemühte sich, regungslos zu harren, als der andere auf ihn zukam. Der aufgehängte Vampir hustete röchelnd und zog damit die Aufmerksamkeit der beiden Menschen auf sich und Nebel musste ein erleichtertes aufstöhnen unterdrücken.

Grinsend trat der jüngere Inquisitor auf den Vampir zu, musterte ihn amüsiert, die Verletzungen, die sie ihm bisher zugefügt hatten. Spielereien, nicht mehr.

Sie würden noch zu besseren Methoden greifen, der Bestie zeigen was es bedeutete Schmerzen zu leiden. Ihn dazu bringen alles zu sagen, was sie wissen wollten. Um Gnade zu betteln, den Tod herbeizusehnen. Gedanken, die beide Inquisitoren mit Vorfreude erfüllte.

Sie hatten Spaß an ihrem Tun, der Jagd nach den unseligen Kreaturen, die diese Erde einer Plage gleich bevölkerten. Sie und ihresgleichen hatten einen Eid geschworen. Geschworen, die Kreaturen des Teufels zu bekämpfen, bis selbst der Letzte von ihnen sein Leben verwirkt hatte.

Für eine bessere, gottgefällige Welt.

Damit sie an seine Seite erhoben würden, wenn das jüngste Gericht über jede Seele richtete.

Was sie taten, war gut und Recht, daran gab es keinen Zweifel. Nicht unter ihnen und ihresgleichen. Für heute würden sie die Kreatur der Ungewissheit überlassen.

Der Furcht vor dem, was kommen mochte, was am Ende kommen musste.

Nebel indes wartete.

Wartete, während die anderen den Artgenossen immer wieder umkreisten. Sie versuchten, ihn nervös zu machen, und es klappte. Auch wenn der fremde Vampir versuchte, sich nichts anmerken zu lassen.

Als sich die Häscher zur Ruhe legten, harrte Nebel weiter an Ort und Stelle. Haderte mit sich und wartete auf den richtigen Zeitpunkt. Er fürchtete sich davor, die Jäger zu wecken und sich und den Artgenossen in Gefahr zu bringen.

Sekunden, Minuten zogen sich zäh, wie Harz das einen Baum herabrann.

Minuten wandelten sich in eine Stunde, dann zwei, bevor Nebel sich vorsichtig aus seinem Versteck wagte und sich dem anderen lautlos näherte.

„Habe schon gedacht du traust dich nicht."

„Ich auch ...", gab Nebel zu „Ich auch."

‚Befragter Noir Vemo'

Nebel schenkte dem anderen ein unsicheres Lächeln, während vor seinem inneren Auge die Zeilen aus dem Notizbuch aufflammten. Er wäre bereit, zuzugeben, dass er überlegt hatte, ob er dem anderen wirklich helfen wollte oder lieber fliehen sollte.

Nebel betrachtete den Artgenossen eingehend, versuchte sich ein Bild von den Verletzungen zu machen.

Die geweihten Schellen an Hand und Fußgelenken hatten ihre Spuren hinterlassen.

Die Haut war stark gerötet, feine Brandblasen und einzelne offene Stellen, wo die Schellen auf der Haut lagen.

Man hatte ihn ausgepeitscht, Hautfetzen hingen stellenweise von seinem Leib, Gaben den Blick auf das darunterliegende Muskelgewebe frei.

Schnitte und Brandwunden und Verätzungen zierten jede freie Stelle seines Leibes. Tiefe Einstichstellen, die langsam heilten. Kiesel oder Kohlestücke ragten aus einigen Wunden heraus.

Hier und da waren Stoffreste ins heilende Fleisch eingewachsen. Nebel schüttelte den Kopf.

Ihn zu heilen, würde schmerzhaft werden.

Nicht für Nebel, sondern für den anderen.

Durch ein Räuspern machte der Hängende auf sich aufmerksam, zwang Nebels Aufmerksamkeit zurück ins hier und jetzt. Nebel sah dem anderen ins Gesicht, auch hier hatte man ihm Schnitte, Stiche und Verbrennungen zugefügt.

Der Hängende nickte dem Tisch gen, an dem die Inquisitoren zuvor noch gespielt hatten. Der Blonde folgte dem Nicken mit seinem Blick und sah den Schlüsselbund, der vergessen und lockend zwischen Würfeln und Bechern lag. Unter dem Tisch, in schäbige Decken gehüllt lagen die schlafenden Häscher.

Er schluckte. Es waren nur ein paar Schritte. Aber dem jungen Krieger schien es eine beinahe unüberwindbare Strecke.

Er brauchte den Schlüssel.

Er wusste es.

Anders bekäme er den Artgenossen nicht schnell und leise genug aus den Ketten und hinaus aus der Höhle.

Dennoch …

Alles sträubte sich dagegen, auf die beiden zuzugehen, und ihnen so nah zukommen. Unnötig atmete der blonde Krieger ein, wappnete sich innerlich, ehe er auf den Tisch zuging.

Plötzlich schien ihm jeder Schritt viel zu laut.

Der Boden war eine Mischung aus Stein und Sand und knirschte vernehmlich unter den Stiefeln des Kriegers.

Er war sicher, dass die Inquisitoren erwachen würden, ihn entdecken und stellen. War sich sicher, dass er an der Decke neben dem anderen enden musste und das nur, weil er unbedingt mit auf den Kriegszug wollte.

Aber sie wachten nicht auf.

Nicht als Nebel auf den Tisch zutrat, nicht als er den schweren Schlüsselbund aufnahm. Doch statt zurückzugehen, starrte er mit sinnendem Ausdruck auf die Jäger.

Die Brauen zusammengezogen versuchte er eine Entscheidung zu treffen, während der Hängende mit sorgenvollem Blick auf den Jüngeren blickte, der den Schlüssel ablegte und seinen Dolch aus dem Stiefel zog.

Rasch ging er um den Tisch herum, bis er hinter den Köpfen der beiden stand. Abermals atmete Nebel tief und unnötig durch, ehe er sich hinhockte, das Knirschen der Kiesel unter seinen Stiefeln verfluchend.

Mit der freien Hand hielt er dem alten Mund und Nase zu, ehe er einen raschen Schnitt über die Kehle vollzog.

Der Alte riss die Augen auf, versuchte sich, vom Nebel zu befreien, aber jener ließ es nicht zu und beobachtete mit gleichmütiger Miene, wie der dunkle Strom des Lebens einem Gebirgsbach gleich aus dem Leib des Unseligen floss. Es dauerte nicht lange. Nicht lang bis der Widerstand erstarb. Nicht lang bis alles Leben aus ihm gewichen war.

Es war Verschwendung von Nahrung. Aber das war Nebels geringste Sorge. Nur ein kleiner, dummer Gedanke, wie er oft in unpassenden Momenten in den Sinn kamen.

Der Jüngere murrte, aber wachte nicht auf, bis Nebel das Spiel an jenem wiederholte. Dessen Widerstand war stärker, als es bei dem Alten der Fall war, aber gegen den Vampir konnte auch er sich nicht erwehren.

Letztenendes waren die beiden auch nur Menschen. Als die beiden sich nicht mehr rührten, nahm Nebel den Schlüsselbund auf und kehrte zum Wartenden zurück.

Nebel begann, die Schellen an den Fußgelenken zu lösen, ehe er an den Handgelenken weitermachte und der andere in gradewegs in die Arme fiel. Der junge Krieger keuchte unter dem unerwarteten Gewicht des Artgenossen.

„Danke." Brachte er mühsam vor. „Man ruft mich Gregor. Sind noch andere gekommen?"

Nebel schüttelte den Kopf. Gregor löste sich vom Kleineren und stürzte sich auf die beiden Menschen, nahm von ihrem Blut, was er noch bekommen konnte, nachdem sein Retter es so großzügig verschwendet hatte.

„Man ruft mich Nebel. Niemand sonst ist hier. Es ist Zufall das ich dich fand."

Dem Blonden war klar, das der andere Hilfe brauchte, ein richtiges Mahl, stärkeres Blut und ihm war bewusst, das er das nur in der Berunda-Ebene bekommen würde.

Viel würden die Menschen nicht mehr hergeben und die Verletzungen der Inquisition heilten in der Regel nicht sehr schnell. Etwas, das er aus eigener Erfahrung wusste.

Der Weg würde einige Zeit in Anspruch nehmen, trotzdem könnten sie es rechtzeitig zum Treffpunkt schaffen. Es würde vermutlich knapp werden, aber wenn Nebel die Karten richtig im Kopf hatte – wovon er ausging – hatten sie ein gutes Stück Weg vor sich.

Und nur ein Pferd und einen Verletzten.

Auch nach dem Mahl – das sehr spärlich gewesen war – wirkte er erschöpft und angeschlagen. Nebel löste seinen Umhang und reichte ihm Gregor, der ihn mühsam umlegte und sich darin einhüllte.

„Wir sollten gehen."

„Lass mich erst etwas ausruhen und heilen."

„Nein. Wir müssen zu den anderen aufschließen. Beweg dich."

Mitleidlos, gnadenlos so musste es Gregor scheinen, musste Nebel dem anderen erscheinen. Mühsam schleppte sich Gregor hinaus, folgte dem Nebel zum Pferd, wo der Krieger aus seinem Lederbeutel frische Kleider vornahm und Gregor half, sie anzuziehen. Den trockenen und wärmeren Umhang nahm der Verletzte ebenso dankbar an, wie die Kleider. Er ließ sich von dem Jüngeren hinter sich auf das Tier ziehen und klammerte sich haltsuchend an dessen Hüfte.

✝

Durch seine zusätzliche Last und dem Umstand, dass das Pferd rasten musste, kamen sie nicht so schnell voran, wie erhofft und Nebel verwarf den Plan zur Berunda-Ebene zu reiten.

Er änderte widerwillig den Kurs in Richtung der Burgstadt. Das Warten und Hadern, hatte wertvolle Zeit gekostet und die Pausen, die sie einlegten, ebenso. Er war sicher, dass er am Treffpunkt vor Tremere mehr Glück haben würde.

Nebel schwieg, wie es seine Art war, und Gregor beobachtete ihn aufmerksam.

Er hatte ein paar Mal versucht, ein Gespräch zu beginnen, aber sein junger Retter schien nicht sehr gesprächig zu sein, und Gregor gab es auf.

Der Regen hatte sich in Nieselregen gewandelt und ihrer beider Kleidung und Haare waren tropfnass. Doch während er immer wieder versuchte, die Haare auszuwringen oder sich das Wasser aus dem Gesicht zu wischen, ignorierte der Blonde die Nässe vollkommen.

Gregor könnte beinahe beschwören, dass der andere davon nicht einmal etwas mitbekam.

Oder es war ihm ebenso egal, wie Gregors Schmerzen unter der langsamen Heilung.

Nebel jagte Tiere, brachte ihm Blut, wenn sie rasteten, aber wenn das Pferd fähig war weiterzureiten, half kein Bitten und der junge Retter zog ihn, keinen Widerspruch duldend, wieder hinter sich aufs Pferd.

Er war froh gewesen, als er den Jüngeren bemerkt hatte, der sich in die Höhle geschlichen hatte. Die Häscher befragten ihn seit zwei Tagen mit nur kurzen Pausen. Wie lange er es noch ausgehalten hätte, ohne zu singen wie ein Vogel, wusste er nicht.

Er war versehentlich in sie gelaufen. Er hatte jagen wollen und sich von dem Vater und den anderen entfernt.

In den ersten Stunden hatte er gehofft, dass seine Leute nach ihm suchten und ihn finden würden. Aber die Stunden vergingen und niemand war gekommen.

Niemand hatte nach ihm gesucht. Oder man hatte ihn einfach nicht finden können. So oder so hatte er die Hoffnung beinahe vollends aufgegeben, als plötzlich der Kleine da war.

Und der wirkte zwischendurch, als wolle er lieber davon laufen und ihn zurücklassen.

Er flehte inständig, dass der Blonde den Mut finden würde, ihn zu retten. Der andere, der sich Nebel rufen ließ – was für ein eigenwilliger Name – , hatte ihn aus der Höhle geholt, von den Ketten befreit und schien zu wissen, wohin er ihn bringen wollte.

Auch wenn ihm lieber wäre, wenn er sich irgendwo hinlegen und ausruhen könnte.

Nur ein paar Tage. Bis nach einem ausgiebigen Mahl. Bis er geheilt wäre. Aber zu rasten, ihn ausruhen zu lassen, schien nicht im Interesse des blonden Kriegers zu liegen.

Nicht länger als das Pferd brauchte, um zu fressen, zu saufen und zu ruhen, gab er dem Verletzten nicht.

Gregor seufzte tonlos, festigte den Griff um die Hüfte des Reiters und legte den Kopf an dessen Schulter ab. Das Nebel sich kurz verspannte, bekam er zwar mit, aber er war zu erschöpft, um diese Gelegenheit nicht wahrzunehmen.

Er wollte ruhen, selbst wenn es an der Schulter eines anderen Kriegers war. Er schloss die Augen und versuchte, den Ritt und das Vergangene auszublenden.

Er musste eingeschlafen sein, ohne es zu merken. Als Gregor erwachte, löste sich Nebel aus dem Griff und schwang sich vom Pferd, eine Hand hielt ihn oben, mit der anderen führte er das Pferd am Zügel.

Selbst in seinem jetzigen Zustand musste er – widerwillig – zugeben, dass der Junge sich um ihn kümmerte. Auch wenn er keine lange Rast gewährte, achtete er darauf, das er nicht vom Pferd stürzte oder zog ihn hinauf.

Der Knabe brachte ihm Tiere – widerlich – damit er sich zumindest grob stärken konnte und nicht zuletzt trug er die – etwas zu kleinen – Kleider des Burschen.

Gregor versuchte, sich zu orientieren.

Der Regen hatte aufgehört, der Wald hatte sich gelichtet und zahllose Zelte türmten sich über eine große Ebene verteilt auf. Pferde und Artgenossen dazwischen.

Gregor blickte auf Nebel herab.

Die Kiefer fest aufeinandergepresst, sah er aus, als wäre er überall lieber als hier. Als jemand auf sie zu rannte, versteifte sich die Haltung des Blonden noch einmal mehr und die Hand glitt vom Zügel, an den Schwertgriff. Gregor runzelte die Stirn. Was hatte der Kleinere vor?

„Gregor!!!"

Nebels Haltung entspannte sich, er ergriff die Zügel wieder, während Gregor sich mühsam vom Pferd gleiten ließ und direkt in der Umarmung des Vaters landete.

„Vater ... es geht mir gut."

„Nebel ..."

Hinten ihnen stieg ein Reiter ab und musterte den Blonden mit einer Mischung aus Sorge und Amüsement.

Thomas.

Beinahe von Beginn der Reise an, folgte er dem jungen Krieger bereits auf Weisung des Ältesten. Später würde er dem Oberhaupt ausgiebig von dem kleinen Abenteuer seines Schützlings berichten.

Einzumischen war ihm nicht gestattet gewesen. Auch wenn niemand damit gerechnet hatte, dass der ehrgeizige junge Krieger ausgerechnet in ein paar Inquisitoren stolpern würde.

Der Kleine hatte ein Talent dafür, sich in Schwierigkeiten oder in ungewöhnliche Situationen zu bringen. Sie hatten alle darüber diskutiert, wie ein einziger Mann, so viel Glück haben konnte.

„Er erwartet dich, Nebel."

Marius trat zu ihnen und deutete in die Richtung, in der das Zelt des Ältesten liegen würde, es immer lag. Im Zentrum des Lagers, geschützt durch die ihn Umgebenden.

Nebel seufzte und nickte.

Thomas flüsterte Marius etwas zu. So leise, das nicht einmal Nebel es verstand. Eine kurze Zusammenfassung dessen, was er beobachten konnte. Die beiden Freunde flankierten Nebel, der sein Pferd am Zügel mit sich führte, in Richtung des Ältesten.

„Wie zornig ist er?"

Nebels Frage sollte beiläufig wirken, aber das leichte Zittern in den wenigen Worten konnte er nicht verbergen. Marius und Thomas tauschten einen Blick, aber schwiegen.

Sie konnten es nicht mit Bestimmtheit sagen. Niemand würde sich erdreisten, Alexanders Taten oder Reaktionen vorherzusagen.

Besonders bei dem Kleinen war nichts, wie man es annehmen sollte.

Niemand hätte gedacht, das jener irgendwann an der Seite des Ältesten weilen würde, Lager und Zeit mit ihm teilen würde. Woher sollte man sagen können, wie er jetzt auf den Blonden reagierte?

Wie zornig er wirklich war, wo er Thomas doch geschickt hatte, ein Auge auf den Knaben zu haben, statt ihn einfach wieder zurückzubringen?

Alexander hatte gewusst, dass Nebel nicht zurückbleiben würde, und Rosanna hatte seine Ahnung bestätigt. Er war zu fügsam gewesen. Das hatte ihn am Ende verraten.

Er hatte Thomas den Auftrag gegeben, dem Jungen zu folgen, ihn im Auge zu behalten und ihm Bericht zu erstatten.

Thomas war zurückgeblieben an einer geeigneten Stelle und gewartet. Aber Nebel war nicht aufgetaucht.

Es war schnell klar geworden, dass der Knabe einen anderen Weg genommen hatte, und Thomas hatte Zeit verloren, als er den Verfolger suchen musste.

Zu seinem Glück hatte Nebel Gregor gefunden und beschlossen ihm zu helfen.

Thomas hatte Alexander in kurzen Mittelungen über die Höhle, den Artgenossen, die Häscher und Nebel informiert.

Ein Rabe hatte Kunde hin und hergebracht. Anweisungen von Alexander, Berichte von Thomas.

Letzterer hatte sich nicht einmischen, sondern nur beobachten sollen. Und dafür Sorge tragen, dass man ihn nicht bemerkte. So wusste er natürlich von dem geretteten Krieger, auch wenn er sich später in allen Einzelheiten berichten ließe, was der Freund des Sohnes beobachtet hatte.

Als Thomas ihre Ankunft ankündigte, hatte Alexander Marius angewiesen, den Knaben in Empfang zu nehmen und ihn zu ihm geleiten sollte. Nicht, das er annahm, dass der Blonde fliehen würde, um sich ihm zu entziehen, aber sicher war sicher.

Er entließ die Oberhäupter, mit denen er sich besprochen hatte, und trat vor das Zelt, wo er auf Noir traf.

„Ich schicke ihn nachher zu dir. Wenn die Nacht einbricht, wird der Angriff beginnen. Du hast zugehört und weißt was zu tun ist."

„Ich werde alle instruieren, Vater."

Thomas und Marius kamen mit Nebel heran und amüsiert stellte Alexander fest, wie jene die den Blonden kannten, kopfschüttelnd schmunzelten. Man wäre überraschter gewesen, wenn er fügsam im Schloss geblieben wäre.

Nebel selbst sah man sein Unwohlsein durchaus an. Wie ein geprügelter Hund traf es recht gut, wenn man beschreiben sollte, wie Nebel auf dem Weg zu ihm wirkte.

Seine eigene Miene war von der üblichen kühlen Strenge gezeichnet. Die Gefährten tauschten einen Blick, ehe Alexander sich umwand und wieder ins Zelt trat.

Nebel seufzte hörbar und überließ die Zügel einem anderen, ehe er dem Älteren ins Zelt folgte.

Alexander stand an einem Tisch auf dem Karten und Pergamente ausgebreitet waren. An den Zeltwänden fanden sich ein Feldbett, das mit weichen Fellen ausgelegt war, die Kriegskleidung und Waffen des Ältesten verteilt, Öllampen spendeten diffuses Licht.

„Ich habe dir untersagt uns zu begleiten."

Alexanders Stimme zwang Nebels Aufmerksamkeit auf den älteren und beendete die Inspektion des Zeltes. Der Älteste wusste, dass der Jüngere mit dem Gedanken spielte, Spitzfindigkeiten als Erwiderung zu geben.

Dinge wie: Ich habe Euch nicht begleitet. Ich bin Euch gefolgt. Und Ähnliches, aber er sprach es nicht aus.

Stattdessen nickte er ungesehen von Alexander.

In diesem Moment hatte Alexander etwas sehr Erschreckendes an sich.

Die Haltung, der strenge, kühle Ausdruck der seine Züge und seine Worte beherrschte, ließen den jungen Krieger unwillkürlich erschaudern und sorgten dafür, dass er nichts Dummes tat – wie diskutieren oder lamentieren.

„Ich weiß."

„Wir werden darüber und über deine Bestrafung sprechen, wenn wir wieder im Schloss sind. Geh zu Noir, er wird dich einteilen und ich rate dir, dir nicht noch mehr Ärger aufzuhalsen. Du kannst gehen."

Nebel widersprach nicht, schien aber überrascht. Er hatte erwartet, fortgeschickt zu werden, oder das ihn eine Behandlung erwartete, wie Sergej sie ihm einst zuteilwerden ließ, wann immer er nicht nach dessen Vorstellungen gehandelt hatte.

Der junge Krieger nickte und kämpfte gegen den drang an, sich an den Rücken des Gefährten zu schmiegen, und verließ den anderen um Noir zu suchen.

KAPITEL 15

Noir wusste noch nicht, was er davon halten sollte, das ihm Nebel zugeteilt worden war. Nicht weil er kein Vertrauen in den jungen Mann oder seine Fähigkeiten hatte, sondern schlicht weil er ihn in einem Kriegszug noch nicht erlebt hatte, und nicht wusste, wie er reagieren würde.

Auf Grenzritten und im Training hatte Nebel oft genug bewiesen, das er kämpfen konnte und lernfähig war, aber das hier war eine vollkommen neue Situation. Krieg war kein Grenzritt. Schlachten dieser Größenordnung ließen sich mit nichts vergleichen.

Der Lärm, die Geschwindigkeit, das Chaos. Es war schwer, den Überblick zu behalten. Ob der Kleine es konnte, würde sich zeigen.

Amüsiert stellte der schwarze Prinz fest, dass der Name des Blonden die Runde machte. Einige fragten sich, ob ihm Ärger drohte. Aber nicht nur Spekulationen vernahm der schwarze Prinz.

Hinter vorgehaltener Hand, im Flüsterton wurde über den Krieger gesprochen.

Manche schienen Ausschau zu halten, andere überlegten den Jungen in ihr Haus zu holen. Würde der Knabe so etwas in Erwägung ziehen? Einem Clan bei treten?

Den Hof erneut verlassen? Noir wagte es, das zu bezweifeln, wo er und sein Vater einander gefunden hatten.

Nebel trug kein Wappen im Gegensatz zu den anderen Kriegern. Das Wappen am Kragen oder an anderen Stellen der Kriegskluft bezeugte die Zugehörigkeit zum Haus, dem man diente, in dem man lebte.

Jeder trug eines – mit Ausnahme des Nebels.

„Die wandelnde Ausnahme." Murrte Noir.

Und er hatte recht. Vom ersten Moment als der Knabe ihm ins Auge gefallen war, hatte er sich als eine Ausnahme herausgestellt.

Der Eine, der seine Aufmerksamkeit erregte.

Der Eine, der Grenzen überschritt.

Der Eine, der sich gegen Höhergestellte stellte.

Der Eine, der sich vom Schöpfer löste.

Der Eine, der freiwillig die Gegenwart des Vaters suchte.

Der Eine, der der Inquisition entkam.

Der Eine, der seinem Vater nicht mehr aus dem Kopf ging.

Der Eine, der die Ausnahme bildete, wohin er auch ging.

Wie würde er sich in der Schlacht machen? Würde man ein Auge auf ihn haben müssen? Würde er sich bewähren, wie er es bisher getan hatte? Sie hatten Wetten abgeschlossen - die Jüngeren, die Gruppe, die ihn stets umgab – ob er sich an die Weisung Alexanders halten und im Schloss bleiben und warten würde oder nicht.

Ob – oder das – auch der Vater und Yves und Roma eigene Wetten abgeschlossen hatten, wusste der schwarze Prinz nicht.

Eben sowenig wie er wusste, wie der Vater den jungen Krieger bestrafen würde, denn das er bestraft würde, war klar. Es sei denn, Nebel schaffte es auch in diesem Fall, sich der Strafe irgendwie zu entziehen.

Er würde den jungen Krieger, der so unbedingt an diesem Kriegszug teilnehmen wollte, Thomas' Einheit zuweisen und hoffen, dass der Kleine sich einfügen und gehorchen und beinahe wichtiger noch: überleben würde.

Und sei es, damit er erfuhr, wie die Strafe des Knaben aussah.

✝

Der Angriff begann in der Nacht. Außer Thomas kannte Nebel keinen, der mit ihm marschierte. Das machte ihm nicht viel aus. So gab es weniger, um das er sich sorgen müsste. Thomas konnte auf sich selbst aufpassen.

Er sah sich um, musterte die Krieger, die nahezu lautlos auf die Burgstadt zumarschierten. Nur wenige Wappen konnte der Krieger aus den Unterrichtsstunden zuordnen, aber das ein oder andere Wappen erkannte er aus dem Unterricht, den er im Anwesen erhalten hatte.

„Ich habe gehört, das ein Engel dort sein soll."

Ein Flüstern erregte Nebels Aufmerksamkeit und ein skeptischer Blick folgte dieser gewisperten Aussage, die nicht weiter kommentiert wurde. Er fragte sich, ob SIE wirklich Engel in ihren Reihen hatten.

Er sah sich um, betrachtete die große Zahl an Kriegern und plötzlich schien ihm nicht mehr so unwahrscheinlich, dass sich tatsächlich ein Himmelswesen unter den Feinden befand. Es waren weit über fünfhundert Vampire.

Wusste Alexander, dass sich Engel im Dienst der Inquisition befanden? Hatte der Ältere deshalb nicht gewollt, dass er mitkam?

Nebel hatte keine Zeit, darüber nachzudenken, das Signal zum Angriff erklang und alle Überlegungen wurden fortgewischt.

Sie waren eine lebende Masse, die sich einem Strom gleich vorwärts bewegte. Im Gleichschritt, mit der Geschmeidigkeit, die ihrer Rasse innewohnte. Nebel verlor Thomas aus den Augen.

Unwichtig.

Die Tore zur Burgstadt öffneten sich, und Menschen und Lykaner kamen dem dunklen Strom entgegen.

Kanonenfutter, das dazu gedacht war, die Reihen zu lichten, und das auch sehr gut hinbekam. Zahllose gestählte Körper fielen unter den Klauen und Zähnen der Wölfe.

Geweihte, brennende Pfeile wurden aus den Wachtürmen abgefeuert. Über dem Torbogen warteten Krieger auf den rechten Zeitpunkt, um Kessel mit heißem Teer oder brennendem Öl in die Tiefe zu gießen.

Im Reflex zog Nebel sein Schwert und sah sich bald Klauen, Schwertern und Pfeilen ausgesetzt, während er von der Menge weiter nach vorne getrieben wurde, in die Kämpfe hineingetrieben wurde.

‚Ist heute die Nacht? Die Nacht, in der wir ein letztes Mal tanzen?‘. Die selbe Frage wie in jeder Nacht. Wie vor jeder Schlacht. Und die Antwort war dieselbe: Ein sanftes, amüsiertes Lachen, das ihn ermutigte.

Er hörte Schreie. Roch frisches Blut und Weihwasser. Grollen. Knurren. Schreie. Er spürte selbst kaum die Verletzungen, die mit jedem Meter den er sich vorwärts kämpfte, zunahmen.

Er rannte über Verletzte und Kadaver und bemerkte es nur am Rande. Er hielt nicht an, außer ein Kampf zwang ihn dazu.

Weiter, immer weiter.

Überleben und vordringen. Mehr war nicht wichtig. Für mehr war kein Platz im Kopf des jungen Kriegers.

Was er sich auch vorgestellt haben mochte, das hier war es nicht. Ein Rausch, ähnlich einer spannenden Jagd, aber ganz anders.

Gefährlicher.

Bedrohlicher.

Nicht zu vergleichen, mit den Jagden auf die Inquisitoren, welche er und die Waffenbrüder in einen Hinterhalt gelockt hatten. Damals hatte er es geschafft, die Übersicht zu behalten.

Trotz des Chaos.

Trotz des Lärms.

Sei es nur um Warnungen oder Mahnungen zu rufen. Hier war er froh, wenn er es schaffte Schritt zu halten, und in die richtige Richtung zu laufen. Seine Reflexe und sein Instinkt retteten ihm mehr als einmal den Kopf.

Seine Klinge und Klauen beantworteten die Angriffe der feindlichen Krieger, die Klauen und Zähne der geifernden Wölfe. Er duckte sich unter Hieben hinweg, schlitterte über den blutgetränkten Boden.

Er tanzte.

Tanzte einen Tanz, der von Leben und Tod erzählte.

Einen Tanz, der einem dummen Klischee gleichkam: Gut gegen Böse, Licht gegen Dunkelheit. Doch wer waren hier die Guten? Wer die Bösen?

Jeder von ihnen würde sich als im Recht sehen. Jeder glaubte daran, in diesem Fall für das Gute und Gerechte einzustehen. Und die Männer, die fielen?

Blutopfer, denen man nicht weiter gedenken würde?

Blutopfer für ein höheres Ziel?

Wer war tatsächlich im Recht?

Wer folgte den edleren Motiven?

Von den Türmen aus beobachteten zwei Gestalten das Gebaren am Boden mit unendlicher beinahe grotesk anmutender Sanftheit. Ihre goldenen Locken wehten im sanften Abendwind wie Bannerfahnen.

Ihre Augen leuchteten in unwirklichem Licht.

Noch taten sie nichts, außer zuzusehen. Menschenleben bedeuteten ihnen nichts.

Sie waren Opfer für ein höheres Ziel und ihr Lohn wäre ein Platz im himmlischen Königreich. War das nicht jede Qual vor dem Tod wert?

Schreie erklangen, als die Kessel über dem Torbogen auf die Menge entleert wurde.

Neben dem dunklen Strom, der sich unaufhaltsam näherte, waren auch Menschen und Hunde Opfer des Kesselinhaltes, wie auch der Pfeile die nahezu in einem endlosen Regen auf die Menge herab prasselte.

Aber auch das kümmerte die beiden regungslosen Gestalten nicht.

Sie warteten.

Warteten auf den passenden Moment, um einzugreifen – wenn es denn nötig sein würde.

Verletzte wurden davongetragen. Kadaver fortgeschafft, um der nächsten Welle Platz zu machen. Schwerter schlugen aufeinander. Klauen und Metal trennten Fleisch in einem gnadenlosen Rausch.

Der Geruch brennenden oder verkohltem Fleisch drang bis zu ihnen hinauf. Unwichtig.

Es war nötig.

Die Erde musste gereinigt werden, von allem unreinen, dämonischen Volk.

Geboren von der verräterischen Frau und gezeugt vom Verfluchten oder vielleicht gar vom gefallenen Bruder.

Verseucht!

Das war der rechte Begriff, um den Zustand der Schöpfung zu beschreiben, die einstmals rein und gut war. Aber sie waren schwach geworden und hatten die unseligen Kreaturen in ihre Leben und ihr Herz gelassen.

Sie brachten nur in Ordnung, was fehlging.

Die Versucher mussten von dem Antlitz der Welt verschwinden und die Menschen Gelegenheit erhalten, sich ihres himmlischen Vaters zu erinnern und seinen Geboten.

Die Menschen, die fielen, würden Erlösung finden im Schoß des Allvaters und sie selbst in seiner Zuneigung und seinem Ansehen steigen. War das nicht jedes Opfer wert?

Jeder Mensch, der fiel, war ein notwendiges Opfer. Selbst die Zuhilfenahme der abtrünnigen Hunde war nötig. Auch sie würden am Ende vernichtet werden, unabhängig der Versprechen, die gegeben worden waren.

Das Tor fiel.

Bogenschützen wurden von den Zinnen gerissen. Ein neuer Schwall Krieger drang in die Stadt ein. Die beiden Gestalten tauschten einen Blick. Sie stießen sich vom Grund ab, schwebten einen Moment über dem Kriegsschauplatz, ehe der Erste in Richtung der sich nähernden Krieger flog, einen Moment über die feindliche Verunreinigung kreiste und in die Menge hinabstieß.

Der Zweite besah sich das einen Moment, ehe er davonflog. Der Bruder würde diese Schlacht, auch ohne sein Zutun schlagen können.

Engel waren starke Geschöpfe. Zumindest wenn sie frisch auf die Erde hinabkamen. Rein und erfüllt vom göttlichen Licht. Hass und Feindseligkeit sind ihnen fremd. Sie dienen einzig dem Schöpfer und dem Leben.

Ihre Fähigkeiten waren stets vielfältig. Sie inspirierten, heilten, beruhigten den aufgewühlten Geist, stärkten den Glauben oder gaben Mut.

Aber je länger sie auf der Erde oder unter Menschen wandeln, umso mehr verblasste ihre Reinheit.

Ihr göttliches Licht und ihre Kraft wurden geringer. Sie wurden empfänglich für Reden, insbesondere, wenn diese Reden augenscheinlich im Sinne des Allmächtigen sind.

So mag einst, nur eines dieser reinen Geschöpfe, einem fanatischen Häscher begegnet sein. Vielleicht um den aufgewühlten Geist zu beruhigen, Mut zu schenken, den Glauben stärken. Vielleicht war es auch nur die naive Neugier eines reinen Geschöpfes, das ihn zwang den Worten des Häschers zu lauschen und damit infiziert zu werden und den ‚Virus des Fanatismus' an seine Brüder weitergab.

Was es auch war, das Engel in einen Krieg führte, es war wohl nicht das Wort Gottes. Auch wenn sein Name, für diesen und viele andere Kriege missbraucht wurde.

Aariel und sein Bruder Cadmiel waren zu lange bereits fern vom göttlichen Licht und der unmittelbaren Präsenz des Schöpfers. Seine Stimme vernahmen sie lange nicht mehr.

Elyon hatte nach ihnen geschickt und sie waren dem Ruf des Bruders gefolgt, so wie jener einst einem anderen Ruf gefolgt war. Und welchen Grund hätten die beiden, dem Wort des Bruders nicht zu glauben?

Der von Frevel sprach, von Verführern in Form von unseligen Kreaturen, von der Reinigung der Erde und dem Willen Gottes den Schöpfungen gegen die Verunreinigung beizustehen.

Und so standen sie den niederen Äffchen bei, die von ihrem Vater so geliebt wurden, dass er ihnen eine ganze Welt schenkte und einen Platz an seiner Seite versprach.

Cadmiel würde zu einem anderen Schlachtfeld reisen und Aariel diese Schlacht überlassen.

Die Klingen der Geflügelten waren denen der Menschen weit überlegen und auch die unseligen Kreaturen konnten ihnen nichts entgegensetzen. Sie waren vor Urzeiten geschmiedet, als im himmlischen Reich Krieg tobte, und sie würden noch existieren, wenn die Äffchen lange in Vergessenheit geraten waren.

Aariel würde leichtes Spiel haben.

Das nahm auch jener an, als er in die lebende Masse aus Körpern hinabstieß und jeden in Reichweite seines Schwertes seines Kopfes beraubte, als wäre es nichts.

Und das war es auch, nicht wahr? Eine rasche Bewegung. Kaum Widerstand, wenn die Klinge auf Fleisch, Muskeln und Knochen traf. Das Ende eines unseligen Geschöpfes.

Eine Gasse bildete sich, um der himmlischen Kreatur zu entgehen. Aber das ließ Aariel nicht zu. Gnadenlos jagte er, tötete er, was sich ihm in den Weg stellte oder nicht schnell genug war, ihm zu entgehen. Blut bedeckte die schimmernde Klinge, die weißen Gewänder und die blasse Haut.

Aber das bemerkte die himmlische Kreatur nicht.

Schritt, Schwert schwingen, totem Körper ausweichen, nächster Schritt. Doch plötzlich geschah etwas, mit dem Aariel nicht gerechnet hatte: Seine Klinge traf auf einen Widerstand, der nicht barst und nicht wich.

Es war nicht der erste Engel und vermutlich nicht der Letzte, der an der Seite der Inquisition kämpfte. Manche waren stärker, andere schwächer. Aber immer waren sie eine Herausforderung. Sogar für jemanden, der so lang lebte wie Alexander.

Manches dieser Geschöpfe hatte er getötet, manchem die Flügel abgeschlagen, einfach nur zum Spaß. Wenn er konnte, erbeutete er eines der Schwerter. Er hatte versucht sie einzuschmelzen, aber kein Feuer konnte heiß genug werden, um den schimmernden Klingen etwas anzuhaben.

Damit man den Schwertern ihre Herkunft nicht auf den ersten Blick ansah, hatte er die Klingen mit Adamant überziehen lassen und die Griffe umgestaltet.

Eines hatte er behalten, die anderen, die er mit Blut bezahlt hatte, an seine Oberhäupter weitergereicht.

Nur in großen Schlachten, wie diesen, nahm er das einstmals heilige Schwert mit und in diesem Fall war es genau das Richtige gewesen.

Er parierte Aariels Hieb und schenkte dem Engel ein kühles Lächeln.

Das Gefecht ringsum blendete Alexander aus.

Alle Rufe.

Alle Todesschreie.

Alles außer den Engel.

Binnen eines Wimpernschlages waren die beide Kreaturen, die unterschiedlicher gar nicht sein könnten, in einen erbitterten Kampf um Leben und Tod verwickelt.

Er vertraute darauf, dass man ihm den Rücken freihalten würde, jemand anders sich um etwaige Häscher oder Hunde kümmern würde. Und er behielt Recht.

Jeder würde tun, was nötig war, um Alexander zu schützen, auch wenn das kaum nötig war, niemand wollte dem Engel in die Quere kommen. Weder Menschen noch Lykaner und ganz sicher kein Vampir.

Alexander gab keinen Ton von sich. Nicht als die schimmernde Klinge sich über seinen Brustkorb zog, während er sich zurückneigte, um der Spitze Gelegenheit zu nehmen, seinen Hals zu malträtieren.

Nicht als die Klinge seine Seiten, Oberschenkel und Arme markierte oder in seinen Leib drang bis zum Heft, während er die eigene Klinge im Engel versenkte, dessen entsetztem Blick mit Gleichmut begegnend.

Alexander, der zwei Köpfe größer war als Aariel, hatte seinen Stoß präziser und höher platziert als jener es gekonnt hatte.

Das Rot, das vom Herz durch den Leib gepumpt wurde, klebte an Alexanders Schneide und breitete sich auf dem verdreckten Gewand des Engels aus.

Alexander stieß den Erbarmungswürdigen von sich. Aariel taumelte zurück, fassungslos erkennend, dass er erlegen war, und vielleicht auch, dass er einem Irrglauben verfallen war.

Wo das Schwert noch den Blutstrom aufgehalten hatte, floss es nun ungehindert und rasch mit jedem Schlag pulsierend.

Alexander entzog dem eigenen Leib die Klinge des Engels und schob es sich in den Waffengurt, während er seine Schritte dem Gestürzten gen lenkte.

Erschöpfung und Schmerz spiegelten sich auf den zeitlosen Zügen wider, aber Mitleid für die Kreatur, die furchtsam zu ihm aufsah, empfand er nicht.

Wie viel Kraft es den Ältesten unter den Verletzungen kosten musste, den Arm zu heben,

das Schwert zu schwingen und dem Himmelsgeschöpf den Kopf abzuschlagen, nur er selbst könnte es sagen und tat es doch nicht.

Ob es notwendig war, einem Engel zur Vernichtung den Kopf abzuschlagen, sei dahingestellt. Er tat es, weil seine Mutter es getan hatte.

Ob die erste Frau es zum Vergnügen tat, was durchaus denkbar war, oder aus Notwendigkeit, hatte sie Alexander nie anvertraut und er nicht gefragt.

KAPITEL 16

Während Alexander gegen den Engel kämpfte, ohne Rücksicht auf sein eigenes Leben zu nehmen, drang die Gruppe, in der sich Nebel befand, in die Burgstadt ein.

Nebel hatte keine Zeit, um nachzudenken. Er ließ sich mit dem Strom durch die Gassen treiben, tötete, wer den vorangegangenen entkommen oder entgangen waren, und hatte längst die Orientierung verloren.

Er überließ sich seinen Instinkten. Überleben um jeden Preis zählte dabei wohl zu den höheren Prioritäten. Das Training mit den Älteren zahlte sich aus.

Ohne wäre er längst gefallen und er erkannte, wie viel Glück er gehabt hatte, das er bis zur heutigen Nacht überlebt hatte.

Er kannte niemanden, von den Kriegern an seiner Seite, spürte dann und wann prüfende Blicke auf sich aber hatte weder Zeit noch Muße darauf zu reagieren.

Der lebendige Strom hatte die Burg zum Ziel, das konnte er erkennen, aber das war auch alles, was er mit Gewissheit sagen konnte. Und ebenso, dass die Feinde taten, was sie konnten, um die Eindringlinge zum Zurückweichen zu bringen.

Tremere war eine große Stadt, die ursprünglich von Vampiren geführt wurde. Eine blühende Metropole, welche Handel in aller Herren Länder trieb.

Viele Herdentiere versorgten die Vampire und führten dafür ein angenehmes Leben. Sie wurden beschützt und erhielten, was sie zum Leben brauchten und den ein oder anderen Luxus.

Vielleicht war es genau dieser Luxus, den die Inquisition auf die Stadt aufmerksam gemacht hatte. Fiel die Stadt, dann würden alle Reichtümer der heiligen Kirche und ihren Dienern zufallen.

Es war zwar unwahrscheinlich, dass die Herdentiere noch lebten, aber man würde die Burg durchkämmen und sehen was oder ob man noch jemanden finden könnte.

Nebel wurde hinab in die Kerker gedrängt.

Ein Ort, dem er nach all der Zeit noch immer nicht sonderlich viel abgewinnen konnte.

Ein Ort, an dem er sich in Sergejs Obhut zurückversetzt fand. Tanzend mit dem dunklen Schnitter, stolz und stur am Kreuz und der Streckbank. Leblos in den Armen des Schöpfers, vergessen wie eine Puppe und doch nicht fähig zu hassen.

Egal wie viel Zeit auch vergehen mochte, er würde nie vergessen, was in Kymor geschehen war. Vielleicht vermochte er es, diese Zeit zu verdrängen, für einen kurzen Zeitraum, aber vergessen durfte er nie. Ewig würden Kerker und Verliese die Erinnerung lebendig werden lassen und irgendwann würde er sein eigenes Verhalten, vielleicht sogar infrage stellen.

Doch nicht hier und nicht heute.

Die Krieger bogen um eine Ecke und sofort erklang ein warnender Ruf aus den Zellen und ihm folgend geweihte Klingen, die sich in die Leiber der Eindringlinge bohrten.

Nur für den Bruchteil einer Sekunde war der junge Krieger vor Schreck über die Klinge, die seine Haut teilte, wie gelähmt, dann griffen die Instinkte wieder, und Nebel ergab sich dem Tanz, den er so sehr liebte.

Die Stille, die dem kurzen Kampf folgte, war ohrenbetäubend. Wie viel Zeit seit dem Signal zum Angriff vergangen war, konnte niemand sagen. Und so plötzlich, wie alles begonnen hatte, endete es wieder.

Hier und da röchelte ein gefallener Krieger, ein Feind, der gefallen war und seine letzten Atemzüge tat.

Irgendwann erstarb alles röcheln.

Für einige Momente stand alles still.

Die Zeit.

Die Krieger.

Regungslos harrten sie. Versuchten zu begreifen, was geschehen war. Versuchten, zu realisieren, dass sie noch standen, noch lebten.

Ein Schwert fiel scheppernd auf den Boden und weckte die Krieger. Sie befreiten die eingesperrten Herdentiere aus den Zellen, schulterten Verletzte oder Gefallene und machten sich zurück auf den Weg ins Lager.

Erschöpfung bemächtigte sich des blonden Kriegers und der Rückweg schien ihm unendlich weit.

Vielleicht war der geschulterte Verletzte unter anderem ein Grund dafür, dass dem Nebel der Weg so viel länger vorkam als der Hinweg.

Vielleicht, das nachlassende Adrenalin, das sich seiner im Kampfgetümmel bemächtigt hatte.

Er hatte gewusst, dass es kein Leichtes sein würde. Dass ein Kriegszug sich von den eigenen kleinen Jagden unterschied, aber wie sehr- hatte er nicht geahnt.

„Sieh an, das Küken steht ja noch."

Thomas und Marius grinsten den Jüngeren amüsiert an. Sie waren ebenfalls blutverschmiert und erschöpft, aber es schienen nur oberflächliche Verletzungen zu sein, und

Nebel erwiderte das Lächeln der beiden, nachdem er einem Gesichtslosen Älteren seine Last übergeben hatte.

„Küken fallen nicht so schnell. Und ihr? Habt ihr die Häscher totgequatscht oder habt ihr euch am Rande ausgeruht?"

Lachen quittierte das lose Mundwerk. Ja Nebel stand noch, aber das kostete ihn eine Menge Kraft. Nachdem die Aufregung und das Adrenalin nachließen, spürte der junge Krieger den Schmerz und die Verletzungen umso deutlicher.

Aber es gab Wichtigeres, als zu rasten oder zu speisen und zu heilen.

„Sind alle wohlauf?"

Marius und Thomas tauschten einen Blick. Sie ahnten, dass sich der Jüngste hauptsächlich nach Alexander erkundigte, und der Blick, den sie tauschten, sagten dem Nebel, dass etwas nicht in Ordnung war.

Sofort waren Schmerz und Erschöpfung vergessen, sofort kehrte das Adrenalin zurück, das ihm neue Energie schenkte.

„Was ist passiert? Sagt schon!"

„Ein Engel mischte sich ein. Es fielen einige unter seiner Klinge. ich kenne nicht alle Namen. Aber an Alexander scheiterte das Federvieh. Er hat allerdings einiges abbekommen."

Sorge, ja beinahe Panik, spiegelte sich im Blick des Blonden, suchend sah er sich um, weitete die Sinne, um den Gefährten ausfindig zu machen, aber eine Hand an der Schulter hielt ihn davon ab, einfach loszustürmen.

„Beruhige dich. Mach dir keine Sorgen. Morgen ist er wieder auf den Beinen. Speise und ruh dich aus. Die Herde von Tremere und der umliegenden Orte helfen unseren Menschen aus."

Die Menschen, hatte Nebel vergessen. Er hatte beim Abschied von Alexander und der Freunde im Schloss nicht darauf geachtet, das eine große Gruppe Menschen die Krieger begleitet hatte.

Sie würden nicht kämpfen. Nicht wenn es sich vermeiden ließ zumindest, aber sie nährten die Krieger während der Reise oder nach den Feldzügen.

Jeder Clan hatte Menschen dabei gehabt. Aber weil sie nur Menschen waren, schenkte Nebel ihnen selten mehr Aufmerksamkeit als unbedingt nötig.

„Aber ..."

„Kein Aber, Nebel. Die beiden haben Recht. Vater wird morgen wieder auf den Beinen sein. SIE wird dafür Sorge tragen. Speise und Ruhe aus. Morgen gibt es neue Anweisungen."

Noirs Worte unterbanden Nebels Einspruch und man konnte den inneren Kampf auf den Zügen des Blonden erahnen.

Letztendlich nickte er ergeben.

Alexander hatte ihn gemahnt, sich nicht in noch größere Schwierigkeiten zu bringen und zu tun, was Noir ihm auftrug.

Er verabschiedete sich mit einem matten Lächeln und suchte sich abseits vom gröbsten Trubel einen Lagerplatz. Er wollte mit niemandem sprechen, niemanden sehen – sah man von Alexander ab.

Ein flüchtiger Blick glitt in Richtung des Hauptzeltes.

‚Bitte pass auf dich auf. Ich könnte es nicht ertragen, dich noch einmal zu verlieren.'. Flehte er in Gedanken und wand seine Aufmerksamkeit dem funkelnden Sternenmeer zu, das bereits langsam zu verblassen begann und einen schönen neuen Tag ankündigte.

✝

Nebel hatte sich schon schlimmere und weit weniger schlimme Verletzungen zugezogen als bei diesem Angriff. Klauen und geweihte Waffen hatten ihre Spuren hinterlassen und würden ihm vermutlich auch den folgenden Tagen zu schaffen machen.

Aber wenigstens hatte er sich nichts gebrochen.

Nicht, dass er eine schmerzfreie Ruhephase verlebte, aber er kannte es schlimmer. Die Heilung nach Harrenthal war die Hölle auf Erden gewesen oder das, was man sich unter Höllenqualen vorstellte. Dagegen waren die Blessuren, die Schnitte und Stiche, die Pfeile und Prellungen, die er sich zugezogen hatte, nichts.

Unter der Heilung oder der Ruhe, bemerkte er nicht wie eine weiß gekleidete Frau, unter den ersten violetten Streifen am Himmel und sanftem Bodennebel, durchs Lager schritt. Einem Gespenst gleich.

Lautlos.

Schweigend.

Niemand würde sich ihrer entsinnen. Aber als das Lager langsam wieder zum Leben erwachte, war Alexander wieder bester Gesundheit und empfing bereits die Oberhäupter und plante das weitere Vorgehen.

Yves, Roma, Tiberius, Johann, Louis, Antonius und Markus waren Oberhäupter der Unterclans oder einiger davon.

Roma war die einige Frau, aber keiner würde den Fehler machen, sie trotz ihres puppengleichen Aussehens oder manchmal kindlichen Gebarens zu unterschätzen.

Sie war so gerissen wie schön und hatte ebenso viele Herzen gebrochen, wie sie aus der Brust gerissen hatte.

Wie meistens, wenn sie und Yves zur selben Zeit am selben Ort weilten, war sie an seiner Seite zu finden, und nah an ihrer aller Schöpfer.

„Den Informanten zufolge sind die größeren Städte in diesem Reich von der Inquisition befallen."

„Größeren? Heißt wieviele oder welche Städte? Dein Informant ist entweder sehr ungenau, oder du nur sehr schlecht im Überbringen der Informationen."

Yves schmunzelte amüsiert. Das war typisch seine Roma. Alexanders Miene war gleichbleibend kühl. Romas Spitze ignorierte er gekonnt, und wartete stattdessen auf die Beantwortung der Frage.

Antonius verengte die Augen. Unter anderen Umständen würde er sie zurechtweisen, aber sie gehörte zu Alexanders innerem Kreis und stand damit unter seinem direkten Schutz.

Vielleicht wenn er sie einmal allein zu packen bekäme? Sie würde sich zweifellos ausgesprochen gut in seinem Bett machen, als kleine Gespielin oder mit einem schönen Halsband versehen würde das Miststück eine gute Figur machen.

Alle sahen ihn erwartungsvoll an, Alexanders Blick hatte sich unmerklich verdunkelt. Die Ahnung von Gefahr überkam Antonius.

Worin genau sich diese auszeichnete, woher sie plötzlich kam, konnte er nicht sagen. Er räusperte sich vernehmlich, während er sich über die Karte beugte und versuchte, sich an die Informationen zu erinnern, die von Bedeutung waren.

In diesem Reich, dem die Burgstadt Tremere das Zentrum war, gab es einige kleinere und größere Dörfer, hauptsächlich bestehend aus Farmern und einem kleinen Dorfmarkt.

Er ging nicht davon aus, dass die Inquisition daran irgendein besonderes Interesse haben könnte.

Städte, die von Interesse für die Inquisition sein könnten, waren Renah, Nepemp, Anruc. Taktisch gut gelegen waren sie ein Umschlagort für Getreide, Fleisch und Eisenwaren.

Einmal im Monat fand in jedem der drei Städte ein großer Markt statt, aus denen auch Händler aus den umgebenden Reichen kamen.

Orte, die genau aus diesen Gründen für die Inquisition von Wert waren, abgesehen vom – berechtigten - Verdacht, dass sich dort unheilige Kreaturen herumtreiben sollten.

Ortsnamen, die Antonius mit den Oberhäuptern teilte.

„Wir können sie nicht sich selbst überlassen. Aber wir werden einige Wochen unterwegs sein. Eine Menge Krieger, die versorgt und ernährt werden müssen. Die Menschen aus Tremere werden hier gebraucht. Die ortsansässigen Vampire sind bei weitem nicht in der Verfassung uns auf einen Kriegszug zu begleiten, bei dem jeder Mann zählt. Wir kommen nicht so schnell voran, weil wir die Spender dabei haben, was heißt, das sie gewarnt werden können und sich vorbereiten."

Gemeinschaftliches Nicken der Oberhäupter bei Alexanders Zusammenfassung. Sie könnten die Städte nicht sich selbst überlassen und das Beste hoffen. Konzentriert blickten alle auf die vor ihnen ausgebreiteten Karten und würden die nächsten Stunden damit zubringen, eine Strategie zu erarbeiten, die sie so wenig Verluste wie möglich bedeuteten und größtmöglichen Schaden bei den Feinden anrichten würde – wenn es so lief, wie sie es gern hätten ...

„Nebel?"

Die Schritte des jungen Kriegers, der sich auf den Weg zum Hauptzelt gemacht hatte, verebbten bei der Nennung seines Namens. Flüchtig stritten Verwirrung und Freude auf den ebenmäßigen Zügen um Vorherrschaft.

Als er erkannte, wer nach ihm gerufen hatte, schlich sich ein freundliches Lächeln auf die Lippen und die Richtung der Schritte änderte sich.

„Marques? Was tust du hier?"

Nebel gab einen erschrockenen Laut von sich, als der Ältere ihn zur Begrüßung kurzerhand in eine Umarmung zog, die einem Bären wohl alle Knochen hätte brechen können.

„Ich habe mich gefragt, ob ich dich je wiedersehen würde und plötzlich höre ich die Männer über dich sprechen."

Die Freude in Marques Stimme war echt und unverkennbar. Eine Braue schwang sich skeptisch hinauf. Wer und warum sprach man über ihn? Und beinahe wichtiger, warum freute sich Marques, nach allem was passiert war auch noch, ihn wiederzusehen?

‚Sollte er mich nicht hassen? Er wäre beinahe ... er hätte auch so enden können, wie die anderen. Als grotesker Deckenschmuck. Er sollte sich nicht freuen. Er sollte mich verachten, mich hassen. Für all die Toten. Für die Gefahr, in die ich ihn, sie alle gebracht habe.'

Der Krieger schmunzelte kühl, als Marques ihn aus der Umarmung freigab, nichts deutete mehr auf die Gedanken hin, die dem Blonden grade noch durch den Kopf gegangen waren.

Kurz fiel der Blick Nebels auf das Wappen am Kragen des anderen. Er hatte das Wappen schon einmal gesehen. Natürlich im Schloss und im Anwesen, als Noir und die anderen ihm etwas über die Unterclans beizubringen versuchten. Aber er war sich sicher, dass er es noch anderswo gesehen hatte. Es dauerte einen Moment, dann fiel es ihm wie Schuppen von den Augen.

Gregor.

Als sie unterwegs waren, hatte der andere es angelegt. Woher er es genommen, wo er es versteckt hatte, wusste Nebel nicht.

Er hatte nicht gefragt und auch wenn er es wahrgenommen hatte, dem Ganzen keine Bedeutung beigemessen und schließlich als unwichtig verdrängt.

„Über mich? Warum?", begann Nebel, ehe er auf dessen Wappen deutete und weitersprach. „Du gehörst zu Gregors Leuten, oder ihr zu den selben, wie man es auch sehen will."

Marques nickte und unterzog den Jüngeren einer raschen Musterung. Der Jüngere hatte sich in den Augen des anderen kaum verändert. Die Augen waren älter, die Züge etwas strenger.

Unverkennbar, trotz der Lage, in der sie sich befanden, war eine Gewissheit und Leichtigkeit zu erahnen, dessen Ursprung Marques nicht zu benennen wusste und ihm fehl am Platze schien.

Doch, hatte der Jüngere nicht selbst im Angesicht des Todes noch die Ideen der Inquisition für gut befunden? War die Leichtigkeit, die sich unter den heilenden Blessuren verbarg da wirklich so überraschend?

Aber eines – von vielen Dingen – hatte sich nicht verändert. Im Gegensatz zu allen anderen trug der Knabe noch immer kein Wappen. Hier fiel es mehr auf als auf ihrer persönlichen Jagd des Nebels.

Es war kaum jemandem entgangen, dass er kein Erkennungszeichen trug, aber die meisten – und dazu zählte er selbst – hatten angenommen, das die Reise der Grund dafür war.

Er wollte keinem Haus zugeordnet werden, damit die anderen sicher wären vor den Häschern.

Inzwischen spekulierten alle darüber, dass er Clanlos wäre und ob er nicht ein Gewinn für das eigene Haus wäre.

„Ja das stimmt. Und du? Kein Banner, kein Siegel das du trägst. Ich hatte angenommen, das du dich einem Clan anschließen würdest, nachdem sich unsere Wege getrennt haben."

Der Blonde zuckte mit den Schultern. Langsam hatten sie begonnen weiterzugehen und boten ein eigenwilliges Bild. Der große Dunkelhaarige, mit den zerzausten kurzen Haaren und den freundlichen Augen und der schmächtige Blonde mit dem ersten Ausdruck in friedlicher Eintracht spazierend, als besuchten sie einen Markt oder schlenderten durch einen Garten und nicht durch ein Kriegslager.

„Ich bin auf Umwegen nach Morta Sant zurückgekehrt und bin dort in ein Rudel Hunde gestolpert. Man brachte mich Halbtod an Alexanders Hof. Es ergab sich nie, das ich mich einem Clan anschloss und es ist auch nicht wichtig."

„Alexanders Hof, so so."

Marques war amüsiert und verwirrt zugleich. Diese Antwort warf viele Fragen auf und erklärte, wem die Gedanken des Jüngeren in der Nacht gehört hatten, wenn er einen abseits gelegenen Ort aufgesucht hatte.

Niemand nannte ihn Alexander. Der Älteste, oder wenn man respektlos sein wollte, dann der alte Vemo. Aber Alexander?

Nebel nickte abwesend. Er hatte nie darüber nachgedacht, sich einem Clan anzuschließen. Ihm war ohnehin klar, dass er an die Seite Alexanders gehörte.

Er teilte seine Kammer, trainierte mit seinem Sohn und nannte den schwarzen Prinzen und die anderen Freunde.

Aber der Gedanke, um Aufnahme in den Clan zu bitten, war Nebel nie gekommen.

Es war unwichtig.

Offiziell galt er als Clanlos.

Offiziell gehörte er nirgends hin, gehörte er zu niemandem. Erst hier, unter all den anderen die stolz ihre Wappen trugen und ihre Zugehörigkeit zu einem Clan, einer Familie präsentierten, wurde dem jungen Krieger das sehr bewusst.

Ebenso wie ihm bewusst wurde, wie alleine er war.

Jeder hier hatte eine Familie. Einen Ort, an den er gehörte. Personen, zu denen er zurückkehren konnte, zu denen er gehörte, die für ihn einstanden. Jeder ...

Mit Ausnahme des ehrgeizigen jungen Kriegers. Kein Wappen. Keine Familie. Nur Nebel. ‚Ich bin allein .... ~Du gegen den Rest der Welt, Nebel! ~.

Sergejs Worte.

Schon damals hatte er scheinbar recht gehabt. Zumindest was ihn anbelangte. Marques riss den Jüngeren aus seiner Erkenntnis, aus seinen Überlegungen.

„Ein Rudel Hunde? Nebel irgendwer muss dich wirklich gern haben, das du noch lebst. Du scheinst Ärger magisch anzuziehen."

Nebel lachte und zuckte mit den Schultern. Wenn Marques wüsste, in welchen Ärger er sich zuvor gebracht hatte, würde er womöglich ganz vom Glauben abfallen.

Und er hatte wohl recht: Irgendjemand, irgendeine Macht schien zu wollen, dass er lebte. Wie sonst sollte man sich das unverschämte Glück erklären?

Wie oft hatte er mit dem Dunklen getanzt? Wie oft seine Stimme oder sein Lachen vernommen? Ein Geheimnis, das er mit niemandem teilte.

Ohne Grund.

Der Tänzer hatte ihm nie verboten, seine Erlebnisse zu teilen. Sich jemandem anzuvertrauen.

Auch ohne das er dieses Geheimnis offenbarte, blickte man eher skeptisch auf ihn.

Wie wäre es, wenn sie wüssten, dass er mit dem Tod sprach? Das er mit jenem durch die ewige Dunkelheit tanzte? Das er seine samtene, tröstende Stimme vernahm?

„Hast du etwas von den anderen gehört?"

Wieder wechselte der Blonde das Thema. Auch wenn es ebenso wenig angenehm war, wie das Vorangegangene.

„Danyel, Torben, Johann und Erik sind hier, die aus den Zellen neben uns, meine ich. Wir saßen gestern Abend gemeinsam am Feuer. Sie wollten eigentlich nicht, nach allem ... du weißt schon ... Kasimir und Julian sind nicht dabei. Aber es geht ihnen soweit gut. Wir stehen in Kontakt. Mich wundert es, das man dir erlaubt hat mitzureiten."

Nebel nickte. Er konnte verstehen, dass jemand sich nach den Katakomben genaustens überlegte, ob er sich diesem Heer anschließen wollte, oder sollte.

Das der Ältere ihm zu erklären versuchte, wer zu den Namen gehörte, ließ Nebel unkommentiert.

Er war sich durchaus bewusst, dass die meisten davon ausgingen, dass er die Namen derer die mit ihm geritten waren – oder es noch taten – nicht kannte. Das er kein Interesse an ihnen hatte, außerhalb eines Kampfes.

Dass sie irrten, musste niemand wissen.

„Mhh eigentlich hat man es mir untersagt ...“

Marques warf dem Jüngeren einen skeptisch amüsierten Blick zu, aber ließ es vorerst unkommentiert. Es war so sehr Nebel, dass es sogar an einem Ort wie diesem und einer Situation wie dieser, fast beruhigend wirkte.

Eine vermisste Konstante in einer unsicheren Situation.

Auf der Reise, die der Warnung diente, hatte der Junge getan, was er wollte. War gegangen, wohin es ihm beliebte. Und sie alle waren ihm gefolgt. Am Anfang aus Neugier, wie lange das gut gehen konnte.

Aber der junge Mann hatte ihre Achtung und ihren Respekt erlangt.

Sie waren ihm schließlich gefolgt, weil er es wert war, dass man ihm folgte. Weil er dafür geboren schien, ob er wollte oder nicht. Sie waren ihm zu den Warnungen gefolgt und zu den Jagden. Sie wären ihm auch in den Tod gefolgt.

Viele, zu viele, waren in den Tod gegangen. Sie taten es aus freien Stücken. Wissend, worauf sie sich eingelassen hatten. Wissend um die Gefahr.

Bedachte er das Verhalten des Jüngeren während ihrer gemeinsamen Reise, wunderte es Marques nicht, dass er sich einem Kriegszug anschloss, obgleich es ihm verboten war.

„Komm, ich bin mir sicher die anderen werden sich freuen dich zu sehen, und Gregor gewiss auch. Was meinst du?“

Nebel schüttelte, ohne zu zögern, den Kopf. Er wollte wissen, was beschlossen wurde. Außerdem fürchtete er sich davor, die anderen zu sehen. Worüber sollte er mit ihnen sprechen?

Allein der Gedanke an sie und die Gegenwart Marques' ließen die Katakomben vor seinem inneren Auge aufleben und wieder sehr präsent werden.

Nebel blickte in den wolkenlosen Himmel, betrachtete das zarte Blau, das sich über sie alle ausbreitete und den Krieg nahezu unwirklich erscheinen ließ.

Müsste es nicht grau und trüb sein? Wie konnte die Sonne scheinen, wenn Blut die Erde tränkte?

„Ein anderes Mal. Ich will zum Hauptzelt und sehen was beschlossen wird."

Und wissen, ob er noch eine Galgenfrist gäbe, bevor Alexanders Zorn ihn träfe oder nicht.

Marques nickte verstehend. Er war nicht böse darum. Auch auf den Reisen hatte Nebel schließlich nie als besonders gesellig gegolten. Warum sollte es dann hier anders sein?

„Du bist jederzeit eingeladen uns Gesellschaft zu leisten, Nebel."

Nebel nickte und setzte seinen ursprünglichen Weg fort, während Marques' Blick ihm eine Weile folgte, ehe auch er seinen Weg fortsetzte.

✝

Nebel bekam seine Galgenfrist und war fürs Erste froh darum. Auch wenn das bedeutete, das er nach einigen Tagen jeden Knochen im Leib spürte und so erschöpft war, dass er in der Regel schlief, bevor sein Kopf das provisorische Kissen berührte.

Es stellte sich heraus, dass die Inquisition sich nicht mit den Städten zufriedengab und sich ebenfalls in den Dörfern breitgemacht hatte. Auch das konnte Alexander nicht zulassen.

Auch wenn jeder Kampf das Risiko für seine Krieger erhöhte. Die Gefahr von Verlusten war allgegenwärtig.

Nicht zuletzt erhöhte jeder Kampf die Gefahr, dass seinem Nebel etwas passierte.

Er war hin und hergerissen zwischen Zorn über die Eigenmächtigkeit des Knaben, dem Ungehorsam und der Sorge um das Wohlergehen des jungen Kriegers.

Zumindest diese Sorge schien unbegründet.

Laut Noir war der Knabe ausgesprochen talentiert und in der Regel war er selten allein im Lager anzutreffen oder ohne Gesellschaft. Auch wenn diese Kontaktaufnahmen, eher von anderen denn ihm selbst ausgingen.

Lediglich die vertraute Gruppe aus dem Schloss suchte Nebel aus freien Stücken auf.

Aber das war selten in diesen Tagen. Jeder hatte genug damit zu tun, die Verletzungen zu versorgen, Waffen oder Kleider instand zu halten.

Das Nebel ihn mied, überraschte den Ältesten nicht.

Er hatte dem jungen Gefährten nicht verboten, zu ihm kommen oder sein Lager auch hier zu teilen. Aber er hatte ihn auch nicht eingeladen. Und nachdem was er für Gerüchte hörte, wunderte ihn wenig, dass der junge Mann sich fernhielt.

Man spekulierte in buntesten Farben davon, was dem Nebel drohen würde, wenn der Feldzug vorbei war, da er sich unerlaubterweise dem Heer angeschlossen hatte.

Man wettete ob es bei den Bestrafungen Alexanders, nicht sinnvoller wäre, in die Hände der Inquisition zu fallen.

‚Glaubt er es? Fürchtet er meine Gegenwart am Ende doch?‘. Alexander musste sich diese Frage stellen. Es wäre besser, wenn dem so wäre. Wenn er endlich so etwas wie Angst zeigte. Selbst wenn es Angst vor ihm wäre.

Das wäre natürlich, oder?

Jeder fürchtete ihn.

Beinahe zumindest.

Alexander seufzte. Nahm Nebel wirklich an, dass ihm Furchtbares drohte, wenn er den Zug überlebte und ihn und die anderen zum Schloss zurückbegleitete?

Doch wenn er es glaubte, warum blieb er dann? Warum kämpfte er Seite an Seite mit den Kriegern der Heere? Warum folgte er den Befehlen, die Noir aussprach?

Kannte Nebel ihn nicht besser um sich von solchen Gerüchten nicht erschrecken zu lassen? Alexander schüttelte den Kopf, fokussierte sich wieder auf die Karten, auf den Weg, der vor ihnen lag und sann über die Probleme nach, die sich ergeben hatten. Er musste sich konzentrieren.

Er würde später oder ein anderes Mal über den Jungen nachdenken, der ihm mit ziemlicher Sicherheit früher oder später noch den Verstand rauben würde.

Das Wetter hatte sich in den vergangenen Tagen enorm verschlechtert. Es regnete fast durchgehend und ein eisiger Wind begleitete sie stetig und hatte die Sonne und den blauen Himmel vertrieben. Wenn es nicht regnete, knallte die Sonne mit aller Macht vom Himmel.

Regen und wind schienen zwar passend zur Situation, war aber lästig.

Das unstete Spiel des Wetters brachte einige Unannehmlichkeiten mit sich. Viele Menschen waren krank geworden, einige verstarben. Die Herde, die für die Verpflegung gedacht war und sie begleitet hatte, war auf ein Minimum reduziert worden, um den Gesamtbestand nicht zu gefährden.

Das führte jedoch gleich zum nächsten Problem: Die Krieger mussten ernährt werden, verletzte Krieger brauchten Blut, um zu regenerieren. Man würde wohl oder übel auf Tiere zurückgreifen müssen.

Sidh wäre amüsiert.

Widerlich. Fad und geschmacklos im Vergleich zu menschlichem Blut, aber daran konnte man wohl nichts ändern. Für die Herdentiere würden die Verletzten von höchster Priorität sein, alle anderen ... Nun es gab Wälder und Bauern in der Region. Es würden sich Möglichkeiten finden lassen.

Letzten Endes fanden sich immer irgendwelche Lösungen. Und das würde auch dieses Mal der Fall sein.

Umzukehren und die besetzten Orte der Inquisition zu überlassen, kam, trotz der Widrigkeiten und der Gefahren nicht in Frage. Nicht für den Obersten, nicht für den Rat oder die Krieger.

Ungeachtet aller Widrigkeiten schien nicht einem der Gedanke zu kommen, heimzukehren, bevor die unmittelbare Gefahr gebannt war.

Trotz der großen Feuer, die nach jeder Schlacht brannten und die Kadaver der gefallenen Krieger beinhalteten, hatten diesen Gedanken eben so wenig aufkommen lassen, wie die Anstrengungen, die Erschöpfung oder Hunger.

Ein Achtel seiner Truppen waren bereits gefallen. Es würden noch mehr werden, bis sie heimkehren würden.

KAPITEL 17

Nebel sollte seine Galgenfrist bekommen. Ob das gut oder schlecht war, sei dahin gestellt. Natürlich machte er sich Gedanken darum, wie die Folgen für sein eigensinniges Verhalten wäre.

Die Gerüchte, die ihm zu Ohren kamen, machten es nicht besser. Ihm schien zwar zweifelhaft, dass die Folgen ihn in die Arme der Inquisition wünschen lassen würde, aber er hatte keinen Zweifel am Einfallsreichtum seines Gefährten in allen Bereichen des Lebens.

Manchmal wünschte er sich, dass es bereits vorbei wäre, die Strafe ausgesprochen wäre, damit er seine innere Ruhe wiederfinden könnte. Manchmal hoffte er, der bereits seit Wochen andauernde Zug, würde noch ewig so weiter-gehen, damit er noch eine Weile mehr in gesegneter Unwissenheit verbringen könnte.

Die meiste Zeit jedoch, sehnte er sich in die Arme des Älte-ren, des Stärkeren, um zu vergessen, was tagein, tagaus geschah. Sie hatten geirrt, als sie angenommen hatten, die Inquisition hätte es nur auf die größeren Städte abgesehen. Selbst die kleinsten Dörfer mussten zurückerobert werden. Die Zahl der Herdenmenschen wurde immer geringer.

Sie erkrankten, starben. Viele Vampire fielen unter zahl-losen geweihten Schwertern und aggressiven Wolfsklauen.

Regennasse Erde wurde getränkt mit Blut und sein Geruch schwängerte die Luft.

Blut von Menschen.

Blut von Vampiren.

Blut von Lykanern.

Egal wie viele Inquisitoren oder Krieger der Inquisition auch fielen, es kamen immer mehr nach. Hunger und ständiger Regen machte den Kriegern und auch ihm zu schaffen.

Die aufgeweichte Erde machte jeden Schritt zu einer Qual. Wie viele Krieger er hatte fallen sehen, über wie viele geköpfte Artgenossen der blonde Krieger hinweggestiegen war – Nebel hatte aufgehört, zu zählen, und ignorierte die Feuer, die ihrer Existenz ein Ende bereiteten.

Aber noch wurden keine Stimmen laut, die darauf drängten, den Zug abzubrechen. Zumindest soweit er es sagen konnte.

Sie würden, er würde, wenn nötig, bis zum letzten Mann kämpfen, bis zum letzten unnötigen Atemzug. Unabhängig davon, wie widrig die Zustände auch sein mochten oder noch werden konnten.

Nebel hoffte, dass es nicht noch schwerer wurde, auch wenn er nicht sagen könnte, wie das möglich wäre.

Nach den Kämpfen sah Nebel für gewöhnlich kurz bei den Freunden vorbei, stellte sicher, das sie weitestgehend unversehrt waren, ehe er sich an den Rand des Lagers zurückzog.

Er brachte seine Waffen und Kleider in Ordnung und versuchte, seinen aufgewühlten Geist zu beruhigen.

In der Regel suchten andere Krieger ihn auf. Marques war oft an seiner Seite zu finden und sie sprachen über Belanglosigkeiten oder schwiegen.

Mehr und mehr zerrte die Erschöpfung an dem jungen Krieger.

Nach Wochen der Reise und des Krieges fand er keine Ruhe mehr und selten nur noch Schlaf. Wenn er es schaffte einzuschlafen, schlief er kurz, tief und traumlos.

Doch in den meisten Ruhepausen starrte er ins Nichts, spürte seinem Sehnen nach, das in ihm schwelte wie eine Feuersbrunst und ihn mit jedem Tag, der verging, zu verzehren drohte.

„Nebel?"

Angesprochener ließ seine Schritte ausklingen und wand sich um, den Rufenden einer raschen Musterung unterziehend. Gregor näherte sich zusammen mit Marques dem blonden Krieger, der ihnen bedeutete, ihn zu seiner Ruhestatt am Rande des Feldlagers zu begleiten.

Sie setzten sich unter einen provisorischen Regenschutz, um der Nässe zu entgehen, und Nebel begann damit sein Schwert zu reinigen, während die beiden Älteren ihn dabei beobachteten.

„Ich habe gehört, das dir Ärger droht, wenn der Kriegszug endet."

Nebel schmunzelte bei Gregors Worten, ohne dass er von seinem Schwert aufsah. Marques schwieg. Er schien zu warten. Worauf wusste Nebel nicht.

„So? Und wo hast du das gehört?"

„Überall spricht man davon."

„Du solltest nicht so viel auf Tratsch geben, Gregor. Mir wurde verboten mitzureiten und ich habe entgegen des Verbots gehandelt. Natürlich wird das Folgen haben."

„Du kannst mit uns kommen. Vater würde für dich sprechen."

Nebel lachte.

Marques schmunzelte.

Und Gregor blinzelte irritiert.

Er war sich sicher, dass niemand etwas dagegen hätte, wenn der junge Krieger mit ihm reiten würde. Oder sich ihrem Clan anschließen würde. Was er so Amüsantes gesagt hatte, erkannte er beim besten Willen nicht.

Selbst wenn der Grund war, einer unangebrachten Strafe zu entgehen, würde man sich seiner annehmen, ihn aufnehmen.

Und dass eine Strafe unangebracht war, darin waren sich alle ebenso einig wie in der drohenden Härte der vermeidlich drohenden Strafe.

Ja, auch Gregor wusste, dass sich der Jüngere über ein Verbot hinweggesetzt hatte – das wusste jeder.

Aber er war ein geschickter Krieger und seine Eigenwilligkeit hatte Gregors Leben gerettet. Das musste doch auch zählen.

„Dein Angebot ehrt dich Gregor. Wirklich. Aber dein Ältester ist wer? Jerome?"

Gregor nickte.

„Und du glaubst, wenn ich auf die törrichte Idee käme – was ich nicht tue – davonzulaufen, dann zu einer Schöpfung von Yves? Der zufällig eine Schöpfung Alexanders ist und zudem einer seiner Vertrauten?"

„Ich habe ihm gesagt, du würdest nicht fliehen."

„Aber..."

Nebel hob beschwichtigend eine Hand.

„Macht euch nicht verrückt, und vor allem ... Macht mich nicht verrückt. Er wird mir schon nicht den Kopf abreißen."

Gregor seufzte und Marques lachte abermals. Nebel schüttelte den Kopf und ließ den Blick über die umliegenden Zelte gleiten, die nach all der Zeit sehr heruntergekommen aussahen.

„Gibt es Gerüchte über die Dauer des Feldzuges?"

Nebel wechselte das Thema. Es berührte ihn, dass man sich scheinbar um ihn sorgte. Vielleicht – und das schien dem jungen Krieger tatsächlich sinniger – war es einfach nur Schuldbewusstsein, das Gregor zu diesem Angebot zwang.

So oder so. Nebel würde nicht davon laufen. Er hatte versprochen, nicht mehr davon zu laufen. Hatte es Alexander versprochen. Das letzte Mal war lang und schlimm genug gewesen.

Die beiden Krieger schüttelten den Kopf. Jeder sehnte sich danach, heimzukehren, aber jeder würde kämpfen, solange es nötig wäre.

Für ihre Rasse.

Ihren Clan.

Und vielleicht sogar ein wenig für die Menschen, die sie unterhielten und nährten.

Niemand wusste, wie lange sie noch kämpfen oder wie viele Ortschaften noch befreit werden mussten.

Nach einer weiteren Schlacht um eine Stadt kehrte Nebel erschöpft ins Lager zurück.

Er hatte keinen Überblick mehr darüber, welcher Ort das aktuelle Ziel gewesen war. So wie auch sein Zeitgefühl sich verabschiedet hatte. Alles, was er sagen konnte, war, dass es eine größere Stadt war.

Er warf einen kurzen Blick auf das Hauptzelt, betrachtete die Schatten an den Zeltwänden, die ihm verrieten, dass die Obersten Rat hielten.

Er sehnte sich danach, in die Arme des Gefährten zu sinken und den Krieg zu vergessen. Er könnte zu Alexander gehen.

Niemand hatte es verboten.

Weder Alexander selbst, noch Noir, wenn er die Gruppe auflöste, nachdem er sich nach den Schlachten versichert hatte, dass alle wohlauf waren, oder jene die es nicht waren, Hilfe erhielten.

Nebel seufzte, rieb sich über die Augen. Er war so erschöpft, so müde. Seine Schritte verebbten vor Alexanders Zelt. Herkommen konnte er also, offensichtlich.

Aber würde er auch wagen, es zu betreten?

Der ein oder andere Blick ruhte auf ihm, Gespräche derer, die der junge Krieger passiert hatte, waren verklungen.

Neugier und Skepsis wechselten sich in den ebenso erschöpften Zügen, wie die des Blonden. Würde der Krieger wirklich hineingehen? Wagte er es einfach in das Zelt des Ältesten zu stolpern. Verdreckt von der Schlacht wie er war? Trotz der drohenden Strafe?

Nebel haderte einen weiteren Moment. Alexander befand sich in Beratung mit den Oberhäuptern. Würde er stören? Er seufzte und zuckte mit den Schultern. Er gab den eigenen Widerstand oder die Furcht auf und trat in das Zelt des Gefährten.

Er war zu müde, um gegen sich selbst zu kämpfen.

Die Gespräche verstummten.

Die Blicke der Oberhäupter legten sich auf den jungen verdreckten Krieger, der ohne Umschweife zur Schlafstatt des Ältesten trat, die verschmutzten Kleider ab-, und sich hinlegte. Er verkroch sich unter die warmen, weichen Decken und seufzte wohlig.

Nebel schloss die Augen, entspannte jedoch erst, als die Gespräche wieder einsetzten, als wäre nichts gewesen.

Ungesehen vom Blonden das flüchtige, sanfte Lächeln Alexanders, welches dem jungen Mann gegolten hatte. Der schlief unter dem Gemurmel ein, ohne das er mitbekäme, worüber gesprochen wurde.

Erst als Alexander sich zu ihm legte, wachte er lang genug auf, um sich tief in dessen Arme zu schmiegen.

„Du hattest Recht. Ich hätte im Schloss bleiben sollen. Ich machs nie wieder."

Alexanders Lachen quittierte die gemurmelten Worte und ein sanfter Kuss traf auf den Hinterkopf des Knaben.

„Wir ruhen ausgiebig dann geht es nach Hause. Dies war die letzte Stadt."

„Gott sei dank. Ich weiß nicht wie lange ich noch durchgehalten hätte."

Dass die Galgenfrist sich damit dem Ende näherte, war dem jungen Krieger egal. Er wollte nach Hause.

Ein Bett, ein langes, langes Bad, danach sollte kommen, was wollte.

Die Stimmung auf dem Heimweg war ausgelassen. Hunger und Müdigkeit spielten kaum mehr eine Rolle. Seine Lieben wiedersehen, den Gestank von Krieg und Pferd von sich waschen – das war, was zählte.

Sie würden speisen, natürlich. Jagen, und zwar ausgiebig. Aber das war zweitrangig. Nach langen Monaten in Matsch und Nässe, nach Hunderten Opfern und ständigem Kampf, sehnte man sich nach Ruhe, der Heimat und dem Vertrauten.

Und Nebel ging es nicht anders. Auch wenn er es besser zu verbergen mochte, als die meisten, freute er sich auf die Rückkehr ins Schloss und Zeit mit dem Gefährten.

Während sie ritten, hielt sich der junge Mann an die anderen Krieger, lauschte den Geschichten und Plänen.

Er selbst brachte sich kaum ein, beantwortete Fragen knapp und bald gab man es auf, die Neugier befriedigen zu wollen.

Doch während der Rast, wenn Yves und Roma oder einer der anderen Oberhäupter, den Ältesten verlassen hatten, war er an Alexanders Seite zu finden und verließ seinen Lieblingsort auf der ganzen Welt, nicht mehr bis sie weiterreisten.

Manchmal erzählte er von seinen Reisen, davon wie er Marques kennengelernt hatte, welche Städte sie besucht hatten oder andere Nichtigkeiten.

Nie aber sprach er über die Katakomben, nie über Harrenthal.

Nicht weil er Alexander nicht vertraute. Sondern weil die Erinnerung noch zu frisch war und Furcht und Schmerz nicht vergessen.

Alle paar Tage verabschiedete sich eine Gruppe, um den Rest ihres Heimwegs fortzusetzen. Nicht ohne das einer der Krieger den Nebel aufsuchte und ihm anbot, sie zu begleiten.

Nebel musste gar nicht darüber nachdenken, ob er fortgehen wollte oder nicht und so war die Antwort jedes Mal ein leichtes Lächeln gefolgt von einem Kopfschütteln.

Dass Alexanders Blick bei den Angeboten auf dem jungen Mann ruhte, er den nicht benötigten Atem einen Moment anhielt, bemerkte jener nicht.

Er könnte gehen.

Alexander hatte über diese Möglichkeit noch nicht nachgedacht. Und das der Jüngere ablehnte, wieder und wieder, erleichterte ihn. Warum der andere nicht gehen wollte, er konnte es nur ahnen.

Obwohl ... nein, sein Ego, das auf Erfolge und Alter begründet war, sagte ihm, das der Kleine seinetwegen blieb, ungeachtet allem, was noch kommen würde.

Und der Gedanke war ihm nicht unangenehm.

Nebel indes irritierte, dass jemand ihn freiwillig in sein Haus holen wollte. Jeder wusste – woher auch immer oder von wem auch immer – das ihm eine Bestrafung bevorstand.

Das bedeutete auch, dass sie wussten, dass sein Gehorsam offenbar zu wünschen ließ. Warum wollte man ihn dann mitnehmen? Warum sollte man so jemanden in seinem Haus haben? Warum offenen Auges ins Verderben rennen? Nur wegen der Geschichten, die von den Überlebenden der Katakomben erzählt worden waren? Wenngleich die Katakomben nur abgemildert in den Geschichten vorkamen. Mehr wurden die Jagden thematisiert und diskutiert..

Oder den Geschichten derer, dessen Heimstatt sie besucht hatten, als sie umher reisten, um alle zu warnen?

Dass er Gregor gefunden hatte, war vermutlich nicht bedeutungslos. Aber sollte das reichen, sich das Ärgernis, das sich Nebel rufen ließ, in sein Haus zu holen?

Nicht das dieses verfluchte ‚warum‘ wichtig wäre oder etwas an der Entscheidung des jungen Kriegers ändern würde.

Ob mit oder ohne Wappen, offiziell oder nicht: Nebel gehörte an die Seite Alexanders.

Nebel gehörte zum schwarzen Hof.

Was für eine Strafe ihn erwarten mochte, er würde sie ertragen.

Hoffte er.

KAPITEL 18

Nebel hatte nicht gewusst, wie sehr er das Schloss vermisste, bis die Ziegel der Türme im Licht der Mittagssonne leuchtend in sein Sichtfeld gerieten. Die Wimpel wehten im Wind und je näher sie kamen, umso mehr musste sich nicht nur der junge Krieger zurückhalten.

Nicht aus der Formation auszubrechen und vorauszureiten, war ein Kampf, den die meisten Krieger und sogar Alexander im Inneren ausfocht. Jeder sehnte sich nach der Heimat, und nun, wo sie zum Greifen nah war, merkten sie es nur noch deutlicher.

Nie schienen die efeuberankten Schutzmauern größer oder strahlender, nie zuvor die Tore einladender gewesen als jetzt, wo sie endlich wieder heimkehrten.

Als Alexander und das wiederkehrende Heer in den Schlosshof ritten, wurden sie jubelnd von den Zurückgebliebenen empfangen.

Nebel war davon überfordert.

Der Lärm.

Der Jubel.

Die Enge.

Das alles ließ ihn beinahe wünschen, dass ihre Reise noch kein Ende gefunden hätte.

Ein rascher Blick in die Runde zeigte ihm, dass es den meisten so erging, während sie hinter dem Ältesten einritten.

Nur Noir und Alexander selbst schienen unberührt von dem Zirkus, der sich ihnen bot. Oder vermochten es schlicht, besser zu verbergen als es die anderen konnten.

Natürlich verstand Nebel – ebenso wie die anderen – die Freude der Zurückgebliebenen über ihre Heimkehr und den Sieg, den sie davon getragen hatten.

Aber mussten sie diese Freude so laut zelebriert werden?

Rosanna trat an Alexander heran, kaum das jener abgestiegen war und einem Burschen die Zügel des Tieres in die Hand gedrückt hatte. Lächelnd verneigte sie sich vor ihrem Herren.

„Willkommen zuhause, Herr. Es ist gut, Euch wohlauf zu sehen."

Alexander nickte knapp, wand sich dem Tross zu, maß die Reiter, in deren Gesichtern Erschöpfung, Freude und Überforderung zu lesen waren.

Sie waren zu Hause.

Fürs Erste.

Denn das dies nicht die letzte Schlacht gewesen war, war ihm und den anderen Oberhäuptern vollkommen klar.

„Geht, speist und ruht euch aus. Ihr habt gute Dienste in dieser Schlacht geleistet und eurem Haus und eurer Familie Ehre bereitet."

Alexanders Stimme hallte dunkel und samten durch den gefüllten Hof und mit dem Ende kam erneut Bewegung in die Masse.

Pferde wurden an Stallburschen übergeben, Männer von ihren Gefährtinnen stürmisch begrüßt und Ströme drängten sich ins Schloss.

Nebel ließ sich einfach mit dem Strom davon tragen. Er wäre froh, wenn er endlich wieder alleine wäre.

Aber als er es endlich geschafft hatte, der Menge zu entkommen und auf dem Weg in den Flügel der Familie war, hielt eine bekannte Stimme ihn zurück.

„Nebel! Du hast es wirklich geschafft. Du bist mitgeritten und zurückgekehrt."

Begeisterung schwang in Jacobs Stimme mit und Nebel stöhnte innerlich gequält auf. Er wollte nur ein Bad. Ein heißes Bad und Ruhe. War das wirklich zu viel verlangt?

„Jacob…"

„Du musst mir alles erzählen. Wie war es?"

Nebel runzelte die Stirn. Wie es war? Wollte der andere ihn auf den Arm nehmen? Er wand sich dem Artgenossen zu und funkelte ihn zornig an. Vorbei mit der heißgeliebten Beherrschung.

„Wie es war? Es war kein Ausflug zum Spaß Jacob! Was wichtig ist, wird Alexander verkünden. Und jetzt lass mich in Ruhe oder ich lehre dich wie man aus einem Fenster fällt."

Jacob erschrak und wich einen Schritt zurück.

Er war sich nicht sicher, ob Nebel ihm wirklich schaden würde, allerdings kannte er das Gerücht, das Nebel eine Konkurrentin aus dem Fenster in Alexanders Gemächern geworfen hatte.

Beschwichtigend hob er eine Hand und wich einen Schritt zurück. Es war besser den erschöpften Krieger nicht zusätzlich zu reizen, dessen war er sich sicher. Er würde einen anderen Zeitpunkt finden müssen.

Nebel knurrte und wandt sich ab, um seinen Weg fortzusetzen.

Er war erschöpft.

Die Reise forderte selbst von ihm seinen Tribut. Mehr und mehr verstand er, warum Alexander ihn nicht hatte mitnehmen wollen.

‚Ich bin noch nicht so weit. Egal wie gut ich bin, egal wie stark ich zu sein glaube … für Kreuzzüge dieser Größe bin ich noch nicht gut genug.' musste er sich eingestehen als er die Tür zu Alexanders Kammer hinter sich schloss und sich dagegen lehnte.

Als sein Blick durch die Gemächer glitt, umhüllte ihn tiefe Ruhe. Er war wieder hier.

Endlich.

Nichts schien verändert. Ein Feuer brannte, Kerzen standen bereit. Das Fenster war halb geöffnet und leichter, eindringender Wind brachte die schweren Vorhänge in sanfte Bewegung.

„Wieder zurück, endlich…"

Es war nur ein Wispern, in dem sich seine Erleichterung deutlich widerspiegelte. Er legte den Waffengurt ab und entledigte sich der dreckigen Kleider.

Er verzichtete auf das Bad.

Er war sich gewiss, dass er die Kraft nicht mehr aufbringen könnte, um in den großen Zuber zu steigen. Also musste eine Katzenwäsche an der Waschschüssel ausreichen.

Er würde sich ein Bad gönnen, wenn er ausgeruht wäre.

‚Schlafen … oh Gott ich bin so müde.'. Mühsam schleppte er sich zum Bett. Der weiche, helle Teppich koste die bloßen Fußsohlen und es schien dem Heimgekehrten sehr verlockend, sich einfach hinzulegen, sich von den weichen Fäden umschmeicheln zu lassen und die Augen endlich zu schließen.

Er hatte mehr und mehr Mühe, die Augen offen zu halten. Jeder Schritt kostete ihn unendlich viel Kraft. Wo seine Schritte den Weg hierher, in die Gemächer und durch das Schloss, noch kräftig und bestimmt waren, schien alle Kraft ihn verlassen zu haben, als er die Tür zu den Gemächern geschlossen hatte.

Hier drin musste er niemandem etwas beweisen. Hier konnte er schwach sein. Und grade fühlte er sich erbärmlich und erschöpft und schwach. Er überwand die letzten Schritte über den lockenden Teppich und ließ sich aufs Bett fallen.

Er wusste, Alexander würde sich erst über die Vorgänge bei Rosanna informieren und vermutlich ohnehin keine Ruhe brauchen, sodass er sich quer im Bett ausbreitete und in den weichen dicken Decken einrollte.

Er schlief beinahe augenblicklich ein und bemerkte nicht die dienstbaren Geister, die kamen und Holz nachlegten und Fenster und Vorhänge schlossen. Bemerkte nicht, dass die verdreckten Kleider entfernt und frische bereitgelegt wurden.

Und er bemerkte ebenso wenig, das Alexander zum Einbruch der Nacht kam, um nach ihm zu sehen. Auch wenn er nicht blieb oder sich selbst zur Ruhe legte, wollte er sich vergewissern, dass es dem Jüngeren gut ging.

Ein Schmunzeln umspielte seine Lippen, als er den erschöpften Krieger erblickte, der trotz seiner geringen Größe und Schmächtigkeit ein ganzes, großes Bett belegen konnte.

✝

Nebel schlief den Schlaf der Gerechten. Zwei Tage und Nächte schlief er durch und sein Körper und Geist regenerierten in dieser Zeit. Als er am dritten Morgen erwachte, war er einen Moment desorientiert.

Das war kein Feldbett, kein Lager?

Er musste sich erinnern, sich mahnen, das er wieder im Schloss war und nicht im Feldlager. Der Krieg war – vorerst – zu Ende.

Heute würden sie nicht ausziehen, um für ihre Rasse zu kämpfen und vielleicht zu sterben. ‚Nicht Krieg. Es war eine Schlacht in einem Krieg, der erst endet, wenn SIE oder wir vernichtet wurden.'. Eine Erkenntnis, die vermutlich der Wahrheit entsprach und den jungen Krieger frösteln ließ.

Er würde viel besser werden müssen, um mitzuhalten. Zumindest das war ihm bewusst.

Er nahm ein langes Bad, um die trüben Gedanken abzuwaschen, wie er die Spuren der Reise und der Schlachten wusch. Er genoss das heiße Wasser, das ihn kosend umspielte und entspannte. Er hatte vor, sobald als möglich Alexander aufzusuchen und da war es sicherer vorher zu speisen – eine Lektion, die Sergej ihn gelehrt hatte.

Schließlich wusste er nicht, wie die Strafe aussehen würde und wann er wieder Gelegenheit haben würde zu speisen. So führte der erste Weg Nebels, zu den Spendern bevor er sich auf den Weg zum Gefährten machte.

Er wusste nicht, was ihn erwartete und musste aufgrund seiner bisherigen Erfahrungen auf das Schlimmste vorbereiten. Das war auch der Grund, warum er nicht jagen ging, sondern auf einen Todgeweihten zurückgriff.

Er würde die nötige Konzentration nicht aufbringen können. Seine Gedanken würden um die bevorstehende Begegnung kreisen.

Auf der Jagd konnte man sich keine Unachtsamkeiten leisten.

Die Blicke derer, die ihm auf dem Weg zum Ältesten entgegenkamen, ignorierte er. Er war sich sicher, dass die Gerüchte auch hier ihre Runde machten, wie es im Feldlager gewesen war.

‚Haben sie nichts Besseres zu tun? So interessant bin ich nicht und er wird mich schon nicht töten.'.

Kopfschüttelnd setzte er seinen Weg fort, harrte vor der Tür des Arbeitszimmers einen Moment aus und wappnete sich innerlich auf das, was da kommen mochte.

†

Alexander hatte, wie Nebel es vermutet hatte, nicht geruht. Es gab genug anderes, um das er sich kümmern musste. Anfragen, Bitten und Anklagen, Hilfsgesuche, Wandlungsgesuche – während des kurzen Kriegszuges hatten sich viele Anliegen angesammelt, die er zu bearbeiten hatte. Und nicht zuletzt musste er die Angehörigen der Gefallenen informieren.

Die Wandlungsgesuche beantwortete er mit einer Einladung zum Hof, um sich ein Bild machen zu können. Sowohl vom Schöpfer als auch der potenziellen Schöpfung. Die Angehörigen würde er selbst aufsuchen, entweder mit Noir oder Armand. Mit ihnen zu reisen, würde ihm eine erneute lange Abwesenheit ersparen und er bestand darauf, diese Aufgabe selbst zu erfüllen.

Nachdem der Sohn geruht hatte, hatte er mit jenem gesprochen. Er würde Teil der Bestrafung des Nebels sein, der offenbar erschöpfter war, als er gezeigt hatte. Immer wenn er sich des Wohlbefindens des jungen Gefährten versichert hatte, hatte jener tief und fest geschlafen.

‚Wenigstens hat er begriffen, das er hätte hierbleiben sollen. Vielleicht hört er das nächste Mal auf mich.‘

Aber Alexander wusste, dass das nicht in der Art des Knaben lag. Er musste aufbegehren, schon aus Prinzip, wie ihm bisweilen schien.

Das Vorrecht der Jugend, aber der Knabe würde sich nicht mehr lange auf dieses Vorrecht berufen können.

Zu vielen Zügen hatte der Jüngere beigewohnt, ja gar angeführt, als das man die bisherige Nachsicht, ob seiner Eigenwilligkeit beibehalten könnte.

Spätestens nach der letzten Schlacht – er stimmte dem Gedanken des Nebels zu, dass der Krieg erst enden würde, wenn eine Seite vernichtet war – erwartete man das Verhalten eines vollwertigen Kriegers von Nebel.

Ob er es nun wusste oder nicht. Aus Gründen, die sich Alexander nicht vollständig erschlossen, genoss der junge Mann ein hohes Ansehen. Man sprach mit Respekt von ihm.

Die Einladungen in verschiedene Häuser waren nicht in erster Linie wegen einer drohenden Strafe erfolgt, sondern aus Achtung.

Man wollte den Gefährten als Krieger in den eigenen Reihen.

Aber davon ahnte Nebel nichts. Woher jener die schlechte Meinung von sich selbst hatte, konnte er nur erahnen.

‚Zugegeben, ohne seinen Eigensinn wäre Gregor verloren gewesen. Und er hat den anderen Krieger befreit, ohne das Thomas eingreifen musste.'

Auch wenn Thomas die Weisung hatte, dem Jüngeren nur zu folgen, ohne sich einzumischen, wäre eine Gefangenschaft durch die Inquisitoren durchaus ein akzeptabler Grund für Eingreifen gewesen.

Befehl oder nicht.

Nebels Erwachen, das Bad und Mahl verfolgte der Älteste mit seinen Sinnen. Die Sorge, die gewachsen war, je länger der Knabe schlief, fiel augenblicklich von ihm ab. Seufzend griff er nach einem Pergament.

Er war sich nicht sicher, ob der letzte Teil der Bestrafung eine gute Idee war, aber er würde seine Ruhe finden, wenn der Blonde ihn wieder auf Kriegszügen begleitete.

Zumindest etwas mehr Ruhe als es dieses Mal der Fall gewesen war.

Kurz bevor Nebel an seiner Tür klopfte, entsandt Alexander den Brief mit der Bitte um Hilfe, mittels Falken und bereitete sich auf das Zusammentreffen mit dem Krieger vor.

Krieger, nicht Gefährte.

So wie Nebel sich immer wieder mahnte, dass er nicht der Mann auf dem Turm war, so musste er sich bisweilen mahnen, um dem Jüngeren dieselbe Behandlung zuteilwerden zu lassen, wie anderen. ‚Als würdest du irgendwem eine solche Bestrafung auferlegen.' schalt er sich selbst in Gedanken und atmete unnötig durch, bevor er den anderen hereinbat.

„Komm rein, Nebel."

Mit samtener Stimme sprach er die Worte und Nebel folgte, ohne zu zögern. Er wusste, dass er in Schwierigkeiten steckte. Und er wusste, dass es Folgen haben würde. Welche, wusste er nicht. Ebenso wenig wie er wusste, was ihn bei Alexander erwartete.

Und so wirkte er ein wenig, wie ein geprügelter Hund, als er vorsichtig an den Schreibtisch Alexanders trat und unter seinem kühlen, gestrengen Blick noch ein wenig mehr in sich zusammen schrumpfte.

„Ich habe dir untersagt uns zu begleiten, Nebel, ich habe es dir verboten. Du hast dich widersetzt."

Nebel nickte schlicht.

Alexanders Stimme war ruhig wie üblich, auch wenn es der üblichen Sanftheit entbehrte, die sonst mitschwang, wenn er sich allein mit dem Nebel unterhielt.

Kein Knurren.

Kein Grollen.

Nebel wusste nicht damit umzugehen.

Er erwartete Vorhaltungen, Beschimpfungen, das Herabsetzen seiner Fähigkeiten oder Persönlichkeit, wie er es aus dem Schloss des Schöpfers gewohnt war.

Damit wusste er zumindest umzugehen. Aber das … Alexander schmunzelte flüchtig beim Anblick des jüngeren und musste wirklich mit sich ringen, um den Knaben nicht tröstend in seine Arme zu ziehen.

„Ich habe dir den Befehl nicht erteilt, um dich zu strafen, Nebel. Ich tat es, um dich zu schützen. Du hast selbst bemerkt, das du einem solchen Kriegszug noch nicht gewachsen bist. Dieses Mal hat Noir dich auf meinen Befehl hin abseits kämpfen lassen und selbst das hat dich an deine Grenzen gebracht. Es hätten Krieger zu schaden kommen können. Weil sie dich schützen oder dir helfen wollten. Du hättest zu Schaden kommen können."

Nebel schluckte und nickte abermals. Er wusste, das Alexander Recht hatte. Warum es leugnen? Die Einsicht, dass er dem nicht gewachsen war, hatte er früh auf dem Zug erlangt. Und zugegeben hatte er es auf die eigene Art auch längst.

„Ich weiß. Es tut mir leid."

„Du wirst auch beim nächsten Mal einen Weg finden uns zu begleiten, Nebel. Leugne es nicht. Ich kenne dich."

Nebel sah mit schuldbewusstem Blick zu ihm auf. Sich in dem Silber seiner Augen nicht zu verlieren, war unsagbar schwer. Wie gern würde er sich einfach an den anderen schmiegen, den vertrauten Geruch des Gefährten einatmen. Er tat es nicht.

Ja er wusste, dass Alexander auch recht hatte. Er könnte sagen, dass es ihm leidtäte, dass er es nicht wieder täte, ganz gewiss.

Aber er wusste, ebenso gut wie Alexander, dass es eben seine Art war und wohl stets bleiben würde, ganz gleich wie viele Jahre noch ins Land ziehen würden.

Dann und wann zu fordern.

Die eigenen Grenzen und die anderer herauszufinden und auszudehnen.

„Ein halbes Jahr wirst du mit Noir und die ihm unterstellten trainieren. Egal was auch sein mag, jeder zweite Tag, jede zweite Nacht wird ihm gehören, ohne Ausnahme."

Irritiert blickte Nebel den Älteren an, der sich hinter seinem Schreibtisch erhoben hatte. ‚Training als Strafe? Training mit Noir und den anderen?'. Nebel lächelte unsicher und trat vorsichtig an den anderen heran, schmiegte sich an dessen Brust und seufzte erleichtert, als starke Arme ihn umfingen, statt ihn fortzustoßen.

„Danke. Wann geht es los?"

„Noir erwartet dich hinten an der Ruine."

Noch freute sich Nebel, aber er würde rasch feststellen, dass dieses Training sich von den anderen so sehr unterschied, wie der Tag von der Nacht.

Zumindest aber würde Alexander sich weniger Sorgen um den jungen Mann machen müssen, wenn Noir mit ihm fertig wäre.

Widerwillig löste Nebel sich, ebenso widerwillig gab Alexander den Knaben frei, der sich umwand und hinaus stürmte, um den dunklen Prinzen nicht länger warten zu lassen.

KAPITEL 19

Noir war amüsiert gewesen, als sein Vater ihm auftrug, ernsthaft mit dem Nebel zu trainieren. Nicht die üblichen Trainingseinheiten, die sie in der Trainingshalle oder während der Grenzritte absolvierten, sondern ein Training das dem Knaben helfen würde, seine Fähigkeiten und seine Ausdauer zu verbessern.

Das er und die anderen sich sehr zurückgehalten hatten, würde der junge Krieger schnell erkennen. Gut, das hatte Nebel gewusst, aber wie sehr sie sich wirklich zurückgehalten hatten, würde er schnell merken.

„Denkt daran, die einzige Grenze ist der Tod."

„Ich fürchte, Bruder, das dir das Ganze ein bisschen zu viel Freude bereitet."

Noir lächelte und bedeutete den Kriegern, die ihnen zugewiesenen Positionen einzunehmen. Sie würden sich verstecken, bis Nebel nah genug an sie herangedrängt worden war.

„Du bist spät."

Noir begrüßte den blonden Krieger, der freudig in die heruntergekommene Ruine trat, die etwa eine halbe Stunde vom Schloss entfernt lag.

„Ja, verzeih ich ..."

Weiter kam Nebel nicht. Ein unmerkliches Zeichen und Marius und Thomas gaben ihr Versteck auf und griffen den Jüngeren mal im Wechsel, mal gemeinsam an.

Nebel war nie so rasch, so schwer verletzt worden, wie hier. Noir beobachtete das Ganze mitleidslos.

Wann immer die Verletzungen zu stark waren, unterbrach er das Training und die Angriffe auf den Knaben und speiste ihn mit seinem Blut, ließ ihn heilen – was am Tag länger dauerte - gewährte ihm ein paar Minuten, um zu Atem zu kommen, und zwang ihn wieder auf die Beine, um das Training fortzuführen.

Langsam ging Nebel auf, dass dieses Training wirklich eine Strafe sein könnte und er hoffte, das sein Tod nicht Teil dieser Strafe sein würde.

„Konzentrier dich!"

Noirs Mahnung war begleitet von einem Angriff des schwarzen Prinzen selbst, der den Blonden wieder in den Staub zwang. Ächzend rappelte sich Nebel auf, versuchte zurückzuweichen, um den Angriffen zu entgehen.

Sidh und Armand sprangen hervor, als Marques und Thomas sich zurückzogen.

Andrej würde warten. Warten, bis Noir alle zurück zum Schloss schickte, bevor er den Knaben am Ausgang angreifen würde, um ihm eine Lektion in Achtsamkeit zu lehren. Vorausgesetzt, der Kleine könnte dann noch stehen. Und im Moment war die Wahrscheinlichkeit nicht sehr hoch.

Aber Nebel wäre nicht Nebel, wenn er nicht stur wie ein Ochse wäre. Egal wie oft er lag, egal wie stark die Schmerzen waren, die einer der Freunde ihm zufügte, er stand wieder auf.

Manchmal schaffte er es nicht, aus eigenen Stücken stehen zu bleiben, aber er stand auf.

Noir war gnadenlos.

Sidh hatte Mitleid, aber nicht genug, um sich der Anweisung des Bruders zu widersetzen.

„Was ist los, Küken? Du wirst doch nicht schon erschöpft sein?"

„Träum … … weiter, … Prinzchen!"

Nebel hatte gewusst, dass sie sich im Training zusammengenommen hatten. Dem normalen Training. Wie sehr, hatte er nicht geahnt. Und dass sie auch jetzt längst nicht alles gaben, war dem jungen Krieger durchaus bewusst.

Ebenso, wie er wusste, dass ihm am folgenden Tag jeder Knochen schmerzen würde.

Die Sonne wanderte über den Himmel und es schien dem jungen Krieger beinahe, als wollte Noir das Training niemals beenden. Der Morgen ging in den Mittag über und in den Nachmittag.

Nebels Kleider waren blutgetränkt und zerrissen. Das lange Haar klebte nass und kupfern vom Blut in Gesicht und Nacken. Die Schritte kaum mehr als ein Taumeln, die Paraden beinhalteten kaum mehr Kraft. Wie er den Weg ins Gemach des Gefährten schaffen sollte, wusste er nicht.

„Genug."

‚Endlich …'

„Zurück ins Schloss. Für's Erste soll es reichen."

Nebel nickte kraftlos und schleppte sich mühsam zum Ausgang der Ruine, die fünf Männer warfen sich einen amüsierten Blick zu. Das der Sechste fehlte, war Nebel bisher gar nicht aufgefallen.

„Sieh an, wir haben es geschafft, das Nebel keine spitze Erwiderung mehr einfällt."

Armand lachte, als Nebel zurückblickte und versuchte, böse zu schauen. Das Aufblitzen von Metal warnte den blonden Krieger, aber auch wenn er noch sah, dass Andrej aus seinem Versteck hervorgesprungen war, konnte er nicht mehr schnell genug reagieren und wurde vom Hieb des Älteren zurückgeworfen.

Noir fing ihn auf und schüttelte amüsiert den Kopf. „Wachsamkeit, Nebel. Auch dann wenn du glaubst, das es nichts mehr zu befürchten gibt."

„Ich glaube ich kann dich nicht mehr leiden ..."

Noir lachte und setzte den Jüngeren auf sein Pferd und gemeinsam brachten sie den Knaben zurück zum Schloss.

✝

Noir und Armand begleiteten Alexander. Durch die Schatten reisten sie zu anderen Clans und wie Noir den Gefährten des Vaters lehrte, lehrte dieser ihn bei diesen Reisen über die Verpflichtungen als Oberhaupt.

Jeden Angehörigen suchte Alexander auf, überreichte ihm oder ihr die Waffe und bedankte sich für den Einsatz, erwähnte den Mut und die Ehre der Krieger und bekundete sein Mitgefühl.

„Warum tust du dir das an, Vater?"

Nicht jeder, oder kaum jemand, nahm die Kunde vom Tod eines Geliebten gefasst auf. Alexander nahm Beschimpfungen und sogar Schläge hin. Vorwürfe und Zorn.

Er verzog keine Miene während der Ausbrüche. Er ließ die Trauernden gewähren. Noir und Armand blieben im Hintergrund, beobachteten schweigend, auch wenn sie gern eingegriffen hätten, war ihr Befehl klar: Bleibt wo ihr seid.

„Wovon sprichst du, Sohn?"

„Warum suchst du sie alle auf? Du könntest Nachricht schicken, Boten. Warum gehst du selbst? Und warum lässt du eine solche Behandlung zu?"

Alexander betrachtete seinen Sohn eine Weile eindringlich. Natürlich könnte er einfach einen Boten schicken. Einen Falken mit einer Nachricht. Es wäre der einfachere Weg.

„Ja das könnte ich. Es wäre einfacher, nicht wahr? Schneller auch."

Noir und Armand runzelten die Stirn. Sie hätten nicht mit Zustimmung gerechnet.

„Warum dann, Vater?"

„Weil sie es verdienen, Noir. Weil es angemessen ist. Sie haben für mich und ihre Art gekämpft. Sie sind für mich gefallen. Sie verdienen den Respekt. Sie verdienen, das ich die Angehörigen aufsuche. Wünschst du eine Falken der dir Kunde von meinem Tod bringt?"

„Du wirst noch das Ende der Welt überleben, du bist zu stur um zu sterben."

Armand quittierte die gebrummte Antwort Noirs mit einem Lachen, Alexander schmunzelte lediglich. Manches kindliche Denken schien nicht weichen zu wollen.

Der Gedanke das der starke Elternteil früher oder später nicht mehr wäre, nur als grade offensichtliche Beispiel.

„Sie trauern, Noir. Sie brauchen ein Ventil. Jemandem, an dem sie ihre Verzweiflung auslassen können. Die Häscher sind nicht erreichbar, aber ich bin es. Lass sie toben, schimpfen, schlagen. Lass sie ihrer Wut ausdruck verleihen, bevor die Verzweiflung sie lähmt."

Alexander legte dem Sohn kurz eine Hand auf die Schulter, drückte sie leicht und Noir seufzte nickend. Er verstand, was der Vater sagte, erkannte den Sinn dahinter.

Aber gefallen tat es ihm nicht. Und mit jedem neuen Besuch gefiel es ihm weniger.

Alexander gefielen diese Besuche genauso wenig wie dem Sohn oder dessen Vertrauten. Sie nahmen den Ältesten durchaus mit, auch wenn er es niemanden sehen ließ.

Wieder und wieder die Nachricht zu überbringen. Wieder und wieder der Trauer und Verzweiflung ausgesetzt zu sein.

Das zerrte zunehmend an der Substanz des Obersten seiner Art. Aber irgendwann, wären die Angehörigen informiert und die Besuche würden enden.

Fürs Erste.

✝

Das Training wechselte beinahe jedes Mal. Mal trainierten sie am Tag, ein anderes Mal in der Nacht.

Nur eines war immer gleich: Noir ließ das Training erst enden, wenn der Jüngere kaum mehr einen Schritt aus eigener Kraft gehen konnte.

Mal in der Ruine, manchmal in den Wäldern oder sie reisten bis in die Berge, wo Nebel gegen die Gruppe und den eigenen Absturz kämpfen musste. Der schlimmste Ort für den jungen Krieger war jedoch der Schlosshof.

An den Fenstern, auf den Balkonen und auf Vorsprüngen tummelten sich Zuschauer. Mancher mit Häme, andere aus Neugier und wieder andere mit einem Mindestmaß an Respekt.

„Lass dich nicht ablenken, Nebel!"

Noirs Stimme hallte über den Hof, Nebels Knurren antwortete darauf. Alexander besah sich das Ganze von seinen Gemächern aus, als eine Hand sich federleicht auf seine Schulter legte und er den Kopf sacht neigte.

„Guten Tag Mutter."

„Warum hast du nach mir verlangt, Alexander? Niemand hier scheint so verletzt, das meine Awesenheit nötig wäre."

Ihr Blick legte sich auf die im Hof Kämpfenden, ehe sie ihre Aufmerksamkeit wieder dem Sohn gehörte.

Besorgnis, Stolz und Sanftheit hatten sich in die übliche Kälte seines Blickes gemischt und sie erkannte es mit Amüsement.

Ja sie erkannte den Blonden. Zwei Mal hatte sie ihm bereits ihr Blut gespendet, auf das er heilen möge. Nun schien es, dass der Enkel und seine Getreuen, diesen Zustand in dem er einst war, wieder herzustellen versuchten.

„Niemand ist verletzt. Ich brauche einen Engel. Nicht zu stark."

„Bist du seiner schon so rasch überdrüssig? Ich nahm an, das es dir mehr Freude bereiten würde, deine abgelegten Gespielen selbst zu töten."

Alexander hob skeptisch amüsiert eine Braue. War das ihr Ernst?

Er tötete seine Gespielen oder Maitressen nicht, wenn sie ihren Zweck erfüllt und ihn zur Genüge unterhalten hatten. Außerdem war sich der Älteste gar nicht mehr so sicher, dass der andere nur ein Zeitvertreib war.

Er sah von den Trainierenden auf seine Mutter und schüttelte den Kopf.

„So ist das nicht, ich ..."

Sie hob eine Hand, unterbrach die Erklärung, die Alexander ausnahmsweise gewillt war, zu geben.

„Ich werde sehen, was ich tun kann. Ich lasse dich wissen, wenn ich etwas passendes entdeckt habe."

Sie wartete nicht auf eine Antwort oder einen Abschied, sondern verließ das Schloss des Sohnes ungesehen und jener wand sich mit nachdenklichem Ausdruck wieder dem Spektakel zu.

‚Seiner überdrüssig. Lachhaft. Eher wird Nebel mir davon laufen, wenn das so weiter geht.'.

Alexander schmunzelte.

Das Training ging bereits seit zwei Wochen und jedes Mal schleppte sich der junge Krieger am Ende aller Kraft in ihr gemeinsames Gemach. Verdreckt, erschöpft, mit schmerzendem Leib.

Man sollte annehmen, dass der junge Knabe sich an den freien Tagen von Noir und den anderen fernhielt, aber kaum das er ausgeruht hatte, ließ er sich gern von ihnen zur Jagd überreden oder erheblich einfacheren Trainingseinheiten in der Trainingshalle.

Er hatte erwartet, dass der Jüngere um Nachsicht bitten würde, und er war sicher, das eine oder andere Mal war er kurz davor gewesen. Aber noch hatte er das nicht.

Nicht direkt zumindest. Vor einigen Nächten hatte Nebel sich erkundigt, ob ein halbes Jahr wirklich notwendig wäre und nach ein wenig Geplänkel hatte er die Dauer auf sieben Monate verlängert. Seufzend hatte Nebel es hingenommen. Vermutlich aus Furcht, dass er noch länger durchhalten müsste, wenn er diskutierte.

„Stop!"

Noirs Stimme hallte über den Hof und Alexander sah, wie die Vertrauten ins Schloss stürmten. Alexander lachte.

Noir hatte ihm erzählt, was heute käme.

„Herr... Yves und Roma erwarten Euch."

Alexander nickte und folgte Rosanna aus seinem Gemach in sein Arbeitszimmer. Nun wo der Kriegszug vorüber war, hatte er Zeit, sich um andere Dinge zu kümmern.

In den nächsten Tagen würden die ersten potenziellen Schöpfungen samt Schöpfer ankommen, aber bis dahin wollte er sehen, ob die beiden ihm etwas über diesen Sergej berichten konnten.

„Gut, heute etwas leichtes zum Abschluss, Nebel. Ich werde oben auf dem Nordturm auf dich warten. Wenn du mich erreichst, ist das Training beendet."

Nebel sah den Älteren skeptisch an. Bis zum Nordturm? Das sollte alles sein? Der Blonde konnte sein Glück kaum fassen und stürmte hinein. Inzwischen kannte er das Schloss gut genug, um sich nicht mehr zu verlaufen, also sollte es kein Problem darstellen, oder?

Aber er hätte wohl wissen müssen, dass es nicht so einfach werden würde. Armand, Sidh, Marius, Thomas und Andrej hatten sich an verschiedenen Positionen des Schlosses versteckt und würden dafür sorgen, das der Weg keineswegs so leicht werden würde, wie Nebel hoffte.

Immer wenn der junge Mann glaubte, dass er ‚sicher' wäre, war plötzlich einer aus der Gruppe da. Wie oft Nebel die Treppen hinabstürzte, konnte er nicht genau sagen. Bei zwölf hatte er aufgehört zu zählen.

Zu den Verletzungen des Trainings kamen nun noch die Folgen der Treppenstürze. Prellungen, Brüche, Platzwunden. Nichts das ein Problem war. Nach einem Mahl und ausreichend Ruhe würde er regenerieren.

Aber inzwischen war er nicht mehr sicher, dass er es jemals bis zu Noir schaffen würde und das Mahl rückte in immer größere Ferne. Aufgeben kam nicht in Frage. ‚Muss   es schaffen   muss ...'

Es war ja nicht so, als hätte er eine Wahl. Er könnte versuchen, in die gemeinsame Kammer zurückzukehren, aber war sich ziemlich sicher, dass die Trainingspartner ihn davon abhalten würden, vom Weg abzuweichen, der ihn zum Turm bringen würde.

Außerdem wollte er nicht herausfinden, was passierte, wenn er versuchte sich vom Training, von der Strafe zu drücken.

Er begann eine unbändige Wut auf den silberäugigen Racheengel und seine Freunde zu entwickeln.

Das es Alexander war, der diese Strafe ausgesprochen hatte, vergaß er ebenso wie den Umstand, dass er sich das Ganze selbst zuzuschreiben hatte.

Niemals würde er jemandem gegenüber eingestehen, dass er etwas nicht schaffen konnte. Und aufzugeben, wäre ein solches Eingeständnis.

Alexander wusste es natürlich und auch Noir ahnte, wie viel Mühe es den Knaben jedes Mal wieder kosten müsste, das Training durchzustehen.

Im Wechsel gingen sie Jagen, während sie dem Nebel den Aufstieg so schwer wie nur möglich machten.

Der Tag wich dem Abend, der Abend der Nacht als Nebel endlich den Fuß des Nordturmes erreichte.

Atemlos, erschöpft und frustriert blickte er zum Turm hinauf. ,Nur noch ein bisschen. Das schaffe ich.', sprach er sich im Geiste selbst Mut zu und hoffte, dass er recht hatte.

Mit einem Knarren öffnete er die Tür zum Turm und spähte vorsichtig hinein. Kühl und dunkel lag der Eingangsbereich vor ihm. Außer den dunklen Stufen konnte er nichts sehen. Das fahle Mondlicht drang durch einige Fenster, die über die gesamte Höhe verteilt waren.

Fledermäuse flogen in der Dunkelheit ein und aus, am Tage waren es Tauben, die in den Schatten der Fensterbögen und Nischen ihre Nester bauten.

Vorsichtig trat Nebel ein. Seine beinahe lautlos gesetzte Schritte, erschienen ihm unnatürlich laut. Doch das war Einbildung.

Er war ein Raubtier, dem die Jagd in Fleisch und blut übergegangen war, über die Jahre, die er wandelte. Seine Schritte waren beinahe lautlos gesetzt, die Bewegungen des Raubtiers fließend und auf ein notwendiges beschränkt.

Natürlich spiegelte sich die Erschöpfung in den Bewegungen wieder. Nichtsdestotrotz war und blieb er ein Raubtier.

Ein erschöpftes Raubtier, aber ein Raubtier.

Stufe um Stufe erklomm er, und nichts. Kein Angriff. Niemand, der sich ihm in den Weg stellte. Die gewundene Treppe erschien ihm endlos lang.

Dann erblickte er in der offenen Tür, oben im Turm den dunklen Prinzen. Höhnisch lächelnd hatte er die Arme vor der Brust verschränkt.

Der Wind spielte mit dem halblangen Haar, zerrte an seinem Gehrock. Nur noch ein paar Stufen. Nur noch ein paar Meter.

Hoffnung erfüllte den jungen Krieger.

Hoffnung, die seine Kraftreserven mobilisierte. Nebel lief los.

Zwei Stufen weit kam er, als plötzlich seine Knöchel gepackt wurden und der junge Krieger herabgerissen wurde. Ächzend stürzte Nebel einige Stufen herab, bevor er es schaffte, sich zu halten und so verhinderte, dass er ganz hinabstürzte.

Sidh grinste verschmitzt auf ihn herab und Nebel stöhnte auf. Das wäre ja auch zu einfach gewesen, nicht wahr?

Er hätte es wissen müssen.

Knurrend rappelte der junge Krieger sich wieder auf und sprang auf Sidh zu. Mit der Verbissenheit eines tollwütigen Tieres kämpfte Nebel ein weiteres Mal.

Er war so nah am Ziel, er durfte jetzt nicht scheitern, konnte jetzt nicht scheitern.

Sidh lachte freudig. Er hatte fast angenommen, der Kleinere würde aufgeben. Das seine Kraft nicht mehr ausreichen würde.

Aber Verzweiflung und Hoffnung konnten offenbar enorme Kräfte freisetzen.

Der junge Krieger mobilisierte seine letzten Kraftreserven und auf ein Deuten Noirs, zog Sidh sich zurück und Nebel stürmte die verbleibenden Stufen hinauf, bis er stolpernd vor Noir zum Stehen kam.

Mit hochmütigem Lächeln betrachtete Noir den Schutzbefohlenen.

„Du hast dir Zeit gelassen."

Das Necken Noirs quittierte der Jüngere mit einem zornigen Blick, der Noir zum Lachen brachte. Anerkennend legte er dem anderen eine Hand auf die Schulter und nickte kaum merklich. ‚Ich hätte nicht gedacht, dass er durchhält.'. Nebel sah erschöpft zu Noir auf. Er lächelte matt. Alles in ihm schrie danach, sich auszuruhen und zu speisen. Aber er wartete, dass Noir die Entlassung sprechen würde.

„Speise und Ruhe. Gut gemacht, Nebel."

Nebel nutzte Spender, um sich zu stärken, ehe er sich auf den Weg in die Gemächer machte. Verdreckt, verschwitzt, die Kleidung blutgetränkt und zerrissen hatte er nicht viel mit dem arroganten Krieger gemein, der mehr Glück als Verstand zu haben und sich an der Seite des Ältesten ausgesprochen wohlzufühlen schien.

„Fühl dich nicht zu sicher."

Nebel blinzelte irritiert, als eine Unbekannte ihm die Worte zu zischte, als er gerade die Treppen zum Flügel hinaufstieg.

„Wie bitte?"

„Er wird die Lust an dir verlieren. Vielleicht solltest du das unvermeidbare nicht hinausschieben und den Platz in seinem Bett aufgeben."

Nebels Augen glommen kalt und gefährlich auf. Funkelndes Eis im Mondlicht.

Es war gewiss nicht das erste Mal, das er Spitzen hinnehmen musste. Wenn auch nicht mehr so offensichtliche wie jetzt oder der Magd die den Unfall mit dem Fenstersturz hatte, aber immer wieder gab es Kommentare und Blicke, die von Missgunst zeugten.

Der Unterschied war, dass er jetzt erschöpft war, und das Weibsbild überstrapazierte seine quasi nicht mehr vorhandene Geduld. Fauchend wand er sich der Unbekannten zu, seine Hand schnellte vor und umfasste ihre Kehle.

Entsetzt sah sie den Krieger an, erkennend, dass sie den falschen Zeitpunkt gewählt hatte. Oder ihre Worte generell falsch gewählt waren.

„Hör zu. Und hör genau zu."

Nebels Stimme war schneidend kalt, wie der Arktiswind und Sofia erschauderte. Sie hatte keinen Angriff erwartet, so wie der Fremde – für die Neider würde er ewig nur der Fremde bleiben – aussah.

Erfolglos versuchte sie, sich aus dem Griff zu befreien.

Sie umfasste sein Handgelenk, grub ihre Nägel in seine Haut aber Nebel dachte nicht im Traum daran, sie freizugeben.

„Du bist ja wahnsinnig!"

Sofias Stimme war zu schrill und laut. Sie bemühte sich, um Kälte und Strenge doch es gelang ihr nicht, das Zittern aus den Worten zu verbannen. Vielleicht hatte Sofia gar nicht so unrecht.

Vielleicht war er wahnsinnig. Der Eindruck, den der blonde Krieger grade machte, würde passen.

„Wagt sich eine von euch Huren in unsere Gemächer, werde ich derjenigen das Herz aus der Brust reißen und verspeisen und mich nicht mehr damit begnügen sie aus dem Fenster zu werfen."

Sofia erbleichte. Ihre Hände lösten den Griff, fielen kraftlos herab. Ja sie wusste von dem Unfall. Jeder wusste davon.

Mancher behauptete, sie wäre gestoßen worden. Tanja - Nebel hatte sie aufgrund ihres Duftes schlicht Yasmin genannt – schwieg jedoch vehement darüber, wie es dazu kommen konnte.

Nebel löste seinen Griff mit einem dunklen, warnenden Knurren, ehe er seinen Weg fortsetzte, sich des Blickes des Weibchens auf seinem Rücken durchaus bewusst.

Alexander lag bereits im Bett, als der Jüngere eintrat und ließ den Blick unentwegt auf jenem, als er sich auskleidete von den Spuren des Tages befreite und reinigte.

Der junge Mann war so erschöpft, dass er sogar vergaß, den Älteren darauf hinzuweisen, dass er nicht starren sollte oder sich verlegen abzuwenden.

Alexander schmunzelte und hob die Decke an, und sofort huschte der Kleinere zu ihm und schmiegte sich wohlig aufseufzend in seine Arme.

„Ich will schlafen, also denk nicht mal dran!"

Alexander lachte leise und legte schützend die Arme um Nebel.

„Warum nicht? Reißt du mir das Herz raus und verspeist es?"

Nebel murrte. ‚Natürlich DAS hat er mitbekommen.'.

Nicht das es ihn wunderte. Er war sich sicher, dass der andere einen guten Überblick über die Vorgänge im Schloss hatte.

Wie auch immer er das anstellte, war ihm zwar nicht klar, aber das war auch nicht wichtig.

„Nein. Ich warte einfach, bis du es mir aus freien Stücken schenkst."

Die Stimme war kaum mehr als ein verschlafenes Murmeln. Zu sehr hatte allein dieses Training den Krieger erschöpft, als das er länger wachbleiben könnte, selbst wenn er wollte. So entging ihm die zärtlich gewisperte Antwort Alexanders.

„Das gehört dir längst, mein Nebel. Das gehört dir längst."

KAPITEL 20

Die folgenden Wochen verliefen auf dieselbe Weise: Training bis zur totalen Erschöpfung, Jagden und wieder Training. Grade, wenn Nebel glaubte, dass er sich an das Pensum gewöhnte, übernahm Alexander einzelne Trainingseinheiten. Und Nebel war zwischen Liebe und Hass hin und hergerissen. Alexander nahm sich zwar zurück, das wusste jeder, aber nach Tagen, die er mit Alexander verbrachte, freute sich Nebel geradezu auf die Schikane von Noir, Sidh, Armand, Torben, Thomas, Andrej und Marius.

Nach Alexanders Training konnte er tagelang jeden Muskel und jeden Knochen spüren. Und als würde das nicht reichen, sah Alexander nicht ein, warum er am Ende des Tages auf die Annehmlichkeiten eines gemeinsamen Gemaches verzichten sollte.

Nebel war sich ziemlich sicher, dass Alexander das ganze Training als ein Vorspiel betrachtete. Anders konnte er sich die Begeisterung Alexanders ihn zu quälen nicht erklären.

Auch an diesem Tag war Alexander für das Training des Nebels zuständig, und Nebel sehnte das Ende bereits nach einer Stunde herbei.

„Steh auf Nebel!"

„Das ... macht dir eindeutig zuviel Spaß"

Alexander lachte leise, ob der atemlosen Worte des Jüngeren. Doch das Lachen erstarb und Alexanders Blick wurde wachsam. Etwas, das Nebels Aufmerksamkeit sofort weckte. Es gab schließlich nicht viel, das Alexanders Aufmerksamkeit derart weckte.

„Das Training ist beendet Nebel. Geh und ruh dich aus, damit du heut Abend mit Noir jagen kannst."

Wies Alexander den Jüngeren an und ließ ihn stehen, ohne auf eine Antwort zu warten. Sein Ziel waren die eigenen Gemächer, wo er sich Reisekleidung anlegte und ein paar Dinge einpackte, ehe er sich den Waffengurt anlegte. Rosanna wartete schweigend an der Tür ab, welche Befehle ihr Herr haben mochte.

„Ich bin so schnell wie möglich zurück, aber wie lange ich fort sein werde, kann ich nicht sagen. Halte hier alles im Auge, Rosanna. Sollte irgendetwas sein, schick meinen Falken. Er wird mich finden. Roma und Yves werden zwischendurch nach dem Rechten sehen."

Rosanna nickte. Sie stellte keine Fragen. Würde er wollen, dass sie wusste, wohin er ging oder was ihn dazu zwang zu gehen, dann würde er es sagen. Sie kannte ihre Aufgaben, wenn der Herr nicht zugegen war. Und auch dieses Mal würde sie diese Pflichten erfüllen, wie sie es stets tat.

†

An den Grenzen des Reiches erwartete SIE Alexander. Wortlos wand sie sich um und er folgte ihren Schritten und holte nach einem Moment auf und brachte sich an ihre Seite.

„Das ging schnell."

Sie nickte.

„Ich werde dir lediglich zeigen wo du ihn findest und dir helfen ihn hierher zu bringen. Ihn zu bezwingen und zu fangen, obliegt deiner Verantwortung, Alexander."

Alexander nickte langsam. Er hatte nichts anderes erwartet. Er wusste, sie würde ihm beistehen, sollte es nötig sein, aber ebenso wusste er, dass es seine Verantwortung war.

Es war seine Idee gewesen. Und er bereute sie – noch - nicht. Er würde ruhiger schlafen können, wenn der Nebel das Training und den Engel überstände.

Der junge Gefährte würde immer einen Weg finden, sich Kriegszügen anzuschließen. Er konnte nicht anders. Er war jung und begierig darauf sich zu beweisen. Zu beweisen, dass er genauso gut war, wie die Besten.

Besser war als jeder andere.

„Ist er den Ärger wert?"

Ihre glockenhelle Stimme durchbrach seine Gedanken und zwangen seine Aufmerksamkeit auf seine Mutter und seine Umgebung. Innerlich seufzte er. Das geschah immer öfter. Das seine Gedanken abdrifteten, am Gefährten hängen blieben, seiner Art, seinen Taten, seinem Aussehen. Kurz flammte das Bild des Jüngeren vor seinem inneren Auge auf.

Der unerschrockene, stolze Blick, das Haar das vom Licht der Sonne selbst geküsst worden war und seinen eigenen Willen zu haben schien und sich nicht einfach bändigen ließ. Der Leib, schlank und muskulös und herrlich empfindsam.

Das Räuspern der Mutter ließ ihn kurz schmunzeln. Schon wieder.

„Wenn er es nicht sein sollte, wird er es sein."

Er hatte keinen Zweifel daran, dass Nebel die Mühe wert wäre. Hatte er nicht längst seinen Wert unter Beweis gestellt?

In den Schlachten?

Im Training mit dem Sohn und dessen Anhang?

Er war wiedergekommen. Zurück zu ihm. Entgegen aller Vernunft. Ja er war es wert. Und er würde tun, was nötig war, damit jener sich schützen konnte, sollte er es einmal nicht können.

„Ein Knabe diesmal. Und so jung."

„Seit wann interessiert dich, wen ich in mein Bett hole? Es ist gewiss nicht der erste Knabe."

„Das ist wahr. Aber keiner und keine war bislang so jung. Zweimal hast du bereits nach mir gerufen, damit ich ihn rette, und nun ziehst du aus, um einen Engel zu fangen, der ihn zweifellos töten könnte."

Alexander nickte. Zweimal in relativ kurzer Zeit hatte er nach der Mutter rufen müssen, um das Küken zu retten.

„Darum der Engel, Mutter. Er hat ein Talent dafür in Schwierigkeiten zu geraten und so sehr ich es auch will, ich kann ihn nicht ständig im Auge halten und ihn beschützen. Noir unterzieht ihn einem Intensivtraining. Wenn er das und den Engel übersteht, werde ich ruhiger seinen Ausflügen entgegen sehen können."

Lilith nickte verstehend. Ihre Miene war ebenso ausdruckslos wie Alexanders. Und hinter ihrer scheinbaren Gleichmut arbeitete es ebenso rege wie bei ihm.

Sie befand es als amüsant.

Wie die Jüngeren dem Amüsement des Sohnes dienten, wie die Menschen den meisten als diese dienten, so war ihr Sohn - oder ihre Söhne - ihre Unterhaltung.

Sie mischte sich nicht mehr ein. Lang genug hatte sie ihre Art angeführt und genoss es seit einigen Jahrhunderten, den eigenen Belangen nachzugehen. Sich bisweilen Jahrzehnte in Einsamkeit zurückzuziehen oder ausschweifend zu feiern – was in Orgien und Blut endete.

Warum war er solange unentdeckt geblieben? Und wie konnte ein einziges Geschöpf, dem Tod so oft entrinnen.

Manch anderer wäre längst Geschichte. Aber dieser dumme kleine Knabe, der dem Erstgeborenen sein Herz so leichtsinnig geschenkt hatte, schaffte es durch eigenwillige Zufälle, immer wieder zu überleben.

Sie war sicher, dass er auch ohne ihr Blut überlebt hätte. Nur die Heilung hätte länger gedauert.

Aber da war noch etwas anderes. Etwas, das sie nicht greifen konnte, sich nicht erklären konnte. Es wunderte sie nicht, das Alexander Interesse an dem Jungen hatte.

Jung oder nicht.

Die meisten Gespielen des Sohnes waren fad gewesen. Langweilig, berechenbar. Auf Macht und Einfluss aus. Und so schnell, wie sie ins Bett kamen, waren sie auch wieder verschwunden, kaum eines Gedankens wert.

Für keine (oder keinen) hätte er sie gerufen. Für niemanden sonst, würde er das Wagnis eingehen, einem Engel gegenüber zu stehen.

Gleich wie stark oder schwach dieser auch sein mochte.

„Aber ein Engel? Reicht Noir nicht aus?"

Alexander schmunzelte. Natürlich war Noir ein hervorragender Trainingspartner und Alexander hatte seinem Sohn klar gemacht, dass er den Jüngeren wieder und wieder über seine Grenzen hinaustreiben sollte und lehren, wie man kämpfte und sich verteidigte.

Noir machte seine Sache gut. Sehr gut sogar. Nebel war regelmäßig am Ende seiner Kraft, aber die Fortschritte zeigten sich bereits nach dieser kurzen Zeit.

Seine Kraft und Schnelligkeit nahmen kontinuierlich zu, sein Körper war muskulöser, dass Knabenhafte wich zusehends. Warum dann ein Engel?

Die Mutter hatte recht.

„Ich will auf Nummer Sicher gehen. Wohin reisen wir?"

„Das wirst du früh genug sehen. Wir werden einige Wochen unterwegs sein."

Alexander nickte leicht. Er wusste, es würde nichts bringen, in sie zu dringen. Sie würde nichts sagen. Sie hütete viele Geheimnisse. Und niemand würde sie je zum Sprechen bringen.

Nur sie wusste, wo der Verfluchte, sein Vater, gefangen gehalten wurde.

Nur sie wusste, wo sich jedes ihrer Kinder aufhielt. Und nur sie wusste, wohin die Reise gehen würde und vermutlich auch, wie es enden würde.

Sie war die erste Frau.

Und sie würde die Letzte sein.

Der Geruch nach Tang und Fisch schien allem entlang der Küste anzuhaften. Alexander verzog missbilligend die Lippen, während er sich umsah, dem Wellenspiel lauschte, das dröhnend in seinen Ohren klang.

Seit ein paar Stunden waren sie bereits hier und wortlos hatte die Mutter sich auf einen umgestürzten Baumstamm gesetzt.

Worauf sie wartete, sagte sie nicht. Auch sonst hatte sie kaum ein Wort während des ganzen Weges gesprochen. Nicht das es ihn störte. Sie konnten schweigen, ohne dass es unangenehm wurde.

Aber noch immer wusste er nicht, wo ihr Ziel war und was genau ihn dort erwarten würde.

Ein Engel, ja natürlich.

Aber was weiter?

Er zog es vor, zu wissen, was ihn erwartete. Die Stärke eines Gegners einschätzen zu können. Aber ohne jegliche Informationen – die SIE ihm nicht zu geben gedachte – gestaltete sich das Ganze schwierig.

Es war ihr innerer kleiner Sadist. Sie wusste um seine Neugier, auch wenn er sie gut verbergen konnte. Nicht das sie es nicht trotzdem bemerken würde. Entspannt blickte sie auf das Meer, bannte mit ihren Fingern achtsam eine der rabenschwarzen Strähnen aus dem bleichen Gesicht.

Nicht eine graue Strähne.

Nicht eine Falte.

Puppengleich würde ihr Aussehen unverändert die Ewigkeiten überstehen.

Als Strafe für ihren Ungehorsam. Sie bereute nicht. Nicht das sie sich widersetzt hatte und nicht, was danach kam.

Sie hatte sich gut amüsiert.

Mit dem gefallenen Engel, dem Wächter der Unterwelt, der sie auf vielfältige unterhalten hatte. Sie beobachtete den Wandel der Welt, das fortschreiten der Zeit.

Wartend auf den letzten Tag, der irgendwann kommen würde.

Bis es jedoch so weit war, das jüngste Gericht über jedes Lebewesen tagte, würde sie wandeln.

Ewig schön.

Geheimnisumwoben.

Mächtig.

Mythengrundlage für die Sterblichen.

Wer konnte ihr da ein wenig Unterhaltung verübeln? Selbst wenn es in diesem Fall, der Tanz des Sohnes mit diesem Knaben war.

Das Wasser wich langsam zurück. Es war so weit. Sie erhob sich. Auf die Ebbe hatte sie gewartet. Alexander blickte sie abwartend an.

Lilith zog ihre Stiefel aus und folgte dem weichenden Wasser. Kalt schmiegte sich der Schlick um ihre Füße, quetschte sich durch die Zehen und schmatzte, wenn sie einen neuen Schritt tat.

Alexander seufzte und folgte ihrem Beispiel.

Sie ließen sich Zeit, passten ihr Tempo dem weichenden Wasser an. Alexander versuchte, sich zu orientieren, aber den Richtungswechseln der Mutter konnte er längst nicht mehr folgen.

Nach einer gefühlten Ewigkeit kam Land in Sicht. Felsformationen türmten sich vor ihnen auf. Möwen zogen schreiend am Himmel entlang.

Der Wind pfiff mit den Vögeln um die Wette. Der Himmel war grau, die Sonne verbarg sich hinter dicken schweren Wolken.

„Wir müssen dort hinauf."

Alexander nickte und zog seine Stiefel wieder an. Er hatte das befürchtet. Warum sollte es auch einfach sein, nicht wahr? Die Erste führte ihn. Oben wechselte der felsige Grund einem weicherem, Gras und Wald breiteten sich vor ihnen aus.

Alexander konnte es spüren. Die Energie des Engels, seine Präsenz. Sie näherten sich dem Wald und tiefes Unbehagen machte sich in den Vampiren breit.

Widerwille beinahe, den Wald zu betreten.

Und doch taten sie es und der Himmel, der sich über den Bäumen ausbreitete, war nicht grau, sondern strahlend blau. Der Wind hatte aufgehört. Blumen blühten, die Bäume waren gesund und wuchsen hoch und standen in voller Blüte.

Die Tiere waren ohne Scheu und gingen ihrem Tagwerk nach, ohne sich um die Eindringlinge zu scheren.

Mutter und Sohn drangen tiefer in den Wald ein und das Gefühl des Widerwillens, des Unbehagens wuchs und wuchs mit jedem Schritt.

Sie sollten nicht hier sein.

Durften nicht hier sein.

Und sie wussten es.

Den Weg fortzusetzen kostete sie beide Kraft und Überwindung.

Alexander hatte das noch nie erlebt.

Auf Schlachtfeldern war er Engeln begegnet. Aber das war etwas anderes. Etwas ganz anderes. Diese Präsenz war rein und ungetrübt von hetzerischen Reden. Warum hatte die Mutter ihn ausgerechnet zu diesem Engel geführt?

Es gab zweifellos weniger anspruchsvolle Geschöpfe auf dem Festland. Seufzend folgte Alexander der Präsenz, die ihm den Weg wies.

Sie prüfte ihn, wie er den Knaben prüfte. Sie wollte wissen, wie ernst es ihm wäre. Welche Mühe er bereit wäre, auf sich zu nehmen.

Wegen eines Kükens, eines Knaben. Entschlossenheit spiegelte sich auf seinen Zügen. Die Lippen waren zu einer dünnen Linie zusammengepresst, die Brauen zusammengezogen. Seine Haltung straffte sich. Eine Hand legte sich um den Griff seines Schwertes.

Seine Mutter betrachtete das mit Amüsement, während sie um eine Schrittlänge zurückfiel. Alexander durchbrach eine Baumreihe und trat auf eine von Sonnenlicht durchflutete Lichtung.

Rehe grasten friedlich, Hasen hüpften unerschrocken umher. In der Mitte der Lichtung saß das Himmelsgeschöpf.

Es dauerte nur Sekunden, bis das Geschöpf der Eindringlinge gewahr wurde, und die sanfte Miene sich in eine groteske, hasserfüllte Maske wandelte.

„IHR SEID NICHT WILLKOMMEN!"

Donnernd, dröhnend erklangen die Worte des Engels, welche die Tiere panisch fliehen ließen. Alexander konnte kaum blinzeln, so schnell war der Engel bei ihm, in der Hand eine leuchtende Klinge, die aus gleißendem Licht zu bestehen schien. Alexander sprang zurück, zog die eigene Waffe und konnte nichts tun, außer die Hiebe des Himmelswesens zu parieren.

Funken stoben auf, sanken federgleich zu Boden und erloschen, bevor sie Schaden anrichten konnten.

Sie mischte sich nicht ein. Das war seine Angelegenheit, seine Prüfung. Und so skurril des auch sein mochte: Alexander genoss die Herausforderung des reinen Wesens. Unverdorben und rein verfügte es noch über die Kraft und Macht sich selbst einem Wesen alt und stark wie ihm zu stellen.

Kein Gegner für Nebel. Nicht in dieser Verfassung, das wusste Alexander durchaus.

Aber bevor er sich dieses Problems annehmen konnte, musste er den Engel erst einmal besiegen. Und das Geschöpf, machte es ihm nicht einfach. Seine Klinge, noch unbefleckt vom Blut unschuldiger und ebenso machtvoll und rein wie sein Führer wurde mit unsäglicher Präzision geführt.

Wie ein Buttermesser in warme Butter dringt, so drang die heilige Klinge in Alexanders Leib, doch auch dessen Klinge machte sich ausgesprochen gut im Engel.

Keiner der beiden Kämpfenden gab einen Laut von sich.

Keiner schenkte dem anderen etwas.

Keiner war gewillt aufzugeben.

Wie könnten sie auch. Jeder hatte einen Grund zu kämpfen. Und sei es nur der Wille, zu überleben.

Alexander vermochte nicht, seine volle Kraft einzusetzen, seine Schnelligkeit. Es schien, als habe er keinen Zugriff auf seine Fähigkeiten. Ob es am Engel lag, seinen Fähigkeiten, konnte Alexander nicht sagen, aber vollends ausschließen konnte er es auch nicht.

Niemals zuvor war er einem so unverdorbenen Geschöpf begegnet. Die einzigen Engel, denen er begegnet war, waren jene, auf den Schlachtfeldern. Und diese Engel hatte nicht mehr viel Reines an sich.

Es wäre denkbar, dass die Macht des Engels, die eigene schwächte. Und wenn es so wäre, galt es dann auch umgekehrt?

Ein flüchtiger Blick, für mehr hatte er keine Zeit, galt der Mutter, die am Rand der Lichtung einer Statue gleich ausharrte. Wenn sie die Antwort kannte, würde sie sie nicht offenbaren.

Er wusste nicht, wie viel sie wusste. Was es auch war, das sie über Engel wusste, sie teilte ihr Wissen nicht mit dem Erstgeborenen.

Schatten wanderten über die Lichtung. Die Tiere im Wald waren verstummt, sogar der Wind hielt inne. Einzig das Aufeinanderschlagen von Klingen hallte dröhnend durch den Wald, über die Insel. Donnerschlag gleich.

Der Mond und die Sterne lösten die Sonne ab. Helles Blau wich dunklem. Doch kein Ende des Kampfes schien in Sicht. Verbissen kämpfte Licht mit Schatten.

Blut troff auf den Grund und wurde begierig von der Erde aufgesaugt, befleckte verschlossene und offene Blüten. Und erst mit dem Aufgehen der Sonne würde das Schicksal des Engels besiegelt, als Alexanders Klinge ihm einen

Flügel abschlug und ein gellender Schrei das Getier aufscheuchte, verscheuchte.

Das Zeugnis seiner Herkunft fiel mit einem dumpfen Laut zu Boden und zerfiel sogleich zu Asche, noch bevor der Engel selbst in die Knie sackte.

Hass und Schmerz spiegelten sich in den Zügen des Engels wieder, Erschöpfung in Alexanders. Letzterer entwaffnete den Engel, der geschockt von dieser Verstümmelung und unfähig sich dagegen zu wehren.

KAPITEL 21

Während Mutter und Sohn größtenteils schweigend durch das Land reisten, wobei sie die Nacht dafür vorzogen – aus nachvollziehbaren Gründen – führte Noir das Training mit dem Gespielen seines Vaters fort.

Er legte dabei einen Einfallsreichtum an den Tag, der Nebel immer wieder verwunderte. Grade, wenn Nebel glaubte, dass ihn nichts mehr überraschen könnte, wechselte Noir den Trainingsplatz oder die Tageszeit.

Auch wenn er es vorzuziehen schien, Nebel am Tage zu peinigen, damit jener nicht so rasch heilen konnte und die Verletzungen schwerwiegender waren, gab es genug Nächte, in denen Noir den Jüngeren an die Grenzen des Möglichen brachte.

In Wäldern, auf Ebenen, am oder im Wasser. Bei Regen, in der Sonne, bei Sturm, in dichtem Nebel.

Manchmal mit den Freunden als Gegner, ein anderes Mal hatte er Gruben ausheben lassen und Fallen installiert, um es dem jungen Krieger schwieriger zu machen.

Dann verbargen die Freunde sich und schossen mit Pfeilen aus einer Armbrust auf den Knaben, der versuchte sich im Training mit Noir zu beweisen. Und Nebel?

Sah man von einer Erschöpfung ab, die beinahe schon zum Dauerzustand des Kriegers geworden war, liebte er es. Die ständigen Herausforderungen, die Abwechslung.

„Noir? Könnten wir jedes Jahr ein paar Wochen einlegen in denen du mich intensiv trainierst?"

„Hast du noch nicht genug?"

Noir lachte und betrachtete den Knaben eingehend. Er war besser geworden. Schneller. Stärker.

Der Vater wäre zufrieden. Er selbst war es. Gemeinsam kehrten sie zum Schloss zurück, während über ihnen die Sterne strahlten und der volle Mond zwischen Wolkenfetzen hervorlugte.

Noir war wachsam, auch wenn er nicht so wirkte. In der Zeit des Vollmonds waren die Lykaner für gewöhnlich besonders angriffslustig und töricht.

Er konnte nicht ausschließen, das sie die Landesgrenzen passieren und jagen würden.

Bei dem Glück des Knaben würde er – aus Versehen – in ein jagendes Rudel rennen und so gut er auch inzwischen trainiert war, sowenig könnte er gegen ein Rudel bestehen.

Konnte man Noir seine Wachsamkeit da verübeln? Diese Nacht schien friedlich zu sein, aber das änderte sich in der Regel schnell.

„Es spricht nichts dagegen und es wäre wohl in Vaters Sinn, wenn wir das Training auch in Zukunft fortsetzen würden. Aber wir werden noch einmal sprechen, wenn das Training von meinem Vater für beendet erklärt wurde. Nun geh, sieh ob Sidh noch ein bisschen Wissen in deinen Sturkopf bekommt."

Befahl Noir, als sie das Tor passierten, und Nebel grinste freudig. So sehr es ihn mitnahm, so sehr genoss er es.

Und er wusste, dass es nur gut für ihn sein konnte, wenn er von Noir lernte. So nickte er folgsam und lief los, während Noir dem anderen nachsah.

Der schwarze Prinz würde sich mit Armand zur Jagd treffen und später mit den anderen ein kleines Fest in der

Nähe besuchen. Eine Auszeit hatte er sich allemal verdient.

Sollte der Bruder den Aufpasser für den Knaben spielen, und sei es nur für eine Nacht.

✝

Nebel fand Sidh wie üblich in der Bibliothek. Er war in eine schwere Chronik vertieft, dass die Familien-, und Clangeschichte behandelte. Der gewandelte Bruder Noirs hatte das Buch bestimmt schon zehnmal gelesen, aber bekam nicht genug davon.

Alle von Alexander Gewandelten waren hier aufgezeigt, ebenso jene die einst von der Ersten das ewige Leben erhielten und es verloren.

Kriege, Wandlungen, Verhandlungen, Verstorbene waren in diesem Schriftstück zusammengetragen und dokumentiert.

Sidh liebte es, in der Vergangenheit des Clanes unterzutauchen und von ihr zu lernen.

Nebel setzte sich neben den Älteren und blickte auf die aufgeschlagene Seite. Er versuchte, sich zurückzunehmen. Zu warten, bis der Ältere ihm das Wort erteilte, wie er es tun sollte.

Ein paar Minuten schaffte er es, dann gewann die Ungeduld die Oberhand.

„Sidh? Kann ich dir ein paar Fragen stellen?"

Sidh blickte auf und schenkte dem Jüngeren ein ermunterndes Lächeln. Er nahm es dem Blonden nicht übel.

Er war – ob er es nun wahrhaben wollte oder nicht – ein Prinz dieses Hauses, und sollte den Jüngeren in seine

Schranken weisen, aber nur sehr selten berief sich Sidh auf seinen Rang.

Und so anstrengend die Neugier Nebels bisweilen auch sein mochte, so erfreute es ihn, wenn jemand etwas lernen wollte.

„Nur zu. Was möchtest du wissen?"

Nebel haderte. Es war schwierig, die Fragen zu formulieren, die ihm bereits so lange Kopfzerbrechen bereiteten.

„Als ich fort war, fielen mir Notizen von der Inquisition in die Hände. Befragungsmethoden, Standorte und so was."

Er stockte. Wie ihm diese Notizen in die Hände gefallen waren, wollte er nicht erzählen, und Sidh schien das zu spüren. Zumindest fragte er nicht danach, auch wenn die Neugier in seinen dunklen Augen geschrieben stand. Er schwieg einfach. Betrachtete den jüngeren und wartete, dass er weitersprach.

„In diesen Notizen war die Rede von Noir. Die Zusammenfassung eines Befragungsprotokoll."

Ein Schatten zog über die sanften, freundlichen Züge des Gewandelten. Ein stummes Seufzen. Dann Sorge. Sorge um den Bruder. Sorge das die Notizen noch irgendwo waren.

„Was willst du wissen?"

Sidhs Stimme klang belegt und abermals haderte Nebel, dem das Unwohlsein des Älteren nicht entging.

„Was ist passiert? Wie ist er entkommen?"

Sidh schwieg lange. So lange, das Nebel sicher war, dass er keine Antwort bekäme. Als er es doch endlich tat, war seine Stimme rau und ein leichtes Zittern lag in jeder Silbe. Stockend berichtete er, was sich zugetragen hatte.

„Wir waren einige Jahre zusammen auf Reisen. Noir, Armand und ich. Armand und ich waren erschöpft, und verschliefen, das Noir aufbrach. Wir ahnten, das er in eine

Schenke gegangen sein musste. Der Hausherr, unter dessen Protektorat, wir standen, half uns bei der Suche. Aber es war Tag und die Chance ihn zu finden... Nun ich muss dir nicht erklären, warum wir bis zum Einbruch der Dunkelheit warten mussten, um ihn finden zu können. Wir fanden ihn etwas abseits der Stadt in einem Keller."

Nebel hing an Sidhs Lippen. Begierig kein Wort zu verpassen. Auch wenn er das Ende kannte, wusste das Noir überlebte und sich wieder fing, wollte er nichts verpassen.

„Wir hatten furchtbare Angst, jede Sekunde schien sich zu Ewigkeiten zu ziehen. Wir hatten Hinweise, aber nicht mehr. Und als die Dunkelheit kam und unsere Sinne uns wieder zu Diensten waren... Wir rochen sein Blut, lange bevor wir ihn erreichten."

Sidhs Blick verlor sich in seiner Erinnerung. Tränen flossen ungehindert über seine Wangen.

„Ich hatte solche Angst. Angst das ich meinen Bruder nie wieder lebendig sehen würde, nie wieder seinen tadelnden Blick auf mir spüren würde. Nie wieder sein Lachen hören würde. Als ich ihn sah... soviel Blut... er lachte... er lachte, Nebel. Ich weiß nicht worüber. Aber er hörte nicht auf. Armand brachte ihn zum Trinken glaube ich...ich weiß es nicht mehr. Aber sein Anblick, der Anblick seines geschundenen Körpers....Manchmal sehe ich es vor mir, wenn ich die Augen schließe.... Der Hausherr kümmerte sich um die Spurenbeseitigung und Armand brachte uns weg....Wir hatten Glück, Nebel. Ihn zu finden. Ihn retten zu können...."

Nebel schwieg. Dieser Teil der Geschichte warf mehr Fragen auf, als er antworten brachte. Warum nannte er den Namen des Hausherren nicht?

Hatte er ihn vergessen?

Sidh schien sich an vieles zu erinnern, auf alle Fragen stets Antworten zu haben. Nein er hatte den Namen nicht vergessen. Er verschwieg ihn absichtlich.

Und warum waren sie vereist? Zum Spaß? Warum waren dann die anderen Freunde nicht dabei gewesen? Wohin waren sie geflohen? Wie waren sie geflohen?

Ja Nebel wusste dank Marques um Noirs Fähigkeiten, aber nicht, dass Armand diese teilte.

Er würde wohl Noir befragen müssen, um die ganze Geschichte zu hören. Er könnte auch Armand befragen, aber dagegen sträubte sich alles in dem jungen Krieger.

Zu präsent waren die Katakomben, jedes Mal wenn er den Magyar ansah. Sie hatten nie darüber gesprochen, obwohl es ausreichend Möglichkeiten gegeben hätte.

Sowenig wie Noir ihn darauf angesprochen hatte, wie er in den Katakomben gelandet war, würde er Armand nicht dazu befragen.

Mehr als alle hatte er dort unten verloren.

Mehr als jeder andere von ihnen hatte er dort gelitten.

Und er fürchtete, wenn er den Älteren darauf ansprach oder auch auf Noir und die Inquisition, würde er Wunden aufreißen, die längst nicht verheilt waren.

Sidh wischte sich verstohlen die Augen und schüttelte den Kopf.

„Es gibt Dinge, die lassen dich nicht wieder los."

„Steht es auch in den Chroniken?"

Sidh schüttelte den Kopf.

„Nein. Vielleicht wird es nie dort drin stehen. Vielleicht, wird es nachgetragen, wenn genug Zeit vergangen ist, um unbeteiligt auf das Grauen zurückblicken zu können."

Nebel runzelte die Stirn und nickte nach einem Moment des Sinnens.

Er verstand, was der Ältere meinte.

348

Vielleicht würde er seine Geschichte irgendwann erzählen. Nicht die lustigen Dinge, die jeder kannte. Nicht die Zeit bei Sergej, sondern sein Abenteuer als er geflohen war.

„Wie bist du an diese Notizen geraten und wo sind sie jetzt?"

Sidh konnte seine eigene Neugier nicht länger zügeln. Er hatte gehofft, der andere würde von sich aus sprechen, aber er tat es nicht. Auch nach der Frage nicht.

Nebel erbleichte und schüttelte lediglich den Kopf. Seine ganze Haltung war angespannt, Unruhe spiegelte sich in seinen Augen.

Sidh drang nicht in ihn und nickte stattdessen nur verstehend. Er legte dem Jüngeren kurz eine Hand auf den Unterarm, um ihm stumm zu versichern, dass es in Ordnung war.

Vielleicht würde der Knabe irgendwann sprechen. Wenn genug Zeit vergangen war.

✝

Die Zeit flog beinahe dahin. Die offizielle Trainingszeit war vorüber und Alexander noch immer nicht zurückgekehrt.

Wenn Noir beunruhigt war, so ließ er es niemandem sehen.

Nebel hasste es, in die leeren Gemächer zurückzukehren. Während das Training und die Jagd ihn ebenso, wie die Studien mit Sidh ihn ablenkten, waren es die ruhigen Minuten und Stunden, die ihm zusetzten.

Zeit, in der er sich sorgen konnte.

Zeit, in der das Sehnen viel zu präsent war.

Er stieg stets bevor er in die Kammer ging, auf den Turm hinauf und blickte in die Ferne. Wie schon auf der Flucht, schickte er sein Sehnen mit dem Wind auf die Reise.

Betete, flehte zu allen Mächten, die ihm in den Sinn kamen, dass es dem Gefährten gut ging und das er bald wieder käme.

Wenn auch nicht mehr in dem anfänglichen Maße, führte Noir das Training fort. Mindestens zwei Mal in der Woche trieben er und Armand den Jüngeren bis an die Grenzen des erträglichen und darüber hinaus.

Noir mahnte Sidh, den Jüngeren weiter zu unterweisen und lehren. Clansgesetze, Clans und Unterclans, der Rat, ihre Aufgaben und Rechte und was dem Gewandelten noch wichtig schien.

Zu viele Defizite wies der Knabe in vielen Bereichen auf, als das Noir es einfach hinnehmen könnte.

Thomas, Andrej Marius und Thorben luden den Blonden auf Grenzritte und Jagden ein und Nebel war sich ab und an tatsächlich darüber im Klaren, dass sie es nur taten, um ihn auf andere Gedanken zu bringen.

Und er war ihnen dafür ebenso dankbar, wie es ihn irritierte. Warum sollten sie sich diese Umstände machen? Sie hatten mehr als genug zu tun, als sich um die Befindlichkeiten eines Kükens zu kümmern.

Ihre eigenen Aufgaben, Grenzritte, Training und Unterweisungen, bei dem er sie behinderte.

Wie sehr, war ihm erst im Laufe des extremen Trainings bewusst geworden. Sie waren stark und schnell, erheblich schneller als er. Gut, sie waren erheblich älter, als es der Nebel war, und für jemand, der noch so wenig Jahre zählte, war Nebel hervorragend.

Aber trotzdem würde es noch sehr lange dauern, bis er für die Gruppe ein würdiger Gegner oder Trainingspartner wäre.

Was Nebel nicht begriff, war, dass er Teil dieser Gruppe war.

Das die Älteren ihn in ihrer Mitte mehr oder weniger adoptiert hatten. Das sie ihn gern hatten und für ihn ebenso kämpfen würden wie für das Schloss und jeden anderen aus der Gruppe.

Nebel konnte das nicht erkennen, weil er das, was er hier und zuvor auf der Reise nach seiner Flucht erlebt hatte, nie zuvor gekannt hatte.

Im Haus des Schöpfers war er nie Teil der Häuser gewesen. Er war Nebel.

Der Jungvampir, der seinen Weg allein ging. Zu dem man zwar kam, wenn etwas im Argen lag, mit dem sprach und über den man sprach, aber er hatte trotzdem nie dazugehört.

Es hatte ihn nicht gestört.

Er hatte sich schwer damit getan Kontakte zu knüpfen und wäre nicht sein Ehrgefühl gewesen, das ihn für den Lykaner hatte sprechen lassen, wäre er niemandem je aufgefallen.

Er wäre nur eine Marionette wie all die anderen gewesen. Und wenn nicht sein Sturkopf gewesen wäre, wäre ihm das vielleicht sogar genug gewesen.

Ein Leben im Schatten.

Ein Leben als Spielzeug unter den Launen des Schöpfers.

Wie könnte er verstehen, dass jemand Zuneigung für ihn empfand?

Seine Gesellschaft nicht nur suchte, weil man etwas wollte?

Er hatte nicht verstanden, warum sich ihm die Krieger angeschlossen hatten. Warum sie dem Wort eines Kükens folgten.

Er sah sich, wie sein Schöpfer ihn gesehen hatte. Der ihm wieder und wieder vorgehalten hatte, wie wenig er wert war.

Ihm vorgehalten hatte, dass er nichts richtig machte.

Nebel hatte sich immer dagegen gesträubt, den Worten mehr Bedeutung zu geben, als nötig, aber dann und wann, vernahm er diese Vorhaltungen als kleine leise Stimme im hintersten Winkel seines Bewusstseins.

Dann sah er sich aus den Augen Sergejs und nicht, was die anderen sahen: einen mutigen Krieger. Einen ehrenhaften Mann.

Ein wenig geheimnisvoll durch sein Schweigen, hartnäckig und mancher fand ihn sogar nett. (Auch wenn man es ihm nicht offensagen würde, weil Nebel es zweifellos nicht als Kompliment auffassen würde)

Und weil er sich nicht sehen konnte, wie sie es taten, irritierte ihn, dass man sich um ihn kümmerte, ihn ablenkte und Zeit mit ihm verbrachte, die man besser nutzen könnte.

Aber gut, er begriff ja auch nicht, was Alexander mit ihm wollte. Warum er seine Zeit, seine Gemächer und sein Bett mit ihm teilte. Er würde es aus Furcht nicht hinterfragen.

Furcht, damit zerstören zu können, was sie hatten. Ihn vertreiben zu können. Nebel war sich sicher, das Alexander seiner bald überdrüssig werden würde und so lange würde er genießen, was sie hatten, was auch immer es sein mochte.

„Genug für heute."

Noir schmunzelte und half Nebel auf die Beine und bot ihm seinen Arm, damit der Jüngere sich stärken konnte. Sie setzten sich auf einen umgestürzten Baumstamm, der bei ihrem Training dran hatte glauben müssen.

Nebel nagte sich unbehaglich auf der Unterlippe. Armand und die anderen waren inklusive Sidh auf der Jagd und

Noir schien es heute nicht eilig zu haben wieder zum Schloss zurückzukehren.

Der perfekte Zeitpunkt für Nebel, seine Neugier zu stillen.

„Was macht dir so zu schaffen, das du schweigst wo du sprechen willst?"

Nebel sah den Älteren irritiert an, ehe er mit den Schultern zuckte. ‚Ich bin erschöpft vom Training. Vermutlich bin ich grade nicht sehr gut darin, meine Gedanken zu verbergen.' wie sonst sollte Noir wissen, das ihn etwas zu schaffen machte?

Nebel schluckte und sah vorsichtig zum schwarzen Prinzen.

„Noir." Begann er zögernd und haderte doch wieder.

Noir sah ihn schweigend an. Er hatte Zeit. Er würde warten, bis der Knabe sprach. Er nahm an, dass es um den Vater ging. Darum das er schon so lange fort war. Auf das, was dann kam, war er nicht vorbereitet und einen Moment entgleisten ihm die Züge.

„Noir... als ich fortgelaufen bin und auf eigene Faust die Häscher jagte, fiel mir ein Notizbuch in die Hände. Neben Verhörmethoden standen dort eine Menge Namen drin..."

„Also hast du die Boten tatsächlich hergeschickt, hm?"

Nebel nickte und Noir schmunzelte. Es gab Stimmen, die behaupteten, dass es keinesfalls der Nebel gewesen wäre, der die Warnungen geschickt hatte.

Neider.

Neider, die dem jungen Mann nach seiner Rückkehr das Leben schwer gemacht hatten und schon zuvor kaum ein gutes Haar an ihm gelassen hatten.

„Ich war noch nicht bereit, selbst wieder herzukommen. Aber ich musste euch doch warnen."

Wieder schwieg Nebel, und erst Noirs Räuspern brachte ihn dazu, weiterzusprechen.

„Noir ... in den Notizen ... stand dein Name. Du warst dort als Befragter aufgelistet."

Noir war stets blass gewesen, aber unter den Worten erbleichte er regelrecht. Das eigentlich leuchtende Silber seiner Augen verdunkelte sich und ein strenger Zug legte sich um die Lippen. Aber mehr noch als das geschah.

Ein Wispern erklang.

Ein Wispern, das von nirgendwo und überall zugleich zu kommen schien. Dunkle Ranken schlangen sich wabbernd um die Unterschenkel des Jägers.

Mehr und mehr verdunkelten sich die Augen. Das Schwarz fraß erst das Silber und dann das Weiß.

Nebel schluckte.

Jetzt verstand er Marques Äußerung. Der Schattenwandler. Noir beraubte ihm des Anblickes, indem er die Augen schloss, und unwillkürlich atmete Nebel durch.

„Wo sind die Notizen jetzt?"

Noirs Stimme klang belegt, unterdrückte Wut schwang in jedem Wort mit, oder war es Verzweiflung? Nebel konnte es nicht mit Bestimmtheit sagen.

Ein Nachhall, wie Nebel es noch nie vernommen hatte, schwang mit. Metallen echoend beinahe. Nebel war davon so irritiert, dass er nicht gleich antwortete, und Noirs Stimme erklang abermals, ungeduldiger.

„Wo Nebel?"

Nebel zuckte erschrocken zusammen.

„Bei meinen Sachen. Komm."

Nebel erhob sich und führte den Älteren in die Gemächer des Ältesten. Die Augen Noirs hatten wieder ihre ursprüngliche Farbe, die wabernden, tanzenden Ranken aus Schatten waren verschwunden.

Nebel war sich nicht mehr sicher, ob es nicht nur eine Täuschung gewesen war, die von der Erschöpfung des Trainings herrührte.

Er suchte eine Weile in seiner Kommode, bis er fand, wonach er suchte und es Noir reichte. Mit ausdrucksloser Miene blätterte er durch die Notizen, bis er auf jene Seite stieß, die seinen Namen trug.

Er las nicht. Er starrte nur auf die Seite, auf die erste Zeile.

‚Befragter Noir Vemo‘

Er sagte nichts.

Er rührte sich nicht.

Blinzelte nicht einmal.

Minuten vergingen, ohne dass Noir sich regte.

„Noir?"

Langsam machte Nebel sich Sorgen. Der andere schien wie eingefroren. Grade als er den Älteren an der Schulter berühren wollte, kam Leben in den Vampir. Er trat an den Kamin heran und übergab die Notizen dem Feuer.

Nebel keuchte erschrocken auf und wollte retten, was noch zu retten wäre, aber Noir hielt ihn zurück, indem er kurzerhand die Arme um die Hüften des Kleineren legte und ihn festhielt.

„Warum hast du das getan?"

„Du hast dir ein Bild von ihnen gemacht, Nebel. Du brauchst diese Notizen nicht."

Nebel setzte zum Widerspruch an, aber hielt inne. Natürlich wusste er, dass Noir recht hatte. Nie wieder würde er vergessen.

Nicht was dort geschehen war, keinen Namen, die sich in sein Gedächtnis gebrannt hatten.

Nicht die toten Augen, die ihn vorwurfsvoll anstarrten.

Er würde es nie vergessen.

Könnte es nicht. Warum er die Notizen retten wollte … er konnte es nicht sagen. Warum er sie bis hierher aufbewahrt hatte, auch das konnte er nicht erklären.

„Erzählst du mir, was passiert ist? Wie sind sie deiner habhaft geworden?"

Noir schwieg. Er trat ans Fenster und blickte hinaus in die Ferne.

Seufzend bedeutete er dem Jüngeren, ihm zu folgen, und Nebel tat wie ihm geheißen und begleite den Älteren hinauf auf den Turm.

Erschöpfung oder Schmerz spielte keine Rolle mehr. Er würde Fragen beantwortet bekommen, die ihn schon lange materten.

Wortlos trat er an die Zinnen heran und blickte in die Ferne und Nebel trat ebenso schweigend an ihn heran. Er ahnte, wie viel Überwindung es ihn kosten musste, darüber zu sprechen.

Oder daran zu denken.

„Es begann viele Jahre zuvor. Ich liebte eine Frau. Jaqueline. Sie war … anders. Eiferte ihren Brüdern in allem nach, trug Hosen lieber als Kleider und genoss es mich zu necken."

Noirs Blick wurde sanft und warm, auch wenn diese Sanftheit nicht den Schmerz oder die Traurigkeit verbergen konnte, die ebenso in den Worten mitschwang.

Nebel betrachtete den Älteren eingehend. Er konnte sich den anderen nicht mit einer Gefährtin vorstellen, so sehr er es auch versuchte.

„Sie begleitete ihre Brüder und einen kleinen Tross, um ein Rudel zu vernichten. Aber noch jemand, war auf die Hunde aufmerksam geworden."

„Die Inquisition."

Noir nickte langsam.

356

„Die Inquisition." echote er und sein Blick verlor sich in der Ferne.

Vor seinem inneren Auge wiederholte sich das letzte Treffen auf dem Turm. Er erinnerte sich an das freudige Glitzern in ihren Augen, die Aufregung, die sie verspürt hatte. Er sah sie in seiner Erinnerung davonreiten. Das letzte Mal, das er sie gesehen hatte.

Noir schluckte.

Nebel schwieg.

Wartete, dass der Ältere sich wieder fing und weitersprach.

„Ich wartete, das sie zurückkehrte, aber am folgenden Tag kam ein Bote um mir von ihrem Tod zu berichten. Während Vater und die anderen berieten was zu tun sein, machte ich mich auf, um Rache zu üben. Sidh, Armand, Thomas, Andrej und Marius begleiteten mich und ebenso ihr Vater und ein paar andere. Ich hatte nicht darum gebeten, aber trotzdem ... Vermutlich war es gut so. Wer weiß, was geschehen wäre, wenn ich allein losgeritten wäre. In einer Höhle fand ich ihre Kette und ihre Asche. Ich weiß nicht, was dann geschah. Ich hörte Schreie. Schmeckte Blut. Ich... ich war wie weggetreten. Das Nächste an das ich mich erinnere, ist, dass ich den Befehl gebe, das die Toten und die Verletzten auf die Pferde gelegt werden sollen."

Nebel hob skeptisch eine Braue. Der andere erinnerte sich nicht daran, was geschehen war? War so etwas möglich? Er zwang sich, zu schweigen, abzuwarten und zuzuhören. Auch wenn es ihm schwerfiel. Er hatte dem Älteren bisher nie Fragen persönlicher Natur gestellt. Sah man vielleicht von Sidh ab, hatte er niemandem solche Fragen gestellt und das Noir tatsächlich gewillt war zu antworten, motivierte Nebel geduldig zu sein.

„Sie feierten. Alle. Das ganze Schloss. Es war zu laut. Zu voll. Also packte ich ein paar Sachen und verließ das Schloss."

Noir lachte leise und trocken. Schüttelte den Kopf im Ansatz, während seine Fingernägel sich in den Stein der Balustrade gruben.

„Sidh und Armand begleiteten mich. Und hätten sie es nicht getan, würde ich heute nicht mehr leben. Sie sorgten dafür, dass ich speise, erbaten das willkommen. Ich weiß nicht mehr, wo wir überall waren, wem wir begegnet sind. Ich wollte nicht mehr.

Nicht mehr leben, den ständigen Schmerz nicht mehr ständig spüren. Ich trauerte sehr lange und sehr intensiv um Jaqueline.

Irgendwann fanden sie mich. Ich weiß nicht wie. Ich weiß nicht ob oder wodurch ich mich verraten hätte. Vielleicht war es nur ein dummer Zufall, das sie mich auswählten. Als ich die Schenke verließ, warteten sie und überwältigten mich."

Das Wispern erklang wieder und Nebel erkannte das es aus den Schatten kam, die sich aus den Füßen des Prinzen ergossen und dessen Gestalt nachbildete.

Fasziniert betrachtete er, wie das dunkle Ebenbild Noirs seine Form aufgab, sich einer dunklen Pfütze gleich zusammenzog. Und wie Wasser im seichten Wind schienen die Schatten sanfte Wellen zu bilden, die gegen die Stiefel des hochgewachsenen schlugen.

„Sie sind sehr einfallsreich, aber das muss ich dir nicht erzählen, nicht wahr?"

Nebel nickte. Ja er wusste selbst, wie einfallsreich die Häscher waren, wenn es um die Behandlung von Gefangenen ging.

358

Kurz flammten die toten Augen, die verzerrten Gesichter seiner Waffenbrüder vor ihm auf und er schluckte, schüttelte den Kopf, um das Bild zu vertreiben, und seine Aufmerksamkeit wieder dem Älteren zu schenken.

„Und wo ich auf der ganzen Reise um mein Ende gebetet habe, wollte ich leben. Der Häscher bot mir an, mich zu töten, mich vom Schmerz zu befreien, wenn ich ihm antwort böte. Natürlich weigerte ich mich. Ich war mir sicher, das ich letztlich ohnehin sterben würde, es würde nur länger dauern, wenn ich schwieg. Plötzlich waren Sidh und Armand mit einem Fremden da. Ich hatte nicht mehr damit gerechnet, das sie mich finden würden. Das mich irgendjemand finden würde. Aber sie hatten es geschafft. Sie überwältigen den Häscher, speisten mich mit ihm und brachten mich fort."

Einen Moment lang versuchte er, sich in den anderen zu versetzen, aber nie hatte er sosehr geliebt, dass er sich den tot gewünscht hätte – außer ... nun außer grade jetzt.

Er wollte sich nicht vorstellen, dass irgendjemand ihm Alexander nehmen könnte. Dass man ihm Alexander auf dieselbe Weise nehmen könnte, wie man Noir Jaqueline genommen hatte.

Nebel öffnete den Mund, um eine Frage zu stellen, aber sagte nichts.

Warum Noir nicht jemanden darum gebeten hatte, seinem Leben ein Ende zu bereiten, war kurz in seinem Geist aufgeflammt. Aber wer wäre so töricht, Alexanders Sohn zu töten. Gleich ob jener es nun wünschte oder nicht.

„Hierher?"

„Nein."

Noir nickte in nördlicher Richtung.

„Nach Minas Thar Aearon, die Handelsstadt die ein paar Stunden nördlich in der Seenebene liegt. Elben herrschen dort. Die Familie o Gaeruil, um genau zu sein, aber der Ort ist allen Rassen zugänglich. Armand kannte einen von ihnen und ich konnte dort ruhen und heilen. Das Dorf ist tabu, Nebel. Niemals darfst du dort jagen. Vater vereinbarte mit der Familie Frieden, als Dank, das sie mir Schutz gewährten."

Noir sah den Schützling eindringlich an, versuchte, dessen Gedanken zu erahnen. Nebel runzelte nachdenklich die Stirn. Er würde sich nicht gegen das Verbot stellen.

Er täte gut daran, sich nicht den Verlockungen des Elbenblutes auszusetzen.

Außerdem wollte er nicht herausfinden, was geschähe, wenn er sich gegen Alexanders Abmachung stellte.

„Wie lang warst du dort?"

„Ungefähr ein Jahr. Erst dann war ich bereit mich wieder Vater und allem anderen zu stellen."

Wieder schwieg Nebel nachdenklich. Er hatte mehr Informationen erhalten, als er für möglich gehalten hätte. Natürlich hatte er noch eine Million weitere Fragen, aber Sidh hatte ihn ja gemahnt, das er seinen Wissensdurst tröpfchenweise stillen sollte. Er sah zum dunklen Prinzen auf, schenkte ihm ein kurzes Lächeln.

„Ich danke dir, das du deine Erinnerung mit mir geteilt hast."

„Ich bin gespannt, wann du bereit bist, selbiges zu tun."

Nebels Augen weiteten sich und Noir lachte sanft, legte eine Hand auf die Schulter.

„Es ist alles gut, Kleiner. Irgendwann bist du bereit, deine Geschichte zu erzählen und solange warten wir."

Nebel schnaubte. ‚Kleiner' das wurde ja immer besser. Trotzdem schenkte er Noir ein Lächeln.

„Genug Geschichten für heute. Komm, lass uns sehen, ob wir die anderen für eine Jagd begeistern können."

Zustimmendes Nicken, während die beiden Krieger ihre Position auf dem Turm aufgaben und wieder in die schützenden Mauern des Schlosses zurückkehrten.

KAPITEL 22

„Eine Nachricht von Glenna, Herr. In Kymor waren fremde Vampire, die sich nach Euch und dem Schloss erkundigt haben."

Ein sorgenvoller Blick aus matten Augen galt dem Sprecher, der in das heruntergekommene, halb zerfallene Haus trat und sich die weite Kapuze vom Kopf schob, ehe er das Pergament aushändigte.

Früher oder später hatte es so kommen müssen. Er hatte es gewusst, sie beiden hatten es gewusst. Dass es so lang gedauert hatte, grenzte an ein Wunder.

Seit Jahrhunderten wartete er darauf, dass jemand von den ‚offiziellen Clans' von ihm und den seinen Wind bekam, aber bislang war nichts passiert. Dabei war das Land ein gutes Jagdgebiet.

Sah man von den Ärgernissen ab, die er dort gehabt hatte.

Die Amazonen, die Freibeuter, das weiße Schloss.

Seufzend las Sergej die mahnenden Zeilen. Es war Monate her, dass man nach ihnen gesucht hatte. Monate bevor die Elbenkönigin sich dazu aufgerafft hatte, ihn davon in Kenntnis zu setzen. Monate an Vorsprung, den die Suchenden bekommen hatten.

Warum Glenna so lang gewartet hatte, bis sie die wenigen Zeilen verfasst hatte, konnte er nur spekulieren.

Sie machte ihn dafür verantwortlich, dass sie den Knaben verloren hatte. Das Nebel gegangen war.

Die Geißel, die sein Schloss gestürzt hatte.

Alles hatte sich verändert, seitdem.

Zwischen ihnen.

Im Schloss.

An dem Tag als Nebel das Reich der drei Schlösser verlassen hatte, war das Wispern zu einem Raunen geworden. Es war alles die Schuld dieses dummen Jungen. Es war am einfachsten, bei jemand anderem die Schuld zu suchen, sie jemand anderem zuzuschieben.

Sergej war gut darin geworden. Sergej war im Lauf der Jahre mehr und mehr zu der Gewissheit gekommen, das er hätte ihn töten sollen, als er noch die Gelegenheit dazu gehabt hatte.

Der Bengel war der Anfang vom Ende gewesen. Geschichten machten die Runde. Nicht zuletzt von den Dämonen in die Welt gesetzt, dessen Oberhaupt die blonde Plage einen Gefallen erwiesen hatte und dabei die Amazonen in ihre Grenzen gewiesen hatte.

Die Lykaner, die Hexen, die Dämonen sie alle wussten etwas zu berichten und sogar die eigenen Leute. Auch Susi, seine Stellvertreterin, begann seine Entscheidungen infrage zu stellen.

Sie war die Erste, die er vom Schatten hatte töten lassen.

Die Erste, die plötzlich ‚verschwand'. Die Erste von vielen.

Aus dem Raunen wurden offene Gespräche. Noch bevor die Feinde sich zusammenschlossen, um ihn zu stürzen, das Schloss dem Erdboden gleichzumachen, waren die inneren Strukturen längst zerfallen.

„Sie werden uns vergessen, wenn sie uns nicht bereits für tot halten."

Nach einer Ewigkeit brach Sergej das Schweigen. Die Suchenden würden ihn vergessen. Er war unwichtig. Er existierte offiziell nicht einmal. Warum sollte man wertvolle Zeit verschwenden, um ihn zu suchen?

„Herr, wir können nicht ewig so weitermachen. Seht uns an. Seht was aus uns geworden ist."

Schatten seufzte und ließ sich auf einen knarrenden Stuhl sinken. Er wusste nicht, wie das passieren konnte.

Vom Schloss waren nur noch er und Sergej geblieben. Die anderen waren im Krieg oder unter seinen Klingen gefallen. Zumindest war es das Schicksal der Vampire gewesen.

Was aus den Dämonenwirten oder den Lykanern geworden war, wusste er nicht und vermutlich war das auch nicht wichtig. Er hatte nicht mehr als notwendig mit ihnen zu tun gehabt. Bei Vollversammlungen des Schlosses zum Beispiel.

Die meisten Vampire hielten es so. Zumindest die wenigen die er kannte. Die aus Kymor, aus dem Schloss.

Und nun?

Sie zogen ständig umher, hausten an abgelegenen Orten, begnügten sich mit raschen Jagden und zogen weiter, bevor ihresgleichen auf sie aufmerksam werden konnte. Sergej war nur noch ein Schatten seiner selbst, ebenso wie sein Adjutant selbst.

Die Haare matt und kraftlos, mit grauen Strähnen durchsetzt. Die Augen müde und blutunterlaufen, die Haut grau und fahl. Die Wangen eingefallen. Die Kleider waren zu weit und heruntergekommen. Bettler sahen erheblich besser aus, als die beiden. Und die beiden Exilanten wussten es.

Ebenso wie Sergej wusste, das Schatten recht hatte. So konnte es nicht weitergehen.

Aber wohin sollten sie sich wenden? Wer würde ihnen Unterschlupf gewähren und sich damit selbst in Gefahr bringen?

Vielleicht könnte er den Schöpfer um Hilfe bitten. Dort ausruhen.

Wenigstens eine Weile.

„Ich weiß. Vielleicht weiß ich einen Ort, an dem wir ausruhen und uns Verbergen können. Vielleicht, findet sich eine Möglichkeit offen zu wandeln."

Schatten sah den Schöpfer fragend an, aber wie üblich, hüllte er sich in Schweigen, um im Geiste sein Vorhaben zu planen. Und Schatten – nahm es hin.

✝

Der Verräter knurrte ungehalten, den Blick auf die beiden jämmerlichen Gestalten, die vor ihm am Boden kauerten.

Als hätte er nicht genug zu tun.

„Was hast du dir dabei gedacht, Sergej? Ich habe angenommen ich hätte mich klar genug ausgedrückt, als ich dir das Schloß überlassen habe."

Sergej duckte sich. Er versuchte sich noch kleiner zu machen als ohnehin schon. Ja der Schöpfer hatte sich klar ausgedrückt. Das Reich, das Schloss waren der einzige Ort, an dem er zu bleiben hatte, ebenso wie jeder, den er schuf.

Niemals dürfte er ihn aufsuchen.

Niemals zu ihm kommen.

Und er hätte sich ja daran gehalten. Wäre ihre Situation eine andere.

Schatten wünschte beinahe, dass sie nicht hergekommen wären. Er war aufgeregt gewesen, als Sergej ihm offenbart hatte, dass ihr Weg sie zum Schöpfer des Älteren führen würde.

Er war neugierig zu sehen, wie der Mann war, der seinen Herren geschaffen hatte. Und er war beängstigend in seinem Zorn. Schatten verstand nicht, warum der Ältere so auf ihre Ankunft reagierte.

Man hatte sie seit dem Betreten mit Misstrauen und voller Herablassung betrachtet, aber angesichts ihres heruntergekommenen Aussehens war das zu erwarten gewesen.

„Ich...Verzeiht Herr. Wir wussten nicht mehr wohin. Ich erhielt Nachricht, das man auf der Suche nach uns war. Ich habe gehofft, ihr würdet eine Lösung finden, die nicht unbedingt mit meinem Tod einhergeht."

Der Denunziant knurrte, seufzte und schüttelte den Kopf. Das war doch alles nicht zu glauben. Man hatte nach der Schöpfung gesucht? Weshalb sollte man das tun?

Oder wer würde das tun?

Der Jäger legte Daumen und Zeigefinger an die Nasenwurzel und atmete unnötig durch.

Das Erscheinen der beiden bedeutete unnötig arbeit. Egal ob er sie leben oder töten ließ.

„Also gut. Wir werden schon dafür sorgen, dass ihr zwei von Wert für mich werdet. Geht in den Ostflügel. Nehmt ein Bad und ruht aus. Wir sprechen uns morgen."

Bis morgen würde er wissen, was mit den beiden geschehen sollte. Bis morgen hätte er die notwendige Ruhe, um sich anzuhören, was sich bisher zugetragen hatte und wie er das Problem in einen Vorteil für sich umwandeln könnte.

Sergej und Schatten beeilten sich, der Weisung zu folgen, und das erste Mal seit einer gefühlten Ewigkeit, nahmen die beiden ein ausgiebiges Bad und ruhten in weichen Betten in Sicherheit.

Oder das, was sie dafür hielten.

Der Schöpfer indes wandelte rastlos durch sein Heim, versuchte zu ergründen wer und warum nach seiner Schöpfung gesucht hatte.

Würde sich das Erscheinen der verbotenen Schöpfung als eine Gefahr herausstellen?

Er war jung gewesen, als er Sergej schuf. Als Erster einer Armee die seinesgleichen suchen würde. So zumindest hatte er es geplant.

Der junge Mann war folgsam gewesen, ehrgeizig wie es nun einmal Art von jungen Männern war, aber trotzdem folgsam genug, dass er sich lenken ließ.

Er hatte keinen Zweifel daran gelassen, dass sie beide des Todes wären, wenn die anderen Clans von ihm erfuhren.

Er hatte die Geborenen als grausame Kreaturen dargestellt, die alles Notwendige tun würden, um ihm das Unleben schwer zu machen, und ihn zu vernichten.

Aber es hatte keine zweihundert Jahre gedauert, dass er Sergejs überdrüssig wurde und ihn in Kymor zurückließ.

Im Laufe der Zeit hatte er die Schöpfung einfach vergessen. Vielleicht, weil die Menschen einfacher zu lenken waren. Vielleicht weil sie ihm weit mehr Spaß boten und Ärgernis zugleich waren.

Er könnte es heute nicht mehr mit Sicherheit sagen und Letztenendes spielte es auch keine Rolle.

Jetzt war Sergej hier.

Mit einer der eigenen Schöpfungen. Und er würde entscheiden müssen, ob die beiden Leben oder sterben würden. Waren sie nützlich genug – oder könnten es werden – das er riskierte aufzufliegen?

Nützlich genug Jahrhunderte lange Arbeit vielleicht in Gefahr geriet, wenn er sich des Problems annahm?

Könnte er die beiden vielleicht einsetzen um den verhassten Clan Vemo, um Alexander selbst zu stürzen? Würden sie ihm helfen können an die Spitze seiner Art zu kommen?

Langsam begann ein Plan, Form in seinen Gedanken anzunehmen.

Ja vielleicht, könnten die beiden ihm vom Nutzen sein. Vielleicht brächten sie ihn ein Stück näher an sein Ziel. Vielleicht …

KAPITEL 23

Nebel genoss es inzwischen. Alles. Wenn Noir ihn nicht mit extremen Trainingseinheiten peinigte, lehrte man ihn all die Dinge, die er bisher versäumt hatte.

Am besten gefiel ihm die Lehre über verschiedene Rassen und deren Unterarten.

Es war spannend, auch wenn dem jungen Krieger nur allzu oft der Kopf rauchte, von den ganzen Informationen, die er bekam.

Merkmale, Gerüche, Stärken, Schwächen.

Er musste all das wissen. Wissen wie er das nächste Mal erfolgreicher gegen Lykaner kämpfte, anstatt als Kauspielzeug herhalten zu müssen. Welche Eigenschaften Dämonenwirte hatten. Wie man Dämonen bekämpfte. Was der Unterschied zwischen den Dämonenklassen war, wie man den richtigen Namen erfahren konnte.

Von den Stärken der Engel, ihren Waffen. Dass sie an Macht verloren, je länger sie auf Erden wandelten und den schädlichen Einflüssen von Hass und Fanatismus ausgesetzt waren.

Besonders die Engel interessierte den jungen Krieger seit er unerlaubt dem Tross gefolgt war und in der Schlacht um Tremere ein Engel involviert gewesen war. Bisher hatte Nebel zwar nichts mit Engeln zu tun gehabt – und wenn es nach ihm ginge, dann würde er niemals auf sie treffen –

aber man konnte nie wissen. Irgendwann, da war er sicher, würde sein Glück enden.

Und wäre es dann nicht besser, wenn man vorbereitet war? Politik indes war einfach nichts, mit dem er etwas anfangen konnte. Diplomatisches Auftreten war nicht seine Art. Es scherte ihn nicht, wer zu welchem Clan gehörte oder wer welchen Rang jemand innehatte.

Nebel mochte, wen er mochte und alle anderen ignorierte er weitestgehend. Wenn sich jemand vor den Kopf gestoßen fühlte, nahm Nebel es in der Regel nicht einmal wahr. Was ihm nicht unbedingt Wohlwollen einbrachte.

Manch hochrangiger Krieger, der im Schloss zu Gast war, musste das erkennen.

Nebel störte es nicht, wenn er jemanden gegen sich aufbrachte. Wem seine Gesellschaft nicht zusagte, konnte sich beschweren oder ihm fernbleiben. Letzteres war für die meisten der richtige Weg.

Aber sosehr Nebel sich darum bemühte, dass die Tage und Nächte erfüllt waren, war es mit jedem Tag, der verstrich schwieriger, die Sehnsucht und Sorge zu betäuben, die ihn erfüllte.

Seit mehr als einem Jahr war Alexander nun unterwegs und Nebel wusste weder wohin noch wann er zurückkäme. Wenn Noir mehr wusste, sagte er es nicht. Dann und wann kamen Yves und Roma, berieten sich mit dem schwarzen Prinzen und trainierten mit dem Nebel, bevor sie sich um einige Belange des Schlosses und ihrer Art befassten und wieder gingen.

Am Vortag hatten sie mit ihm trainiert.

Im Wechsel, gemeinsam mit Noir, bis der Knabe sich nicht mehr auf den Beinen halten konnte und darüber hinaus.

Die Abreise der beiden Ratsmitglieder hatte er nicht mehr mitbekommen, so fest hatte er geschlafen.

Nicht einmal Träume schafften es, an sein Bewusstsein zu dringen, so blieb er verschont von neckenden Bemerkungen, kosenden Berührungen, die sein Herz über den Schlaf hinaus peinigten.

Die Abenddämmerung hatte sich bereits des Reiches bemächtigt, als Nebel erwachte und sich nach einem Bad auf den Weg in die Trainingshalle machte.

Bis dahin sollte er jedoch nicht kommen, denn seine Freunde kamen ihm auf einen der zahlreichen Flure entgegen.

„Sieh an, du weilst ja noch unter den Lebenden. Gerüchten zu Folge sollst du nach dem Training gestern mehr tot als lebendig gewesen sein."

Nebel lachte leise. Nicht nur weil es absurd war, sondern hauptsächlich, weil sie nicht wirklich als lebendig zu bezeichnen wären.

„Hat das Schloss nichts worüber es sonst sprechen kann, das es immer wieder über mich spricht?"

„Wir wollen jagen und feiern. Willst du uns begleiten?"

Noirs Frage unterband weiteres sinnloses Geplänkel mit der Einladung. Nebel lohnte es ihm mit einem strahlenden Lächeln und einem raschen Nicken.

„Gebt mir fünf Minuten"

Er wartete nicht auf eine Antwort, sondern eilte zurück in die Kammer, um die Trainingskleidung abzulegen, und etwas weniger Kriegerisches anzuziehen.

Wie auch die Freunde wählte er schlichte Stiefel und Hosen, ein Hemd und eine kurzärmlige Tunika die ihm bis zur Mitte der Oberschenkel reichte und mit einem breiten Gürtel versehen wurde.

Auf seine Waffen verzichtete er, wenn auch nur widerwillig, aber den Reiseumhang warf er noch im Lauf über.

Er rechnete nicht damit, dass es Schwierigkeiten geben würde. Darum ließ er den Waffengurt zurück. Etwas, an das die Freunde ihn zu gewöhnen versuchten um das Bedrohliche, das von ihm und seinesgleichen ausging, etwas zu mildern.

Nebel traf die anderen im Schlosshof wartend und mit freudigem Funkeln in den Augen schwang er sich auf den Rücken eines Pferdes.

Einen Abend, eine Nacht lang kein lernen, kein Training.

Einen Abend, eine Nacht fernab des Schlosses wo alles ihn an den Gefährten erinnerte.

„Wohin gehen wir?"

Noir und Sidh waren mit Armand in eine Diskussion über Pferde vertieft, so das Nebel sich mit den anderen begnügen musste. Er schloss zu Thomas auf und sah ihn fragend an.

„Ein Dorf in der Nähe, das nichts mit den christlichen Gebräuchen anzufangen weiß und die alten Feste feierte und den alten Göttern huldigt. Heute ist Samhain."

„Alte Götter?"

Thomas nickte.

„Frag mich nicht nach ihren Namen, Nebel. Hauptsache wir kommen raus und können etwas feiern. Und vielleicht ein wenig jagen. Welchen Gott das Futter anbetet oder nicht, ändern vermutlich nichts am Geschmack."

Nebel lachte und Marius sah den Freund Kopfschüttelnd an.

„Du solltest dich wirklich mehr damit befassen Thomas." Warf Marius ein.

„Nicht jeder ist so wissbegierig wie Sidh."

„Würde keinem von euch schaden, wenn ihr es wäret.", meldete sich Noir und zeigte einmal mehr, dass er mehr mitbekam als man ihm zutraute und selbst in einer laufenden Diskussion, behielt er die anderen im Auge.

„Es ist das Fest der Toten. Es heißt, das in der Samhain Nacht, der Schleier zwischen der Welt der Toten und der Lebendigen besonders dünn ist. Die Menschen decken für verstorbene Angehörige ein und stellen eine brennende Kerze ins Fenster um den Seelen den Weg zu weisen."

Nebel schmunzelte, als Sidh sein Wissen mit ihnen teilte und unter Beweis stellte. Das Fest der Toten. Das klang doch nach Spaß.

Die Gruppe war zwei Stunden unterwegs, bevor sie das kleine Dorf erreichten, in dessen Fenster brennende Kerzen in allen Größen Standen und spärliches Licht boten. Fackeln säumten Wege, die zu einem großen Gebäude in der Dorfmitte führten.

Menschen eilten hin und her. Brachten Körbe mit Opfergaben und Schüsseln mit Speisen für das Festmahl.

Die Gruppe schlenderte zwischen den Häusern umher, als Noirs Aufmerksamkeit von zwei huschenden Schatten erregt wurde.

Zwei Mädchen eilten, sich nah an den Hauswänden haltend, durch das Dorf. Beide vielleicht 7 Jahre alt, eines blond das andere dunkelhaarig. Während das blonde Mädchen aufgeregt schien, wirkte das andere eher ängstlich.

Thomas, Marius und Andrej trennten sich von der Gruppe, um ihrer eigenen Wege zu gehen. Hier und da waren kleinere Feuerstellen, wo Leute beisammen standen und sich unterhielten und etwas Warmes tranken.

Noir, Armand, Sidh und Nebel folgten den Kindern.

Kinder waren keine Beute. Kinder waren tabu. Niemand war so ehrlos, sich am Blut unschuldiger Kinder zu vergehen, ganz gleich, welcher Rasse sie auch angehören mochten.

Selbst das Kind eines Häschers wäre sicher vor dem Übergriff eines Vampires.

Aber da sie es geschafft hatten, die Aufmerksamkeit des Prinzen zu erhaschen, wollten die anderen nun sehen, was die beiden vor hatten.

Im Schutz der Schatten und der Dunkelheit folgten sie den beiden, dessen Ziel das Gemeindehaus zu sein schien.

Neugierig trat das blonde Mädchen an eines der Fenster und lugte vorsichtig hin, während das dunkelhaarige Kind sich besorgt umsah.

Tonlos sprach das neugierige Mädchen die Worte mit, welche die Priester im Inneren aufsagten in Vorbereitung auf das Ritual, das später am großen Feuer abgehalten wurde.

„Lass uns gehen, bevor uns jemand sieht."

„Noch nicht. Warte doch."

„Joycelin, wir werden Ärger bekommen. Deine Eltern suchen dich schon."

Joycelin streckte der Freundin zur Antwort einfach die Zunge raus und kicherte.

„Joy, bitte. Du wirst noch den Zorn der Toten auf uns ziehen, willst du das etwa?"

Das dunkelhaarige Mädchen versuchte, streng zu schauen und die andere mit sich zu ziehen. Das blonde Kind nagte kurz an der Unterlippe und schien zu überlegen ehe sie mit der Überzeugung und dem Mut, der einzig Kindern innewohnt, antwortete.

„JA!"

Noir lachte und die Aufmerksamkeit der Kinder legte sich sofort auf die Gruppe.

Joycelin war im ersten Moment erschrocken. Nicht weil es Fremde waren, sondern weil sie befürchtete, dass ihre Eltern sie entdeckt hätten.

Fremde kamen zu solchen Feierlichkeiten aus den umliegenden Dörfern vorbei, Verwandte von weit her, die diesen Feiertag mit dem Rest der Familie verbringen wollten sowie auch Priester und Hohepriester samt ihrem Anhang. Der Schreck wich aus den kindlichen Zügen und ein freches Lächeln begleitete das Heben einer Hand zum winkenden Gruß, den Noir schmunzelnd erwiderte.

„Kennst du die?"

Joycelin schüttelte den Kopf bei der geflüsterten Frage und erntete dafür ein entrüstetes Schnauben, bevor die Dunkelhaarige die Blonde endlich weiterziehen konnte.

„Interessant ..."

Nebels Blick legte sich wie der aller anderen auf den schwarzen Prinzen, der den Mädchen noch nachsah, bis die Dunkelheit und eine Biegung sie seines Blickes entriss.

Er hatte nicht vor, die anderen darüber aufzuklären, was so interessant war.

Vielleicht wusste er es selbst nicht mit Bestimmtheit. So oder so: Sie hatte die Aufmerksamkeit ‚der Toten' auf sich gezogen, wenn auch nicht ihren Zorn.

Noirs Entschluss war gefasst: Fortan würde er Jahr für Jahr wiederkommen, würde zu ihrem personifizierten Samhaingeist werden und über das Mädchen und seinen Werdegang wachen. So tat er es den Rest dieser Nacht, während seine Freunde tanzten, lachten und vergaßen, was sie sonst belasten oder gefangen halten mochte.

Er aber, war nie weit von dem Mädchen entfernt, das sich mit kindlicher Freude amüsierte, von Feuerstätte zu Feuerstätte zog, um eine Leckerei zu erhaschen.

Lachend tollte sie mit den anderen Kindern umher, bis die Eltern die Kinder zu Bett schickten.

Dann erst schloss Noir sich den anderen an. Gemeinsam beobachteten sie die Rituale, die zu Ehren der Verstorbenen abgehalten wurden, zu Ehren der alten Götter, deren Namen heute kaum jemand mehr kannte.

Gemeinsam tranken sie und tauschten Geschichten aus. Erst als der Morgen bereits graute, kehrten sie ins Schloss zurück.

KAPITEL 24

Noir war besorgt. Ganz gleich, was Yves und Roma sagten, hätte sein Vater längst zurück sein sollen. Ein paar Monate Verspätung konnte man vielleicht noch hinnehmen.

Es war zweifellos nicht einfach zu finden, wonach er suchte und es war ebenso schwierig des Gewünschten habhaft zu werden. Aber müsste er nicht längst wieder zurück sein?

Das vergangene Jahr war weitestgehend ruhig verlaufen. Die Jahreszeiten hatten sich abgelöst, das Training des Kükens lief gut. So gut, das Yves und Roma bei ihren Besuchen einige Einheiten übernahmen, um die Schwierigkeit ein wenig zu erhöhen.

Die Auszeit in einem der anderen Anwesen, Burgen oder Schlösser war ausgefallen. Stattdessen gab es Tagesausflüge in die Berge, um das Training für das Küken zu erschweren oder auch einfach das Schloss für eine kurze Zeit hinter sich zu lassen. Etwas Abwechslung für sich und seine Freunde und der Sorge um den Vater.

Sein Bruder nahm den blonden Knaben mit in die Bibliothek und unterwies ihn in der Rassenkunde, den Gesetzen, der Geschichte, Kunde über das Reich und seine Dörfer und Städte, in Politik und Diplomatie.

Wenn man Sidh glauben schenkte, war der Schützling ausgesprochen wissbegierig und lernte schnell, wenn er erst einmal Interesse an etwas gefunden hatte.

Mit einem Eifer, der an Fanatismus grenzte, lernte er und versuchte, besser zu werden als andere. Insbesondere Gleichaltrige und geringfügig Ältere konnten ihm längst nicht mehr das Wasser reichen und mancher Ältere musste sich eingestehen, das Noir und alle anderen ihre Sache gut machten und sie diesem Küken nicht mehr gewachsen waren.

In manchen Nächten sah der schwarze Prinz seinen Schützling hoch oben auf den Türmen. In die Ferne starrend, bei Wind und Wetter.

Er musste keine Gedanken lesen können, um zu wissen, dass er nach dem Vater Ausschau hielt und stumme Gebete sprach. Der Jüngere hielt sich besser, als er erwartet hatte. Nicht was das Training anbelangte. Das der andere dabei stets sein Bestes geben würde und bereit war, über alle Grenzen zu gehen, war ihm von Anfang an klar gewesen. Nebel würde keine Gelegenheit auslassen, um besser zu werden.

Aber er hätte nicht erwartet, dass er mit den Neidern zurechtkäme. Das er es trotz der Spitzen und des Schneidens an der Seite seines Vaters aushielt. Mancher hätte längst aufgegeben, das Gemach des Vaters geräumt, aber Nebel schien dazu nicht gewillt.

Es wäre der leichtere Weg, aber der Jüngling würde vermutlich auch weiterhin den steinigen Weg wählen. Fernab der vertrauten Pfade nach Abenteuern suchen – und sie finden. Noir wusste – wie praktisch jeder -, dass der blonde Wildfang jemanden aus dem Fenster geworfen hatte, der ihn aus dem Gemach des Obersten vertreiben wollte.

Wusste, dass es unsägliche Drohungen gegeben hatte. Niemand hatte sich bei Alexander deswegen beschwert. Vermutlich im Wissen, das jener deren vorangegangenen

Taten und Worte ebenfalls nicht gut geheißen und geahndet hätte.

Nebel galt als wahnsinnig und unberechenbar und inzwischen beschränkte man sich auf Gerede, und kleine Spitzen aber hielt sich weitestgehend von ihm fern. Manches Mädchen versuchte jedoch, Nebel schöne Augen zu machen, um ihn so von der Seite des Ältesten zu locken, aber der erkannte nicht einmal die Versuche oder aber ignorierte sie. ‚Ich denke, er versteht es nicht.‘. Ein flüchtiger amüsierter Gedanke, der Noir schmunzeln ließ. So talentiert der Schützling auch beim Training war, wie gelehrig in Strategie und Kriegslist, so wenig verstand er von zwischenmenschlichen Interaktionen.

Umso erstaunlicher war der Umstand, dass ihm Krieger gefolgt waren, statt sich fernzuhalten. Was genau ihn selbst seinerzeit dazu gezwungen hatte, den Knaben zu beobachten und zu retten, konnte er noch immer nicht mit Gewissheit sagen. Dass es etwas anderes war als bei dem Samhainmädchen, das jedoch mit Gewissheit.

Vielleicht musste es so sein.

Vielleicht war es Schicksal.

Vielleicht hatte irgendeine höhere Macht gewusst, das dieser sture blonde Krieger irgendwann eine wichtige Rolle im Leben Alexanders spielen würde und hatte deshalb die Schritte des Prinzen immer wieder zu jenem gelenkt.

Vielleicht ... wenn man denn an das Schicksal glauben wollte.

Noirs Blick hob sich, legte sich auf den Schützling, der ein paar Meter von ihm entfernt auf dem Boden des Arbeitszimmers saß und konzentriert ein paar Schriften der Chroniken durchging. Ratsurteile, Verhandlungsprotokolle. Vergehen, die nicht gravierend waren und dem Knaben

Gelegenheit gaben, sich mit dem Spielraum und der Flexibilität von Gesetzen vertraut zu machen.

Noir war sich nicht sicher, ob es so klug war, dem jungen Mann diese Protokolle zu zeigen. Jener liebte es scheinbar, an den Grenzen des Erlaubten zu tanzen, und es erstaunlich leicht schaffte, sich in Schwierigkeiten zu bringen.

Er hoffte, dass der Jüngere es nicht als Einladung verstand, seine Grenzen auch hier auszutesten, wie er es auf der Reise und bei seinem unnötigen Schöpfer getan hatte.

Aber war das nicht der Grund für das Training und die Abwesenheit des Ältesten? Das es Nebels Art war, seine Grenzen auszutesten, seinem eigenen Weg zu folgen? Damit er gerüstet wäre, wenn er sich das nächste Mal in irgendwelche Schwierigkeiten bringen würde.

Noir schüttelte kaum merklich den Kopf. Seit Stunden waren sie bereits im Arbeitszimmer und während Noir Briefe beantwortete, las Nebel ein Protokoll nach dem anderen. Mal schmunzelnd aber meistens konzentriert und ernst.

Plötzlich hoben sich beide Köpfe synchron.

Ein flüchtiger Blick, den sie teilten, ehe beide aufsprangen und auf den Balkon eilten.

Diese Präsenz.

Die Präsenz, die beide dazu gezwungen hatte.

Die Präsenz, auf die sie beide so lange gewartet hatten.

„Alexander."

Es war nur ein Wispern des Nebels, und doch reichte es, das Alexanders Blick hinaufglitt und sich auf Sohn und Gefährten legte. Dem Ältesten sah man die Strapazen der Reise deutlich an. Seine Haare fielen strähnig ins fahle und verdreckte Gesicht. Die Augen waren rot geädert, die Kleider zerrissen und mit Blut und Erde verdreckt.

Er hatte nie besser ausgehen, in den Augen des Nebels, dessen Jugend hervorbrach, indem er vom Balkon sprang und vor Alexander landete. Nur ein kurzer Blick, den sie teilten. Einen flüchtigen Moment, bevor Nebel sich in Alexanders Arme warf.

Das Gesicht an der Schulter des Älteren bergend, sog er den Duft des Gefährten tief ein.

„Ich bin zurück."

Nebel lachte erstickt.

Es waren seine Worte gewesen. Die Worte, die er gesprochen hatte, als er das letzte Mal verletzt ins Schloss getragen worden war. Er war sich sicher – zu Recht – das Alexander diese Worte absichtlich gewählt hatte.

„Lass mich nie wieder so lang allein. Ich bin vor Sorge fast gestorben."

„Es waren keine fünfzehn Jahre."

Der Älteste hauchte einen Kuss auf den Scheitel des Jüngeren, presste ihn sanft an sich. Keine fünfzehn Jahre, aber dennoch viel zu lang. Da waren sich beide einig.

„Ich machs nie wieder."

Nebel hatte es schon einmal versprochen und würde es noch hundert Mal mehr tun, wenn es nötig war.

Zwei Finger legten sich unter das Kinn des Blonden, zwangen den Blick hinauf. Und endlich, nach einer gefühlten Ewigkeit, vereinten sich die beiden Lippenpaare zum Kuss.

Die Welt der beiden Vampire stand still.

Nichts war mehr von Belang.

Nichts das existierte außer ihnen beiden.

Für keinen war es einfach gewesen. Nicht für den Jungen, und ebenso wenig für den Alten, der fürchten musste, dass jemand anders in seiner Abwesenheit die Chance ergreifen und den Knaben für sich gewinnen würde.

Aber das war nun vergessen.

Alles rückte in weite Ferne, außer das Gefühl des Kusses und der Nähe und dem aufsteigenden Hunger aufeinander. Rosanna war an Alexanders Seite, kaum das die beiden das Schloss betreten hatten, aber Alexander unterband jedwede Rede im Kern, indem er eine Hand hob.

„Sorg dafür, das mir ein Bad eingelassen wird Rosanna. Alles, was nicht zum unmittelbaren Untergang des Reiches führt, kann bis morgen warten."

Die Dienerin und Vertraute neigte schmunzelnd ihr Haupt zur Bestätigung, und ebenso zum Gruß ehe sie sich aufmachte dem Wunsch ihres Herren zu entsprechen. Doch war sie nicht die Einzige, die kam.

Noir trat an die beiden heran, zwinkerte Nebel schelmisch zu. Er hatte die Pergamente aufgelesen, die Nebel in seiner Eile auf dem Boden vergessen hatte, ehe er den langen Weg hinuntergenommen hatte.

„Ich bringe ihn dir gleich zurück."

Ein Versprechen, das beim Vater ein Lachen und beim Nebel ein Schulterzucken auslöste. Ja natürlich wollte er den Älteren für sich, wollte die verlorene Zeit aufholen.

Aber Alexander war wieder da, war zurück und greifbar und das war das Wichtigste.

Sie hätten Zeit und Nebel könnte warten. Er tat es nicht gern, aber wer war er, dass er sich zwischen Vater und Sohn stellen würde?

„Ich warte in unseren Gemächern."

Alexander nickte und folgte dem Sohn, während Nebel hinaufeilte.

Alexander Vemo war zurückgekehrt.

Seufzend setzte Alexander sich hinter seinen Schreibtisch, betrachtete flüchtig die von Sohn und Gefährten zurückgelassenen Dokumente, ehe seine Aufmerksamkeit dem Erstgeborenen galt.

„Keine grauen Strähen, also nehme ich an, Nebel hat dich nicht in den Wahnsinn getrieben?"

Noir lachte, setzte sich dem Vater gegenüber an den Schreibtisch und schüttelte den Kopf. Beiläufig nahm er Papiere auf, sortierte sie, während er nach den richtigen Worten suchte, um den Vater nicht unnötig lang aufzuhalten. Er war erschrocken von dem Anblick, den der Vater geboten hatte. Er war lang kein Kind mehr, aber manche Denkweisen hatten sich nicht gewandelt trotz all der Jahre, die vergangen waren: Der Vater war das stärkste Wesen, das er kannte. Selbst der Kriegszug hatte ihm allen Anschein nach kaum etwas ausgemacht.

Noir hatte, wie niemand sonst, nicht mitbekommen wie die Urmutter in den Ruhephasen das Zelt des Ältesten aufgesucht hatte, auf das er rascher regenerierte und kampfbereit war. Er wusste, sie käme, aber bemerkt hatte er sie nie.

„Er war folgsam. Was tatsächlich überraschend war, wenn man bedenkt wie seine Geschichte ist."

Alexander nickte schmunzelnd. Er hatte ohnehin nicht erwartet, dass der junge Krieger dem Sohn Ärger bereiten würde. Schließlich ging es um Training, um die Möglichkeit sich zu beweisen.

„Ich denke es hat ihm Spaß gemacht. Er hat viel gelernt in dieser Zeit. Als die Zeit abgelaufen war, haben wir das Training weitergeführt. Yves und Roma waren einige Male hier und haben auch mit ihm trainiert. Du warst lange weg. Ich war besorgt. Ist alles zu deiner Zufriedenheit verlaufen?"

Alexander seufzte.

Zufriedenheit war vermutlich etwas anderes. Die geflügelte Gestalt hierher zu bringen, war ein wahrer Kraftakt gewesen. Alexander und Lilith hatten ihre ganze Kraft und Geschicklichkeit aufbringen und am Ende dem Engel seine Flügel vollends nehmen müssen, damit sie es überhaupt geschafft hatten.

Es hatte zwischenzeitlich so gewirkt, als habe eine höhere Macht versucht, den Engel aus ihren Klauen zu befreien.

Stürme, die ihnen die Sicht geraubt und viel zu nah an die Inquisitionshochburgen geführt hatte.

Raubtiere, die sie in der Nacht angegriffen hatten, und dem Gefangenen eine Flucht ermöglichen sollten.

Nebel so dicht, dass man kaum erkennen konnte, wohin der nächste Schritt führte.

Es hatte nichts genutzt. Allen Widrigkeiten zum Trotz hatten sie es bis hierher geschafft. Jetzt war der Engel in der Ruine, in der Nebel das erste Training erhalten hatte.

Bewacht von Yves, Roma und einiger ihrer Krieger, damit das Geschöpf nicht fliehen würde. Seine Flügel hatte er zwar einbüßen müssen, aber sein Wille war längst nicht gebrochen.

Alexander wusste, dass jener nur auf eine Gelegenheit wartete, eine Chance, um auszubrechen.

„Es war nicht einfach, aber ich habe was ich wollte. Morgen geh mit deinen Freunden zur Ruine und löse Yves und die anderen ab. Bewacht den Engel. Sprecht nicht mit ihm. Seht ihm nicht in die Augen. Wenn du meine Präsenz sich nähern spürst, fügt ihm einige leichte Verletzungen zu."

„Vater ... denkst du wirklich das es eine gute Idee ist?"

„Zweifelst du an deinen Fähigkeiten als Lehrer?"

Noir verdrehte die Augen und schüttelte den Kopf. Sein Einspruch hatte nichts damit zu tun, das er an seinen

Fähigkeiten zweifelte. Seine Arroganz würde keinen – offenen – Zweifel an sich erlauben.

Er war schließlich ein Vemo.

Er war Alexanders Sohn.

„Ein Engel ist für viele die älter und stärker sind eine Herausforderung. Eine Herausforderung die nicht selten mit dem Tod endet. Wenn du seiner überdrüssig bist, schick ihn fort. Es wäre zwar bedauerlich, aber zumindest würde er leben."

„Er ist verletzt und ihr fügt ihm weitere Verletzungen zu. Natürlich werde ich nicht erlauben, das Nebel sein Leben lässt, Noir."

„Aber das wirst du ihm natürlich nicht sagen."

Alexander lachte und Noir schüttelte amüsiert den Kopf. Nein, Alexander würde dem Knaben nichts sagen. Nicht von der Prüfung, die ihm noch bevorstand, nicht das sein Leben nicht in Gefahr war.

Ein wenig sadistisch war der Älteste bisweilen. Aber man mag ihm diese Eigenart verzeihen, diente es lediglich seiner Unterhaltung.

„Am späten Vormittag bringe ich Nebel zur Ruine. Und wenn nichts mehr ist, genieße es, einen Tag nicht auf den Knaben aufpassen zu müssen."

Noir erhob sich und neigte das Haupt im Ansatz. Er wäre neugierig auf die Geschichte der Reise, den Kampf mit dem Engel. Aber das war unwichtig und könnte warten.

„Nichts das wichtig wäre. Wir werden bald in Ruhe sprechen. Angenehme ... Ruhe, Vater."

Alexanders Schnauben quittierte Noir mit einem Lachen, während er das Arbeitszimmer verließ. Er würde tun, was sein Vater angeregt hatte und den Tag und Abend mit seinen Freunden verbringen und in Gewissheit das der

Vater wieder da war, genießen, nicht länger für alles verantwortlich zu sein.

Alexander harrte noch einige Momente, lauschte dem Treiben im Schloss und entspannte zusehends. Die Reise war anstrengend gewesen. Es tat gut, wieder hier zu sein.

Er war zu lange fortgewesen. Yves und Romas sporadische Anwesenheit, die Loyalität des anwesenden Teiles des Rates und die Arroganz des eigenen Sohnes mochten mitunter ein Grund gewesen sein, dass niemand etwas Dummes versucht hatte.

Seine Abwesenheit war immer eine Versuchung für manchen Narren, um seinen Sturz anzuregen.

Es wäre nicht das erste Mal. Auch wenn das letzte Mal so lange her war, das er sich nicht mehr erinnerte, wer damals dafür verantwortlich war.

Er hatte erst seit einigen Jahrzehnten dem Schloss und seiner Art vorgestanden. Seine Macht war noch nicht gefestigt. Inzwischen war viel Zeit vergangen. Seine Macht und Stärke hatten seither zugenommen. Was nicht hieß, das es niemanden gab, der sich nicht lieber an der Spitze sehen wollte.

Und Rosanna?

Rosanna würde ihm Bericht erstatten. Würde ihm erzählen, welches Raunen durch die Gänge gehallt war, wer Gerüchte verbreitet hatte. Niemand nahm sie wahr, wenn sie nicht grade an der Seite des Obersten war.

Niemand beachtete sie.

Sah man vielleicht von jenen ab, die Alexander am nächsten standen und wussten, oder ahnten, dass sie nicht an seiner Seite wandeln würde, wenn sie nicht in irgendeiner Weise von Bedeutung war.

Vom Äußeren war sie unscheinbar. Nicht besonders groß oder klein. Nicht übermäßig schön und nicht hässlich.

Niemand, an den man sich erinnerte.

Bei einer Art, die sich unter anderem durch Schönheit und Anmut auszeichnete, ging sie verloren. Und das nutzten sie und Alexander zu ihrem, nein zu seinem Vorteil aus.

Aber nicht mehr heute.

Heute wollte er ein Bad.

Heute wollte er den Nebel.

Heute wollte er Ruhe.

Seufzend rieb er sich die Augen und erhob sich. Die raubtierhafte Geschmeidigkeit war nur noch eine Ahnung.

In jeder Bewegung war die Müdigkeit, die Erschöpfung von Körper und Geist deutlich zu erkennen. Aber das würde sich geben.

Ein Mahl.

Ein Bad.

Morgen wäre er wieder das Raubtier, das in ihm ruhte.

Morgen.

✝

Nachdem Alexander sich den Schmutz und die Anstrengung der Reise vom Körper gewaschen hatte, gehörte der restliche Tag und die Nacht ihm und seinem jungen Gefährten. Nebel hatte versucht, zu ergründen, warum der Ältere so lange fort war. Zu erfahren, was so Dringendes zu erledigen war, das er überstürzt aufgebrochen war.

Alexander vertröstete ihn auf den folgenden Tag. Er wollte einiges und nichts davon hatte mit einem Bericht über seine Reise und den Grund dafür zu tun.

Das ‚Morgen' kam, wie es das immer tat. Tatsächlich geruht hatten die beiden Krieger nicht sonderlich lang. Doch fühlten sie sich ausgeruhter und weit besser als es seit langer Zeit der Fall war.

Alexander hatte versprochen, dass er dem Gefährten am folgenden Morgen erklären würde, wo er so lange war und warum er überhaupt gegangen war. Während sie sich ankleideten, versuchte Nebel seine Befangenheit zu überspielen, indem er den Älteren an das Versprechen erinnerte und versuchte seine Anwesenheit weitestgehend auszublenden.

Es war albern und unnötig.

Nach all den Stunden, die sie bereits geteilt hatten, oder allem, was sie getan hatten, sollte Nebel sich daran gewöhnt haben, den Blicken Alexanders ausgesetzt zu sein. Aber die Befangenheit blieb und war nichts, das Nebel beeinflussen könnte.

„Du wolltest mir erzählen, warum du fort gegangen bist und warum du solange weg warst."

Alexander betrachtete den Jüngeren schmunzelnd, der es tunlichst vermied, ihn anzusehen. Er trat auf Nebel zu, der sich vergeblich damit abmühte, das Hemd zu schnüren. Er erlöste die zitternden Finger des Gefährten von dem Versuch, sich anzukleiden, indem er es ihm abnahm.

Nebels Atem stockte. Widerstandslos ließ er es zu, dass Alexander ihm half, sich anzukleiden, als wäre er ein törichtes Kind, das nicht fähig war, dies selbst zu tun.

Diese unmittelbare Nähe Alexanders machte den Jüngeren sichtlich nervös. Auch das war unsinnig, wie die Befangenheit, aber Nebel konnte nichts dagegen tun. Vielleicht *wegen* all der Dinge, die sie getan hatten, die Alexander mit ihm anstellte. Alexanders Stimme riss ihn aus den Überlegungen und Gedanken.

„Das wirst du sehen, mein Nebel. Ich habe dir von der Reise etwas mitgebracht."

„Was ist es?"

Sofort war alle Befangenheit vergessen und Neugier und Vorfreude erwachten in dem jungen Mann. Würde er ahnen, was Alexander mitgebracht hatte, er hätte wohl dankend abgelehnt. Alexander lachte, reichte dem Jüngeren den Waffengurt und bedeutete jenem, ihm zu folgen. Er selbst nahm keine Waffen mit.

Die gute Laune Alexanders und der Umstand, dass jener keinen Waffengurt umlegte, sollte Nebel eine Warnung sein. Und nach ein paar schweigenden Metern, die sie zurückgelegt hatten, schien auch der Jüngere zu bemerken, dass irgendetwas nicht stimmte.

Nebel warf immer wieder prüfende Blicke auf den Gefährten, versuchte, in dessen Zügen zu lesen – erfolglos. Alexander hatte sich vorgenommen, dass er den Nebel mit dem Engel der seine letzte Prüfung darstellte zu überraschen. Nebel war zu jung und zu unerfahren, um auch nur ansatzweise in seinen Zügen oder Augen lesen zu können. Nur wenigen würde dies gelingen, wenn er es nicht wünschte.

Ein halbes Küken, egal wie talentiert, würde daran scheitern müssen.

‚Wo sind alle?‘. Unbehaglich bemerkte der blonde Krieger, dass ihnen heute kaum jemand über den Weg lief. Normalerweise kam man keine fünf, maximal zehn Meter ohne das jemand den Ältesten ansprach.

Spätestens nachdem man den Familienflügel verlassen hatte, war stets reges Treiben im Schloss. Gäste. Krieger. Grenzreiter, die heimkehrten oder losritten.

Küken auf dem Weg zu ihren Mentoren oder in die Bibliothek. Männer und Frauen, die flanierten in der Hoffnung, dass das Augenmerk Alexanders auf sie fiel.

An diesem Morgen waren nur wenige Leute unterwegs.

Hauptsächlich Diener, die geschäftig ihren Aufgaben nachgingen.

Alexander schwieg, während das Unbehagen und die Sorge des Nebels, mit jedem Schritt wuchs. Er war sich, spätestens nachdem sie das Schloss verlassen hatten, sehr sicher, das er gar nicht wissen wollte, was der andere mitgebracht hatte.

Alexander war sich des wachsenden Unbehagens deutlich bewusst.

Das Gedankenchaos, der innere Kampf des Jüngeren war ihm deutlich anzusehen. Und es amüsierte ihn.

Er könnte den anderen beruhigen, ihm die Sorgen nehmen. Aber er tat es nicht.

Zum Teil, weil der Sadist in ihm, dieses Chaos genoss. Zum anderen war es Teil der Strafe, für den Ungehorsam des Knaben. So vorhersehbar der Ungehorsam auch gewesen war.

Bald hätte Nebel es überstanden und mit etwas Glück würde er weder großen Schaden davon tragen, noch dem Ältesten danach fortlaufen.

KAPITEL 25

Alexander führte Nebel schweigend und mit ernstem Ausdruck zur alten Ruine, und Nebel erhielt Antwort darauf, wo alle waren: Es schien, als habe sich jeder Bewohner des Schlosses hier eingefunden.

Nebel war sich mehr und mehr sicher, das er nicht wissen wollte, warum sie alle hier waren. Oder was Alexander mitgebracht hatte. Zwischen all den vertrauten Präsenzen spürte Nebel etwas Fremdes, das sein Unbehagen noch weiter steigerte.

Alexander legte eine Hand auf die Schulter des Jüngeren, der beinahe wirkte, als wolle er zum Schloss zurücklaufen, oder aber so weit und schnell zu laufen, wie seine Beine ihn nur trügen, während sie die Menge passierten.

Manchem warf er einen strengen oder mahnenden Blick zu, aber das bemerkte Nebel nicht. Ebenso wenig wie die höhnischen Blicke, die ihm zugeworfen wurden.

Armand erinnerte dieser Gang an Noirs Erwachen, an den Weg den Vater und Sohn in die Verliese hinab gestiegen waren. Noir hatte kaum etwas von seinem Umfeld mitbekommen.

Genauso abwesend und überfordert wirkte der junge Freund jetzt.

Inmitten der Ruine standen Noir, Sidh und Armand nebeneinander. Ihre Körper verbargen, was sich hinter ihnen befand.

Nebel sah fragend zu ihnen, aber Alexander trat vor ihn und forderte so die Aufmerksamkeit des Jüngeren ein.

„Noir sagt, du hättest dich annehmbar geschlagen, während der vergangenen Monate. Du hast viel gelernt, aber eine Prüfung will ich dir noch auferlegen, bevor deine Strafe und das Training endet."

Nebel schnaubte. Annehmbar schien ihm doch ein wenig untertrieben. Er war an seine Grenzen gegangen und weit darüber hinaus. Aber er schwieg. Er wollte das Wiedersehen mit dem Ältesten nicht durch unnötige Diskussionen belasten.

Außerdem war er sich sehr sicher, dass dann noch mehr kommen würde, dass ihm nicht gefiele.

Bei Alexanders Worten traten Noir und die beiden anderen beiseite und gaben den Blick auf den Engel frei, der von Ketten und Marius und Thomas gehalten wurde.

Das einstmals reine, weiße Gewand war fleckig und stellenweise von getrocknetem Blut befleckt. Doch waren auch frische Verletzungen und frisches Blut vorhanden.

Das helle Haar das einstmals fast silbern gewirkt haben mag, hing jetzt dreckig und strähnig herab.

Die ebenmäßigen sanften Züge waren vom Schmerz verzerrt. Doch die Augen waren sanft und beinahe zärtlich blickte der Engel auf den jungen Vampir.

Blicke, die sich miteinander verwoben.

Unwillkürlich entspannte Nebel sich.

Mitleid erwachte im Vampir. Mitleid für ein Geschöpf das selbst in dieser Verfassung, eine nicht zu unterschätzende Gefahr war.

‚Hilf mir. Lass mich frei noch ist es nicht zu spät umzukehren.'. Nebel stockte, als die Stimme des Engels lockend warm in seinem Kopf widerhallten. Es musste alle Konzentration aufwenden, um den Blickkontakt zu unterbrechen.

Schweiß stand ihm allein von dieser Anstrengung auf der Stirn.

Das hatte er nicht erwartet.

Niemand hatte ihn gewarnt, dass Engel dazu in der Lage waren. Vielleicht war es nicht bekannt? Er würde es nachschlagen oder Sidh befragen. Wenn er daran dachte.

Alexanders Stimme forderte wieder seine volle Aufmerksamkeit ein und riss damit den Bann ein.

„Besiege diesen Engel und ich werde dir die Bitte uns auf Kriegszügen zu begleiten, nicht mehr abschlagen."

Nebel starte den Gefährten an. Das konnte nur ein Scherz sein. Der Oberste wartete nicht auf eine Antwort, sondern trat auf den Engel zu, nahm Marius und Thomas die Ketten ab und blickte den Gefangenen kühl an.

„Töte ihn und du bist frei und kannst versuchen dir deine Flügel zurückzuverdienen."

Die Ketten fielen, der Engel war frei, und ohne auch nur eine Sekunde zu zögern, griff er nach einem Schwert, das ihm hingehalten wurde und stürmte auf den regungslosen jungen Krieger zu.

Nebel war geschockt.

Sein Verstand versuchte, noch immer zu begreifen, was Alexanders Worte bedeuteten, als der Engel auf ihn zustürmte.

Im letzten Moment wich er aus, was ihn nicht vor einer Verletzung aber zumindest einer schlimmen Verletzung schützte.

Der Schmerz reichte aus, um den Vampir aus seiner Starre zu reißen. Knurrend zog er das Schwert und blendete alles aus. Neider, missgünstige Blicke und höhnisches Grinsen. Der Älteste, Noir, die Freunde.

Alles rückte in weite Ferne, nur der Tanz, der Kampf, war noch wichtig.

Der Engel war trotz seiner Verletzungen ein gefährlicher Gegner, getrieben von der Kraft, die ihm von Verzweiflung und Hoffnung gegeben ward. Nebel griff nicht an. Er beobachtete. Parierte die meisten Hiebe des Engels und wich aus, wo er es konnte. Er suchte nach einer Möglichkeit den Engel niederzustrecken. Nur eine Lücke in der Verteidigung des Engels.

Nicht jedem Hieb konnte er ausweichen, aber das machte nichts. Er bemerkte die Verletzungen nicht. Es brauchte nicht lange und der junge Krieger konnte die Hiebe des Gegenübers voraussehen und die Angriffe besser blocken.

Es war ein Tanz, den der Vampir liebte.

Ein Tanz, den er beherrschte.

Ein Tanz der aus ausweichen, drehen und vortreten bestand.

Angriff, Block und Rückgabe.

Alexander beobachtete mit Argusaugen den Kampf der beiden Gestalten. Innerlich feuerte er den Gefährten an.

Hoffte, dass jener gut genug geworden war. Hoffte, dass er nicht zu sehr verletzt werden würde. Nach außen war seine Miene kühl, streng wie eh und je.

Und auch die Freunde schauten mit Spannung zu. Doch nur Noir hielt es wie der Vater und ließ keine Emotion auf seine Züge huschen. Die anderen feuerten den jungen Krieger an.

„Komm schon Nebel, du wirst dich von einem übergroßen Vogel doch nicht besiegen lassen!"

„Pass auf – Ahhh verdammt das war knapp. Los Nebel! Ja, Ja genau so!"

„Pass auf deine Deckung auf!"

„Steh auf! Steh auf! ahhh Ja gut so!"

Noir und Alexander tauschten einen flüchtigen Blick. Noir zuckte kaum merklich mit den Schultern. Er würde die anderen gewiss nicht davon abhalten, und vielleicht könnte dieser Zuspruch, den der Knabe erhielt, ja sogar etwas bewirken.

Ein paar Schlossbewohner, besonders die Jüngeren, schlossen sich den Rufen an, andere beobachteten fasziniert wie der junge Krieger sich behauptete oder strauchelnd wieder auf die Beine kam. Und zuletzt waren natürlich noch jene, die innerlich den Engel anfeuerten, aber dies niemals offen sagen oder zeigen würden.

Nebel bekam es nicht mit. Nichts davon. Täte er es, er würde es nicht verstehen. Engel und Vampir könnten Stunden- oder Tagelang kämpfen, ohne dass sich ein Sieger herauskristallisieren würde. Das wusste Nebel ebenso gut wie Alexander, Yves und Roma. Es käme am Ende darauf an, wer einen Vorteil am besten ausnutzte.

Das Wandern der Sonne war nur eine weitere Variable. Schatten welche die Position wechselten. Würde Nebel bis zum Anbruch der Dunkelheit durchhalten, wäre der Vorteil klar auf seiner Seite. Dann wenn das nächtliche Erbe erwachte und neben dem Adrenalin die Klinge führte.

Die Zuschauer, die Bewohner des Schlosses, die dem Nebel zu Beginn noch Zurufe oder beißende Kommentare zugeworfen hatten, verlegten sich auf gespanntes Schweigen, je länger der Kampf andauerte.

Selbst die Neider mussten – widerwillig – zugeben, dass sich der Bengel länger hielt, als mancher erwartet hätte.

Noir beobachtete, ebenso wie der Vater, wie sich der Jüngere im Kampf hielt. Er notierte sich im Geiste die Fehler des Schützlings. Fehler, die vermieden werden könnten.

Nach dem Ende des Kampfes, in einer ruhigen Stunde, würde er Nebel seine Fehler aufzeigen und ihm verraten wie er sie vermeiden könnte.

Dass der Vater den Tod des Gefährten nicht erlauben würde, war ihm klar. Es wäre töricht, die ganzen Mühe auf sich zu nehmen, wenn der Knabe nicht überlebte.

Und der Anblick des Vaters bei seiner Rückkehr sagten dem Erstgeborenen viel zu deutlich, wie mühsam die Beschaffung des Engels gewesen sein mochte. In einer anderen ruhigen Stunde würde er sich die Geschichte erzählen und nicht abwimmeln lassen.

Sidh, Armand, Thomas, Marius und Andrej hatten ihre ermutigenden Zwischenrufe aufgegeben, als ihnen klar war, dass Nebel nichts davon mitbekam. Bereits im Training hatten sie festgestellt, das der Jüngere ausblendete, was ihn stören könnte. Für Momente wie diese, keine schlechte Technik, aber ebenso konnte sich das als Nachteil erweisen, wenn es um Grenzritte und dort stattfindende Kämpfe ging.

Wenn man alles außer dem aktuellen Kampf ausblendete, hatten Feinde Gelegenheit sich anzuschleichen und aus dem Hinterhalt anzugreifen. Wie Noir auch, würden sie den Nebel darauf ansprechen, sobald sich eine Gelegenheit dafür ergäbe. Aber vorerst würden sie ebenso gespannt wie der Rest des Schlosses, diesen Kampf verfolgen.

✝

Der Engel kämpfte mit aller Kraft, die er aufbringen konnte. Wie Nebel auch suchte er nach Lücken in der Verteidigung. Jedes Mal wenn Nebel sich seinen Angriffen anpasste, seine Schrittfolge, seine Hiebe voraussehen konnte, änderte der Engel seine Technik und Nebel musste sich neu einstellen.

Bislang hatte Nebel seine Kräfte geschont und kaum selbst Angriffe geführt. Er suchte nach einer Gelegenheit, den Kampf schnellstmöglich zu seinen Gunsten zu beenden.

Leben oder Sterben. – Gut oder Böse. – Vampir oder Engel. – Klischeehaft und episch.

Doch auch wenn Nebel seine Kräfte einsparte, indem er keine unnötigen Angriffe führte, spürte er die ersten Anzeichen aufsteigender Erschöpfung. Spürte, wie die Konzentration sich geringfügig verschlechterte, spürte das Gewicht der Waffe um ein Vielfaches.

Er wusste, dass er eine Schwachstelle finden müsste, um den Kampf zu beenden und als Sieger hervorzugehen.

Und er bekam die Gelegenheit, erkannte einen flüchtigen Moment, der einen Teil des Brustkorbes entblößte. Die Gefahr das er selbst dabei schwer verletzt wurde, war hoch, aber eine bessere Möglichkeit sah Nebel nicht.

Er wägte die Chancen gegen die Risiken ab, während der Engel bereits seinen nächsten Angriff ausführte.

Das Dämmerlicht warf lange Schatten, das Farbenspiel des Himmels kündete die nahende Nacht an und verabschiedete den Tag. Nebel bekam davon nichts mit. Die Dunkelheit störte ihn nicht, der Wechsel des Lichtes eben sowenig. Seine Augen passten sich problemlos an. Er ließ sein Schwert fallen, stieß mit der ausgestreckten Hand nach vorn.

Das Brechen der Finger und der Rippen erklang unnatürlich laut in den Ohren aller, doch den Vampir scherte es nicht. Knochensplitter des Himmelswesens bohrten sich tief in die Haut des Vampires, rissen die Finger auf.

Das Blut des Engels mischte sich mit dem des Vampires. Der Schrei des Engels war Musik in den Ohren des Prüflings, der selbst seine verbleibende Kraft dazu nutzte zu schweigen und auf den Beinen zu bleiben.

Nebels Finger schlangen sich um den pumpenden Muskel, sein Blick fing und hielt den entsetzten Blick des Engels.

Er war sich fast sicher – oder hoffte zumindest – dass die Himmelskreatur grade nicht in der Lage war, erneut in seinen Geist zu dringen, wie er es am Anfang dieses Spektakels getan hatte.

Ein kühles Lächeln auf den Lippen riss der Prüfling seine Hand zurück, entriss dem Himmelswesen das schlagende Herz, das selbst außerhalb des Körpers noch einige Male schlug.

Es pumpte dunkles Rot hinaus und erstarb. Unentwegt hielt Nebel den Blick des Engels, dessen ungläubiges Entsetzen wich und brach, bevor er einem Spielzeug gleich zu Boden fiel.

Der dumpfe Laut des Aufpralls beendete den Kampf und damit auch die Strafe und das Training des Nebels.

Die Wirklichkeit drang in das Bewusstsein des Prüflings zurück, die Schlossbewohner, die ihn fassungslos anstarrten,

Alexanders Anwesenheit.

Noir wirkte, wie auch sein Vater, sehr zufrieden. Die Freunde jubelten und applaudierten beinahe ekstatisch.

Auch wenn man nicht sagen konnte, ob er zufrieden war, weil sein Training Früchte getragen hatte oder einfach nur, weil der Blonde gewonnen hatte.

KAPITEL 25

Nebel nahm sein Schwert auf. Für ihn war das Ganze noch nicht vorbei. Er würde das Adrenalin nutzen, das noch wild durch seinen Körper raste.

Langsam trat er auf Alexander zu, sich der Blicke, die ihm folgten durchaus bewusst. Ebenso wie der erneut eintretenden Stille, welche die Ruine dröhnend laut erfüllte.

Das Blut rauschte in seinen Ohren.

Seine Hand schmerzte. Er hatte nicht gespeist, bevor sie hierher gegangen waren, und auch am gestrigen Tag hatte er anderes im Sinn gehabt, als sich um Nahrung zu kümmern.

Ein Fehler.

Die Heilung würde länger dauern als gewöhnlich. Brüche waren schmerzhaft. Wenn die Knochen falsch zusammenwuchsen, mussten sie erneut gebrochen und gerichtet werden. Das Blut des Himmelswesens, das sich mit seinem mischte, schwächte ihn zusätzlich und in den hinteren Winkeln seines Bewusstseins spürte er die aufsteigende Benommenheit, die ihm bald das Bewusstsein nehmen würde.

Dafür hatte Nebel allerdings in diesem Moment keinen Gedanken über.

Er spürte dem Schmerz nach, dem Adrenalin das durch seinen Körper jagte und ihn zu Höchstleistungen antrieb.

Oder in diesem Fall dafür sorgte, dass seine Schritte selbstsicher in Richtung des obersten Vampires gelenkt wurden.

‚Nicht der Mann vom Turm. Nicht der Mann aus unseren Gemächern.'

In Gedanken mahnte er sich, wie er es vor einer gefühlten Ewigkeit in der Trainingshalle getan hatte. Und jetzt half es genauso wenig wie beim letzten Mal.

Er atmete unnötig durch.

Er trat auf den Ältesten zu.

Den Schlossherren.

Den Herrscher der Vampire.

Nicht seinen Gefährten, den Mann, dem sein Herz gehörte.

Alexander betrachtete den Jüngeren mit einer Mischung aus Amüsement und Neugier und nicht zuletzt Stolz.

Er hatte sich passabel geschlagen, und das Ziel erfüllt, das er gestellt hatte. Es hatte ihn mitgenommen.

Der Jüngere musste Schmerzen leiden, auch wenn er versuchte, sich das nicht anmerken zu lassen.

Seine Bewegungen waren nicht ganz so fließend, nicht mit dem üblichen Elan geführt.

Für den Bruchteil eines Wimpernschlags erkannte Alexander Unsicherheit auf den feinen jugendlichen Zügen.

Dann war dieser Moment vorbei und Nebel sank vor ihm auf ein Knie herab und bot ihm das Schwert da.

Nun war es an ihm, überrascht zu sein.

„Ich habe erfüllt, was Ihr mir aufgetragen habt. Ich habe den Engel besiegt. Ich folgte Euch in die Schlacht, kämpfte Seite an Seite mit Eurem Heer. Ihr habt mich in Euer Haus geholt, habt mein Leben gerettet und mich gelehrt und trainiert."

Nebels Stimme klang sicher und fest, doch brach er kurz ab, beinahe als wollte er in seinem Geist nach einer Antwort forschen, die er lange schon hatte. Wollte sichergehen, dass er, dass was er wollte auch wirklich ersehnte.

„Ich biete Euch mein Schwert und bitte darum, Teil eures Hauses, Eures Clanes zu werden."

Das Schweigen, das den Worten folgte, war lauter als jedes Heer. Nebel harrte kniend, das Schwert haltend. Wartete und zweifelte. Hatte er irgendeine Regel gebrochen, von der er nicht wusste, dass es sie gab?

Woher sollte er das wissen?

Nie zuvor hatte er den Wunsch verspürt, sich einem Clan anzuschließen. Woher sollte er wissen, wie man anständig um die Aufnahme bat? Vielleicht aber wollte Alexander auch gar nicht, dass er dem Clan beitrat?

Niemand könnte dem Obersten diese Entscheidung verübeln.

Nebel hatte in der Vergangenheit seinen Eigensinn mehr als deutlich gezeigt. Die Geschichten über seine Vergangenheit waren ebenso absurd wie falsch, und jene die sie kannten, schwiegen dazu. Davon wussten die Klatschbasen jedoch nichts.

Er war nur der Gespiele des Ältesten.

Ein eigensinniger Krieger, der Ärger suchte und über dessen Geisteszustand man sich uneins war. Wollte man so jemanden wirklich in seinen Clan holen?

Alexander seufzte leise und zwang Nebels Gedanken damit wieder auf den Ältesten und damit auch seine volle Aufmerksamkeit.

Zwei Finger legten sich unendlich sanft unter Nebels Kinn, zwangen den Blick hinauf.

„Nebel..."

Der junge Krieger erschauderte beim Klang des eigenen Namens, so sanft gesprochen, dass es ihn wirklich ängstigte.

„Zwei Mal trug man dich über meine Schwelle. Mehr tot als lebendig. Du hast viel gelernt seit wir einander das erste Mal begegnet sind."

Beide erinnerten sich daran. Alexander an das schwache Geschöpf, das viel zu leicht in seinen Armen lag; an das eisige Blau das seinen Blick nur mühsam erwiderte. Neugier, was der Sohn an dem Kind gefunden haben mochte.

Nebel an das Silber, das kalt und unbarmherzig auf ihn herabsah; der kühle Befehl, dass er die Augen öffnen sollte. Das Versprechen, das er sicher wäre, in seinem Haus.

An den Turm, natürlich, auch an den Turm, der Anfang vom Ende wurde.

„Du wurdest mehr und mehr Teil des Schlosses. Selbst als du uns verlassen hast, warst du nicht fern und gewiss nicht vergessen. Du folgtest uns in die Schlacht, auch wenn ich dich gebeten habe, zu bleiben."

Nebel biss sich auf die Unterlippe, schenkte dem Älteren einen entschuldigenden Blick, der mit einem Schmunzeln quittiert wurde.

„Du hast klaglos die Strafe angenommen, die ich dir auferlegt habe. Du hast den Engel besiegt, der Abschluss deiner Strafe darstellte. Nun sage mir, Nebel ..."

Alexander brach ab, betrachtete den Jüngeren aufmerksam. Er nahm den Geruch des anderen Blutes wahr, das du seine Adern jagte, bereit und fähig den Knaben zu schwächen, vielleicht auch schlimmeres.

Doch für einen Moment würde er es riskieren, damit der Knabe seine Antwort bekam.

„... warum hättest du all das tun sollen, wenn du nicht längst Teil dieses Hauses wärest?"

Verwirrung spiegelte sich auf den erschöpften Zügen. Alexander hatte nicht unrecht. Nebel hätte als Clanloser ablehnen können. Er hätte einfach seiner Wege gehen können, und man hätte ihn unbehelligt ziehen lassen.

Aber auf die Idee war der junge Krieger gar nicht gekommen. Alexanders Finger schlossen sich um die dargebotene Klinge, ein leichtes Lächeln umspielte seine Lippen.

„Führe deine Klinge und deine Zunge klug, mein Nebel."

Nebel konnte nur nicken, während Alexander die Klinge aus seinem Griff freigab und die Hand dem Jüngeren darbot, um ihm auf die Beine zu helfen. Nebel ergriff sie und Alexander drückte sie leicht, um dem anderen Mut zuzusprechen, dem Jüngeren seinen Beistand bezeugend.

Seite an Seite kehrten durchschritten die beiden Vampire die Menge und kehrten zum Schloss zurück.

Alexander führte den Knaben in sein Arbeitszimmer.

„Du musst trinken."

„Es geht schon. Ich gehe gleich ..."

„Nein, du wirst trinken. Das Engelsblut bekommt dir nicht, uns nicht."

Alexander bot dem Jüngeren sein Handgelenk an und allein beim Blick und dem Gedanken an das machtvolle Blut des Älteren, lief ihm das Wasser im Mund zusammen.

Ein kurzes Knurren entrann seiner Kehle, ehe er das Handgelenk ergriff und seine Zähne hineinschlug, das kostbare, köstliche Rot hervorlockend.

Das Blut des Ältesten würde helfen. Ihn rascher heilen. Den Einfluss des Engels etwas mindern können, bis das eigene Blut das des Feindes abgebaut hätte.

Gierig trank er, während Alexanders Blick auf ihm ruhte. ‚Er ist kein Küken mehr, sein Durst ist stärker.', stellte Alexander amüsiert fest und erinnerte sich an das erste Mal, als er den Knaben gespeist hatte. Kaum der Rede wert.

Küken brauchten wenig. Warum, er konnte es nicht erklären. Aber der Hunger eines ausgewachsenen Raubtieres war stärker, der Biss kraftvoller, bestimmter als das eines Welpen.

Alexanders Gedanken wurden unterbrochen, als Nebel aufseufzend den Kopf zurückwarf. Beim selbstgefälligen Ausdruck auf den Zügen des Gefährten lachte Alexander leise.

„Danke."

Er schmiegte sich in die Arme des älteren und schloss entspannt die Augen.

„Alexander?"

„Mh?"

„Schleppst du mir noch Mal einen Engel an, schläfst du in deinem Arbeitszimmer."

Alexander lachte. Nebel schmollte kurz, ehe er sich vom Älteren löste.

„Ich werde speisen und mich zurück ziehen."

Alexander nickte und sah dem Knaben einen Moment nach, ehe er sich um die Belange des Reiches kümmerte und Nebel sich auf den Weg machte, um sich an den Spendern gütlich zu tun. Auf eine Jagd würde er heute verzichten.

Nebel war auf dem Weg zurück in die Gemächer, als er auf die Freunde traf. Ein anerkennendes Lächeln galt ihm und es erfüllte Nebel mit Freude.

Er war angekommen.

Er wurde akzeptiert.

So wie er war.

Er hatte Freunde.

Gut auch Neider und Missgunst waren hier nicht fremd. Aber das Gute überwog.

„Noir? Können wir das Training wiederholen?"

Er hatte es schon einmal gefragt, aber er konnte die Gelegenheit nicht ungenutzt verstreichen lassen. Noir schmunzelte und Sidh grinste erfreut.

„Ja Noir, quäl ihn und überlass mir meine Bücher."

Noir stieß Sidh spielerisch an, der gegen Marius stolperte. Ein spielerisches Rangeln entstand. Noir verdrehte die Augen und wand sich Nebel zu, der das Ganze amüsiert beobachtete.

„Vorerst solltest du dich erholen, Nebel. Danach sehen wir weiter. Wie geht es dir?"

Das Rangeln der Gruppe hörte auf, die Blicke legten sich auf den Jüngeren. Er wirkte erschöpft, trotz des Mahles, dass er grade genossen hatte. Eine ungewohnte Unruhe spiegelte sich in seinen Augen wieder.

‚Vielleicht war das alles doch zu viel für ihn? Hat Vater oder habe ich ihm zu viel zugemutet? Er ist jung. Ältere und Stärkere hätten Probleme mit dem, was der Knabe durchgemacht hat. Vielleicht war der Engel zu viel?'. Noir würde mit seinem Vater sprechen, seine Gedanken mit dem Oberhaupt teilen.

„Es geht mir gut. Ich bin nur erschöpft, Noir. Morgen kann ich euch wieder auf die Nerven gehen."

„Dann geh und ruh dich aus. Morgen ist auch noch ein Tag. Und wie es aussieht, werden wir dich wohl nicht mehr los."

Nebel lachte und nickte. Ja ausruhen klang nach einer guten Idee. Die Freunde verabschiedeten und trennten sich. Noir würde erst mit dem Vater sprechen und dann mit den anderen jagen.

Nebel versuchte, im Bad zu entspannen. Aber es gelang nicht. Zu viel ging ihm durch den Kopf. Zu viel, das er nicht in Worte fassen konnte. Er wusste, dass an Schlaf und Ruhe trotz der Erschöpfung nicht zu denken war.

Seufzend kleidete er sich an und stieg hinauf auf den Turm. Wenn er auch nirgends sonst Ruhe finden könnte, hier gelang es ihm für gewöhnlich. Nicht so gut wie in Alexanders Armen, aber zufriedenstellend.

Der nächtliche Himmel war sternenklar und der volle Mond tauchte die Welt in mystisches Licht. Nebel liebte diesen Anblick und die Ruhe, die es in ihm auslöste. Hier oben unter dem Licht von Mond und Sterne konnte ihm nichts widerfahren.

Hier war er sicher. So wie Alexander es ihm vor langer Zeit versprochen hatte.

Der kühle Abendwind koste das feuchte Haar, strich über die blassen, ebenmäßigen Züge und verwischte eine Spur aus heißen Tränen, die ungehindert flossen.

„Überlegst du zu springen?"

Dieselben Worte.

Worte, die dem Nebel ein Lächeln auf die Lippen zauberten. Ein kurzes leises Lachen und ein Kopfschütteln gaben Antwort, ehe der blonde Krieger mit belegter Stimme sprach und sich umwand.

„Nein, die Idee war schon vor Jahren sehr dumm."

Alexanders Belustigung schwand, als er die Tränen sah.

„Bei allen Mächten, Nebel. Was ist passiert?"

Keinen Wimpernschlag später war er an der Seite des Jüngeren, zog ihn in seine Arme. Noir hatte seine Besorgnis über das Küken vorgetragen, aber *das* hatte er nicht erwartet.

Tränen.

Alexander wusste nicht damit umzugehen, dass der stolze, junge Mann plötzlich weinend vor ihm stand. Schweigend hielt er den Knaben, dessen Tränen einfach nicht aufhören wollten, zu fließen. Und jener schmiegte sich an den Älteren, klammerte sich an dessen Stoffen fest. Stoffe, die an anderer Stelle salzig getränkt wurden.

Beruhigend strich der Ältere dem Jüngeren über den Rücken, wartete einfach darauf, dass er sich beruhigte. Wartete darauf, das er sprechen und sich ihm anvertrauen würde.

Die Gestirne wanderten über sie hinweg. Regungslos harrten sie. Wie lange? Das spielte keine Rolle. Alexander würde hier stehen, solange es dauerte. Den Gefährten halten, solange es nötig war.

Alles andere könnte warten.

Jeder andere könnte warten.

Zeit war bedeutungslos.

Irgendwann waren die Tränen versiegt und Nebel sah schuldbewusst zum Älteren auf. Er war schwach geworden und hasste es. Aber er hatte nichts dagegen tun können. Zu sehr hatten die eigenen Gefühle ihn überwältigt, als das er dagegen hätte ankämpfen können.

„Was ist passiert, Nebel?"

Nebel lachte leise, abgehackt und schüttelte abermals leicht den Kopf.

„Ich bin angekommen. Ich bin zuhause Alexander."

Alexander verstand.

Nach all der Zeit, in der Nebel gereist war, vor und nachdem er an seinen Hof kam, gehörte der stolze Krieger nirgends zu. Hatte keinen Ort Heimat genannt, war nie gewillt gewesen, sich irgendwem zu beugen.

Noir hatte recht gehabt, als er berichtete, dass etwas nicht stimmte, aber er hatte unrecht gehabt, im Glauben, das

Training oder der Engel wären die Ursache für das Unwohlsein des Jüngeren.

Es war kein Unwohlsein.

Er war schlicht überwältigt von allem. Allem voran, dass er wirklich ein Zuhause hatte, in dem man ihn willkommen hieß, ihn akzeptierte und Zuneigung für ihn empfand.

Das, was sich einst Daniel Falodir gewünscht hatte, hatte Nebel gefunden. Auch wenn es sehr lange gedauert hatte.

Alexander presste den anderen leicht an sich, hauchte einen Kuss auf den Scheitel.

Das der Jüngere diese Erkenntnis erst jetzt erlange und das es ihn so aus der Spur warf amüsierte den Alten ebenso sehr, wie es ihn verwirrte. Hatte Nebel denn wirklich nicht bemerkt, dass er schon lange zu seinem Haus gehörte?

Warum hatte er ertragen, was er selbst dem Knaben auferlegt hatte, wenn er geglaubt hatte, dass er noch immer Clanlos, heimatlos war?

Einmal mehr überraschte das Küken ihn. Und nicht zwangsläufig im negativen Sinne. Er müsste dafür sorgen, dass an den Kleidern des Knaben das Wappen seines Hauses aufgenäht wurde – einfach nur, damit der Knabe sah, was alle anderen zuvor schon gewusst hatten.

Gut vorher würde er dafür sorgen, dass die Garderobe des Blonden aufgestockt wurde. Er hatte immer wieder dafür Sorge getragen, dass er Frisches hatte, wenn man ihn halb tot hergeschleppt hatte, aber Nebel selbst hatte nie dafür gesorgt, dass er ausreichend Kleider hatte.

Perfekt, um weiterzuziehen. Auf Reisen waren zu viele Dinge nur hinderlich, aber vorerst schien es, dass der Gefährte bleiben würde, also würde er Schneider und Schuster beauftragen – und sei es nur, damit eine plötzliche Flucht nicht mehr infrage käme.

„Dann willkommen zuhause, mein Nebel."

KAPITEL 26

„Nebel, konzentrier dich."

Jacob lachte und stieß dem ‚neuen' Clansmitglied auffordernd mit dem Ellenbogen in die Seite. Nebel und Jacob saßen zusammen mit ein paar anderen Jungvampiren in der Bibliothek.

Noir war noch immer für die Ausbildung des Blonden verantwortlich, womit jener der Einzige war, der aus dem inneren Kreis unterwiesen wurde. Doch Jacob half dem Blonden in der Clanspolitik.

Auch wenn jener sich im Training nicht sonderlich hervortat, machte er in den theoretischen Teilen der Ausbildung eine gute Figur.

„Mh? Oh richtig. Entschuldige, das lange Nichtstun, liegt mir nicht."

„Nichts tun?"

Nebel nickte und seufzte. Lieber würde er das Reich und das Schloss erkunden, mit den Freunden trainieren oder jagen. Aber Noir hatte es sich zur Aufgabe gemacht, die Missstände, die Sergej zugelassen hatte, auszumerzen.

Natürlich trainierten sie. Nebel begleitete die Freunde auf Grenzritte und zur Jagd, aber Noir hatte entschieden, dass er die theoretischen Dinge mit den anderen Jungvampiren erlernen sollte.

Ein Versuch des Silberäugigen, den Schützling im Schloss und bei den Jungvampiren zu integrieren. Nebel hatte daran kein wirkliches Interesse. Er war zufrieden, wie es war.

Er brauchte und wollte nicht viele um sich herum. Der alltägliche Tratsch und Klatsch scherte ihn nicht und durch Kontakten den Gerüchten, um ihn selbst ein Ende zu bereiten, schien ihm mehr Arbeit als Nutzen.

Aber auch Nebel musste zugeben, dass die Arbeit mit Jacob Spaß machte. Er war klüger, als Nebel in seiner Arroganz angenommen hatte, und vermochte es, ihm die kompliziertesten Zusammenhänge einfach zu erklären.

Es war eigentlich einfach, wenn man erst einmal die Beziehungen der Oberhäupter zu Alexander verstanden hatte.

Nicht jedes Clansoberhaupt war eine Schöpfung Alexanders. Yves und Romas Clan standen direkt unter dem Hauptclan, dem er nun auch offiziell angehörte.

Sie waren seine ersten Schöpfungen gewesen und standen ihm am nächsten.

Dann kamen der Clan aus Magyar, dem der alte Levedi vorstand, der Clan aus dem Walachenland dem Theodor Blacksmith führte und der Clan aus Hen Ogledd geführt von Micah.

Darunter standen in der Rangfolge – aber hoch im Ansehen – die Oberhäupter die Alexander in die letzte Schlacht gefolgt und ebenfalls von ihm gewandelt worden waren: Tiberius, Johann, Louis, Antonius und Markus.

Von ihnen gingen weitere Clans ab, die von einigen Schöpfungen der Oberhäupter geführt wurden. Unter den einzelnen Clans gab es immer wieder kleinere Auseinandersetzungen, um die Rangfolge zu stärken oder gar zu verbessern.

Ebenso wie es innerhalb der Clans Rangkämpfe gab.

Alexander mischte sich in diese Rangeleien nicht ein, wenn es sich vermeiden ließ. Lediglich wenn die Sache aus dem Ruder zu laufen drohte, erschien er und sprach in Machtwort und stellte die Ordnung wieder her.

Wie genau er das machte, konnte Jacob dem Nebel nicht sagen. Niemand, der an den Hof kam und es erlebt haben könnte, sprach davon. Es gehörte zu den Dingen, über die es nur Gerüchte gab.

Wie über das Alter oder die Fähigkeiten des Oberhauptes.

„Du solltest öfter was mit uns machen."

Nebel sah den anderen mit hochgezogener Braue an. Hinter seinem eigenen Schreibtisch beobachtete Sidh die Gruppe Jungvampire amüsiert.

Mit ‚uns' meinte Jacob die anderen Jungvampire, bei denen Jacob – zu Nebels Überraschung – tatsächlich beliebt war.

Zu Jacobs Gruppe gehörten Tobias, Albert, Elias und Gilbert. Wie Noir ständig von mindestens einem der Freunde umgeben war, so war es auch bei Jacob.

Er war hilfsbereit und freundlich, da sah man ihm seine mangelnden kämpferischen Fähigkeiten durchaus nach.

Zumindest die ihm umgebende Gruppe tat es, während andere immer wieder gern versuchten, ihn durch Herausforderungen zu necken oder trainieren.

„Sollte ich?"

Nebel hatte kein Interesse daran. Er hatte die Älteren, mit denen er sich herumtrieb, trainierte und arbeitete und er hatte Alexander. Die anderen Jungvampire waren ihm, was das Kriegerische betraf, weit unterlegen, dank des Intensivtrainings und auch der Schlacht.

Er hatte nichts mit ihnen gemein, warum sollte er seine Zeit mit ihnen verschwenden?

„Willst du keine Freunde, die etwas in deinem Alter sind? Denkst du wirklich die Älteren wollen ständig auf dich aufpassen?"

Nebel versteifte sich, Sidh sah interessiert und mit gerunzelter Stirn zur Gruppe. Nebels Reaktion entging ihm nicht. Die Feder im Griff des Vampires bog sich langsam und brach schließlich. Vielleicht weil er der Jüngste aus ihrem Kreis war, vielleicht weil er glaubte, das Nebel jemanden brauchte, der es tat, hatte Sidh den unbändigen Wunsch, den Kleinen zu beschützen.

Aber noch bevor er zum Sprechen ansetzen konnte, entspannte Nebel wieder, Jacob mit süffisantem Lächeln musternd.

„Denkst du nicht, dass sie alt und arrogant genug sind, mich fortzuschicken, wäre ich eine Last für sie?"

„Mhh ja vermutlich schon. Unternimm trotzdem was mit uns. Kennst du die kleine Stadt im Seengebiet ein paar Stunden von hier? Wir wollen demnächst dorthin."

Wieder war Sidh aufmerksam und Nebel hob skeptisch eine Braue.

„Minas Thar Aearon ist tabu. Wir haben dort nichts zu suchen."

„Das macht es doch spannend. Du hast dich einem Kriegszug angeschlossen obwohl es verboten war, jetzt willst du eine Stadt meiden nur weil sie tabu ist, auch wenn keiner weiß weshalb?"

Nebel seufzte. Er war sich Sidhs Blick bewusst, auch wenn er nicht darauf reagierte. Er wusste, warum die Stadt an den Seen verboten war, kannte die Geschichte, die zu diesem Verbot geführt hatte.

Gut es war nicht ausdrücklich verboten, dorthin zu reisen.

Aber dabei würden es die wenigsten belassen. Sie würden dort jagen, würden versuchen ... Nebel schüttelte den Kopf. Es war egal, was sie versuchen würden.

Er hatte seine Gründe, warum er dieses Verbot ernster nahm als andere.

Zum einen dem Elbenblut wegen, dem er sich nicht auszusetzen wünschte. Zum anderen aus Dankbarkeit, das sie Noir gerettet und beherbergt hatten.

„Ich habe eine Schwäche für Elbenblut, ich halte mich fern solang es möglich ist."

Nebel gab lieber eine eigene Schwäche preis, statt Noirs Geschichte oder Teile davon bekannt zu geben. Sidh schwieg weiterhin.

Er betrachtete den Jüngeren schlicht.

„Und ihr solltet euch dort auf fernhalten. Solle ich auf Grenzritt sein wenn ihr es versucht, sorge ich dafür das ihr euch Monate nicht rühren könnt."

Jacob schnaubte abfällig. Die anderen sahen von ihren Notizen auf und betrachteten die beiden Sprechenden aufmerksam.

„Du bist vielleicht gut, aber so gut nicht."

Tobias, der links von Jacob saß und bisher geschwiegen hatte, mischte sich nun ein. Sidh erhob sich, nahm die Pergamente auf, die er bearbeitet hatte, und verließ die Bibliothek.

Als Älterer würde er sich vermutlich einmischen müssen, wenn es zu einem Kampf käme, der über die üblichen Rangkämpfe hinausging.

Und sich Monate lang nicht rühren können, klang sehr danach.

„Willst du es herausfinden, Tobias?"

415

Angesprochener schien, ebenso wie Jacob und die anderen, irritiert, dass Nebel seinen Namen kannte, aber er fing sich rasch.

✝

Noir und Armand kamen grade von der Jagd, als sie Sidh aus der Bibliothek eilen sahen. Sie warfen einander einen skeptischen Blick zu, ehe sie sich zu ihm gesellten.

„Du fliehst aus der Bibliothek? Was ist passiert, Bruder?"

Sidh blickte überrascht auf, ehe er grinste und einen Finger an die Lippen legte. Noir und Armand sah man ihre Verwirrung an, aber sie folgten dem folgenden Deuten, näher heranzukommen.

„Shhh nur zusehen und bereit machen, abzuhauen."

Sidh unterdrückte ein Kichern und die beiden Älteren sahen erst den Bauern und dann einander an, ehe sie sich neben Sidh an die Wand lehnten und abwarteten, was als Nächstes geschehen würde.

Denn jedem war klar – zumindest denen, die sich an die Wand vor der Bibliothek pressten - das etwas passieren würde.

„Du bist vielleicht gut und trainierst mit den Älteren, aber so gut bist du nicht."

Tobias Stimme.

Sidh schmunzelte amüsiert. Zumindest schienen die Jungen das Thema Minas Thar Aearon vorerst vergessen zu haben.

Noir stieß Sidh an und schenkte ihm einen fragenden Blick. „Das wird lustig."

„Nebel denkst du nicht, dass du den Mund ein wenig voll nimmst. Tobias ist ein großartiger Kämpfer. Unterschätze ihn nicht."

Jacob.

Verwirrung spiegelte sich in den Zügen Noirs als auch in denen Armands. Dass Sidh einmal einen möglichen Kampf als lustig betiteln würde, hatten beide nicht erwartet.

Vorsichtig linsten sie in die Bibliothek hinein, nicht bemerkend, dass Alexander die drei mit skeptisch erhobener Braue beobachtete.

Mit ihrem Verhalten zogen sie die Aufmerksamkeit des Ältesten auf die skurrile Situation, dessen Ziel ursprünglich die Ställe sein sollten. Er war mit dem Stallmeister verabredet, um den Bestand durchzugehen, und gegebenenfalls neue Tiere anzuschaffen.

Nebel war sich all dessen nicht bewusst. Er saß entspannt an seinem Platz. Das einzig Auffällige, das Noir erkennen konnte, war, dass der Blonde die Papiere zusammenschob.

„Wie gut ist dieser Tobias?"

„Er kann Nebel nicht das Wasser reichen, du hast ihn trainiert, dein Vater und auch Yves und Roma."

Sidh schlug den beiden anderen spielerisch auf die Schulter, um sie zum Schweigen zu bringen.

„Was wenn es mir gelingt, hm?"

„Was wenn nicht?"

„Mhh nun gut, sollte es mir nicht gelingen, werde ich euch nicht aufhalten euren kleinen Ausflug zu machen, noch werde ich es melden."

„Das reicht nicht."

„Ach?"

Nebel lehnte sich entspannt im Stuhl zurück, und Jacob und Tobias sahen erst einander, dann den anderen. Der Rest der Gruppe – Elias, Albert und Gilbert – besahen sich das Ganze mit einer Mischung aus Abneigung gegen den arroganten Blonden und Neugier, wie es weiter gehen würde.

Genauso wie Noir, Armand und Sidh vor der Tür und Alexander aus sicherer Entfernung.

„Dann sagt an."

Forderte der Nebel die anderen auf und sah mit höhnischen und selbstsicheren Lächeln zu den anderen auf. Jacob und Tobias tauschten einen weiteren Blick.

Man sah ihnen an, dass sie angestrengt darüber nachdachten, was für ein Wetteinsatz den arroganten Krieger treffen würde.

Als Jacob etwas auf ein Stück Pergament schrieb und Tobias zeigte, grinsten beide.

Offenbar hatten sie den Wetteinsatz festgelegt.

„Also gut, wenn du verlierst, wirst du einen Monat lang jede Herausforderung annehmen und dabei jeden Kampf verlieren. Nicht auffällig, es muss echt aussehen."

Nicht nur Nebel hob skeptisch eine Braue. Beinahe synchron zum Blonden hoben sich die der Freunde und Alexanders. Jetzt wurde das Ganze erst richtig spannend.

Die drei an der Tür tauschten einen Blick.

Sidh schüttelte den Kopf, er war sicher, Nebel konnte nicht verlieren. Schließlich wurde er von den Besten unterrichtet. Er konnte nicht verlieren, oder?

Alexander konzentrierte sich auf den Knaben, mit dem er das Lager und sein Leben teilte. Versuchte, zu ergründen, was in dessen Kopf vor sich ging, aber Nebel schmunzelte lediglich.

„Einverstanden. Gewinne ich, werdet ihr, dieselbe Zeit, jedem meiner Befehle folgen. Ohne Fragen, ohne Widerworte, ohne Zögern."

„Einverstanden."

Nebel erhob sich und nickte. Die Verbliebenen erhoben sich, machten sich offensichtlich zum Kampf bereit aber Nebel schmunzelte kaum merklich.

„Nicht hier, gehen wir in die Trainingshalle. Sidh bringt uns um, wenn wir die Schriften beschädigen."

„Das Lämmchen von Bibliothekar, na klar. Ich erzittere vor Furcht."

Tobias schnaubte abfällig und die anderen grinsten. Ihnen entging der harte Ausdruck, den Nebels Augen annahmen. Ebenso wie es Noir und den beiden anderen entging, denn bevor Sidh dem Bengel zeigen könnte, was für ein Lämmchen er war, zog Noir den Vertrauten und den Bruder hinab in die Schatten, um in der Trainingshalle neu zu erstehen.

Alexander jedoch bemerkte es, ebenso wie den aufwallenden Zorn, der sich jedoch in keiner Miene zeigte.

Ein Deuten des Blonden und die Gruppe verließ die Bibliothek – und Alexander folgte ihnen.

KAPITEL 27

Nebel behagte es nicht, dass diese Narren so abschätzig über Sidh sprachen. Aber das würde ihm sein Vorhaben noch versüßen.

Er mochte Sidh. Der gewandelte Bruder Noirs nahm sich immer Zeit, seine Fragen zu beantworten, zeigte ihm Schriften und war im Allgemeinen ein angenehmer Gesellschafter, der nicht unnötig viele Fragen stellte.

Aber das konnte er keinem seiner Freunde vorwerfen. Sie nahmen hin, dass er kaum von seiner Vergangenheit erzählte. Das, was sie wussten, reichte aus.

Er hatte einige Anekdoten geteilt, andere Teile seiner Vergangenheit waren belauscht worden, als er mit sich gehadert hatte ob er gehen oder bleiben sollte.

Davon das er sich als Kopfgeldjäger verdingt hatte, bis Noir ihn gefunden hatte, war niemandem bekannt, auch wenn das ein oder andere Gesicht von Besuchern ihm durchaus bekannt vorkam.

Die Jüngeren stellten mehr Fragen. Jüngere wie Jacob und seine Freunde. Natürlich er musste zugeben, dass Jacob als Lehrer passabel war, aber mögen musste er ihn deshalb längst nicht.

Nebel konnte die Antipathie, die er dem Artgenossen gegenüber empfand, nicht erklären. Es gab keinen logischen Grund dafür. Jacob hatte ihm nichts getan.

Aber um der Wahrheit die Ehre zu geben, dachte er nicht darüber nach, warum er den anderen nicht mochte, sondern nahm es hin.

Auf dem Weg in die Trainingshalle schwieg Nebel, während Jacob und seine Freunde feixten und alberten.

Nebel hatte Mühe, seine Züge beherrscht zu lassen und das hämische Grinsen, dass sich unbedingt auf seine Lippen schleichen wollte zu unterdrücken. Ebenso wie den schwelenden Zorn.

Sollten sie feixen und lachen und sich sicherfühlen. ER wusste schließlich, was er tat. Was ihm ständig an Kraft gefehlt hatte, hatte er mit Cleverness wettmachen müssen.

Er war immer schon gelehrig gewesen – zum Leidwesen des ein oder anderen – und noch mehr Freude machte es ihm, wenn er damit eigene Schwächen ausgleichen und einem Ungeliebten schaden konnte.

Hier war er zwar kräftemäßig nicht unterlegen, dank seines Trainings mit den Älteren, aber er würde ohnehin keine Kraft brauchen, um das Großmaul in die Schranken zu weisen.

Er müsste nur schnell genug sein, und die richtige Stelle erwischen. Alexander folgte der Gruppe in angemessenem Abstand, lauschte den Albernheiten und versuchte, schlau aus seinem jungen Gefährten zu werden. Warum ging er eine solch absurde Wette ein?

Das Nebel gegen Tobias realistische Chancen hatte, war ihm durchaus bewusst, auch wenn er nicht wusste, wie er den anderen für Monate außer Gefecht setzen wollte – oder warum.

Woher rührte der Zorn, der in dem jungen Krieger schwelte wie ein Feuer unter der Asche?

Er würde sich nicht einmischen. Dazu gab es keine Veranlassung. An anderer Stelle vielleicht, aber gewiss nicht bei Jungvampiren.

Der Knabe würde sich seinen Platz im Schloss ebenso wie den Respekt der Krieger selbst verdienen müssen.

Seine Einmischung würde das Gegenteil bewirken und wo die meisten Weibchen und Gespielen sich gefreut hätten, wenn er sich schützend vor sie gestellt hätte, würde Nebel es ihm zürnen.

So angenehm seine Gesellschaft war, so musste er zugeben, dass der Knabe ausgesprochen stur und hartnäckig war.

Die Zofe, die aus dem Fenster gefallen war, die Drohung an die närrische Frau ihr das Herz rauszureißen.

Die zahllosen Herausforderungen, denen er dann und wann sogar im verborgenen beiwohnte, um sicherzugehen, dass der Sohn den Knaben gut ausgebildet hatte.

Natürlich gewann Nebel nicht jeden Kampf. Das war nicht möglich, ganz gleich, wie gut er ausgebildet worden war, aber es reichte aus, um zumindest dem ein oder anderen Respekt abzuverlangen.

Alexander war sich sicher, dass der Jüngere sich durchaus allein durch setzen konnte. Und noch war er nicht gewillt herauszufinden, wie sein junger Gefährte im Zorn reagierte. Sie verbrachten ohnehin zu wenig Zeit miteinander – wenn man ihn fragte – da musste er nicht noch Streit herausfordern, indem er seinem inneren Drang nachgab und den Jüngeren beschützte.

Sich einem Raubtier gleich, das er durchaus war, vor den Jüngeren stellte und alles riss, dass ihn bedrohte.

Und bisweilen war dieser Drang durchaus sehr präsent.

Ein dünnes Lächeln umspielte für den Bruchteil einer Sekunde seine Lippen, während er langsam in die Trainingshalle trat und dort seinen ihn angestammten Beobachtungsposten einnahm.

Er wusste, er sollte sich Gedanken wie diesen, nicht zu intensiv hingeben. Irgendwann wäre es auch um seine Selbstbeherrschung geschehen.

✝

Noir, Armand und Sidh taten wie üblich, als würde das Geschehen um sie herum sie nicht interessieren und sie nur hier, um sich ein wenig die Zeit zu vertreiben, und zu plaudern.

Der angenommene, gewandelte Sohn des Ältesten wirkte trotz des versuchten Gleichmutes, ausgesprochen amüsiert. Seine Augen funkelten und immer wieder zupfte ein Grinsen an seinen Mundwinkeln.

Während Noir und Armand nur einen Teil des Treffens mitbekommen hatten, war Sidh selbst Zeuge des ganzen Spektakels geworden und den beiden Älteren nicht alles zu erzählen, fiel ihm ausgesprochen schwer.

Nebels plötzliches Auftauchen, lenkte ihn zumindest für einen Moment von der Versuchung ab.

„Passt bitte darauf auf."

Nebel trat an die drei heran und reichte ihnen seinen Waffengurt mit einem kurzen amüsierten Schmunzeln, das an seinen Lippen zupfte.

Armand nahm den Gurt an sich. Wo grade noch Gleichmut geherrscht hatte, zeigte sich nun offen die Verwirrung des schwarzen Prinzen und dessen besten Freundes.

Gut sie bräuchten keine Waffen zum Kämpfen, erst recht nicht beim Training. Aber es war eine Gewohnheit, die sie ohne einen bestimmten Grund nicht aufgaben.

Vor allem vielleicht, weil auch die Feinde Waffen zu tragen pflegten und man sich Waffentragende am einfachsten mit einer Waffe vom Hals halten konnte.

„Viel Spaß, Kleiner."

Armand

„Zeigs ihnen, Nebel."

Sidh.

Nebel nickte und setzte seinen Weg fort. Ja er würde der Gruppe und insbesondere Tobias zeigen, dass man ihn nicht unterschätzen sollte. Wichtiger als das war wohl, dass er den anderen zeigen würde, dass man keinesfalls so abwertend über einen Freund sprechen durfte.

Er würde siegen, das stand außer Frage, aber er würde – ohne es zu wissen – dasselbe tun, wie Noir vor langer Zeit: anderen zeigen was geschah, wenn man gegen jemanden sprach, der angesehen war.

Seine Loyalität, seine Freundschaft oder Beziehung zum Clansoberhaupt und dessen Sohn, zwangen ihn dazu, sich schützend vor sie zu stellen – ungeachtet des Umstandes, dass sie sich durchaus selbst schützen könnten.

Es dauerte nicht lang, bis der Rest der Gruppe sich zu den dreien setzte und sich über die aktuellen Ereignisse aufklären ließen.

Kopfschüttelnd lauschten sie der Zusammenfassung des dunklen Prinzen, während Sidh sich grinsend auf die Lippen biss, um nicht die Lücken auszufüllen.

Unter anderen Umständen würde die Gruppe Wetten darüber abschließen, wie lange wer von beiden auf den Beinen bleiben würde, wer siegen würde und wer verlieren. Aber dieses Mal geschah nichts dergleichen. Gespannt warteten sie ab, wie sich der Jüngste ihrer Gruppe dieses Mal schlagen würde und was er vor hatte, um der Gruppe der Jungvampire den Übermut auszutreiben.

✝

Nebel hatte die Trainingsfläche bereits betreten, als die Gruppe um Noir sich vervollständigte. Er war sich der Anwesenheit der Freunde ebenso bewusst, wie auch Alexanders.

Aber für den Moment war das egal.

Er nahm den bevorstehenden Kampf nicht ernst. Er war lediglich gespannt, ob alles so verlaufen würde, wie er es sich vorstellte.

Auch wenn er den Waffengurt abgegeben hatte, bedeutete es nicht, dass er unbewaffnet war. Er war niemals unbewaffnet.

Er mochte arrogant sein, überheblich bisweilen aber keinesfalls dumm. In der Regel verbargen sich am Körper oder in der Kleidung verborgen ein oder zwei Waffen, die er im Notfall rasch erreichen konnte.

Im Stiefelschaft verborgen befand sich ein Dolch, den er auf seinen Raubzügen gegen die Inquisition erbeutet hatte und der heute ausreichen sollte, um Tobias außer Gefecht setzen zu können.

Jacob und Tobias tauschten sich flüsternd am Rand aus, während die anderen Freunde der beiden sich schon einen Platz gesucht hatten.

„Wenn du Angst hast Tobias, sag es nur. Dann habt ihr die Wette zwar verloren, aber du ersparst dir eine Demütigung."

„Träum weiter, du arroganter Bastard."

Nebel lachte leise. Das der andere versuchte, ihn zu beleidigen, interessierte den jungen Krieger nicht im Geringsten. Es diente dazu ihn zu reizen, aber dazu war weit mehr nötig, als solche lächerliche Bemerkungen.

Er hatte in der Vergangenheit gelernt, das bellende Hunde nicht – oder nur selten bissen.

Sergej war ein Paradebeispiel dafür gewesen.

Tobias musterte den Trainingspartner und stutzte irritiert, als ihm gewahr wurde, dass der Blonde keinen Waffengurt trug.

„Glaubst du, du kannst mich mit deiner spitzen Zunge außer Gefecht setzen?"

Nebel lächelte amüsiert, aber sparte sich eine Antwort, sondern nahm festen Stand ein und ließ den anderen nicht aus den Augen.

Tobias sah unschlüssig zu Jacob und seinen Freunden. Er erhoffte sich Rat von ihnen, aber sie waren ebenso ratlos, wie er selbst es war.

Nebel harrte regungslos. Er genoss die Unsicherheit des anderen, auch wenn er sich nichts anmerken ließ. Vielleicht konnten Noir und die ihn stets umgebende Gruppe bemerken, wie sehr es den Knaben amüsierte.

Irgendwelche kleine Zeichen erkennen, die anderen entgehen würden.

Alexander erkannte die Zeichen, auch wenn er noch nicht sagen konnte, was Nebel vorhatte. Ob bewusst oder unbewusst, dachte Nebel nicht darüber nach und bot dem Ältesten keinen Anhaltspunkt über sein genaues Vorhaben. Er würde ebenso wie alle anderen warten, was geschehen würde. Wenn Tobias sich aufraffen konnte, den Gefährten anzugreifen, natürlich.

Inzwischen war den meisten aufgefallen, dass Alexander anwesend war, und ein leises Raunen erklang hier und da.

Auch Tobias bemerkte, dass der Oberste regungslos und mit gleichmütiger Miene auf das Geschehen blickte, und hatte große Mühe, einen abfälligen Spruch zu dessen Anwesenheit zu schlucken.

Aber sein Ehrgeiz war geweckt. Jetzt wollte er den arroganten Bastard erst recht besiegen und dem Obersten zeigen, was er konnte.

Er zog sein Schwert und stürmte knurrend auf Nebel zu. Jener verdrehte die Augen. Es war im klar gewesen, dass der andere irgendwas Dummes versuchen würde, nun wo Alexander zusah.

Immer wenn der Oberste einem Training beiwohnte, gab es mehr Herausforderungen als sonst.

Jeder versuchte, sich hervorzutun und so die Aufmerksamkeit Alexanders zu erlangen. Was man sonst tunlichst zu vermeiden versuchte, wurde, kaum das er die Trainingshalle betrat, zum Volkssport.

Nebel wich Tobias kopfschüttelnd aus. Wie erwartet machte sich das Training, das er erhalten hatte, bezahlt.

Die Bewegungen des anderen erschienen ihm langsam und plump. Im Gegensatz zum Training mit Noir und den anderen, hatte Nebel hier genug Zeit, um festzustellen, was der andere vorhatte.

Neckend tippte er dem anderen an die Stirn, als er dem nächsten Hieb erneut auswich, was Tobias mit einem drohenden Knurren quittierte.

„Verdammt lass den Scheiß und kämpf endlich du arroganter Mistkerl"

„Ach du kämpfst? Ich habe gedacht, du versuchst dich im neusten Volkstanz."

Vereinzelndes Lachen erklang aus den Reihen. Noir, Armand, Sidh, Marius, Torben und Andrej schmunzelten lediglich knapp und Alexanders Züge verbargen sein Amüsement.

Tobias schrie zornig auf und stürmte abermals auf ihn zu.

Nebel schmunzelte, duckte sich unter dem Hieb weg, zog den Dolch aus dem Stiefelschaft und drehte sich mit raubtierhafter Geschmeidigkeit herum.

In einer fließenden Bewegung stieß er den Dolch zwischen den letzten Hals-, und den ersten Brustwirbel. Er verzichtete darauf, den Dolch vollends durch den Hals zu stoßen. Der Stimme berauben, wollte er den anderen nicht.

Tobias Augen weiteten sich, einen Moment stand er regungslos da, dann fiel das Schwert scheppernd zu Boden und dem folgte aufkeuchend der Vampir. Nebel hockte sich neben den anderen.

„Ohne Mühe kampfunfähig. Bis ich den Dolch wieder an mich nehme, kannst du dich nicht rühren, dein Körper kann nicht heilen. Ich habe gewonnen."

„Das ist nicht nicht fair!"

„Willst du nach dem Tanzen jetzt auch noch weinen?"

Tobias knurrte. Jacob trat in den Trainingskreis und beugte sich vor um den Dolch zu entfernten, aber Nebels Hand umfasste sein Gelenk, noch bevor er den Griff erreicht hatte.

„Ohh nein, Jacob. Er bleibt so, bis ich etwas anderes entscheide."

„Du kannst doch nicht..."

„Ich kann! Und ich werde. Die Stadt an den Seen ist tabu." Nebel griff nach Tobias Arm und warf ihn sich – mit etwas Mühe – über die Schulter.

„Nebel ... Hey warte ... Was hast du vor? Wohin bringst du ihn?"

„Ins Verlies. Ich würde ihn ja in der Eingangshalle kreuzigen, aber ich fürchte, dann bekomme ich Ärger, also kommt er ins Verlies und der nächste der es wagt abfällig über Sidh zu sprechen, wird ihm Gesellschaft leisten."

Noirs und Alexanders braue schnellten hinauf, der Blick beider legte sich unabhängig voneinander auf den Prinzen, der einmal ein Bauer gewesen war.

Der hatte bis zu diesem Satz das Ganze amüsiert beobachtet und schien nun ebenso verwirrt wie alle anderen. ‚Was? Was tut er? Was sagt er?‘

„D das kannst du nicht tun!"

„Ach?"

Nebels Schritte verebbten, noch bevor er das Trainingsareal verlassen hatte. Er warf Jacob einen skeptischen Blick zu.

„Einen Monat folgt ihr alle meinem Wort, ohne Widerworte, Jacob. Ich habe gewonnen. Du und deine kleinen Freunde, werden gehorchen. Oder willst du dem hier ..." Nebel nickte zu Tobias hoch „Gesellschaft leisten?"

Er legte seine Aufmerksamkeit wieder auf Jacob, der seufzend und abwehrend die Hände hob.

„Dachte ich mir."

Nebel lächelte kühl und setzte seinen Weg fort. Niemand stellte sich ihm in den Weg, niemand hielt ihn auf, als er mit seiner Last die Trainingshalle verließ.

Sidh war rasch an seiner Seite, besah sich den jüngeren und Nebel seufzte abermals. Dass Sidh etwas zu sagen hatte, war beinahe greifbar. Dass er es nicht einfach tat, war typisch für den gewandelten Prinzen.

„Was?"

Sidh lachte.

„Warum hat dich gestört, was diese Kücken über mich sagten?"

Nebel zuckte mit den Schultern. Ja warum störte es ihn? Vielleicht weil er wusste, was Sidh und Armand für Noir getan hatten, vielleicht weil er den Älteren als einen Freund betrachtete.

„Es sind nur dumme Kinder und nur Worte."

„Es wäre vermutlich falsch, würdest du versuchen sie zu strafen, aber sie und ich sind etwa im selben Alter, wenn ich sie in den Staub werfe, demütige oder strafe kann kaum von Ungerechtigkeit die Rede sein."

Sidh lachte. Falsch wäre es nicht.

Er war der Prinz, er sollte diejenigen Strafen, die es wagten abfällig über ihn zu sprechen oder ihn respektlos behandelten.

Er tat es nicht, weil es ihn nicht interessierte.

Andere störten sich mehr daran, als er selbst. Noir hatte etwas Ähnliches gemacht, wenngleich subtiler. Schweigend begleitete Sidh den Jüngeren in die Verliese, beobachtete wie der Knabe in eine der Zellen trat, und den Körper achtlos zu Boden fallen ließ, was ein Ächzen von Tobias zur Folge hatte.

„Ein netter Trick. Damit habe ich nicht gerechnet."

Nebel lachte und öffnete die Schellen, bereitete sie so weit vor, dass er Tobias problemlos an die Wand hängen könnte. Sidh tat nichts, um den Jüngeren zu unterstützen, sondern beobachtete den anderen schlicht.

„Wäre es nicht langweilig, würdest du alles voraussehen können, was ich tue? Das ich dich und die anderen noch überraschen kann, freut mich tatsächlich. Bisweilen glaube ich ihr lest meine Gedanken. Aber ja, dieser Trick ist in der Tat sehr amüsant und effektiv."

„Hat er seine Zunge verschluckt?"

„Mit gekränktem Ego lässt es sich vermutlich schwer sprechen, oder er überlegt fieberhaft wie er aus dieser Situation entkommt. Er ist abwärts des Dolches gelähmt."

Sidh nickte. Er kannte, es aus der Theorie aber hatte bisher nicht erlebt, wie es angewendet wurde.

„Darum warst du so sicher zu gewinnen."

Nebel nickte und nahm Tobias wieder hoch, hielt ihn mit einer Hand an der Brust hoch, während er mit der freien die erste Schelle um das Handgelenk schloss. Dann ließ er den anderen los und ließ sich Zeit dabei, die restlichen Schellen unter dem Ächzen des anderen, anzubringen.

„Ich werde nicht erlauben, das du gefüttert wirst. Deine Freunde werden nicht kommen und dich retten und den anderen sind die Kabbeleien unter Jungvampiren egal. Vielleicht nutzt du die Zeit, die du bei Bewusstsein bist dafür nachzudenken, ob du oder die anderen mich wirklich noch einmal fordern solltet. Oder abfällig über einen Prinzen des Hauses sprechen solltet.“

„Du verdammter Bastard! Das zahlst du! Glaub nicht du kommst so davon, weil du der kleine Gespiele des Ältesten bist und dich von ihm durch die Betten jagen lässt!“

Ein Knurren hallte durch das Verlies. Nicht von Nebel, der quittierte die Wut des anderen nur mit einem kühlen Lächeln.

Das Knurren mischte sich aus dem Sidhs und Noirs. Nebel sah die beiden verwirrt an. Noirs Anwesenheit und sein Folgen, hatte er nicht einmal mitbekommen.

Dass Sidh diese Worte übel nehmen würde, war vielleicht absehbar gewesen, auch wenn der Zorn, in den sonst so sanften braunen Augen den Jüngeren irritierten.

Denselben Zorn im kalten Silber von Noirs Augen zu erkennen, irritierte ihn jedoch weit mehr. Hatte Noir ihn nicht selbst als Spielzeug bezeichnet? Im Anwesen noch, kurz bevor die rothaarige Schönheit ihn angegriffen hatte? Nebel schenkte den beiden ein schelmisches Lächeln.

„Gehen wir jagen? Ich könnte ne Kleinigkeit vertragen.“

Noir atmete unnötig durch, um sich zu beruhigen, und Sidhs nervöses Lachen, nahm die letzte Anspannung von dem schwarzen Prinzen und er wand sich kopfschüttelnd um.

„Warum war noch mal jeder so froh als der Bengel zurückgekommen ist? Nichts als Ärger ...", murrte er und Nebel lachte.

Unter den Flüchen Tobias verließ das Trio die Verliese und brach zur Jagd auf.

KAPITEL 28

Alexander selbst gab Befehl an die Garde, dass niemand die Verliese betrat oder zumindest die Zelle, in der Tobias die nächste Zeit verbringen würde.

Er hatte ebenso mitbekommen, was der Jungvampir in seinem Zorn gesagt hatte, und ihm gefiel es nicht. Der Knabe war weder Spielzeug noch Gespiele, den er durch irgendwelche Betten scheuchte, für ihn.

Nicht einzugreifen, kostete ihn einiges an Selbstbeherrschung. Wieder einmal.

Spitzen gegen den Gefährten, Herausforderungen die dem Jüngeren zusetzten und selbst das der ein oder andere es vorzog, den Knaben zu meiden, nahm er ohne mit der Wimper zu zucken hin.

Aber das jemand so abfällig von ihm sprach, ihn als einen Gespielen, ein Spielzeug ansah, das machte ihm etwas aus.

Aber hatte er sich selbst nicht oft genug auf den Zinnen davon überzeugt, dass der Knabe nicht mehr als das war? Unterhaltung, eine Abwechslung?

Er seufzte und schüttelte den Kopf.

Nebel hatte gezeigt, dass er sich durchaus verteidigen konnte und heute einmal mehr das er sich im Notfall auch ohne Kraftaufwand zu helfen wusste.

Diese Geschichte würde die Runde machen und mancher würde sich zweimal überlegen, ob man sich mit ihm anlegen wollte.

Trotzdem fiel es ihm ausnehmend schwer, seinem Beschützerinstinkt nicht nachzugeben, den der junge Krieger in ihm weckte. Alexander schüttelte unwillig den Kopf. Es ging nicht nur ihm so.

In den Verliesen hatte Noir sein Missfallen sehr deutlich gezeigt, ebenso wie Sidh. Sidh war nicht so beherrscht, wie es der Thronfolger war, aber von keinem der beiden hätte er eine solch starke Reaktion erwartet.

Und die gesamte Gruppe um den Erstgeborenen zeigte dasselbe beschützende Verhalten. Nicht so stark wie die Söhne in den Verliesen, wobei er keinen Zweifel hatte, dass der Jungvampir erhebliche Probleme hätte, wenn die ganze Gruppe anwesend gewesen wäre.

Es waren Kleinigkeiten, in denen sich der Beschützerinstinkt zeigte: Das Einkesseln nach den Grenzritten, ganz am Anfang, um ihn vor Jacobs Neugier zu beschützen.

Die Sorge im Anwesen als der Knabe angegriffen worden war, die Besorgnis als der Knabe weitergereist war. Sie würden ihn mit ihrem Leben schützen, da war er sicher. Es lag nicht in ihrer Art, das zu tun. Sie scherten sich nicht um Jüngere.

Jungvampire waren so weit unter ihrer Würde, dass sie jene nicht wahrnahmen, sie geflissentlich ignorierten.

Wer fiel, der fiel. Das nannte man ‚natürliche Auslese‘.

Bei Nebel war es anders gewesen.

Vielleicht weil Noir ihn gebracht hatte. Noir der außer Nebel nur seinen Bruder gewählt hatte.

Inzwischen konnte Alexander die Faszination des Sohnes nachvollziehen, die ihn gezwungen hatte, dem Knaben zu folgen.

Aber nicht, worin sie begründet war. Ebenso wenig wie der eigene Beschützerinstinkt Sinn machte.

Die Vergangenheit des jungen Mannes war unklar. Alexander hatte Nachforschungen angestellt, nachdem ihm gewahr wurde, dass der Knabe geboren war.

Aber die Spuren verliefen im Nichts.

Schöpfer und Mentor waren entweder tot oder verbargen sich abseits der eigenen Art und auch die Zeit vor Kymor schien niemandem bekannt zu sein.

Als wäre er aus dem nichts gekommen, einfach dort erschienen, ohne ein Leben das zuvor gelebt worden war.

Wer waren Vater und Mutter des Knaben? Und warum hatte er nicht gewusst, dass er ein Vampir war, und hatte sich wandeln lassen? Weit vor der Zeit des eigentlichen Erwachens.

Alexander seufzte. Vielleicht würde er Zeit genug haben, die Geheimnisse des jungen Mannes zu ergründen, bevor jener ihn abermals verließ und seiner eigenen Wege ging.

Denn das dies geschehen würde, war ihm durchaus bewusst. Es lag in der Natur der Jungen, sich zu erproben, zu reisen, um einen Platz zu finden, an dem sie sich am Ende niederlassen würden. Mancher wechselte den Clan einige Male, nachdem der Mentor sie aus der Lehrzeit entlassen hatte.

Vielleicht würde auch Nebel das tun. Gehen, reisen, sich einem der Unterclans anschließen. Einen Gefährten wählen, der in seinem Alter war. Bis dahin würde er den Knaben schützen, ihn für sich beanspruchen und sehen, welche Torheit er als Nächstes begehen würde.

Und dass er das tun würde, stand außer Frage. Er war jung. Zu alt für seine Jugend, aber das hieß nicht, dass er deshalb weniger anstellte als Gleichaltrige.

Auch wenn Nebels Taten in der Regel ... spektakulärer waren. Wie man an Tobias erkennen konnte. Alexander war gespannt, wie lange sein junger Gefährte den anderen dort hängen lassen würde, aber vorerst hatte er sich, um Wichtigeres zu kümmern.

Boten der Unterclans warteten darauf, von ihm empfangen zu werden, Briefe mussten verfasst und Nachforschungen angeregt werden.

Der Rat würde tagen, wenn die Sonne untergegangen war, und die Mentoren mussten angehört werden, um einen Überblick über die Fortschritte der Jungen zu erhalten, und Urteile über verschiedene Vergehen mussten gefällt werden. Um Nebel musste er sich vorerst nicht sorgen. In Begleitung der Söhne würde er vermutlich in keine allzugroßen Schwierigkeiten geraten – nahm er zumindest an.

✝

„Dieser ...“

Jacob wirkte alles andere als zufrieden. Er und seine Freunde hatten sich an der Ruine, in der Nebel mit dem Engel gekämpft hatte, zusammengesetzt.

„Warum zum Teufel, folgt die Garde dem Befehl dieses arroganten blonden Narren?“

Elias zuckte mit den Schultern. Sie hatten versucht, zu ihrem Freund zu gelangen, aber vor der Zelle hatte eine Garde gewartet, die es unmöglich machte.

Sie wollten versuchen, ihn zu befreien oder sehen, ob sie ihm anderes helfen konnten, aber vorerst hatten sie sich unverrichteter Dinge zurückziehen müssen.

„Und wenn wir irgendeinen anderen schicken der es versucht?“

Jacob sah Gilbert skeptisch an und schüttelte den Kopf. Gilbert war ein guter Kämpfer, aber hatte nicht viel im Kopf. Er sah gefährlicher aus, als er war.

Er war gut zwei Meter groß und muskulös, er hatte eine platte große Nase und starrte unter buschigen roten Brauen in die Welt. Seine struppigen roten Haare standen zu allen Seiten ab und ließen sich einfach nicht bändigen.

Das Gesamtbild ließ ihn wie einen Wahnsinnigen wirken, und im Training war es schon mehrfach vorgekommen, das jemand vor Schreck weggelaufen war, als Gilbert schreiend auf ihn zu gerannt war.

Albert war der leibliche Bruder des Hünen, hatte aber vom Schicksal die besseren Karten zugespielt bekommen, was das Aussehen und die Cleverness anbelangte.

Sein rotes Haar war glatt und seidig und reichte ihm bis über die Schultern. Er war einen Kopf kleiner als sein Bruder und eher drahtig.

Albert war ein unscheinbarer kleiner Mann, dem es an jedweder Ausstrahlung mangelte. Er hatte blassblaue Augen und strähniges Haar, als Kämpfer war er nicht zu gebrauchen und seine ganze Loyalität gehörte Jacob, weil jener der erste abgesehen von seinem Schöpfer war, der sich mit ihm befasst hatte.

Jacob setzte Albert gern ein, um Informationen zu sammeln. Da niemand Albert wahrnahm, schien er wie geschaffen für Aufgaben wie diese.

Tobias hingegen war von seinem Schlag, deswegen verstanden sie sich wohl am besten aus der Gruppe.

Verschlagen, angetrieben vom Ehrgeiz ihren Schöpfern zu gefallen, und von Neid zerfressen gegen jene, die es scheinbar leichter hatten.

Wie Nebel.

Jacob war anfangs zuversichtlich gewesen, dass er den Fremden Vampir auf seine Seite ziehen könnte, dann hatte er die Aufmerksamkeit des Ältesten auf sich gezogen.

Und der schien nicht gewillt die Aufmerksamkeit des Neuen zu teilen.

Wann sich ihre Wege voneinander entfernt hatten, konnte er nicht mal sagen, aber die Arroganz Nebels und die Demütigung in der Trainingshalle hatten seinen Hass auf den anderen wachsen lassen. Der Vater wünschte, dass er den Eindringling, über den kaum jemand etwas sagen konnte, im Auge behielt.

Also tat er, was der Vater wünschte. Das war auch der Grund, warum er nur allzu bereit gewesen war, Nebel in den theoretischen Bereichen unter den Arm zu greifen.

Aber wieder ist es nicht so gelaufen, wie er es sich ausgemalt hatte.

„Was denkst du wird er verlangen?"

Elias zwang Jacobs Aufmerksamkeit auf sich, durchbrach die hassgetränkten Gedanken.

„Mhh.. das weiß ich nicht."

„Aber der Trick ist gut, den muss ich mir merken."

Gilbert sah seinen Bruder schnaubend an und auch Jacobs Blick war eher skeptisch als zustimmend. Elias nickte nur leicht, aber das nahmen die Freunde nicht wahr.

„Schaut nicht so. Man kann von Nebel halten was man will, aber das war wirklich gut. Und er hatte Recht, man kann jemanden auf diese Weise für sehr lange Zeit außer Gefecht setzen."

„Jajaja wenn du ihn so toll findest, geh doch hin."

Jacob knurrte. Natürlich hatte Albert recht, aber das musste er ja nicht offenbaren. Er sprang auf, klopfte sich den Staub von den Kleidern und sah seine Freunde auffordernd an.

„Gehen wir. Ich brauche Ablenkung."

Ablenkung in Form eines Festes oder einer Taverne, Hauptsache, es lenkte ihn von seinem Vater, dem Schloss, Tobias und vor allem Nebel ab. Die Stadt an den Seen würde er vorerst meiden, auch wenn er neugierig war, weshalb dieser Ort als tabu galt und warum jeder sich daran hielt.

Die verbotene Frucht war immer sehr verlockend. Gleich wie alt oder jung man war. Wenn man den Kirchenmenschen glauben wollte, war sie der Grund für die Vertreibung aus einem imaginären Paradies.

Wer denn glauben wollte ...

Der Verräter bereitete in seinen Räumen alles vor. Seine Schöpfung, Sergej, und dessen Schöpfung, Schatten, erholten sich zusehends von der langen Zeit im Exil und wirkten längst nicht mehr wie heruntergekommene Wegelagerer.

Sie würden seinen Zielen dienlich sein. Dafür trainierte er die beiden, dafür unterrichtete er sie. Stunden am Tag widmete er den beiden. Er erarbeitete einen Hintergrund für die beiden, Schöpfer, Clan, Werdegang.

Eine Geschichte, die glaubhaft war und nur schwer zu widerlegen.

Vor allem, weil die Namen, die er den beiden einimpfte, zu gefallenen, ermordeten Artgenossen gehörten.

Eine Geschichte die davon erzählte, wie sie um Haaresbreite den Inquisitoren entkommen waren, heimatlos herumgeirrt waren und sich von den Artgenossen ferngehalten hatten aus Furcht, dass die Häscher ihnen gefolgt sein könnten.

Der Verräter hatte ihnen einen neuen Namen zugewiesen. Sergej würde fortan Lorenz und Schatten würde Erhard heißen. Weit weniger auffällige Namen, ein leicht verändertes Aussehen und eine neue Geschichte.

Sie hatten die Haare mit Haarbeize aufgehellt und gekürzt, sie in neue Gewänder gekleidet. Man musste schon sehr genau hinsehen, um sie mit den heruntergekommenen Gestalten in Zusammenhang zu bringen, die sie noch vor Kurzem waren.

Der Verräter würde sie testen.

In kleinen Unterclans, würden die beiden Rast machen, ihre Geschichten und das Auftreten üben, das er ihnen hier beibrachte.

Wenn sie so weit waren, wenn er sie für gut genug erachtete, würde er sie an den schwarzen Hof senden. In die Reihen des Obersten.

Ob die beiden in der Lage wären, sich ins Schloss einzufügen, würde sich zeigen. Im Zweifelsfall würden sie sterben und er war eine Last mehr los. Er würde sich Zeit lassen.

Eile war unangebracht. Er musste den perfekten Zeitpunkt abpassen. Für die beiden ebenso wie für die weitere Ausbildung der Häscher.

Er musste sich etwas Neues einfallen lassen. Die letzte Schlacht war nicht so Erfolg versprechend verlaufen, wie er es sich erhofft hatte. Die Nächste musste er besser vorbereiten.

Vorerst galt es diese fanatischen Narren, an der kurzen Leine zu halten.

Alexanders Heer hatte zwar Verluste hinnehmen müssen, aber niemand, der auch nur ansatzweise wichtig war – abgesehen vielleicht von der Familie – war getötet worden. Alexander hatte zwar, seinen Informationen nach, Schaden genommen, aber war bereits nach wenigen Stunden wieder vollständig hergestellt.

Wie auch immer dieser verdammte Bastard es geschafft hatte, konnte nicht mit rechten Dingen zugehen.

Aber mit genügend Zeit würde er auch noch dahinter kommen. Wie er jedes Geheimnis des Obersten seiner Art erkunden würde. Er hatte Zeit. Wenn es sein müsste, die Ewigkeit.

Auch wenn jedes Jahrzehnt, jedes Jahrhundert das verging und seinen Zorn und Hass auf den Ältesten schürte und der Silberäugige wuchs und stärker wurde.

Alexander war der Älteste.

Nur seine Mutter war Älter.

Es hieß, sein Vater wäre Kain, seine Mutter Lilith selbst.

Es machte keinen Unterschied. Er würde ihn stürzen, würde ihm alles nehmen, was er liebte. Er würde der Oberste ihrer Art werden. Und wenn es das Letzte war, das er täte.

Die Erde war blutgetränkt. Selbst Wochen nach den Schlachten erkannte man das Blut, das den Boden tränkte. Frisches Gras war längst gewachsen. Kadaver entfernt. Das Leben ging weiter. Als wäre nichts gewesen. Das tat es stets. Die Sonne am Himmel erstrahlte, als gäbe es kein Grauen. Die Schönheit der Welt ließ vergessen, was an Furcht in den Schatten existierte.

Jedes Mal aufs Neue.

Die Toten längst beerdigt.

Die Schäden repariert.

Die Unruhe aus den Blicken der Völker verschwunden und die Gespräche drehten sich um angenehmere Dinge, wie anstehende Feste.

Die einsame Gestalt, die ihre Schritte über die Berunda Ebene lenkte, vergaß nicht. Widmete sich nicht angenehmeren Dingen. Zwei seiner Brüder waren gefallen.

Er hatte gespürt, wie ihre Lichter erloschen waren. Hatte gesehen, wie die Sterne am Himmel die ihnen zugeordnet waren, für immer erloschen waren.

In der Silberstadt wussten sie um die Vorgänge auf Erden. Zu viele Brüder waren bereits hierher gekommen und gefallen, als das die silberne Stadt es nicht wissen könnte.

Doch ER reagierte nicht.

Strafte die Äffchen und Monster nicht mit seinem Zorn. Er verstand es nicht. Er hatte darum gebeten, sich darum kümmern zu dürfen. Er war schließlich sein treuster Diener.

Den aufbegehrenden Bruder hatte er samt seiner Gefolgschaft hinabgestoßen. Aus dem Himmel und der Silberstadt vertrieben. Er würde auch die Monster und die Äffchen richten in SEINEM Namen.

Aber noch war es ihm verwehrt. Wegen eines Versprechens, das ER gegeben hatte. Das Versprechen, keinen weiteren Genozid zu begehen. Es schmerzte den einsamen Wanderer, dass er stattdessen zusah, wie ein Engel nach dem anderen befleckt wurde und verging.

Es schmerzte, zuzusehen, wie Stern um Stern erlosch. Würde der Himmel in Dunkelheit vergehen müssen, bevor der Vater, der Schöpfer endlich handeln würde?

Würden sie alle geopfert werden, wegen eines Versprechens, das er den Äffchen gab, die seine Liebe nicht einmal zu schätzen wussten.

444

Sie mussten sich nur an zehn Regeln halten, und siehe da, nicht einmal das schafften sie. Sie verdrehten sein Wort, missbrauchten seinen Namen für ihre Ziele und doch ... und doch schenkte er ihnen seine Liebe.

Irgendwann würde er ihrer überdrüssig werden. Irgendwann würde er erkennen, dass sie zerstörten, was er ihnen geschenkt hatte, und mehr noch, dass sie dem funkelnden Sternenhimmel zu erlöschen brachten.

Stern um Stern.

Engel um Engel.

Er schüttelte den Kopf. Breitete riesige Schwingen aus und stieß sich vom Boden ab, stieg zum Himmel auf. Doch nicht die Silberstadt sollte Ziel des Geflügelten sein. Kein Ort des Glaubens. Sein Ziel war das dunkle Reich.

Morta Sant.

Er hatte nicht vor, sich gegen den Willen des Vaters zu stellen, würde keinen Kampf, keinen Krieg beginnen. Er würde nur Präsenz zeigen. Zeigen, das die Schritte der Monster, nicht unbemerkt geblieben waren.

EPILOG

„Ihr müsst stillstehen."

Nebel seufzte. Seit einer gefühlten Ewigkeit stand er still. Der Schneider nahm Maß, steckte ab und forderte die Geduld des jungen Kriegers über Gebühr.

Alexander saß in der Nähe in seinem Lehnstuhl und gab vor, einen Brief zu lesen. Das Grinsen, das immer wieder an seinen Mundwinkeln zupfte, erzählte jedoch eine andere Geschichte.

„Lach nicht. Das ist nicht witzig, Alexander."

„Bitte ... nun haltet doch still."

Verzweifelt fuhr sich Wilhelm mit gespreizten Fingern durchs Haar. Es war anstrengend genug, für Alexander Kleider anzufertigen, aber dessen junger Gefährte, war weit ungeduldiger, als es der Oberste war.

„Wie lange denn noch?"

„Je mehr du herumzappelst, umso länger wird es dauern, Nebel."

Der Jüngste verdrehte die Augen.

„Ist das wirklich nötig? Ich brauche keine neuen Kleider."

„Brauchst du."

„Sollte ich das nicht besser wissen?"

„Willst du das wirklich diskuttieren, Nebel? Schon wieder?"

Nebel biss sich auf die Lippen und senkte den Blick. Diskussionen mit Alexander konnte man nicht gewinnen. Oder er konnte es nicht. Der Ältere nutzte unfaire Mittel und am Ende bekam er doch seinen Willen.

„Nicht nett, Alexander …"

Alexander lachte.

„Nun steh still. Umso schneller kannst du wieder zum Training oder der Jagd."

Wilhelm wartete, bis die beiden mit ihrer Unterhaltung fertig waren, bevor er endlich mit seiner Arbeit fortfahren konnte. Zum Glück schienen die Worte des Ältesten zu wirken und er konnte Stoffe anlegen und abstecken, sich Maße nehmen und notieren und nach einer weiteren Stunde war er endlich mit der Arbeit fertig.

„Es wird einige Tage dauern. Ich nehme an, Ihr wünscht keine finale Anprobe?"

Nebels Blick sprach Bände und der Schneider nickte seufzend. Er verneigte sich dem Ältesten gen und verließ auf dessen Nicken hin, das Gemach mit nachdenklichem Ausdruck. ‚Man kann von dem Neuen halten, was man mag, aber ich habe den Obersten nie zuvor so entspannt erlebt.'

Seit Jahrhunderten fertigte er die Garderobe des Obersten und seines Sohnes an, die Schnitte stets nach der aktuellen Mode, stets in dunklen Farben gehalten, mit einigen farblichen Akzenten.

Nie hatte er den Herren lächeln sehen. Nie war er derart entspannt gewesen, wie er ihn grade erlebt hatte.

Nicht, dass er mit jemandem darüber sprechen würde. Man lebte erheblich angenehmer bei Hofe, wenn man schweigen konnte. Und übermäßiges Geschwätz war ohnehin nicht gut für den Geldbeutel.

✝

Weder Jagd, noch Training waren es, zu dem es Nebel zog. Hin und wieder brauchte er seine Auszeit. Dann und wann brauchte er Zeit für sich, fernab des Schlosses und all der Blicke, die auf ihm ruhten.

Ein paar Tage, in denen er die nahe Umgebung erkundete, seine neue Heimat kennenlernte. Er genoss die Ruhe, genoss das Reisen. Selbst wenn es nur eine kurze Reise war. Er sagte Alexander stets Bescheid, versprach wiederzukehren – aber bat nicht um Erlaubnis.

Alexander hatte in der Zeit, eine Last weniger zu tragen, so zumindest sah Nebel es oder sich. Eine Last, die Zeit einforderte, Konzentration störte. Dass es genau anders herum war, ahnte Nebel nicht.

Alexander hielt ihn nicht auf. Warum auch? Der Blonde war jung, lernte und trainierte viel. Sollte er den Jüngeren davon abhalten, das Reich zu erkunden? Seine Heimat? Nein. Er verdiente die Freizeit, verdiente die Freiheit.

Nichtsdestotrotz war er unruhig und unkonzentriert, wenn Nebel ausritt. Ständig in Sorge, dass etwas passieren könnte. Ein verirrtes Rudel, versprengte Häscher. Bei dem Glück des Knaben würde er geradewegs in ein Himmelswesen hineinlaufen.

Natürlich wusste Alexander, wie gut sein Gefährte trainiert war. Wie gut er noch immer trainiert wurde. Das milderte seine Sorge nicht im Geringsten.

Aber davon wusste Nebel nichts, wenn es ihn, wie auch heute, hinauszog. Er hatte nur ein paar Kleider eingepackt, eine dünne Decke und natürlich seine Waffen. Auch wenn er nicht davon ausging, dass ihm Gefahren drohten, wäre es töricht, ohne zu reisen.

Nebel ritt ohne festes Ziel, entschied spontan, welchem Weg er folgen würde. Er rastete, wenn das Tier eine Pause brauchte, suchte eine Ortschaft auf, wenn er hungrig war.

Sah man davon ab, dass er keine Aufträge erledigte – oder jemand an ihn herantrat – ähnelte es sehr dem Leben, das er geführt hatte, bevor er auf Alexander getroffen war.

Noch etwas war anders. Er war nicht mehr heimatlos. Er war nicht mehr allein. Er hatte einen Ort, an den er zurückkehren konnte, einen Gefährten, Freunde.

Er war glücklich, trotz der ständig drohenden Gefahr durch Häscher.

Aus der ferne drang Geschrei zu ihm herüber, streifte seine Sinne mit dem Wind. Menschen. Streitereien. Nichts das wichtig wäre. Menschen stritten, Menschen töteten sich.

Trotzdem zwang etwas, den jungen Krieger dazu, sich der Lärmquelle zu nähern.

✝

„Ihr wirkt verändert."

„Hach ja, die Liebe"

Roma kicherte, als die beiden Männer ihr einen skeptischen Blick zuwarfen, und zuckte mit den Schultern.

„Was denn?"

Mit Unschuldslächeln sah sie beide an und erntete ein synchrones Kopfschütteln.

„Manchmal frage ich mich, was genau mit dir nicht stimmt, meine Liebe."

„Ist das wichtig? Du liebst mich doch wie ich bin."

Yves lachte und ergriff die Hand der Vampirin, ihr einen Kuss auf die Fingerspitzen hauchend.

Alexander beobachtete die beiden schmunzelnd. Hatte Yves recht? Hatte er sich verändert? Alles war wie immer. Er war wie immer.

Er schüttelte den Kopf. Spielte es eine Rolle? Es gab Wichtigeres zu besprechen.

„Was macht die Jagd nach dem Verräter?"

Yves und Roma waren von einer Sekunde auf die nächste wieder ernst und seufzten beinahe synchron.

„Nicht einmal ein Gerücht, dem man folgen könnte."

Alexander nickte. Es wunderte ihn nicht. Der Verräter ging ausgesprochen vorsichtig vor. Auf Festen und Zusammenkünften war Alexander besonders aufmerksam, selbst noch so unwichtig scheinenden Kleinigkeiten.

Aber selbst ihm, mit allen Fähigkeiten, in seinem Alter war es bisher nicht möglich gewesen, einen Anhaltspunkt zu finden.

„Und was ist mit diesem Schöpfer?"

Erneutes Kopfschütteln.

„Es gab vereinzelte Gerüchte und Spuren aber sie verliefen im Sand. Es reiten noch fünf, um sich umzuhören, aber wir können nicht zu viele Krieger entsenden, um nach ihnen zu suchen."

Abermals nickte der Alte und seufzte tonlos. Vielleicht sollte er die Suche nach dem Schöpfer des Gefährten aufgeben. Aber Verbotene leben lassen? Riskieren das sie sich vermehrten und Scherereien machten? Nein das konnte er nicht.

Aber Yves hatte recht. Es brachte nichts, unnötig viele Kräfte darauf zu verwenden. Der Schutz der Clans hatte Vorrang. Die Krieger wurden dort gebraucht, wo sie waren. Vorerst schien von den Geflüchteten keine Gefahr auszugehen und die Zeit war ohnehin auf ihrer Seite.

Romas Kichern durchbrach die Gedanken des Ältesten. Mit erhobener Augenbraue blickte er zu den kleinen Schöpfung.

„Was geht in deinem Kopf vor sich, dass dich so amüsiert?"

„Dein kleiner Gefährte kehrt zurück."

Irritation spiegelte sich auf den Zügen des Ältesten wieder und auch Yves schien nicht zu wissen, was daran so amüsant sein sollte. Beinahe synchron legte sich der Blick der drei auf den Hof oder besser auf das Tor, das der blonde Krieger einritt.

„Was zum ..."

Nebel schwang sich vom Rücken des Pferdes, ein Stallbursche nahm die Zügel und führte das Tier in die Ställe. Der junge Vampir trug ein Bündel im Arm, eine alte zerlumpte Decke.

Jeder der ihm auch nur zu nahe kam, neugierig schauen wollte, was den Blonden zu seiner verfrühten Rückkehr – man hatte ihn erst in einigen Tagen zurückerwartet - veranlasst hatte, wurde mit einem drohenden Knurren und Zähnefletschen bedacht.

„Er hat doch nicht ..."

„Ich nehme an Ihr müsst Euch vorerst keine Sorgen machen, dass er wieder geht."

Yves lachte.

Alexander schenkte ihr einen tadelnden Blick.

„Du warst schon unterhaltsamer, Roma. Du warst schon unterhaltsamer."

Alexander folgte dem jungen Gefährten mit seinem Blick und den Sinnen und schüttelte belustigt den Kopf.

„Ich fürchte, langweilig wird es mit ihm wohl nicht."

Yves und Roma lachten leise, während Alexander sich umwand. Er würde die Arbeit ruhen lassen und den Gefährten aufsuchen und sehen, was jener sich nur dabei gedacht hatte. Nein langweilig würde es wohl nicht. Einmal mehr hatte der Knabe ihn überrascht.

Und wahrscheinlich hatte Roma Recht: So bald würde er nicht wieder losziehen. Zumindest brauchte er sich darüber, vorerst keine Sorgen mehr machen.

„Nebel, willst du mir erklären, was genau das werden soll?"
Nebel wand sich erschrocken um, als Alexander eintrat und versuchte ein Lächeln. Ja was sollte das werden. Gar keine so dumme Frage, das musste auch der Blonde sich eingestehen.

„Ich ..."

ENDE Teil 2